T0279426

EL BOSQUE BIRNAM

ELEANOR CATTON

EL BOSQUE BIRNAM

Traducción de Carmen Romero Lorenzo

Ọ Plata

Argentina – Chile – Colombia – España
Estados Unidos – México – Perú – Uruguay

Título original: *Birnam Wood*
Editor original: Granta Books
Traducción: Carmen Romero Lorenzo

1.ª edición: julio 2024

ISBN: 978-84-92919-64-2
E-ISBN: 978-84-10159-56-3
Depósito legal: M-12.102-2024

Fotocomposición: Urano World Spain, S.A.U.
Impreso por: Rodesa, S.A. – Polígono Industrial San Miguel
Parcelas E7-E8 – 31132 Villatuerta (Navarra)

Impreso en España – *Printed in Spain*

Para Steven Toussaint.

TERCERA   Ten brío de león, sé altivo y no atiendas a
APARICIÓN: quien incomoda, conspira, o se inquieta.
           Macbeth no caerá vencido hasta el día en que
           contra él el bosque Birnam suba a Dunsidane.

MACBETH: Nunca ocurrirá.
           ¿Quién puede alistar al bosque, mandar al
           árbol «¡arráncate!»?

William Shakespeare, *Macbeth* (Austral, 2011).

I

El paso de Korowai llevaba cerrado desde finales de verano, cuando un aluvión de terremotos superficiales desencadenó el desprendimiento de tierra que sepultó un tramo de la carretera bajo los escombros, mató a cinco personas y arrojó a un camión de larga distancia por un precipicio, desde donde sobrevoló un tendido eléctrico, hizo un surco en la ladera de la montaña y explotó en el viaducto inferior. Transcurrieron varias semanas antes de que se pudieran recuperar los cadáveres sin riesgos y examinar la magnitud exacta de los daños; para entonces la temperatura descendía con rapidez a medida que se acortaban los días. Hasta primavera no podría solucionarse nada. Se acordonó la carretera a ambos lados de las montañas, y se redirigió el tráfico: al oeste, alrededor de las distantes orillas del lago Korowai, y al este, a través de un mosaico de tierras de cultivo y de los ríos que se entretejían por las llanuras en dirección al mar.

La ciudad de Thorndike, situada justo al norte del paso en las estribaciones de la cordillera de Korowai, estaba delimitada por el lago y, por el otro lado, por el Parque Nacional de Korowai. El cierre del paso creaba un callejón sin salida muy efectivo: al cortar el camino del sur, la ciudad quedaba aislada en todas las direcciones menos en una. Como muchas pequeñas ciudades neozelandesas, la economía local dependía en gran medida del comercio de transportistas y de los turistas que pasaban por allí, así que cuando los equipos de rescate y de televisión hicieron las maletas y abandonaron la ciudad, muchos habitantes de Thorndike se resignaron a irse con ellos. Las cafeterías y las tiendas de recuerdos comenzaron, una por una, a cerrar; la gasolinera redujo el horario de apertura; en la ventana del centro de turismo apareció un cartel de disculpas; y el antiguo criadero de ovejas a la entrada del valle, que se describía en el anuncio de la inmobiliaria como «la futura zona residencial más maravillosa de la historia», se retiró de la venta con discreción.

Fue esto último lo que llamó la atención de Mira Bunting, de veintinueve años de edad, horticultora de profesión, y fundadora del colectivo activista que sus miembros denominaban el Bosque Birnam. Mira nunca había visitado Thorndike, ni disponía de la intención o los medios para adquirir ni un mísero trozo de tierra, pero había guardado aquel anuncio cuando se publicó en internet por primera vez hacía cinco o seis meses. Bajo seudónimo, le había escrito al agente inmobiliario para mostrar interés en su propuesta de negocio e inquirió si ya había vendido alguno de los terrenos para la zona residencial.

El seudónimo, June Crowther, era uno de los muchos que Mira había creado a lo largo de los años y que usaba de vez en cuando. La señora Crowther era un personaje imaginario; también tenía sesenta y ocho años y estaba jubilada, además de padecer problemas de audición severos, por lo que prefería que se pusieran en contacto con ella por e-mail en lugar de por teléfono. Disponía de unos modestos ahorros en forma de acciones y bonos que deseaba convertir en una propiedad. Tenía en mente una casa de veraneo, en algún espacio rural, que sus hijas pudieran compartir mientras ella siguiera viva y dejárselo en herencia en el momento de su fallecimiento. La casa tenía que ser nueva —tras una vida entera de reparaciones y renovaciones, no podía aguantar ni una más— pero no hacía falta que estuviera construida ex profeso para ella. Una casita prefabricada le vendría de perlas, un lugar anodino en una callecita anodina, siempre que los vecinos no estuvieran demasiado cerca y tuviera libertad para elegir los colores. La granja de Thorndike podría haber prometido todo esto; sin embargo, unos cuatro meses después del desprendimiento de tierra en el paso, la señora Crowther recibió un e-mail del agente inmobiliario que le explicaba que el cliente había decidido retirar los terrenos del mercado debido a las nuevas circunstancias. Quizá la propiedad volviera a ponerse a la venta en el futuro; mientras tanto, el agente quería saber si a la señora Crowther le interesaría otra propiedad cercana —incluyó un enlace a la web— y le deseaba lo mejor en su travesía como buscadora de casa.

Mira leyó el e-mail doces veces, redactó una respuesta amable pero poco comprometedora y enseguida cerró la cuenta falsa e invocó en su navegador un mapa de Thorndike. La granja, situada en la esquina sureste del valle, tenía una forma vagamente trapezoidal, mucho más estrecha en la ladera de la colina que en la cima, donde colindaba con el terreno del parque nacional. Ciento cincuenta y tres metros cuadrados, según recordaba del anuncio de la inmobiliaria, con un perímetro de quizás ocho o diez kilómetros. No estaba muy lejos del lugar del desprendimiento; cambió a vista satélite para comprobarlo, pero la imagen no se había actualizado todavía. La carretera que atravesaba el paso aún serpenteaba uniforme y resplandeciente, desviándose de un lado a otro según ascendía e interrumpida aquí y allá por el brillo grisáceo del sol, que se reflejaba en los tejados de los camiones y coches. Mira pensó que podrían haber tomado esa imagen en los instantes previos a los terremotos: quizá los motoristas fotografiados habían muerto. Esos pensamientos eran una suerte de experimento para ella, como si se tomara el pulso; se trataba de un hábito privado de su adolescencia: retarse a imaginar hipótesis macabras. Aquel día no sintió lástima, así que se impuso la penitencia de imaginarse a sí misma aplastada y ahogada. Se obligó a retener aquel pensamiento en la mente durante varios segundos antes de exhalar y volver al mapa.

Un cortaviento de álamos puntiagudos arrojaba una sombra dentada sobre la calzada y la casa, que estaba lejos de la carretera; lo suficientemente alta, se figuró Mira, para despejar los árboles que se extendían por la orilla del lago y, de esta forma, gozar de las vistas de lado a lado. Encima de la casa había una especie de terraza natural, formada por la veta de piedra caliza que dividía los terrenos cercados superiores, más poblados de árboles, de los pastos junto a la carretera. Mira amplió la imagen y examinó los terrenos uno a uno. Todos estaban vacíos. Un camino con baches mostraba la ruta habitual del propietario a lo largo de sus terrenos y, gracias a las angulosas sombras en la tierra, era fácil percatarse de que había varios portones abiertos. El agente inmobiliario no había revelado el nombre de su cliente, pero tras teclear la dirección en una pestaña aparte, apareció de inmediato una noticia.

El señor Owen Darvish, del 1606 de la Carretera del Paso de Korowai, Thorndike, South Canterbury, acababa de figurar en los titulares. Había aparecido en la Lista de Invitados de Honor del cumpleaños de la reina e iba a ser nombrado Caballero de la Orden del Mérito de Nueva Zelanda por sus servicios a la conservación.

Intrigada, Mira olvidó el mapa durante un segundo y siguió leyendo.

En el año 2000, se habían abolido los títulos nobiliarios en Nueva Zelanda, solo para ser reinstaurados nueve años más tarde por gracia de un acaudalado político que deseaba el título de caballero. Era una vergüenza desde todos los puntos de vista: los monárquicos no lo celebraron, ya que esta resurrección no probaba más que el hecho de que la política podía forzar la mano de la Corona, y los republicanos no podían protestar pues, de otro modo, estarían sugiriendo que el código de caballería monárquico poseía algo sagrado que debería permanecer lejos del alcance de un vulgar político. Ambos partidos se sintieron contrariados y ambos acogieron las bianuales Listas de Honor con el mismo cinismo fastidioso que los llevó a concluir, a la vez, que todos los intelectuales que recibían la orden de caballería era unos vendidos y, en el caso de los empresarios, producto de sobornos. Parecía que Owen Darvish se trataba de una rara excepción. Las noticias de su encumbramiento habían venido inmediatamente después del desprendimiento en el paso, lo que dio la impresión de que se le había ofrecido el nombramiento como caballero a la región de Korowai entera como una suerte de premio de consolación, y *ese* era el tipo de caballerosidad que ni los monárquicos ni los republicanos tenían recursos para afear. Darvish había llegado a ofrecer su casa a los equipos de rescate como base de operaciones en los días posteriores al desastre. «Me quito el sombrero ante esos muchachos», fue lo único que dijo al respecto. «Son héroes, héroes de verdad».

Mira siguió leyendo.

Descubrió que Darvish había comenzado su vida laboral hacía cuatro décadas a la edad de diecisiete años mediante el exterminio de los conejos de las tierras de sus vecinos con la tarifa de un dólar por cabeza. Tenía muy buena puntería y sus dos posesiones más preciadas, ambas regalo de su padre, eran un rifle de aire comprimido de calibre 22 y un cuchillo desollador, que disponía de una hoja fija y una empuñadura de madera, y que hacía tiempo había colocado junto con el rifle en una vitrina de exhibición en su sala de estar. En aquellos días, solía desollar él mismo los cadáveres de los animales y vendía la carne como comida para mascotas a las perreras y dueños de perros de la zona. Las pieles se convirtieron en un negocio más complicado. Con el tiempo, acabó encontrando una planta de limpieza textil interesada en adquirirlas, en lotes, para convertirlas en fieltro; pero como la planta insistió en emitir facturas, Darvish, de diecinueve años de edad, decidió crear una empresa. Contrató a un contable, alquiló un servicio de telefonía y compró una lata de pintura amarilla en la ferretería. Troqueló en las puertas de su camioneta las palabras: CONTROL DE PLAGAS DARVISH.

Como hijo de empleado del matadero, Darvish sabía de primera mano que cada año se sacrificaba un gran número de reses antes de tiempo por culpa de un tobillo torcido o una rotura de pata. Las madrigueras de conejos devastaban buenos terrenos de cultivo; además, era una especie no autóctona, junto con las zarigüeyas, las ratas y los armiños, que compartían el gusto por los brotes de las plantas autóctonas y los huevos de las aves autóctonas. El exterminio de tales plagas era uno de los pocos casos de avenencia entre los granjeros neozelandeses conservacionistas e industriales, y Darvish, a medida que expandió sus operaciones, tomó un camino intermedio y cortejó tanto a posibles clientes de la izquierda como de la derecha. Mira leyó que, a lo largo de su existencia, Control de Plagas Darvish había mantenido acuerdos comerciales con todas las grandes industrias agricultoras de Nueva Zelanda, además de con los iwi y los rūnanga, así como con ayuntamientos y servicios estatales, pero Darvish esperaba coronar sus logros con una reciente colaboración con la empresa tecnológica estadounidense Autonomo, que figuraba en el Índice S&P 500. Autonomo, según las pesquisas de Mira, era un fabricante de drones y, con su ayuda, Control de Plagas Darvish se había embarcado en un ambicioso proyecto de conservación cuyo objetivo era monitorizar la fauna autóctona amenazada. Darvish admitía con modestia que solo acababan de empezar, pero creía que sus planes tenían el potencial de salvar de la extinción a una serie de especies endémicas; entre las que se incluía, o al menos albergaba esperanzas, el periquito de pecho anaranjado, su ave favorita, según confesó.

Mira frunció el entrecejo. Le molestaba mucho, casi por cuestión de principios, que cualquier persona del género, la raza y el nivel adquisitivo de ese hombre, con todos los privilegios asociados, usara ese poder para el bien (supuestamente), después de haber erigido su negocio (supuestamente) desde abajo, de la nada, y poseyera (supuestamente) ese tipo de autenticidad rural al que Mira aspiraba y envidiaba por encima de todo. Lo que más le irritó era que nunca había oído hablar del periquito de pecho anaranjado, que ahora estaba buscando, aún con el ceño fruncido, en una pestaña aparte. Como todos los rebeldes que se mitifican a sí mismos, Mira prefería los enemigos a los rivales y, muy a menudo, convertía a sus rivales en enemigos, lo que convenía más para desdeñarlos como agentes secretos del *statu quo*. Sin embargo, como no se trataba de un hábito consciente, no experimentó más que una leve sensación de desafío y superioridad moral cuando, al verse incapaz de echar por tierra a Owen Darvish, se convenció de que no le caía bien.

La fotografía de la página web gubernamental mostraba a un hombre de mediana edad con el cuello abierto, bien afeitado, con la boca abierta y dotado de una mandíbula fuerte y una expresión divertida; el pie de página elogiaba su autenticidad, tenacidad y justo pragmatismo, lo que lo convertía en el ejemplo perfecto de lo que los neozelandeses se enorgullecían en denominar el carácter nacional. En las entrevistas, hacía lo que se esperaba de él: se llevaba las preguntas a su terreno con franqueza, sin llamar la atención sobre sí mismo, y, cuando le inquirieron sobre su ideología política, afirmó que carecía de ella. Mira no pudo encontrar un solo artículo que lo criticara. Cumplía con el papel de patriota o, lo que era lo mismo, un hombre firme, autosuficiente, obstinado en su informalidad, de vivo entusiasmo, rutinas nostálgicas y una suspicacia innata ante cualquier exhibición de fervor; aunque, tal vez, toleraba que su mujer acudiera a la iglesia como divertimento.

Su esposa —Jill, pronto lady Darvish— se parecía un poco a la madre de Mira: esbelta y patilarga, de tez morena y cabello plateado con un corte *pixie*. Posaba para el periódico local con el brazo en torno a la cintura de su marido, un poco apartada para dedicarle una mirada rebosante de admiración, y con la otra mano posada en el amplio y musculoso pecho de Darvish. *El Caballero es uno de los nuestros,* afirmaba el delirante titular, aunque el periodista se había tomado la molestia de aclarar que Jill, y no el futuro sir Owen, era la auténtica oriunda de Thorndike: la granja era su hogar de la infancia, heredada hacía cinco años tras la muerte de su padre. Se trataba de un detalle menor, pero quedaba claro que Darvish conocía lo suficiente su país para no aumentar su irrelevancia. Se empeñó en reafirmar que, sin duda alguna, Thorndike era el mejor lugar donde había vivido; ensalzó las numerosas vacaciones y cosechas de heno que los habían hecho regresar a aquel lugar a lo largo de los años; no hizo mención alguna a sus planes de construir una zona residencial en la propiedad; y confesó, fingiéndose disgustado, que probablemente el padre de su mujer se estaría riendo de él allá donde estuviera, puesto que, a pesar de todos sus esfuerzos, la granja no había podido deshacerse por completo de las alimañas. De hecho, como mencionó astutamente para redirigir la entrevista al tema principal, había estado cazando conejos en los terrenos superiores cuando lo llamaron desde las oficinas del gobierno general para informarlo de su inminente cambio de estatus.

—Maldita sea, me hizo fallar el tiro —confesó al periódico—. El móvil se puso a sonar y pegué un bote. Estaba tan cabreado que por poco no lo respondo.

—Y el conejito se escapó —añadió Jill.

—Así que la señora me debe un dólar.

—¿La reina?

—La mismísima reina. Me debe un dólar, una pieza y el pellejo.

Mira había encontrado lo que buscaba. Debajo de la mesa, empezó a dar botes con la rodilla debido a la emoción que le inundaba el pecho. Al volver a la web del gobierno, leyó que la investidura de Owen Darvish tendría lugar en la Sede Gubernamental en Wellington en tres semanas. Anotó la fecha, cerró el portátil, agarró el casco de la bici y salió de la biblioteca.

Cinco minutos después, el círculo amarillo etiquetado como «Mira» apareció en la calle y comenzó a avanzar lentamente hacia el norte. Shelley Noakes redujo la escala del mapa hasta que su círculo, de un azul claro y palpitante, apareció en la esquina de la pantalla y contempló cómo el disco amarillo se movía casi de manera imperceptible en dirección al azul durante casi treinta segundos antes de apagar el móvil y lanzarlo, con una urgencia infantil, al montón de la ropa sucia en el extremo de la cama. Mira no llegaría por lo menos en una media hora, pero a Shelley ya se le había acelerado el pulso y le habían salido unas motitas en la garganta y el pecho. Se puso en pie, respiró hondo y se sintió tentada a pensar que quizás hoy no era el día de abordar la cuestión después de todo… pero entonces oyó la voz de Mira en su cabeza diciéndole que había una voz en su cabeza y que esa voz pertenecía a su madre.

La madre de Shelley era un tema de conversación recurrente en el Bosque Birnam, ya que se había ganado la antipatía de Mira cuando se conocieron al referirse al colectivo como una «afición» y a la relación de su hija con el grupo como una «fase». Mira había adquirido un resentimiento tan instantáneo y duradero ante esas palabras que Shelley comenzó a pensar que debía de ser tonta, puesto que ella no se había molestado en absoluto; y, aunque le había entregado cuatro años y medio al Bosque Birnam, no lo consideraba como una revancha ante la ausencia de fe inicial de su madre, ya que nadie estaba más sorprendido que ella de que hubiera aguantado tanto tiempo. Mira era incapaz de comprenderlo. No tenía la costumbre de reírse un poco de sí misma y estaba convencida de que a Shelley la habían coaccionado o lavado la cabeza para erradicar sus creencias naturales; la ironía residía, por supuesto —algo de lo que Shelley solo se había percatado en retrospectiva—, en que una de las cosas que a Shelley más le gustaban de sí misma y, dicho sea de paso, más amaba sobre su madre, era aquel sentido del humor cargado de críticas bienintencionadas.

La señora Noakes trabajaba como experta en selección de personal y creía que la población mundial se dividía entre quienes tenían un talento para las ventas o un talento para el servicio; le gustaba mucho hacer notar que la mayoría de la gente ocupaba un puesto contrario a su naturaleza y que, si se autoevaluaban con sinceridad y determinaban a qué categoría pertenecían, les ahorrarían a los demás un montón de disgustos y molestias. Mira se había reído la primera vez que lo escuchó. Se había puesto a enumerar, con gran deleite, todos los motivos por los que vender era un servicio y los motivos por los que los servicios necesitaban venderse; había descartado el lema con una mera patraña neoliberal y añadió, con una despreocupada perspicacia, que la señora Noakes parecía competir con sus hijos en varios frentes, sobre todo en lo que se refería a la satisfacción laboral, la gran victoria por la que tanto habían peleado las mujeres de su generación y que, quizá, no estaba dispuesta a compartir.

Shelley lo recordaba casi palabra por palabra. Entonces tenía veintiún años y Mira, veinticuatro, y nunca antes había escuchado a nadie criticar a un adulto en público con tanta calma, sin ninguna de las habituales fórmulas de obediencia —el ritual de admisión de la propia ignorancia del hablante; el ritual de otorgar cierta deferencia a todos los puntos de vista contrarios— que ella tenía tan profundamente interiorizadas que le limitaban el pensamiento además del habla. Había ansiado la amistad de Mira con un fervor que se acercaba al enamoramiento y, por el camino, se había transformado, aunque no se daría cuenta hasta años más tarde, en una versión más perfecta de la persona que Mira le había dicho que ya era: más ignorante, más reprimida y más envuelta en un conflicto continuo con una madre cuyas palabras, pronto lo descubriría, encarnaban a un enemigo a la altura del espectro del capitalismo tardío. Como le habían otorgado el papel de conciliadora familiar prácticamente desde que nació y durante toda la adolescencia la felicitaron por no costarles a sus padres ni una noche de sueño, Shelley no recordaba un instante de su vida en el que no experimentara un temor perpetuo a convertirse en una persona desagradable; un destino aún más terrible que caer mal, puesto que no abarcaba solo sus relaciones con los demás, sino su opinión privada sobre ella misma. Gracias a la influencia de Mira aprendió, si no a superar aquel miedo, a dirigir la culpa hacia otro lado.

Volvió al montón de la ropa sucia y miró el móvil de nuevo. El círculo amarillo había cruzado la avenida que delimitaba el inicio del centro de la ciudad y se acercaba a una bandera etiquetada en el mapa de Shelley como Cultivo quince. Según se aproximaba el desvío, iba reduciendo la velocidad y parecía a punto de detenerse. «Ya lo miré yo», dijo Shelley en voz alta y, como si Mira la hubiera escuchado, el círculo pareció cambiar de opinión, siguió adelante y aceleró de nuevo. Shelley tuvo un mal presentimiento. Volvió a apagar la pantalla y enchufó el móvil a la pared para que se cargara, clavando el cable en el enchuche con mucha más fuerza de la necesaria, con el propósito de no volver a tocar el teléfono hasta que Mira llegara a casa, incluso si lo oía vibrar.

Shelley había estado dudando entre sacarse un título de bibliotecaria o de profesora de instituto la primera vez que vio a Mira plantar un cultivo pequeño en la tierra. Solo le quedaban quince créditos de los trescientos sesenta que necesitaba para completar sus estudios académicos de lengua inglesa con la especialización en literatura de género del siglo XX, para lo que había adquirido una deuda de veintitrés mil dólares, pero en dos semanas había abandonado su tesis final, *Fantasía adolescente popular y su representación cinematográfica*, manchando por primera vez su expediente académico con un suspenso, lo que hizo que ambos títulos quedaran fuera de su alcance, al menos de momento. Su madre no supo comprenderlo y desobedeció su propio lema al prescribir que su hija pasara unos cuantos meses en el desagradecido mundo del pequeño comercio para que volviera a emprender un camino sensato; no estaba dispuesta a aceptar que el Bosque Birnam satisficiera lo que siempre había visto como el don natural de Shelley para el servicio, porque no entendía que un plan ilegal que incluía allanamiento de morada y vandalismo botánico pudiera servir a un propósito mayor, ni para su hija ni para nadie. O al menos eso imaginaban que creía. En el Bosque Birnam, la «madre de Shelley» se había transformado en sinónimo de las múltiples maldades de la generación *baby boomer*, una odiada cohorte de acumuladores y expoliadores en la que, por algún motivo, los padres de Mira, que acababan de separarse, no estaban incluidos.

(El padre de Shelley tampoco interesaba mucho a Mira como adversario. Era un agente hipotecario con un carácter irritable que siempre estaba, según la jerga familiar, «furibundo» —una dolencia que su mujer animaba sin tapujos, tal y como señaló Mira, puesto que dedicaba una parte inusual de sus conversaciones diarias a recordar a su marido todos los tipos de persona que detestaba en el mundo. El hecho de que la lista, que incluía a los veganos, la gente que caminaba lento, los ruidosos, las personas que daban de mamar a sus bebés delante de todo el mundo, quienes carecían de género determinado, los músicos callejeros, los malos conductores y los que se resistían a lavarse, cubriera de una forma u otra a todos los miembros del Bosque Birnam no parecía ofender a Mira. Veía al padre de Shelley como una criatura creada por su mujer, no como un adulto autónomo, sino como un desventurado peón que la señora Noakes había diseñado con el único propósito de destacar su propia personalidad, mucho más jovial—; un ejercicio de narcisismo de libro que a Mira no le resultaba atractivo en absoluto).

Shelley tardaría años en analizar las largas y profundas conversaciones de los primeros días de su amistad en el contexto de la separación de los padres de Mira, que había sucedido, como descubriría más tarde, la mañana del día en el que Mira y ella se conocieron. Según la breve descripción de Mira sobre la escena —sucedió durante el desayuno, su padre estaba de pie tras la silla de su madre mientras le masajeaba los hombros con dulzura a medida que ella contaba lo que iba a pasar—, habría parecido que sus padres tomaron la decisión de manera amistosa y por mutuo acuerdo, ambos con la conciencia feliz por los maravillosos años que habían pasado juntos y las emocionantes perspectivas de lo que vendría, por lo que habría resultado un poco inútil para los dos examinar lo que significaba aquel cambio y las potenciales consecuencias para los involucrados. Mira podía hablar sin parar sobre las relaciones de otras personas —no tenía reparos en confesar que no había nada que le gustara más— pero respecto a las propias, siempre usaba un tono brusco y satírico, casi exasperado, para dar la impresión de que había agotado el tema hacía tiempo y no sentía especial impaciencia por revivirlo. Durante los primeros meses de su amistad, Shelley solo había sabido de los padres de Mira que habían sido *hippies* y que ambos se habían presentado a las elecciones de su distrito —la madre por el Partido Verde, el padre por los Laboristas— en numerosas ocasiones, sin éxito; y que la madre de Mira tenía un hijo de una relación anterior, el medio hermano de su amiga, Rufus, que era el guitarrista principal de un grupo de *rock* en gira, a quien el padre de Mira parecía adorar. Sonaban como gente de una extraordinaria mente abierta, y el hecho de que Mira solo los viera de cuando en cuando fue una prueba más para Shelley de la madurez psicológica que Mira sentía que le faltaba a todos los demás. Le empezó a dar vergüenza que su familia se reuniera todas las semanas para una provinciana comida dominical, en la que la conversación siempre acababa centrándose en el perro, e incluso le dirigían a él sus palabras, y todavía le dio más vergüenza cada vez que Mira le pedía que la dejara unirse. Mira siempre se mostraba educada y encantadora en la mesa: elogiaba la comida y ayudaba a lavar los platos; no mencionaba el Bosque Birnam excepto si narraba alguna anécdota para todos los públicos en aquel tono divertido y confidencial que empleaba para hablar con los adultos. Sin embargo, a Shelley le resultaba insoportable en casa ocasión, todos los detalles eran espantosas acusaciones sobre la mediocridad de su familia, cada palabra que se decía un abominable insulto contra las más firmes y hondas convicciones de Mira. Seguía demasiado encantada con Mira para sospechar que albergaba emociones tan cotidianas como la soledad o tan superficiales como la envidia; al volver a casa, le suponía un alivio regresar a la temática central de su amistad con una nueva catalogación de todas las reformas de las que precisaba la madre de Shelley.

Si la señora Noakes era consciente de la manera despiadada en la que se la diseccionaba, poseía más fortaleza de carácter de lo que Mira o su hija hubieran diagnosticado, ya que a pesar de su resistencia inicial al cambio de rumbo de Shelley, y de que no dejara de compartir con ella ofertas de trabajo «solo para que seas consciente de lo que hay ahí fuera», la señora Noakes había cambiado de opinión respecto al Bosque Birnam; de hecho, a Shelley le fastidiaba admitir que cuando su madre hablaba del tema lo hacía con genuino orgullo y admiración. El redireccionamiento político de 2016 había traído consigo una novedosa sensación de deferencia hacia lo impredecible y radical. En todo el mundo, se hacía escarmiento de los analistas y se criticaba a los expertos; en su lugar habían aparecido los amantes de la disrupción, los imperialistas tecnológicos, los milenarios del metadato y los inflamadores del sentimiento popular, que habían logrado, sin que nadie se percatara pues parecía imposible hasta entonces, manufacturar la autenticidad, la marca más incluyente en todo el mundo. Había aparecido un nuevo vocabulario: el Bosque Birnam era ahora un *startup*, una *pop out*, el retoño de los «creativos»; era orgánico, era local; un poco como Uber, un poco como Airbnb. En este nuevo clima en perpetua agitación, la deserción de Shelley de la economía convencional había adquirido, era muy consciente, una especie de valor retroactivo, e incluso Mira —la rebelde Mira, con su pensamiento independiente— parecía de pronto el tipo de renegada dada a alardear que estaba tan de moda y que uno podía imaginar recibiendo un contrato del gobierno como asesora secreta, mientras escribía blogs incendiarios y columnas de opinión en el periódico defendiendo ideas poco ortodoxas y luchando por la libertad de prensa. Los agitadores habían perdido su encanto juvenil: la rebeldía se había convertido en algo urgente de nuevo, que otra vez estaba justificado, que volvía a ser necesario. Un aura premonitoria había impregnado el Bosque Birnam.

Y Shelley quería dejarlo atrás. Dejar atrás el grupo; la asfixiante censura moral; la fingida sensación de camaradería; el ahorro constante y obligatorio; las dificultades económicas perennes; el piso; su relación con Mira, que no era romántica en el sentido físico, pero se las había apañado para volverse exclusiva y posesiva; y, sobre todo, su papel como la sensata, confiable y previsible secundaria, nunca tan rebelde como Mira, nunca tan librepensadora, nunca —incluso cuando actuaban juntas— tan valiente. Quería dejarlo todo atrás con una pasión tan repentina y absoluta como cuando supo por primera vez que quería involucrarse y, al intentar indagar sobre esta convicción, descubrió que no podía explicar el motivo de su desencanto mucho mejor de lo que podía explicar lo que la había atraído tan imperiosamente al Bosque Birnam, y, no solo eso, sino que descubrió que no *deseaba* explicarlo, no deseaba entenderlo ni someter a escrutinio esa horrible y enterrada certeza de que, sin importar lo que hiciera o dijera, la manera en la que actuara o la vida que eligiera ella siempre estaría equivocada, movida por intenciones erróneas, mal preparada e incompleta. En un recodo oscuro y vergonzoso de su conciencia, Shelley sabía que esos cambios de rumbo drásticos en su vida —sus *fases*, para usar la palabra que Mira tanto odiaba— no se debían a súbitos instantes de lucidez o vocación, sino a una sempiterna y asfixiante sensación de pavor. Había intentado escapar de ella uniéndose al Bosque Birnam, y seguía intentando escapar, pero no lo lograría nunca, porque no era capaz de distinguir, ni de comprender la diferencia entre correr en dirección a algo y huir en la dirección contraria.

El móvil empezó a vibrar y le echó un vistazo para leer la notificación que había encendido la pantalla, estirándose desde su posición para no romper la promesa de no tocarlo. El mensaje era un e-mail promocional de un hotel donde una vez se había conectado al wifi de la entrada. *¡Última oportunidad de ahorrar!,* rezaba el asunto. Los latidos de Shelley volvieron a dispararse. Con tristeza, se llevó la mano a la garganta para ahogar el martilleo y se quedó mirando el dispositivo hasta que se apagó y la imagen fue reemplazada por manchas de grasa y huellas dactilares que marcaban todos los lugares por los que había desplazado los dedos, tecleado, y dado «me gusta» y guardado para luego y agrandado y disminuido y enviado y tirado a la papelera de reciclaje y pulsado el botón de mandar.

Romper con una amiga era bastante difícil de por sí, pero Mira y ella compartían muchísimo más y tenían un compromiso mucho más fuerte que las amistades corrientes, y, por todo ello, Shelley había intentado convencerse de que no deseaba nada más exótico o excepcional que unos ingresos propios, la oportunidad de autorrealizarse y un cambio de escenario, ya que sabía —y se ponía mala solo de reconocerlo— que era poco probable que el Bosque Birnam sobreviviera sin ella. Tras cinco años de operaciones, el colectivo seguía sin acercarse al nivel de autosuficiencia al que se referían medio en broma como «montárselo a lo grande»; sin sus aportaciones aquel sueño se desvanecería aún más. Mira tendría que encargarse de las cuentas y de planificar, tareas en las que era nefasta hasta la comedia. Tendría que buscar a otra persona para el piso, y quizás un piso nuevo. Tendría que entrenar al sustituto de Shelley, no solo durante meses sino durante años, puesto que cada estación traía sus propios retos y oportunidades y cada cultivo se comportaba de forma distinta, y todas esas cosas, pensó Shelley, horrorizada de sí misma hasta indignarse, todas esas cosas requerirían un tiempo que a Mira no le sobraba. El proyecto se vería obligado a reducir su tamaño, los miembros perderían el interés y se marcharían, y las ambiciones de Mira quedarían aplastadas. Sintiéndose egoísta de una manera despreciable y absurda, Shelley se dirigió al exterior para darle vueltas al montón de composta y ensayar lo que iba a decir.

De manera oficial, el grupo cultivaba dieciocho parcelas de tierra a lo largo de la ciudad: unas pocas en jardines de residencias y guarderías, una alrededor del aparcamiento de una clínica quirúrgica y dental, y la mayoría en los patios de pisos alquilados a estudiantes. A cambio del acceso al espacio y el uso del suministro de agua, los huéspedes recibían la mitad de lo que producía cada cultivo; el resto de la cosecha se destinaba a los miembros, ya fuera para su consumo o para empaquetarlo y donarlo a los necesitados o venderlo junto a la carretera bajo un cartel que afirmaba, con ciertas licencias creativas, que se trataba de hortalizas caseras. De acuerdo a sus principios, empleaban sus ingresos exclusivamente en semillas, tierra y el instrumental que no se pudiera conseguir a través de trueques o rescatar del basurero. Nadie tenía sueldo, y todos los bienes eran compartidos, por lo que, como resultado, el grupo era una ocupación a tiempo parcial e incluso Mira, que estaba siempre matriculada en la universidad para obtener el subsidio a estudiantes y la beca anual para costes relacionados con el curso, se veía obligada a buscar trabajo de vez en cuando.

Shelley había sugerido la posibilidad de lanzar un servicio de suscripción en varias ocasiones —una caja mensual de producto agrícola, seleccionado de todas sus parcelas y con envío a domicilio— para darle al grupo un poco más de estabilidad a la hora de planear, pero a pesar del interés general nunca llegó a suceder. El problema no se reducía a que nunca lograban alcanzar ese punto de volumen crítico en el que los ingresos al fin superarían a los numerosos gastos y responsabilidades; sino que montárselo a lo grande, al menos para Mira, siempre tuvo más peso que montárselo a secas. Su ambición para el Bosque Birnam era nada más y nada menos que un cambio social radical, generalizado y duradero, lo que podría lograrse, estaba convencida, si eran capaces de hacer ver a los demás la cantidad de tierra fértil que suplicaba que le dieran un uso, por todas partes, cada día —y todo lo que podrían conseguir en el mundo si cada cual aportaba sus conocimientos y recursos— ¡y cuán arbitrario y absurdamente perjudicial era el concepto de la propiedad de la tierra cuando se lo divorciaba de su uso o de la vivienda! La dificultad, por supuesto, radicaba en saber si era mejor concienciar al público a través de la protesta, y arriesgarse a repeler a la gente que quedaba por convertir a la causa, o arriesgarse a las acusaciones de hipocresía y de intentar cambiar el sistema desde dentro; y aquí Mira nunca daba la misma respuesta. En cuestión de caracteres, existían dos facciones en el Bosque Birnam: los ideólogos, que eran combativos y autoconscientes, y favorecían los objetivos revolucionarios; y los aficionados a las buenas obras, que solían trabajar más duro, pero también, en cierta manera, suponían mucho trabajo, puesto que estaban más obsesionados que los ideólogos en las sanciones para cada infracción al protocolo. Mira no encajaba del todo en ninguna de las categorías, pero el hecho de que la facción ideológica hubiera mermado a lo largo de los años le suponía una gran vergüenza y consternación y, a veces, Shelley se preguntaba si aquella evidente falta de interés en la viabilidad económica del Bosque Birnam sería una forma de reafirmarse a sí misma, aunque fuera de manera inconsciente, que no se había vendido.

Mira tenía una relación particular con el dinero. No le interesaban los beneficios, pero, a la vez, la obsesionaba el crecimiento, y se oponía a la mayoría de las políticas económicas convencionales no solo en términos morales, sino porque en su opinión limitaban la imaginación. No había padecido depresión, lo que era inusual en alguien con sus ideas políticas; sus convicciones eran del tipo que necesitaba un adversario contra el que batirse, no de las que precisaban una cura. Podía ser impulsiva, generosa hasta un punto alarmante y nunca parecía pensarse demasiado (al contrario que Shelley) las cosas que regalaba o vendía, pero también era increíblemente veleidosa. Por ejemplo, veía que la universidad nunca hubiera contactado con ella para inquirir el motivo de sus continuas faltas como una prueba de un modelo de negocio voraz que, en su opinión, había corrompido los pilares fundamentales que justificaban la existencia de la educación superior, lo que excusaba todos los actos de desobediencia civil ante ella; sin embargo, el hecho de que estuviera usando aquella sagrada institución de aprendizaje como un mero instrumento financiero no era más que conveniente para Mira. No le preocupaba, o al menos afirmaba que no le preocupaba, que su expediente estudiantil no mostrara más que suspensos en los últimos tres años; y, aunque su deuda estudiantil superaba los cientos de miles de dólares, afirmaba que no era algo que le quitara el sueño puesto que no tenía intenciones de pagarla.

En cualquier caso, podían conseguir gratis la mayoría de lo que necesitaban, o bien de la naturaleza, o rebuscando en contenedores de la basura o de reciclaje, coleccionando trastos del hogar que nadie quería ya o, más simple aún, pidiendo donaciones. Shelley había aprendido de Mira la particular clarividencia de los chatarreros; por lo tanto, los objetos desechados ahora solo se le aparecían en sus formas potenciales. Las mosquiteras viejas hacían de toldo; los cartones aplastados y los retales de alfombras servían de esterilla de protección para la hierba; las botellas de plástico, una vez cortadas por la mitad, se convertían en campanas para mantener calentitas las plantas jóvenes. Cualquier receptáculo podía servir como semillero y cualquier objeto reflectante se podía colocar para maximizar la luz. En aquellos años había descubierto que mientras más estrambóticas fueran las peticiones, más dispuesta a cumplirlas se mostraba la gente: pinzas de la peluquería para repelentes de orugas; medias viejas para ponérselas encima a las coles y coliflores y protegerlas de las plagas; lana para enmarañar entre los cultivos y disuadir a los pájaros de acercarse. Todos los alféizares del diminuto piso que compartía con Mira estaban ocupados por filas y filas de plantitas; y dejaban constancia de cada cultivo en la carpeta compartida con todos los miembros, en la que se mantenía el seguimiento de los imbricados calendarios para quitar las malas hierbas, regar y cultivar, además de anunciar las tareas pendientes, registrar dónde se almacenaban las herramientas y desplegar los gastos en los que habían incurrido.

Ese era el rostro oficial del Bosque Birnam, el que se ponían para reclutar miembros y contactar con anfitriones potenciales para los cultivos; en realidad, sin embargo, una gran parte de lo que cosechaban se había plantado sin permiso en terrenos públicos o abandonados. Seleccionaban cultivos perennes y resistentes, anuales de crecimiento rápido o —si el suelo disponía de un buen arado— tubérculos que pudieran confundirse con hierbas desde lejos, y los plantaban junto a las verjas y las vallas, junto a las salidas de la autopista, en obras de demolición y desguaces a rebosar de automóviles abandonados. Para evitar que los descubrieran, atendían aquellos cultivos clandestinos a primera hora de la mañana, o, a plena luz del día, vestidos con chaquetas reflectantes, para dar la impresión de que se trataba de un plan aprobado. El agua suponía su mayor desafío ya que, sin importar el volumen, pesaba demasiado para transportarla. Una botella de refrigeración de veinte litros de agua atada con cintas a una bicicleta era una imagen demasiado inusual para arriesgarse a repetirla con regularidad, y, aunque habían experimentado con irrigación por aspersores construidos con contenedores de plástico perforados, también tenían la desventaja de llamar la atención. Tenían más suerte recogiendo el agua de la lluvia, dragando estanques y ríos, y apropiándose de válvulas y bombas de irrigación privadas, donde, en caso de que los descubrieran, debían cuidarse de no identificarse —ni al Bosque Birnam— con sus nombres reales.

A Shelley no se le daba bien mentir y, sin importar lo insignificante o justificado que estuviera el allanamiento, nunca se deshacía del pavor a que los descubrieran. No solía suceder a menudo pero, cuando pasaba, todos los razonamientos de Mira —que solo recogían lo que habían sembrado; que le estaban aportando al suelo y al aire, por lo menos, lo mismo que se estaban llevando; y que una buena porción de sus cosechas estaban destinadas a los necesitados; y (en los momentos de anarquismo) que los propietarios cometían robo a una escala mayor solo por virtud de ser propietarios— la abandonaban y le daba tanta vergüenza que cualquier otro de los miembros del grupo tenía que emplear una de las historias plausibles que habían diseñado para demorar a las autoridades lo suficiente como para escaparse.

Y no solo allanaban propiedad privada. A veces sus cultivos ahogaban a la competencia local, o se volvían tan prolíficos que era carísimo recogerlos; a veces, regresaban a un cultivo para descubrir que lo habían bañado en herbicida o quemado. Se adueñaban de esquejes de los jardines suburbanos, las hojas amontonadas de los parques públicos y el estiércol de las tierras de labranza. Mira había robado esquejes de huertos de manzanas comerciales —ramitas incipientes de Braeburn y Royal Gala que injertó en las cepas de manzanos amargos— y herramientas de casetillas de jardín abiertas, aunque solo, solía insistir Mira, de barrios ricos, y solo las herramientas que no parecían usarse habitualmente. Pero su amiga valoraba demasiado su libertad para arriesgarse en exceso, y tenía mucho cuidado de esconder las pruebas de la actividad criminal a la mayoría de los miembros del Bosque Birnam, puesto que estaba desesperada por seguir causándoles buena impresión. Mientras removía el abono y el aire se llenaba de un agradable pestazo vegetal, Shelley llegó a la conclusión de que aquella había sido su contribución más valiosa al grupo, en todos aquellos años; gracias a su improbable colaboración, le dio a Mira la única credibilidad que le faltaba: la de la normalidad. Representaba el papel de secundaria no como una discípula o una fanática, sino como un personaje complementario, que no solo templaba la imagen de Mira, sino que se aseguraba —y se había asegurado— de que la cara oculta del Bosque Birnam no saliera a la luz.

Oyó el crujido de la grava a su espalda y se dio la vuelta, sorprendida, porque ni siquiera una liebre como Mira podría haber llegado tan rápido. No obstante, la persona que atravesaba el acceso para automóviles era un hombre barbudo y bronceado de unos treinta años, con los hombros un poco redondeados, la larga cabellera recogida hacia atrás desde la frente y los pulgares bajo las asas de la mochila. Llevaba una bufanda de tela escocesa y un abrigo deforme de lana, que parecían gritar al mundo que eran de segunda mano.

—Hola —dijo—. Estoy buscando a Mira. ¿Bunting?

Shelley se lo quedó mirando.

—¿Tony?

—Ay, mierda —respondió.

Era más bajo de lo que recordaba y el bronceado destacaba el azul de sus ojos.

—Shelley —le recordó—. Shelley Noakes.

—Dios —respondió él—. Lo siento muchísimo. Va a ser verdad que ha pasado demasiado tiempo.

Pero tenía las mejillas encendidas: estaba claro que seguía sin reconocerla y que estaba registrando su memoria con desesperación en busca del más escaso detalle sobre su persona, porque el nombre no había servido de nada. Para echarle una mano, Shelley añadió:

—Te fuiste poco después de que me uniera. —Era una manera amable de decirlo, pues habían transcurrido varios meses entre una cosa y otra—. Han pasado unos cuantos años, ay, Dios. Te fuiste al extranjero.

—Sí, es cierto —respondió él con expresión atormentada—. Acabo de regresar.

—Era por una especie de programa de enseñanza en el extranjero, ¿verdad? ¿En Sudamérica?

—México —confirmó, sonrojándose aún más—. En realidad, está en el norte, pero tienes razón. Estuvo genial. Llegué a pensar que no volvería nunca.

—Me imagino.

Le echó un vistazo a la casa, todavía rojo de la vergüenza.

—Se me hace muy raro haber vuelto. Las cosas siguen igual, pero a la vez todo ha cambiado, ¿sabes a lo que me refiero?

—Me imagino —repitió Shelley.

—Por cierto, esto tiene muy buena pinta. —Hizo un gesto que abarcaba el montón de composta, el túnel de cultivo y el banco de siembra—. Me han dicho que seguís dándole duro.

—Así es —respondió Shelley echándole un vistazo también—. El taller de Papá Noel.

—Exacto —dijo entre risas. Parecía aliviado—. ¿Vives con Mira?

—Sí, entonces también vivíamos juntas —señaló Shelley—. Nos mudamos al piso de Hansons Lane junto antes de que te fueras. Como un mes antes. —Hizo una breve pausa—. Recuerdo que tu fiesta de despedida fue una locura.

—Oye —respondió él—. Lo siento mucho, mira, de verdad...

—¡Anda ya! —dijo ella, con un gesto despreocupado—. Solo quería hacerte sentir mal.

—Bueno, si no te... la verdad es que entonces era un imbécil de cuidado.

—No te apures —contestó Shelley—. Quizás eras peor que la mayoría de los imbéciles, pero no exageremos.

—Ay, Dios —dijo, llevándose las manos a la cabeza—. Vale. Te estás quedando conmigo.

Le dedicó una sonrisa aviesa.

—¿Y no te había prestado dinero? ¿Más o menos... una fortuna? ¿Sabes qué? Estoy bastante segura de que sí. Y nunca me lo devolviste.

—Te lo estás pasando muy bien con esto, ¿no? —Ahora él también sonreía.

—Es una posición de poder —replicó Shelley—. No tengo intención de malgastarla.

Casi no se reconocía a sí misma. La adrenalina acumulada tras los ensayos del inminente enfrentamiento con Mira le permitía hablar y actuar de una manera ajena por completo a todo lo que ella era; se sentía a la vez poseedora de una peligrosa impulsividad y una peligrosa calma. La Shelley normal se habría sentido mal por él y se habría disculpado porque fuera tan fácil olvidarse de ella, le habría asegurado que no existía expectativa alguna de que la recordara, ya que había pasado tanto tiempo y su amistad había sido tan breve, y esos días empezaban a difuminarse. La Shelley normal le habría tomado el pelo, con la condescendencia de una hermana mayor, con que en esa época estaba tan enamorado de Mira —y todo el mundo había sido consciente de ello— que no era raro que tuviera la memoria distorsionada; por supuesto, tenía todo el sentido del mundo que lo único que recordara de aquellos días fuera a ella. Para honrar sus afectos mutuos y tranquilizarlo, la Shelley normal le habría dejado caer que, aunque no era nadie para decírselo, Mira siempre había lamentado que lo suyo tuviera un final tan abrupto.

Pero no se sentía normal. Se le había ocurrido una solución, una estrategia de huida tan limpia que apenas dejaría sangre. Se acostaría con Tony. Se acostaría con Tony y se lo confesaría todo a Mira, y Mira no sería capaz de perdonarla. No habría necesidad de discusiones, ni disculpas ni explicaciones lacrimógenas ni peleas interminables de madrugada. No habría más que decir. Solo existiría el hecho de su traición, que Mira no podría perdonar; y si Shelley dejaba el Bosque Birnam por voluntad propia o por exigencia de Mira, ya no sería algo relevante. Se acostaría con Tony y, después de eso, marcharse del grupo ya no sería algo que tuviera que consultar, sino algo que ya estaría hecho.

—¿Está en casa? —preguntó Tony—. No la he llamado ni nada.

—Volverá en un par de horas. —La mentira le resultó fácil: no rompió el contacto visual, ni se sonrojó—. Oye, ¿te apetece salir a tomar algo? —añadió con naturalidad, como si acabara de ocurrírsele.

Él dudó durante un momento, pero estaba claro que se lo debía y no podía poner como excusa que tuviera otro compromiso. Gracias a aquella nueva y sobrenatural confianza en sí misma, Shelley no temía que fuera a rechazarla. Iba a acostarse con él, esa misma noche.

—Claro —respondió él, sin ningún entusiasmo—. Venga, ¿por qué no?

—Fantástico —dijo Shelley—. Voy un momento a por el móvil.

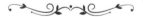

Tony Gallo no había sido del todo sincero: llevaba casi cinco semanas en Nueva Zelanda y, aunque nunca lo habría confesado, había visto a Shelley de lejos dos veces, sin acordarse de que se conocían de antes. En ambas ocasiones, había estado con Mira; la primera, montando en bicicleta a través del campus de la facultad de magisterio, Shelley con una amplia sonrisa mientras que Mira, que conducía con una sola mano, gesticulaba exageradamente para acompañar la broma; y la segunda vez, mientras organizaba los desechos detrás de una tienda de chatarra contigua al vertedero en el que Mira trabajaba los sábados por la mañana, y a donde él se había dirigido el primer sábado por la mañana tras verla en la bici con la esperanza de que no hubiera cambiado su horario en los años que había estado lejos. Era obvio que seguía igual; pero cuando giró hacia el aparcamiento y se dispuso a apagar el motor y salir del coche, vio que, una vez más, Mira estaba atareada conversando, esta vez con aire serio, y asintiendo con énfasis solemne según Shelley hablaba. Ninguna de las veces que Tony había ensayado la escena del reencuentro había incluido la presencia de una tercera persona, y verla tan ensimismada con lo que fuera que Shelley le estuviera diciendo le hizo perder los nervios de pronto, como si aquel enfrascamiento tan completo en el presente fuera prueba, en sí mismo, de lo poco que ella pensaba en él y de las raras veces que echaba mano del pasado. Vestía, igual que Shelley, un mono y unas botas con casquillo, y, ahí sentado en el coche en reposo con la mano en el encendido, Tony empezó a percatarse con dolor de sus ropas recién lavadas, que olían al suavizante de eucalipto que usaba su madre y que, de todos los aromas de su infancia, tenía la asociación más fuerte con estar en casa. Unos segundos después, Shelley dijo algo que hizo que Mira echara la cabeza atrás para reírse, y casi como acto reflejo, Tony salió del aparcamiento, cambió a primera y se marchó, encorvándose de manera poco natural sobre el volante mientras rezaba para que Mira no dirigiera la vista hacia el coche y reconociera la matrícula de su padre difuminándose en la lejanía.

Su aparición en el piso aquella tarde había sido planeada con mucho más cuidado, desde la ropa que llevaba y el medio de transporte hasta el contenido de su mochila, que incluía una agenda, una pluma estilográfica, una cámara *vintage* de 35 mm y varios libros que ya había leído. Había ido en autobús, con la intención de llegar un poco después de las cuatro; una buena hora para una visita social y, aun así, lo suficientemente temprano como para que si no había nadie en casa pudiera sentarse en el umbral y leer un rato sin dar la impresión de que le estaba tendiendo una emboscada. A decir verdad, no había llamado para avisar, pero, de esa forma, cumplía con el reto de comunicarse, en la medida de lo posible, de manera analógica que Mira y él se habían planteado y, de todas formas, el contrato de su antiguo número neozelandés había expirado y al cambiarse a una nueva compañía había perdido los números de todo el mundo. Ahora le parecía que toda esa preparación mental era estúpida. Mientras esperaba en el patio a que Shelley recogiera sus cosas y cerrara la casa, prestó atención a las señales de trabajo y productividad que lo rodeaban y le sobrevino de nuevo la pesimista sensación de que sobraba en la vida de Mira. Estaba claro que el Bosque Birnam había florecido en su ausencia, lo que era de por sí agridulce; y, aunque se había armado de determinación para prepararse ante la posibilidad de que Mira estuviera con alguien, muy probablemente en una relación muy seria, se dio cuenta en ese momento que descubrir que estaba soltera quizá lo haría sentirse incluso peor, por algún extraño motivo.

Tony no había esperado que su regreso fuera tan desalentador. Le molestaba la condescendencia y había detectado en sus hermanos cierto triunfo provinciano por que los términos de la visa lo hubieran obligado a volver a casa; tanto el hecho de que las cosas hubieran cambiado como el de que todo siguiera igual parecían reprocharle algo. Su hermano pequeño y su padre se habían vuelto íntimos en su ausencia, de una manera que se le antojaba un teatrillo exagerado para él, como si quisieran restregarle todos los momentos que se había perdido. La devoción de sus hermanas le resultaba inaguantable, y la manera en la que su madre parecía conforme con el aparente desprecio de su padre hacia ella lo ponía de los nervios. Le dolía que ninguno tuviera curiosidad por sus aventuras en el extranjero y le enfurecía su propia regresión a un adolescente malhumorado, que había sido casi instantánea y, lo más alarmante, parecía escapar de su control. Aquel era el motivo principal por el que no se había puesto antes en contacto con Mira; de hecho: había pasado gran parte de las últimas cinco semanas en un ciclo de furia e impotente resentimiento, de cuya falta de atractivo era muy consciente, y no se sentía capaz de esconderlo.

Tony era el mediano de cinco hermanos y la excepción, en su opinión, a la regla familiar que, atípicamente para Nueva Zelanda, consistía en un catolicismo devoto, conservador y muy estricto. Todos sus hermanos habían seguido el ejemplo de su padre: sus hermanas estudiando la carrera de medicina, la profesión de su padre; y su hermano pequeño ingresando en el seminario, el sueño juvenil de su padre. Este camino truncado era de gran importancia para la mitología personal del doctor Gallo y, por extensión, para la mitología familiar, que estaba bajo su control: como célibe fallido, contemplaba la existencia de su mujer y sus hijos con decepción y profundo arrepentimiento. Su propio padre, el abuelo Gallo de Tony, había ido al Vaticano como emisario y era una figura tan importante en el acervo familiar que de niño Tony lo había confundido con el papa y había presumido ante los hijos de los vecinos de que *su* abuelo era el guardián de las Llaves del Paraíso, ya que una homilía del Domingo de Pascua de la que había entendido la mitad le había convencido de que eran reales y no metafóricas. Cuando el padre de Tony se enteró de esto, su respuesta fue dejar a su hijo sin paga por un mes. El doctor Gallo favorecía los métodos disciplinarios que impartían sanciones arbitrarias a sus hijos durante un tiempo determinado. Tenía un calendario en la nevera dedicado en exclusiva a registrar el lujo del que se privaba a cada niño y durante cuánto tiempo: paga, pero también televisión, ordenador, ir a recogerlo al colegio si llovía, el trampolín, el pudín, el chocolate de antes de dormir, jugar en los espacios comunes y comer entre horas. De entre todos los niños, Tony era el que más a menudo sufría estos castigos. Como hijo varón de mayor edad y tercer hermano, cargaba tanto con las expectativas de su padre como con su impaciencia, y, como resultado, su conciencia moral siempre había estado marcada, desde que tenía memoria, por el vívido presentimiento de su condena y un amargo deseo de recibir un castigo que, por una vez, se correspondiera con el crimen cometido.

Como era inevitable, la primera gran rebelión adolescente de Tony había sido renunciar a su fe. Era un chico brillante, orgulloso de su intelecto, a menudo crítico hasta el punto de la indignación y capaz de detectar la hipocresía, sobre todo en sí mismo, según insistía; y aunque entendía que su decisión de dejar de ir a misa tenía algo de capricho —hacía excepciones para funerales y bodas, pero se negaba a comulgar, hacer genuflexiones o cantar—, se preocupaba de someter al ateísmo a las mismas dudas y provocaciones con las que había desafiado a sus creencias. El rigor intelectual era el hábito que más admiraba en los demás, sobre todo si se combinaba con una inclinación hacia el debate, y no lo halló en sus hermanos ni compañeros de clase, sino *online* chateando con extraños en los tablones de discusión mal formateados que precedieron a Twitter y Facebook, en los que las conversaciones eran temporales y se garantizaba el anonimato. A medida que fueron madurando su retórica y su vida lectora, comenzó a despreciar lo que su instituto denominaba «educación»: la manía por los exámenes; la intolerancia ante el auténtico desacuerdo; y la conformista celebración del pulcro y refinado «estudiante modelo» destinado a tener una renta elevada, que mostraba deferencia y hablaba con propiedad, siempre apuesto y con talento para la música, además de para un deporte de verano y otro de invierno. Tony dejó de hacer los deberes como protesta y cada año sorprendía a sus padres obteniendo la puntuación máxima en los exámenes.

En la universidad, estudió filosofía política y se ganó la reputación de ser conflictivo en clase, hasta el punto de que a menudo le pedían, según el vocabulario de moda, que se revisara los privilegios, lo que casi siempre sucedía, en su opinión, en el momento en el que se agotaban los argumentos de mejor calidad que exponían sus oponentes. Según dice el refrán, la política comienza en el hogar y el autocrático doctor Gallo había gobernado su hogar de una forma tan opresiva y claramente injusta que Tony se había acostumbrado a verse a sí mismo como un insurrecto. Durante toda su vida le habían pasado de largo, subyugado, ridiculizado y robado las oportunidades de defenderse y nadie le haría creer que su única liberación de la tiranía del doctor Gallo —su mente— era un mero síntoma que lo colocaba como un nuevo instrumento de la clase opresora. No era un sentimiento de victimismo exactamente, puesto que era demasiado orgulloso como para aplicarse el término, sino una licencia para rebelarse; su intelecto era su libertad, y sabía que no había provocación más grande que controlarle el vocabulario o su estilo retórico. Al grado universitario, siguió un máster en el que criticó el antihumanismo del pensamiento político postestructuralista, y en ese momento sintió que había alcanzado lo máximo que podía ofrecerle aquella remota nación isleña, escasamente poblada y con una historia tan benigna. Dos días antes de la graduación, el abuelo Gallo murió, dejando atrás unas propiedades más lucrativas de lo que podría haberse imaginado nadie de la familia, y lo primero que Tony compró, una vez que se hubo arreglado todo y se distribuyó la herencia, fue un billete al extranjero.

Shelley salió de la casa con un anorak y una mochilita, así que Tony varió su expresión para reflejar educada expectación, mientras que ella cerraba la puerta y se guardaba las llaves.

—Todo genial —dijo ella, sonriéndole.

Él le devolvió la sonrisa y le indicó con la palma abierta que lo guiara.

Le reconcomía no acordarse de ella. Tony se consideraba poseedor de un sano respeto por las mujeres; sano, en concreto, porque no era del todo incondicional. No se oponía a los principios básicos del feminismo y estaba seguro de que habría dado la bienvenida a cualquier argumento, bien fundamentado, a su favor. Pero a lo largo de su veintena, cada vez había estado más en desacuerdo con las ortodoxias predominantes del feminismo de izquierdas contemporáneo que, en su opinión, parecía haber abandonado el noble objetivo de la igualdad entre los sexos a favor de un egoísmo descarado o la venganza. No podía aceptar una cosmovisión cuyos términos no tuviera permitido cuestionar, y le ofendía esa caricatura de poder y privilegio que siempre le decían que personificaba, de manera automática y absoluta, sin importar cuáles fueran sus intenciones, ni lo que sintiera o pensara, o incluso lo que hiciera; pero no podía negar, en aquellos momentos, que al olvidarse de Shelley Noakes —y se había olvidado de ella *por completo*— parecía adecuarse, o al menos haberse adecuado en el pasado, a esa misma imagen; y tomar conciencia de ello le inquietaba. Se sentía, vagamente, como si le hubieran tendido una trampa; no Shelley, sino todas las mujeres que lo habían acusado, sin fundamento, de machismo.

—¿Merecía la pena el programa educativo? —preguntó Shelley, mientras echaban a andar por el acceso para automóviles—. ¿De qué dabas clases? ¿Lo recomendarías? ¿Estaba bien?

—¿Te apetecería probarlo?

—Quizá —dijo Shelley, como si la respuesta le sorprendiera—. Quizá, sí.

—Te podría echar una mano —dijo Tony—, en caso de que lo digas en serio. Te puedo poner en contacto con un montón de gente.

—Un poco peligroso cuando no tienes ni puta idea de quién soy.

—Bueno, no creo que seas la loca del hacha. No me transmites ese rollo.

—¿Por qué siempre decimos «el loco del hacha» y no el de la pistola o el cuchillo? —inquirió ella meditando sobre sus palabras.

—O el loco de la motosierra.

—No, la gente sí dice lo del loco de la motosierra.

—¿Tú lo dices?

—Pues sí —respondió Shelley—. Es un dato clave. No se te puede olvidar.

—Pero dirías algo así como «era una loca y usaba una motosierra».

—Oye —protestó Shelley—. ¿Por qué una loca?

—¿No estamos hablando de ti?

—Vale —respondió ella—. Entonces sería la dama de la motosierra. Así me llamarían «la dama de la motosierra».

—Parece el nombre de una banda.

—Eso es lo que dice todo el mundo antes de que le corte la cara con la motosierra.

—Bueno, ahora sí que empezamos a conocernos —dijo Tony entre risas.

Dieron unos pasos en silencio.

—Cuéntame cómo fue —dijo Shelley enseguida—. ¿Dabas clase de inglés? ¿En qué cursos? ¿Cómo eran los estudiantes? ¿Cuántos años tenían? ¿Fue a través de una ONG? ¿Cómo ha sido?

Aquellas eran las preguntas que la familia de Tony nunca había formulado y que él se moría por que le hicieran; y, cuando empezó a responder y describir sus experiencias en Ciudad de México, su vida como profesor, a sus compañeros, los ensayos que había publicado, las manifestaciones a las que había acudido, los amigos que había hecho, sintió, por primera vez desde que había vuelto, un placer y un contento genuinos. Lo tomó casi por sorpresa recordar que podía enorgullecerse —y *estaba* orgulloso— de todo lo que había visto y hecho en el extranjero y sentirse por encima de la mundanidad corriente que desde su regreso parecía marcarlo meramente como un desertor, un tipo condescendiente hasta el hastío, un apóstata (no solo para la religión, sino para su familia, su país e incluso, por algún motivo impenetrable, para él mismo). Shelley no había viajado mucho, pero no expresó envidia ni impaciencia cuando le contó sus viajes de mochilero por Guatemala, Honduras y Nicaragua; Brasil y Venezuela; Ecuador, Chile y Perú, sino que en lugar de eso inquirió con auténtico interés sobre la comida, las costumbres locales, las diferencias que había observado entre los distintos países, si habían desafiado sus ideas preconcebidas, si sentía que había cambiado. A Shelley se le daba bien escuchar y era curiosa, empática y generosa con su atención, además de asociar ideas en sus respuestas, y llevaban hablando como veinte minutos antes de que la conversación se centrara en ella, tras lo cual Tony se sorprendió de nuevo, con gran placer, al descubrir que tenían mucho en común.

Ambos habían dado clases particulares de Lengua durante la carrera y consideraban que su propia educación había sido deficiente, se sentían igual de exasperados con el estado de las ideas predominantes en Nueva Zelanda y compartían una adoración por John Wyndham y Ursula K. Le Guin. Desde el punto de vista político, Shelley era la nota discordante en su familia, igual que Tony, y le confesó que esto la había entristecido durante sus años en el

Bosque Birnam, puesto que la mayor parte del grupo había heredado sus ideas políticas de sus padres y no entendían la soledad, o incluso el pesar, de haber tenido que forjar su camino en solitario; un logro que, en opinión de Shelley, merecía ciertos elogios, puesto que había leído en internet por alguna parte que el predictor más preciso de tendencias políticas eran las preferencias electorales de los progenitores de cada uno, mucho más que edad, etnia, género, nivel educativo o localidad. A Tony le encantó esta estadística, de la que nunca antes había oído hablar y, según intercambiaban historias de su desencanto mutuo, se sorprendió cada vez más de haber olvidado a una persona tan simpática como Shelley Noakes. No se le pasó por la cabeza que como *ella* no lo había olvidado a *él*, bien podría estar mostrando una personalidad customizada, con opiniones a medida, un currículo adaptado para que encajara con lo que ella recordara de sus intereses y gustos; nunca se le ocurrió que pudiera estar ligando con él, y solo llegó a la conclusión de que su cándida cercanía y su aptitud honesta y dispuesta rezumaban un aire de atractiva familiaridad; cualidades de cierto tipo de mujer neozelandesa que, hasta ese momento, no se había percatado de que añoraba.

—Cada vez que hacía algo con el Bosque Birnam —empezó Tony—, incluso si solo lo mencionaba, incluso si solo decía el nombre, mi padre respondía sin falta: «¿Y quién es Macbeth?». No se sabía más chistes.

—Tendrías que haberle respondido: «Eres tú, papá» —dijo Shelley.

—La verdad es que sí, pero creo que eso era justo lo que quería que dijera.

—Mi padre solía llamarlo el Bosque de las Lamentaciones —dijo Shelley.

Tony se echó a reír.

—Ay, Dios. Es brutal.

—Es… por si te hacía sentir mejor.

—¿Sabes qué? —dijo Tony todavía entre risas—. La verdad es que ayuda.

Habían llegado al bar.

—Te invito —dijo Shelley mientras abría la puerta—. Es lo justo, ya que estoy a punto de matarte.

—Oh, muchas gracias —respondió Tony—. Una cerveza sería genial. Una de grifo mismo. De Monteith.

Se fue a buscar una mesa, con una sensación agradable y la idea de que quizás había sido un golpe de suerte que Mira no estuviera en casa cuando había llegado. La última vez que habían hablado fue en su fiesta de despedida hacía casi cuatro años, una noche que pendía de su memoria como una docena de momentos escasamente iluminados que colgaban de un hilo: Mira en la pista de baile, moviendo las manos en el aire sobre la cabeza; Mira sonrojada en la salida de emergencia, con los ojos cerrados, presionando el cristal de la copa de vino con fuerza contra la mejilla; Mira con una expresión ávida; Mira con la mano en torno a su cintura. La mañana siguiente, en la solitaria autocompasión de una resaca importante, había compuesto un e-mail largo y tortuoso para ella que estuvo en su escritorio durante seis semanas hasta que, borracho de nuevo, lo había arrastrado a la papelera y lo había borrado para siempre; eso era todo. No habían estado en contacto desde entonces; en cuatro años, ni mensajes, ni correos, ni llamadas. Desconocía si ella también había escrito y borrado mensajes similares para él; no tenía ni idea de si lo echaba de menos, ni de cómo iba a recibirlo, ni de qué pensaría de él, de qué diría; pero, ahora, pensó con felicidad mientras se quitaba la bufanda y se desabrochaba el abrigo, gracias a Shelley, tendría la oportunidad de descubrirlo. Ahora, cuando se reencontrara con Mira, estaría bien armado.

Shelley colocó una jarra de cerveza color miel y dos vasos.

—*Happy hour* —le informó.

—Genial —respondió Tony— Muchísimas gracias. —Observó cómo servía los vasos y después continuó—. Así que has seguido con el grupo todo este tiempo.

—¿Te refieres al Bosque Birnam?

—Exacto. Es que… es un nivel de compromiso impresionante, madre mía. Seguro que eres del núcleo duro.

Le pasó a Tony el vaso de cerveza y se sirvió uno.

—Ha cambiado un poco desde que te fuiste —comentó Shelley, que parecía elegir cada palabra con mucho cuidado—. A lo mejor te decepcionaría.

—¿A qué te refieres?

—Se ha vuelto más convencional, supongo —contestó—. No hay tantos anarquistas. ¿Te acuerdas de los *punkies* metaleros? ¿Dan Javins y cómo-se-llamara Fink?

—¡Ay, claro, Fink!

—Ese —confirmó Shelley—. Los dos se fueron hace tiempo.

—Entonces no contéis conmigo —dijo Tony, fingiendo decepción—. Me había decidido a volver, pero si se han ido los *punkies* metaleros, que os jodan.

Shelley le sonrió.

—Se ha convertido en algo parecido a un negocio, eso quería decir. Seguimos sin ánimo de lucro y con la acción directa y todo eso, solo que hay más rollos legales. Más burocracia.

—Parece que estás un poco harta.

—Es solo que me siento muy mayor para esto, ¿sabes?

Se quedó esperando a que Shelley dijera algo más, pero ella desvió la mirada y fijó su atención en un anuncio de la tele sobre la barra. Tony le dio un trago a la cerveza, observándola. Después de unos instantes, preguntó:

—¿Y qué opina Mira de todo esto?

—Oh, ya la conoces —respondió Shelley—. Sigue queriendo comerse el mundo.

—O sea que no ha cambiado.

—Oh —repitió Shelley, mirando el vaso—. No lo tengo claro. Quizá. —Dio un sorbo a la cerveza, de pronto distante, pero cuando posó de nuevo el vaso en la mesa pareció animarse y volvió a sonreírle—. La pregunta más obvia. ¿Qué vas a hacer ahora que has vuelto?

—Voy a hacerme autónomo —contestó—. Ensayos, artículos, lo que se me ocurra. Tal vez un pódcast.

—O sea, ¿periodismo?

—Sí, artículos largos de investigación. Comentario social. Un poco de teoría. Nada de esa mierda de ensayos documentales, sino el tipo de trabajo que tiene una postura definida y requiere tiempo y atención. Nada de esos putos... ¿cómo dice la gente? *Hot takes*.

—Casi escupo la cerveza.

—«Le escupo a tu último *hot take*».

—Teoría —dijo Shelley—. Es la palabra que buscamos.

—No, ¿en serio?

—Claro. Es como: «Mi teoría sobre el encarcelamiento masivo».

—Seguro que estás súper a favor.

—¿Lo ves? Lo has captado. *Eso* es una teoría.

—¿«Encarcelamiento masivo: ni se asoman a masivo»?

—Bum —respondió Shelley—. Se escribe solo.

—Que va —replicó él—. Ni siquiera deberíamos hacer bromas con el tema.

Ambos permanecieron el silencio.

—En fin, eso es lo que tengo pensado —continuó Tony para retomar el hilo—. Periodismo de investigación. Tengo una página web y he publicado cosillas en periódicos, revistas y sitios así. Nada impresionante, pero al principio lo más importante es construirse un perfil.

—Me sabe mal —dijo Shelley—, no tenía ni idea de que te habían publicado.

—Solo en digital —reconoció él—. Todo muy de nicho. Nunca me han pagado ni nada.

—Oye —contestó la chica con ligereza—. ¿No te das cuenta de con quién estás hablando?

Shelley sonreía, pero él se sintió culpable y enterró el rostro en el vaso.

Se avergonzaba de haber mencionado el dinero. La familia Gallo siempre había mantenido un hogar frugal y, hasta que Tony no fue al extranjero, no se dio cuenta de que lo que él siempre había entendido como clase media era en realidad, según todos los estándares del sur global, ser rico. Aquella revelación no le había traído ningún alivio ni gratitud, sino una sensación nueva y desagradable sobre su complicidad, puesto que la herencia del abuelo Gallo —una fortuna cuya existencia había desconocido y no había esperado recibir— lo había hecho mucho más rico que todos sus amigos de la noche a la mañana. Nunca le había mencionado a nadie la herencia; en vez de eso, mantenía unos hábitos de consumo discretos y empezó a cultivar una apariencia desaliñada con prendas de segunda mano para dar a entender a todos los que lo rodeaban que era igual que ellos y que apenas le daba para subsistir. Se había decantado por el periodismo en parte para redimirse de aquel engaño, pero también para proseguir con él; tras tanto tiempo fingiendo que su estilo de vida ascético era un sacrificio obligatorio, sentía un deseo casi desesperado de ganarse la vida escribiendo y probar así de manera concreta que el proyecto de su vida, la expansión de su pensamiento, era mucho más que lo que él temía: una forma falsa de turismo financiado, de manera hipócrita, por las mismas estructuras sociales y económicas a las que afirmaba oponerse con tanta contundencia.

A pesar de la intensidad de sus ambiciones, una parte de él se sintió aliviada de que Shelley no hubiera oído hablar de sus publicaciones *online*, puesto que su debut —un ensayo documental sobre sus experiencias del tipo que acababa de criticar— había provocado una indignación tan integralmente humillante que se sonrojaba solo de recordarla. Casi cuatro años después, seguía con tanta ansiedad que aún se googleaba a sí mismo casi a diario, consciente mientras lo hacía de que con sus búsquedas frecuentes estaba ayudando al algoritmo de Google, aunque fuera de forma minúscula, a hacer las mismas conexiones que ansiaba que el buscador olvidara. Hacía mucho que se había eliminado el ofensivo artículo, pero no podía eliminar las furibundas respuestas que, en su mayoría, ahora podía recitar de memoria; las críticas se le antojaban indelebles y estaba seguro —lo *sabía,* con una certeza horripilante y enfermiza— de que solo era cuestión de tiempo antes de que la noticia de su deshonor resurgiera y llegara a oídos familiares.

Este ensayo, que llevaba como título *En el Bronce*, comenzaba con lo que Tony pensaba que sería una esclarecedora anécdota sobre su primer día en Ciudad de México. A causa de una confusión en el aeropuerto sobre sus horarios, habían acabado asignándole un taxista que no sabía nada de inglés y que no conducía un taxi sino su propio coche; se llamaba Eduardo y, según descubriría más tarde, era el primo del gerente de la academia de inglés en la que Tony iba a dar clases. Por razones que Tony desconocía, habían tenido que tomar un desvío a través de un barrio de la periferia. Eduardo no dejaba de decir «bronce», mientras señalaba en todas las direcciones, «bronce, bronce», lo que Tony interpretó como una jerga local que no conocía. Miró a su alrededor para intentar descifrar el significado de la palabra por el contexto y fue testigo, desde la seguridad del vehículo, de una pelea entre dos jóvenes que, como escribió más adelante, consistió en el despliegue de violencia más impactante que había presenciado nunca de primera mano. Más tarde, con la ayuda de un traductor, descubrió que la palabra en realidad era «Bronx»: Eduardo había intentado advertirle de que estaba en un barrio peligroso a través de lo que asumió que se trataba de una referencia común a un lugar afligido por la pobreza y el crimen. A partir de ahí, el ensayo continuaba con una reflexión sobre las barreras lingüísticas, las diferencias de clase, la filosofía de Tony sobre la enseñanza, y sus primeras impresiones sobre la vida en el extranjero; pero, según sus detractores, el daño ya estaba hecho. Un doctorando de estudios culturales (San Diego) fue el primero en publicar en Twitter un enlace al ensayo con las palabras: «No puedo ni asumir todo lo que está mal aquí», y añadió advertencias de contenido y los *hashtags*: #privilegioblanco, #turismodepobreza y #repelús.

La furia se expandió desde ahí. En unas cuantas horas, el nombre de Tony se convirtió en *trending topic* y, mientras más atención recibía el ensayo, más furibundos se volvían sus críticos. Lo acusaron de una condescendencia colonialista, de reforzar estereotipos dañinos, de hacer sentimentalismo con la violencia y de ser otro hombre blanco privilegiado que creía, de una forma que lograba al mismo tiempo marcarlo como depredador y ser insípida, que lo más valioso de cualquier suceso era siempre, y por perpetuidad, la experiencia que sacaba de ello. Tuiteros asqueados exigieron saber el motivo por el cual, si Tony había viajado a México para dar clases de inglés, no había aprendido español antes de llegar; señalaron todos los odiosos detalles en los que el ensayo implicaba la incapacidad para expresarse de Eduardo; se preguntaban qué derecho tenía para apropiarse de la pelea que había contemplado, de instrumentalizarla, de buscar ganar beneficio en la forma de caché cultural; analizaron la manera en la que su prosa púrpura era inherentemente problemática; y lo invitaban, en términos de todo menos cordiales, a pedir perdón a los mexicanos, abandonar todo tipo de supremacismo blanco y volver a casa.

Para sorpresa de Tony, se descubrió contándole todo esto a Shelley. Nunca antes había hablado de este episodio con nadie —incluso cuando sucedió, había enfrentado las repercusiones en una soledad casi absoluta—, pero la cerveza lo había hecho entrar en calor y la familiaridad natural y el buen humor de Shelley lo habían animado a ello, y por una vez, lo abandonó el miedo a que lo juzgaran. Sabía, como le confesó, que había estado equivocado: ahora se daba cuenta de que el ensayo era un absoluto desastre, estúpido, ignorante y mal planteado. Pero no había escapado de su atención que los más ruidosos de sus críticos no eran mexicanos, sino estudiantes de posgrado estadounidenses, de los que una amplia mayoría eran blancos; gente, en otras palabras, que se parecía mucho más a él que a Eduardo, e incluso menos a los jóvenes que había visto peleándose desde el coche. Y… los remordimientos tenían que contar para *algo*, ¿verdad? Había aceptado su error, retirado el artículo, jurado que nunca volvería a escribir en esos términos —tenía que haber sido para *algo*, ¿no?—. E incluso si carecía de importancia, incluso si había causado un daño que no podía redimir nada que hiciera, dijera o incluso jurara como reparación. ¿Acaso la misericordia no era algo que, por definición, no hacía falta merecerse?

No quedaba cerveza en la jarra.

—Pago yo la siguiente —dijo Tony—. Estamos hablando demasiado sobre mí.

—No pasa nada —dijo Shelley, tocándole el brazo—. Es interesante.

Pidió otra jarra de cerveza y un plato de patatas fritas en el bar mientras valoraba positivamente que Shelley no fuera una de esas tediosas mujeres que contaban los carbohidratos y montaban un numerito con todo lo que comían y bebían. Era poco después de las seis —todavía seguía la *happy hour*— pero comenzaba a sentir un agradable cosquilleo, y mientras marcaba el pin en el datáfono, se le ocurrió que Mira llegaría a casa pronto; quizá, pensó ebrio de optimismo, podía sugerir que se les uniera para cenar.

—¿Cómo le va? —preguntó tras regresar a la mesa y rellenar los vasos—. A Mira.

Shelley no contestó de inmediato. Después dijo con cautela:

—No me gustaría responder por ella.

—No, digo desde tu punto de vista. Ya sabes, cómo sigue y eso.

—Bien —contestó Shelley—. Le va bien.

—¿Ah, sí?

—Bueno, han pasado muchas cosas, ¿sabes? No sé ni por dónde empezar, ¿me entiendes?

—Claro —replicó Tony—. Por supuesto.

Dio un trago largo al vaso, queriendo preguntar si Mira se estaba viendo con alguien, pero le faltaba valor.

—No sé cuánto te ha contado —dijo en vez de lo otro y se arrepintió de inmediato.

Shelley se lo quedó mirando sin decir nada, esperando a que él continuara. Cuando se quedó callado, la chica siguió hablando.

—¿Te refieres a tu fiesta de despedida?

—Vale —dijo Tony mientras hacía una mueca de dolor—. Entonces lo sabes.

Otra pausa. Después Shelley habló de nuevo:

—Bueno, ha pasado mucho tiempo.

—Es verdad.

—Y ella estaba muy borracha.

—Es verdad —respondió Tony demasiado rápido, con otra mueca. Shelley parecía mucho más rígida y fría que antes de que se levantara para ir a la barra. Al preguntarse a dónde se habría marchado su afinidad, recordó, repentinamente y con un pico de culpa, que ella también había estado en su fiesta de despedida: lo más probable era que hubiera herido sus sentimientos con ese recordatorio de que él se había olvidado de ella—. Ya ves. —Continuó como para excusarse a sí mismo—. Todos estábamos muy borrachos esa noche.

Shelley observaba la expresión de Tony con atención.

—Era una época diferente, ¿verdad? Solo han pasado cuatro años, pero era una época diferente.

—Y que lo digas —coincidió Tony, sin saber a qué se refería Shelley, pero contento de la oportunidad de darle la razón. Dio otro trago a la cerveza para ocultar la vergüenza y paseó la vista por la estancia, maldiciendo su torpeza mientras deseaba haber presentado el tema de una manera distinta. Ella seguía mirándolo (se percataba con su visión periférica) así que aspiró las mejillas bajo los dientes y sacudió la cabeza con aire compungido, como para sugerir que el tema era demasiado complejo para una conversación casual. Descubrió que era incapaz de sostenerle la mirada.

Aunque había sido él quien puso el anzuelo, le dolió descubrir que Shelley lo sabía. La gente hablaba, sin duda, y ellos habían sido muy jóvenes; los cotilleos sexuales eran *vox populi* por aquel entonces, sobre todo en el Bosque Birnam, donde de sus asambleas emanaba una energía imprudente y proselitista y todos habían participado en esa competición de demostraciones de ausencia de inhibición y desviaciones del *statu quo*. No había ninguna información más valiosa, en aquellos días, que la confesión de un rollo de una noche; todos estaban obsesionados, Tony incluido, con los devaneos y conquistas del resto, sin parar de comparar los más asquerosos, los más salvajes, los más confusos, los más dignos de remordimientos, los mejores. ¿De verdad había esperado que Mira fuera diferente?

Pero lo había esperado. Volvió a recordar aquella noche: su expresión, solemne y decidida, cuando sin advertencia o pretexto, posó la copa y lo interrumpió en mitad de una frase para tomar posesión de su muñeca. Tenía una mirada abierta, ávida, grave, e incluso asustada, y no había dicho nada, solo le había tirado de la muñeca con una presión firme y nivelada que dejaba claras sus intenciones. Él no había dicho nada tampoco; no había preguntado a dónde iban, ni había hecho un chiste, ni un sonido ni pronunciado su nombre: solo la había dejado guiarlo fuera de la casa hasta la rampa del jardín, cubierta de rocío, donde ella lo había besado, de rodillas, en la hierba.

Shelley seguía mirándolo. Al cabo de un rato, habló:

—Supongo que es lo mismo que tu ensayo.

—¿A qué te refieres? —Tony se la quedó mirando con el ceño fruncido.

—Hubo un tiempo en el que publicar una cosa así habría sido de lo más normal. Y no es que estuviera bien —se apresuró a añadir—. Lo que digo es que es bueno por muchos motivos que ya no toleremos ese tipo de cosas, que la gente denuncie las injusticias y se exijan responsabilidades a los poderosos. Pero también siento un tipo de… bueno, pienso en mi propia vida. Por ejemplo, en las redes sociales, cuando me hice una cuenta en Facebook. No dejaba de postear mierda, ya sabes, *mierda* sin más, ignorante, egoísta, cosas que ni se me pasaría por la cabeza postear ahora. Cuando recuerdo algunas de las cosas que dije… ¡uf! Me pongo mala. No porque fuera odiosa, no era el caso, sino porque… estaba completamente… *fuera de onda*, ya sabes, no con las cosas de antes, sino con las de ahora. Así que, sí, aunque sea bueno que los poderosos ya no puedan salirse con la suya tan fácilmente hoy en día (lo que me incluye a mí, por supuesto), entonces las expectativas eran muy diferentes. Incluso hace cuatro años. Era una época diferente.

—Espera —intervino Tony, aún sin entender por dónde iba—. No veo la conexión. ¿Qué es lo que se parece a mi ensayo?

Shelley se lo quedó mirando.

—Quiero decir que ella estaba muy borracha —contestó.

Un grupo de ejecutivos en el extremo opuesto del bar se echaron a reír por una broma. Instintivamente, Tony se giró hacia el ruido, pero apenas podía escucharlos. De pronto tenía la cara rígida, como si la sangre se le agolpara en la cabeza. Cuando al fin encontró la voz, dijo:

—¿Eso te lo ha dicho ella?

—No tienes de qué preocuparte —se apresuró a responder Shelley.

—No me preocupaba —dijo Tony—. Hasta ahora.

—Pero... —Shelley parecía confusa.

—Pero ¿qué?

—Nunca la llamaste —dijo Shelley—. Ni le escribiste, ni mantuviste el contacto. O sea, dio un poco la impresión de que...

—¡Ella tampoco me llamó nunca! —explotó Tony, interrumpiéndola—. Y al día siguiente me monté en un avión. Me fui. Era una puta fiesta de despedida. Ella *sabía* que me iba. Podría haber llamado para despedirse, pero no lo hizo y yo tampoco. Y fue *ella* quien se echó encima de mí, por cierto. No sé qué te ha contado, pero fue *ella* quien se *me* echó encima.

La noche se había ido a la mierda y todavía quedaban tres cuartas partes de la jarra. De pronto él se acordó, con un aguijonazo de furia, que había pedido patatas fritas.

—Tony, de verdad —dijo Shelley, y su nombre sonó extraño en los labios de esa mujer—. No contó casi nada. De verdad.

—Excepto para decirte que estaba muy muy borracha.

—No tuvo que *decírmelo* —dijo Shelley con una risilla nerviosa que lanzó una llamarada de furia a las entrañas de Tony—. Se pasó el día siguiente vomitando. Vomitó tanto que se le pusieron los ojos morados. Los dos ojos. Fue horrible.

En una voz que Tony apenas reconoció dijo:

—Así que le puse dos ojos morados.

—No, qué dices, no he dicho eso —contestó con expresión horrorizada mientras se apartaba.

Tony se percató del pitido en los oídos, la monstruosa sensación de irrealidad. En su mente se disolvió el recuerdo del beso y los vio echando un polvo en la hierba, aún en silencio, sin más ruido que el ritmo quebradizo de sus respiraciones. Vio la mirada de Mira, que reflejaba una franqueza descarnada y exploraba la expresión de Tony incluso mientras se movían; sintió cómo su compañera empezaba a temblar, una vibración incontrolable de la pelvis de ella cuando lo atrapó con las piernas para dejarlo allí. Oyó la súbita ráfaga de música, cuando alguien abrió la puerta y llamó a Mira; vio cómo ella se aproximaba para presionar el índice contra los labios de Tony, sin dejar de mirarlo, mientras se deslizaba lejos de él, se levantaba y volvía adentro en silencio.

—Oye —dijo Shelley, levantando ambas manos—. ¿Qué ocurre?

—No tengo ni idea —respondió Tony.

El móvil de Shelley estaba vibrando. Se cambió de postura para amortiguar el sonido.

—Venga, todos cometemos errores —dijo—. Erais jóvenes. Os enrollasteis. No es nada.

El móvil volvió a vibrar.

—¿No vas a responder? —preguntó Tony con frialdad.

—No —dijo ella—. Mira, no hay nada de lo que preocuparse. Ella nunca volvió a mencionarlo. Fue solo un estúpido…

—A lo mejor es importante —insistió Tony.

Con tristeza, Shelley rebuscó el móvil y desbloqueó la pantalla. Él observó cómo iba leyendo los mensajes.

—¿Todo bien? —preguntó al cabo de unos segundos.

—Sí —respondió Shelley—. Es Mira.

Se percató de que se había puesto roja.

—¿Qué quiere?

—Nada —respondió ella—. No es importante.

—Bueno, ¿y qué es lo que dice? —Tony era consciente de su brusquedad, pero estaba empleando una considerable capacidad de contención para no estirar el brazo sobre la mesa para arrancarle el móvil de las manos.

—Cosas del Bosque Birnam —dijo Shelley, que seguía sin mirarlo—. Va a irse de la ciudad. Puede que por una nueva zona de cultivo.

—¿Dónde?

No le dio una respuesta inmediata: parecía afligida por algo, quizás estaba decidiendo cómo o si responder a los mensajes de Mira. Al final, con cierta reticencia, apagó la pantalla y volvió a guardar el móvil en el bolsillo.

—¿Te has enterado de lo del desprendimiento de tierra? —preguntó—. En el paso de Korowai.

Lo primero que Mira pensó cuando regresó al piso y lo encontró vacío fue que Shelley al fin se había decidido: había hecho las maletas y se había largado, sin advertencia y sin dejar una nota. Después de llamarla y no recibir respuesta, se quedó plantada unos segundos en el umbral, para reconciliarse con esa nueva realidad, a pesar a de que llevaba mucho tiempo viéndosela venir, en la que Shelley no estaba, antes de que se le aclarara la vista y se percatara de que la bici de su amiga seguía en el lavadero y de que sus zapatos seguían apilados bajo el radiador, y que su adorada chaqueta abombada seguía colgada del perchero de la entrada. Sintiéndose tonta, Mira revisó sus pensamientos a toda prisa para preguntarse, como alternativa, si alguna emergencia repentina podría haber sacado a Shelley de casa… Pero en ese caso la habría llamado, o por lo menos le habría escrito un mensaje.

De pronto, recordó la aplicación para compartir ubicaciones que se habían descargado e instalado hacía unos cuantos meses y nunca habían usado. Sacó el móvil para comprobar que la conexión siguiera activa, pero en los breves instantes que el dispositivo tardó en recuperar los datos de Shelley de la configuración de satélites y antenas locales que coordinaban su posición, se avergonzó de aquella intrusión y salió del mapa antes de que se cargara del todo, mientras se reprochaba que no le extrañaba que Shelley se sintiera tan ahogada y se preguntaba cuándo se había vuelto tan dependiente de la tecnología que su primer instinto ante una circunstancia inesperada era externalizar su imaginación al teléfono.

Habían pasado dos semanas desde que se percató por primera vez de que Shelley quería dejar el Bosque Birnam, y durante ese tiempo se había sentido paralizada por la misma indefensión silenciosa y afectada de cuando sus padres anunciaron su separación, reprendiéndose a sí misma, igual que entonces, ya que era absurdo que a su edad y con su estado de independencia sintiera un abandono tan infantil y tanta tristeza. Mira era una crítica despiadada de sus propias emociones. Solía denigrar lo que sentía y pensaba, y le faltaba tiempo para castigar cualquier cosa que juzgara una prueba de debilidad moral, sin importar que solo lo hubiera expresado de manera privada e invisible. Odiaba que el divorcio hubiera cuantificado su relación con ambos progenitores, de manera que ahora una cena de fin de semana con su madre significaba que le debía otra a su padre, y todas las conversaciones, las vacaciones, cada interés compartido y hasta el parecido filial eran inscritos, en forma de crédito y débito, en un vasto cuaderno de contabilidad y, por algún motivo, la responsabilidad de cuadrarlo había recaído sobre ella. Sentía que aquel esfuerzo era degradante y la convertía en mera moneda de cambio, en un contrato, la menospreciaba y, por tanto, no se permitía aquel sentimiento; en su lugar, lo aplastaba y se decía con el tono reprobatorio de una señora mayor que el divorcio no era nada raro, que otra gente lo pasaba mucho peor, y que, a menos que su vida o su salud se vieran amenazadas, no tenía motivos para quejarse. Mira se sentía devastada ante la perspectiva de perder a Shelley, pero su instinto de autocensura era tan fuerte que negó su devastación antes de que pudiera identificarla por lo que era; esto le dejó la sensación de que la habían abandonado y de que todo era culpa suya, puesto que ya se había condenado a sí misma por lo que no se permitía sentir.

El lema de la infancia de Mira había sido que era muy madura para su edad. A sus padres les gustaba recibir visita, y cuando Mira era una niña, se habían enorgullecido de que su hija se encontrara a gusto entre sus amigos adultos, sentada hasta tarde en la mesa del comedor, entre los residuos bohemios compuestos de botellas vacías y velas chorreantes que se consumían poco a poco, mientras seguía la conversación e intervenía de cuando en cuando con su precoz punto de vista. De niña, su padre había trabajado como planificador urbanístico para el ayuntamiento y su madre de académica en el campo de las relaciones internacionales; su círculo de conocidos era amplio y —como Mira solo comprendería mucho más tarde— casi por completo de izquierdas, un hecho que naturalmente vino a dar forma a las expresiones políticas de Mira, puesto que sus contribuciones a la mesa nunca se apreciaban tanto como cuando reflejaban las opiniones que todos compartían. Había crecido con una fe sólida en el bien y el mal, y nunca había dudado por un momento de que era mucho mejor que te trataran como a una adulta que como a una niña, pero albergaba el temor, en los instantes de soledad, de que para sus padres ella no era más que un truquito de fiesta, la deslumbrante prueba de lo bien que la habían educado, un testamento vivo no de su poder de convicción y buen juicio, sino del de ellos. Incluso de adulta no podía deshacerse, de vez en cuando, de una molesta sensación de fraudulencia, de que la valoraban sobre todo por las cosas que interpretaba con mayor facilidad.

Su vocación había sorprendido a sus padres. Como muchos de los seguidores más acérrimos de la política, tendían a la impaciencia respecto a los procesos del cambio natural; eran jardineros indiferentes y tenían un montón de composta, más para reducir el volumen de los residuos del hogar que por la fascinación ante sus posibles usos. El patio del hogar de la infancia de Mira estaba recubierto de césped en su mayor parte. Había un arriate elevado en la valla trasera que el padre de Mira había convertido en un arenero cuando era pequeña, aunque lo habían dejado de usar cuando el gato del vecino empezó a hacer allí sus necesidades. Nadie lo tocó casi durante una década, mientras las estrellas de mar de plástico y los cubos almenados perdían el color en contraste con los oscuros montones de arena, hasta que alguien sugirió devolverle su función original, lo que sucedió, como Mira recordaba a la perfección, la noche de su primer día en el instituto. En la presentación de noveno grado, la habían emparejado con una chica llamada Emily Alcorn, cuyo almuerzo contenía la inimaginable sofisticación de tomates *cherry*, hojas de albahaca y bolitas de mozzarella; cada ingrediente se guardaba en un compartimento separado y después se combinaban, con gran ritualidad y solemnidad, en la tapa de la fiambrera. Mira había quedado fascinada. Había corrido a casa para rogarle a su madre que comprara tomates *cherry* en lugar de los normales, y su madre, que en ese momento estaba leyendo un libro de autoayuda sobre el poder de la iniciativa, le había contestado que debería plantarlos ella misma.

Mira aceptó el reto con más seriedad que con la que se lo habían planteado. Para el año siguiente, Mira tenía dos docenas de cultivos diferentes en estado de germinación y había ampliado el arenero reconvertido hasta el final de la valla. Plantó caléndulas como pesticida, planeó la rotación de cultivos y construyó viveros e invernaderos, utilizaba los posos del café de la familia como abono, y, mientras más se maravillaban sus padres ante su perseverancia, más perseveraba ella. Sin embargo, lo mantuvo en secreto ante sus compañeros del instituto y tomó la costumbre de ponerse jabón líquido entre las uñas antes de trabajar en el jardín, para que después fuera más fácil limpiarse la tierra. Era consciente de que la horticultura era una pasión extraña para una chica adolescente y, a pesar de su inherente falta de convencionalidad, no había superado el terror juvenil a verse expuesta, el pánico a no lograr nunca ser normal ni encajar en ningún lado. Hacía mucho tiempo que Emily Alcorn se había echado otras amigas y, sin duda, almorzaba cosas distintas, pero siguió siendo para Mira el estándar privado del refinamiento y el buen gusto, una imagen que provenía en su mayor parte de su fantasía dado que no habían hablado apenas el día de la presentación y, después, no volvieron a dirigirse la palabra.

A Mira nunca le había durado un novio más de un par de meses y, puesto que nunca había sido el tipo de chica que se declara mejor amiga de alguien, supuso casi una conmoción para ella descubrir, demasiado tarde, que su relación con Shelley había sido la más íntima y constante en su vida adulta. Le avergonzaba darse cuenta de que había dado la amistad de Shelley por sentada, sobre todo porque una fuente de culpa privada era que —aunque nunca lo hubiera reconocido— en el fondo prefería la compañía de los hombres. Su estilo de conversación favorito eran las discusiones apasionadas que rozaban la seducción y, aunque era de mal gusto, por no mencionar una estrategia pésima, admitir que una disfrutaba con los flirteos, nunca se sentía más libre, divertida o con más potencial imaginativo que cuando era la única mujer en la habitación. Si alguna vez le señalaran esa preferencia, Mira era consciente de que la negaría con grandes aspavientos. Sentía que exponía un defecto de su personalidad, no solo una deslealtad hacia su sexo sino algo mucho más profundo, una vanidad, un apetito, una capacidad de manipulación que preferiría que los demás no vieran; sabía, y le avergonzaba saberlo, que una de las razones por las que nunca se había tomado demasiado en serio la amistad de Shelley era la ausencia de sexualidad ya fuera como posibilidad o competencia. No existía el peligro entre ellas, nada aterrador o incierto, ninguna provocación, nada de romance; con Shelley, siempre se sabía segura.

Excepto que ya no lo estaba, porque había tratado mal a Shelley y ahora ella quería marcharse, y Mira se descubrió, igual que con la separación de sus padres, en una situación en la que sus más preciadas y recurrentes habilidades sociales no le servían para nada. El debate era inútil y el empleo del encanto quedaba fuera de lugar; y, tras haberse comprometido, hacía mucho tiempo, a interpretar una madurez y una racionalidad autosuficiente, se encontró carente del lenguaje o la habilidad de expresar las profundidades de su pérdida. Deseaba más que nada poder revertir el curso, expresar mayor gratitud y simpatía, mostrar más interés en la vida interior de Shelley, confesarle, como apenas era capaz de confesarse a sí misma, que el aire de impávida seguridad que emanaba no era sino impostura, una fachada diseñada para repeler la intimidad y expulsar la inmensidad de su incertidumbre y su culpabilidad moral. Deseó poder contarle a su amiga toda la verdad, que no era que la quería porque la necesitaba, sino que la necesitaba porque la quería, y que en su enorme estupidez y obsesión consigo misma, acababa de descubrirlo.

Mira detestaba el sentimiento en el que se estaba ahogando; tendía a responder a los momentos de autocrítica severa con acciones rápidas y decisivas. Había vuelto a casa con la intención de sugerirle a Shelley que fueran en coche a Thorndike el fin de semana, un viaje de cinco horas que las sacaría de su esfera de operaciones habitual y les daría a ambas un saludable cambio de escenario. Mientras pedaleaba de vuelta al piso aquella tarde, se había imaginado describiéndole a Shelley lo que una mera estación en la granja Darvish podría hacer por el Bosque Birnam; había ido figurándose la emoción de Shelley ante la perspectiva del viaje; había conjurado, en su ojo interior, la conversación que en las últimas semanas se había convertido en una persistente y cada vez más atractiva fantasía: Shelley confesando, sin nada de la fatigosa aprensión o afabilidad forzada que habían afectado últimamente su carácter, que *había* estado a punto de marcharse pero que esto —Mira había hecho audición a varios candidatos para «esto»— le había hecho cambiar de opinión. Ahora, mientras estaba en la cocina con el móvil bailándole en la mano, Mira se reprendió a sí misma por haberse permitido caer en ilusiones tan cobardes. Se dijo, con severidad, que Shelley necesitaba espacio, y se decidió abruptamente a concedérselo. Antes incluso de dar voz a su pensamiento, lo había decidido. Iría sola a Thorndike, de inmediato, esa misma noche; iría a inspeccionar la granja; le daría a Shelley unos pocos días para relajarse y, con suerte, para que pensara las cosas con calma; y volvería después de haber matado dos pájaros de un tiro, como decía el refrán. Pataleó para quitarse los zapatos y se fue a su habitación a hacer las maletas.

Uno de los motivos por los que la horticultura le resultaba tan atractiva a Mira era que le ofrecía un descanso de su costumbre de criticarse a sí misma sin parar. Cuando lograba que crecieran las plantas, experimentaba un tipo de perdón manifiesto, un avance persistente y una renovación que le resultaba imposible en cualquier otra esfera de la vida. Incluso cuando cometía errores, como cuando descubrió que las semillas de cebolla no solían conservarse bien, o que los suelos con bajas temperaturas producían zanahorias pálidas, o que el hinojo inhibe el crecimiento de otras plantas y debía plantarse en solitario, nunca se sentía castigada puesto que la verdad, en un jardín, no adoptaba la forma de la rectitud, y el bien no era lo contrario al mal. Aprender incluso algo tan simple como regar las raíces de una planta en lugar de las hojas no significaba lidiar con una fría realidad, sino que implicaba que se abriera ante ti un secreto. En un jardín, la pericia era personal y anecdótica —era alegórica, era ancestral—, se había transmitido; una sentía que los jardineros de todas las generaciones estaban unidos en una especie de gremio y que cada consejo tenía el valor de una sabiduría amable, paciente y holística que, aun así, era inquebrantable, ya que no se podía discutir con las leyes y las tendencias de la naturaleza, no había ocasión de emitir juicios, ni disputas: la prueba yacía en las mismas plantas y en el suelo, en el aire y en la cosecha.

Desde su punto de vista, la granja Darvish presentaba una doble oportunidad. En primer lugar, había que considerar la tierra en sí: mil quinientos treinta metros cuadrados en una ciudad que probablemente quedaría desierta por lo menos hasta la primavera. Ninguno de los asentamientos de cultivo de Birnam en la ciudad se acercaba a ese tamaño y Mira siempre estaba frustrada por su imposibilidad de producir a gran escala. Y si lograban plantar la cosecha de una estación entera y recogerla sin ser descubiertos, pensó, podrían generar ingresos lo suficientemente altos, por sí mismos, para que el Bosque Birnam tuviera la oportunidad de alcanzar la solvencia. Quizá Shelley podría lanzar el servicio de suscripción del que siempre hablaba; o tal vez podrían dedicar los fondos a expandirse y ponerse en contacto con organizaciones de una mentalidad parecida, o convertirse en una ONG, o incluso pagar anuncios para ampliar su lista de clientes, por poco que le gustara a Mira la idea.

Y en caso de que los *descubrieran*, bueno, también se presentaba una posibilidad interesante. Entre la cobertura de prensa del nombramiento de caballero y las noticias sobre el desprendimiento de tierra en el paso, Thorndike había estado en el punto de mira de la gente en los últimos meses y, si el Bosque Birnam pudiera organizar una manifestación en la propiedad de los Darvish, pensó Mira —si fueran capaces de asegurarse de que los descubrieran en pleno allanamiento—, si se buscaran problemas con la ley, incluso, por el supuesto crimen de plantar un jardín orgánico y sostenible en una extensión de tierra vacía, y si pudieran presentar ante los medios lo que habían plantado y explicar su misión y enumerar sus objetivos y demostrar que eran profesionales serios de buen corazón cuya labor era ordenada, eficiente y fructífera, y considerada y respetuosa con la tierra, ¿no sería una manera de montárselo a lo grande? Tendrían que arriesgarse a las acusaciones penales, por supuesto, pero al menos su mensaje estaría ahí fuera. Y puesto que iban a nombrar caballero a Owen Darvish por sus servicios a la conservación, al menos provocarían un debate interesante.

Mientras registraba la cajonera en busca de calcetines de lana y polipropilenos, ensayó en su mente el mensaje que iba a escribir a Shelley. «Oye», se imaginó escribiéndole, «me ha dado la impresión de que te vendría bien un poco de espacio», pero eso sonaba demasiado acusador. «Oye», intentó de nuevo, «me he percatado de que te hacía falta un poco de tiempo para ti». ¿Demasiado pasivo-agresivo? «Oye, he pensado que a las dos nos vendría bien un descanso». Impreciso y... demasiado empalagoso. «Oye, me preocupa últimamente que...», «Oye, espero no haber malinterpretado la situación, pero...», «Oye solo quería que supieras...». Al fin, tras cerrar la cremallera de la mochila de lana gruesa, se decidió: «Oye, Shel. Te voy a dejar unos cuantos días a tu aire. Creo que te mereces un descanso. Hay una posible zona de cultivo interesante en Thorndike, al sur. Parece que la ciudad se ha quedado vacía después del cierre del paso de Korowai, lo que nos podría venir bien. ¡¿Montárnoslo a lo grande?! Te iré informando... Bueno, cuídate mucho y nos vemos pronto, besos». Lo tecleó, pero dudó antes de darle al botón de enviar: sería mejor esperar a que saliera de la ciudad, en caso de que Shelley respondiera y le pidiera acompañarla, puesto que Mira se había convencido a sí misma de que la única opción viable era ir a Korowai sola. Guardó el mensaje como borrador y salió para llevar el equipaje al monovolumen.

Normalmente, cuando planeaba viajar a un lugar tan lejano como Thorndike, preguntaría por el Bosque Birnam para ver si alguien tenía pensado ir en esa dirección. Había heredado de Rufus un Nissan Vanette de 1994 que solía fallar la ITV y siempre se rompía; era poco eficiente desde el punto de vista del uso de combustible, sobre todo en carretera, y, si viajaba con otra persona, podía pedirle diez o veinte dólares para la gasolina. Pero pensar en Shelley la había dejado de un humor irascible y agitado, y no podía concebir la idea de explicar los motivos de su viaje, y mucho menos arriesgarse a que alguien se ofreciera a acompañarla todo el tiempo; y, por tanto, para descartar del todo la posibilidad, colocó su mochila de lana gorda y los materiales de acampada en el espacio para las piernas del asiento de pasajeros y ató a este con el cinturón una pila de semilleros. La Vanette ofrecía espacio para que durmieran dos personas —a veces Shelley y ella se ganaban un dinerillo mudándose al aparcamiento de algún conocido mientras alquilaban su piso unos días—, pero, cuando inspeccionaba una localización para el Bosque Birnam, Mira prefería aparcar en un lugar discreto y acampar fuera, alternando entre dos tiendas, una amarilla y otra azul marino, sin permanecer en el mismo sitio más de una noche. El monovolumen tenía la desventaja de la matrícula, pero de momento no la habían denunciado; al menos, no que ella supiera.

Se apresuró a guardar el equipaje en el monovolumen, no fuera a ser que Shelley volviera a casa y la interceptara: herramientas, lona impermeable, cubos de silicona para recoger el agua, fertilizante, media docena de tanques para enfriar el agua, una mochila de riego, paneles de acrílicos fundidos y reciclados, estacas y toldos, bandejas de cultivo, semillas, bolsas de lona, túneles de cultivo, una manguera de jardín, diversos accesorios y la bici. Pero Shelley no apareció y a Mira no se le encendió la pantalla del móvil, y veinte minutos después había cerrado la casa y empezaba su camino.

En el piso de su madre, imprimió los planos aéreos de Thorndike y la granja Darvish, primero como mapa y luego desde la vista satélite, a diferentes escalas; estaba tomando una carpeta de plástico del escritorio para guardarlos cuando oyó la llave en la puerta y a su madre llamándola.

—Perdón —se disculpó Mira saliendo a la entrada—. Estoy bloqueando el garaje.

—No pasa nada, he vuelto en autobús. No tenía ganas de aparcar.

—Te voy a robar esto —dijo Mira sosteniendo la carpeta de plástico—. Y he usado la impresora, y también he comido.

—¿Has visto las sobras?

—Sí, lo siento, me he terminado el *dal*. Te iba a dejar una nota.

—¿A que no estaba malo?

—Estaba muy rico. Mucho mejor que el del otro sitio.

—Me tendrías que haber mandado un mensaje —la reprendió Harriet Bunting, colgando el abrigo y dándole un empujoncito a los zapatos con el dedo gordo del pie para que se alinearan—. Te habría preparado algo.

—No voy a quedarme. Me voy fuera de la ciudad —dijo Mira, pero su madre ya se había adentrado en la cocina y abierto el frigorífico.

—Tómate una copita de vino. ¿Cómo está Shelley?

—Muy bien —contestó Mira—. No puedo beber. Tengo que conducir.

—¿Una copita pequeña?

—No, de verdad.

—¿Una minúscula? —Su madre agitó la botella—. ¿Una salpicadura?

—¿Sabes, mamá? Hay una palabra para lo que estás haciendo.

—«Relajación» —respondió su madre—. Después de un día larguísimo. —Se sirvió a sí misma una copa generosa y suspiró con teatralidad.

Mira no le preguntó el motivo de sus suspiros.

—Voy de camino a Thorndike —dijo.

Harriet la miró de reojo con fingida consternación.

—¿Cómo? ¿Esta noche? ¿Para qué?

—Unas pequeñas vacaciones. Pensé que me vendría bien rodearme de un poco de verde.

—¿Thorndike? —repitió Harriet, perpleja.

—Es un largo camino —dijo Mira—. Debería irme ya.

—Puedes permitirte un par de minutos.

—Mamá, son cinco horas de viaje.

Su madre despegó el labio inferior.

—No me gusta que conduzcas de noche.

—Yo lo prefiero —repuso Mira—. Menos tráfico. Pero si salgo demasiado tarde, me encontraré a todos los conductores borrachos volviendo a casa del bar. Debería irme, en serio.

—Thorndike —volvió a decir Harriet.

—Serán solo unos días. Y me llevo el móvil.

—¿Sigue tu amigo viviendo allí? ¿Kevin Gaffney?

—Estás pensando en Rufus.

—Creía que era amigo tuyo.

—No —insistió Mira.

—Kevin Gaffney —repitió entonces su madre—. Sus padres tenían una columna de estilo de vida. Lo llamaban «su cadena perpetua».

—No lo conozco —dijo Mira.

—Era en Thorndike —dijo su madre—. Estoy segura. Nos quedamos en su casa una vez que íbamos a alguna parte, y después de acostarnos, tuvieron una discusión y la escuchamos a través de la pared. Fue absolutamente cautivadora. De principio a fin. Es *tan* interesante escuchar a otra gente discutir, sobre todo si no los conoces muy bien y no te has puesto todavía del lado de nadie. Estábamos casi pegados a la pared. Y no solo yo. Robert también. Dije que todo el asunto había sido como ir a terapia.

No fue una terapia muy efectiva, pensó Mira. *Os divorciasteis.*

Harriet le sonrió.

—Kevin tenía una rata, ¿te acuerdas?

—No —dijo Mira.

Pero su madre se estaba riendo de algún recuerdo privado.

—¡Dios mío, Kevin Gaffney! —exclamó—. Hacía años que no me acordaba de él.

—Bueno, yo nunca me he acordado de él —dijo Mira con aspereza—. Porque no lo conozco. Ni a sus padres. Ni a su rata.

—Mira, ¿qué te sucede? —inquirió Harriet con tono de reproche.

—No me pasa nada —dijo Mira—. Tengo que irme, eso es todo. Gracias por el curri.

—¿Por qué no te quedas esta noche y te vas por la mañana? Venga, *quédate*, cariño. Así podrías beber un poco de vino.

Llegó a Thorndike poco después de la medianoche y aparcó en la desierta área de *camping* del Departamento de Conservación. Le había vibrado el móvil en algún momento después de que girara hacia tierra adentro desde la costa, y después de apagar el encendido y poner el freno de mano, lo miró para encontrar dos mensajes de Shelley. El primero era una respuesta insulsa a su mensaje: «Suena bien, diviértete, besos», pero el segundo, enviado una hora más tarde, decía: «¿Has llegado bien? Oye, gracias por darme un poco de espacio para pensar, ha sido muy amable y lo aprecio un montón. Espero que vaya todo genial en Korowai, besos». Mira sintió que su humor mejoraba de inmediato. Le respondió para decirle que había llegado bien, recibió el emoji del pulgar levantado como respuesta y fue a montar la tienda envuelta en una sensación de alivio y optimismo, animada por el limpio aire subalpino y el aroma musgoso del campo. Veía su respiración en la ráfaga de luz azul que irradiaba la linterna de su casco mientras juntaba los postes e incrustaba las estacas en el suelo cubierto de escarcha, pero el cielo estaba despejado y, sobre el agujero negro de la cordillera de Korowai, la Vía Láctea era un líquido toque de blanco níveo; era el tipo de noche, sintió, que solo podía preceder al mejor tipo de día invernal, frío, brillante y tranquilo. De pronto experimentó cierta indulgencia y se dijo con dulzura que a lo mejor se había equivocado; quizá Shelley no había estado a punto de marcharse; quizá solo necesitaba un poco de espacio. Mira se metió en el saco de dormir y se tumbó en la oscuridad oyendo la distante llamada bitonal de un ruru al otro lado del valle hasta que el cansancio por el viaje se apoderó de ella y se quedó dormida.

La mañana siguiente amaneció tan brillante y clara como había esperado, y después de recoger las cosas y prepararse un café en su estufita de butano, sacó la bicicleta, rellenó las bolsas con provisiones de agua y comida para todo el día y cerró el monovolumen (primero corrió las cortinas de percal y dejó la guía del caminante a plena vista en el salpicadero. Había media docena de caminos rurales que llevaban a la cordillera desde el aparcamiento y daban la vuelta al lago, lo que le daría una explicación automática —en el improbable caso de una inspección— de a dónde se había ido la conductora del monovolumen. El aparcamiento era gratuito, pero había una hucha soldada al tablón para las tarifas de acampada que Mira fingió pasar por alto. Se guardó bajo la chaqueta la carpeta de plástico que se había llevado del piso de su madre, se puso el casco y ajustó la cámara a la correa de marca que llevaba sobre el pecho. La cámara no funcionaba, la había sacado de un basurero, todavía en la funda, muerta del todo, pero le había hecho acordarse de su padre que, en su juventud, había practicado senderismo por todo el país, y sin importar lo sucio y barbudo que pareciera, o lo que se hubiera internado en el bosque, o lo tarde que fuera, siempre que llevara la cámara de objetivo grande alrededor del cuello, alguien se ofrecería a recogerlo en su coche; era un accesorio que parecía tranquilizar a los extraños de manera instintiva.

No se topó con nada de tráfico en dirección a Thorndike. Las señales junto a la carretera la advertían de que el paso estaba cerrado hasta nuevo aviso y le aconsejaban que buscara una ruta alternativa. Todavía no habían dado las nueve, pero incluso en aquella corriente quietud matutina, la ciudad destilaba una inquietante sensación de abandono. La calle principal estaba cerrada; el único signo de vida que detectó fue tras la ventana de la gasolinera donde el dependiente estaba cuadrando las ganancias del día en la caja registradora. No alzó la mirada cuando Mira pasó en la bicicleta y ella continuó hacia arriba sin encontrarse a nadie más.

Varios detalles de la cobertura de prensa del próximo nombramiento de caballero de Owen Darvish habían llevado a Mira a pensar que ni él ni su mujer estarían en casa cuando llegara. Al fin y al cabo, probablemente no fuera su única propiedad. Habían heredado la granja hacía cinco años y estaba claro que no la necesitaban, puesto que habían planeado convertirla en una zona residencial. El hecho de que hubieran retirado el anuncio tras el derrumbe del paso demostraba que no tenían prisa por vender, y Mira no veía motivos para que un empresario celebrado en el punto álgido de su carrera pasara el invierno en la desierta Thorndike si tenía la opción, y probablemente varias opciones, de encontrarse en otro sitio. En segundo lugar, tenía motivos para creer que la granja no estaba en funcionamiento. El anuncio de la inmobiliaria la había descrito como una *antigua* estación ganadera y, como había mostrado el mapa por satélite, los Darvish no tenían la costumbre de cerrar los portones, lo cual sería impensable si tuvieran ganado. La autenticidad rural no era un detallito de nada que un periodista fuera a pasar por alto; si, además de gestionar un negocio de éxito, Darvish hubiera poseído incluso un rebaño diminuto de ovejas o una manada de reses, sin duda aparecería en las noticias, sobre todo en los periódicos nacionales. Por último, estaba la colaboración entre Control de Plagas Darvish y el gigante tecnológico estadounidense Autonomo, que Darvish había mencionado en todas las entrevistas que Mira había leído. El proyecto sería lanzado en breve en Northland, la provincia más norteña de North Island, y el orgullo que le provocaba era tan tangible, y su emoción ante la nueva tecnología, tan juvenil y entusiasta, que Mira estaba segura de que querría gestionarla en persona. Por supuesto, era posible que, incluso en su ausencia, descubriera que habían alquilado la casa o los campos para los rebaños de los vecinos como pasto invernal; pero Darvish había insistido tanto en su conexión con Korowai a la prensa que Mira dudaba que fuera a atreverse.

Estaba casi en la barrera cuando se percató por la inclinación de las colinas que la rodeaban de que debía de haberse pasado por error la entrada de los Darvish. Se dio la vuelta y pronto descubrió por qué no la había visto. Era evidente que desde la última vez que el mapa de su móvil había actualizado las imágenes de la calle, los Darvish habían hecho renovaciones. La entrada principal a la propiedad ya no era el típico portón de granja sobre un espacio enrejado para el ganado, como había esperado, sino un portón arqueado de hierro forjado sobre un muro de piedra semicircular bastante feo. Los portones estaban cerrados y parecían estar motorizados, a juzgar por las cajas de metal que encapsulaban las bisagras inferiores a cada lado.

Al acercarse, vio un teclado cubierto en un poste de metal, y sobre el teclado, un intercomunicador que probablemente se atendería desde la casa. No veía ninguna cámara, y tras dudarlo un momento, pedaleó hasta el teclado, martilleó el pie contra el pedal y presionó con fuerza el botón de llamada. Si alguien contestaba al otro lado, se dijo así misma, se iría pedaleando a toda velocidad; la casa estaba lo suficientemente lejos de la carretera para que Darvish, o su mujer, o cualquier amigo de la familia que pudiera estar a cargo en su ausencia tardara un par de minutos en aparecer, y para entonces ella habría iniciado el camino de regreso a la ciudad. Esperó, pero no respondió nadie y los portones de hierro permanecieron cerrados.

Mira desmontó, sacó los mapas impresos de la carpeta de plástico de su madre y se sentó en la entrada a examinarlos. Era imposible que una granja de ese tamaño solo tuviera un punto de acceso desde la carretera; y se convenció bastante, mientras leía cuidadosamente la imagen por satélite, de que se percibía una carretera repleta de baches que iba desde la ladera de la colina a la valla sur. La vía era tan recta y terminaba de manera tan abrupta en la valla que solo podía indicar una salida; en cuyo caso el trecho desnudo a las afueras del terreno, que había tomado por un cortafuego, debía de ser una vía de servicio abierta que conectaba la carretera con el extremo trasero del Parque Nacional de Korowai.

Volvió a montarse en la bici y pedaleó de nuevo colina arriba. En esta ocasión se adentró más lejos. Había tenido razón en lo de la vía de servicio: estaba camuflada y tan bien escondida detrás de una curva de la carretera que incluso con la bici podría haber obviado el desvío de no haber estado buscándolo. La grava era demasiado profunda e irregular para que pudiera seguir en la bici sin importar la velocidad, así que la escondió entre unos matorrales y continuó por la carretera a pie. Se llevó uno de los cestos a modo de mochila y se puso a reflexionar sobre las pocas oportunidades que tenía de disfrutar el placer de oír el canto de los pájaros, sus propias pisadas y el distante sonido del viento.

Para cuando llegó al segundo portón —existía un segundo portón; también había acertado en eso— estaba sudorosa. Se quitó la chaqueta y se anudó las mangas en torno a la cintura, dándole la bienvenida al frío, y cuando comenzó a respirar con normalidad, hizo una visera con la mano para admirar las vistas que ofrecía el valle. Había ganado la suficiente altura como para que la carretera se hubiera visto reducida a una banda plateada a sus pies, y los tejados amontonados y el cableado de Thorndike parecían ahora para un trenecito de juguete. Las colinas en el extremo opuesto del lago estaban bañadas de luz, sus rampas marrones y púrpuras metamorfoseadas en ámbar, acero y salvia, el cielo a sus espaldas una perfecta acuarela que iba aclarándose desde el azul al celeste. Al norte, veía la desaliñada parcela de tierra en el bosque llano donde había aparcado el monovolumen, y al sur, el alto montículo del paso; aunque no se percibían, desde aquel ángulo, el túnel desnudo a través de la montaña, ni los colosales montones de escombros o la vía fracturada, que recordaba haber visto en las imágenes de la prensa.

Centró su atención en el portón. Estaba cerrado con cadenas y candado, y no discernió rastros de ruedas de coches en el barro que sugirieran que alguien hubiera pasado por allí recientemente. Con renovado valor, trepó por el portón, con cuidado de no dejar huellas, y se encaminó al norte, a través de la colina. El sendero parecía mucho más descuidado, a sus ojos, de lo que mostraba la imagen capturada por satélite; a juzgar por la altura de la hierba, no se había usado como pasto al menos en una estación. Buscó abono fresco, pero solo halló heces de conejo.

El camino proseguía a través de una capa de piedra caliza y una cortina rompevientos de pinos, con el suelo más ondulado de lo que había hecho parecer el mapa de Mira y la inclinación de la colina un poco más pronunciada. Las vistas a Thorndike desaparecieron, volvieron y desaparecieron de nuevo mientras atravesaba surcos, crestas y más surcos, atenta por si veía algún arroyo o estanque, pero sin encontrar nada de agua. Había bastantes salientes rocosos a su alrededor que sugerían cuevas y fisuras en el suelo; lo que significaba que había pocas posibilidades de disponer de una fuente de agua a mano; al menos, no tan lejos de la casa. Tendría que conformarse con recoger agua de lluvia —ácida, pero la caliza ayudaría a contrarrestarlo— y, quizá, llenar tanques de agua en el lago y traerlos de noche a través de la vía de servicio. Se estaba preguntando con cuánta frecuencia llovería en Thorndike cuando alcanzó otra cima y se descubrió en el borde de una amplia y llana terraza; una pista de aterrizaje, se percató, porque en el otro extremo, aparcado con el morro apuntando hacia ella, había un avión anfibio de cuatro asientos.

La visión del avión le resultó tan inesperada que Mira dio un salto en dirección a los árboles más cercanos, pero tras permanecer agachada en el arbusto varios minutos, observando furtivamente la ladera de la colina, se permitió relajarse. Allí no había nadie y la mañana había sido tan tranquila y silenciosa que sin duda habría oído el ruido del motor si el avión hubiera aterrizado en la última hora. Debía de llevar algo de tiempo aparcado allí, tal vez toda la noche, o incluso más. ¿Acaso estaba Owen Darvish —o su mujer— aprendiendo a volar? Pero, una vez más, sonaba como el tipo de detalle humano que habría llegado a la prensa. Sobre todo, pensó agitando un poco la cabeza, porque habían cedido su casa al equipo de rescate después del desprendimiento del paso.

Mira valoró sus opciones. Si el avión se usaba a menudo, las actividades en la granja tendrían que ser invisibles desde el aire además de desde la casa y la carretera. Recoger agua de lluvia con una lona impermeable sería arriesgado, igual que plantar o cultivar en lugares que no ofrecieran refugio inmediato. Aun así, la granja era tan grande, con tantos posibles lugares para cultivar, y el avión estaba aparcado arriba del todo, al menos un kilómetro por encima de la casa, lo que significaba que estaba bastantes metros sobre la carretera; cualquiera que deseara despegar tendría que atravesar los portones principales y conducir por la carretera principal, o entrar por la vía de servicio, igual que Mira, y atravesar la colina; en cualquier caso, habría señales y tendría la posibilidad de esconderse.

Se decidió a caminar en dirección a la casa para asegurarse de que no hubiera nadie. Se mantuvo escondida entre los árboles en la medida de sus posibilidades y se decantó por el camino más lleno de baches que descendía la colina, examinando los campos que la rodeaban y pendiente del sonido de voces o vehículos de cuatro ruedas. Pero no había necesidad de subterfugios. Al descender a la casa, vio que la luz del porche trasero estaba encendida y, cuando probó el grifo cerca del garaje, no sucedió nada: habían cortado el agua. Ahuecó las manos en torno a los ojos y echó un vistazo a través de la ventana del garaje. El interior estaba demasiado oscuro para discernir nada, así que sacó el móvil, con la intención de iluminar el cristal con la linterna para ver mejor, y descubrió, para su fastidio, que se había apagado. Había cometido la estupidez de olvidar encender el modo de ahorro de energía. Volvió a guardarlo en el bolsillo.

La casa estaba mejor iluminada y, a través de la ventana de la cocina, pudo ver que el interior estaba impecable; el frutero, vacío, y todas las superficies libres de desorden sin nada en el fregadero o la estufa. Era un clásico bungaló kiwi, alfarjías blancas con el borde de un gris azulado, quizá de ochenta o noventa años; estaba en buenas condiciones, recién pintada y con el techo nuevo, y cuando fue hasta la fachada, Mira se percató de que habían ampliado la entrada hacía poco, al parecer, para crear un alto ventanal doble con vistas al lago. Siguió caminando y mirando por todas las ventanas de una en una. Todas las habitaciones estaban ordenadas y todas las camas bien hechas. El único rastro de una ocupación reciente era un vehículo todoterreno mal aparcado detrás de la leñera, pero estaba cubierto de una fina capa de polvo y cuando tocó el pomo de la puerta del conductor, el dedo dejó una línea oscura en el gris. Nadie lo había conducido en los últimos días.

Satisfecha, dejó la casa y siguió colina abajo. La zona de la granja que los Darvish habían querido convertir en residencial estaba debajo de la casa, frente a la carretera, y según se acercaba al fondo de la calzada, se descubrió a sí misma mirando un amplio montón de grava que habían tirado en el prado más cercano al portón principal. Supuso que sería en preparación de la carretera privada que los Darvish habían planeado construir, que daría acceso en coche a cada uno de los terrenos subdivididos y terminaría, según recordó de la correspondencia de la señora Crowther, en una glorieta decorada con tusac, linaza y rocas locales. El agente inmobiliario había regalado a la señora Crowther la visión de un artista de en qué se convertiría algún día aquella diminuta calle, un borrador fresco y emocionante que representaba casas elegantes bañadas por el sol, resplandecientes todoterrenos junto a los bordillos, niños risueños y personas sanas paseando perros felices, y exuberantes árboles maduros como telón de fondo, que tendrían que haber plantado, como se percató Mira al echar un vistazo a su alrededor, hacía unos diez o quince años por lo menos. No había nada en el campo excepto rastrojos de hierba y el montón de grava: no había líneas de cuerdas; ni hormigoneras ni excavadoras; ni siquiera las huellas del camión que debía de haber transportado la grava allí. Parecía que los planes de la zona residencial se habían quedado estancados del todo.

En la valla norte, se topó con todavía más buena suerte: el ruinoso cobertizo de esquila y los establos que había creído por el mapa que formaban parte de la propiedad vecina se situaban en realidad en las tierras de los Darvish y ofrecían un amplio espacio de almacenamiento e incluso un lugar para esconder el monovolumen, si alguna vez conseguía descubrir cómo descifrar el código de los portones principales. Los cercados de los establos estaban desteñidos y se rompían por algunas partes, pero ofrecían un escondite decente, además de refugio del viento. Contó nueve bebederos galvanizados, y más de una docena de delgados haces de paja, con años de antigüedad, pero perfectos para hacer abono; ¿seguro que nadie echaba en falta un par de haces? Mientras se agachaba para sentir la textura del suelo, a Mira la invadió una energía imparable e inquieta, a la vez que empezaba a planear en su imaginación dónde iría cada lecho y cada cultivo.

Los campos abiertos junto a la carretera estaban demasiado expuestos para resultar interesantes, así que volvió a la colina para examinar el avión de cerca. Ya había pasado el mediodía. Al dirigirse al sur, había ganado unos pocos grados de latitud; atardecería temprano, sobre todo en el valle, donde la luz disminuiría rápidamente una vez que el sol se hundiera detrás de la cordillera del oeste. Tras explorar los terrenos superiores, se dijo, volvería a la zona de acampada y llenaría los tanques de agua en el lago; después, una vez que anocheciera, conduciría el monovolumen hasta la vía de servicio y descargaría el contenido sobre la valla, lista para empezar a preparar la zona de cultivo con toda su energía al día siguiente. Acababa de tomar la decisión cuando, al regresar a la pista de aterrizaje, un hombre surgió por detrás del avión.

Tendría unos cuarenta años y era esbelto, con un rostro suave. Llevaba un traje azul marino y una gorra de béisbol sin marca. La ropa parecía nueva y en el instante previo a que ninguno de los dos hablara, Mira se descubrió pensando, por algún extraño motivo, en un comentario de su prima Eve, que era la madre de dos niños pequeños y una vez le había dicho a Mira en tono desesperado que una tenía que gastar una fortuna en ropa infantil para aparentar que no estabas gastando apenas nada. El traje de aquel hombre era tan normal y decía tan poco, con un corte tan simple, que Mira sintió la certeza total de que era más caro que cualquier prenda que ella hubiera poseído.

Se le había acelerado el corazón, pero sabía que la mejor estrategia, en esos momentos, era fingir que tenía todo el derecho del mundo a encontrarse allí, así que sonrió y lo saludó con la mano cuando se acercó, caminando con confianza en su dirección para encontrarse con él en el punto medio entre ambos.

—Otro día precioso —dijo con simpatía, mientras estiraba los brazos.

Él no le devolvió la sonrisa.

—¿Quién eres? —preguntó, cuando estuvo lo suficientemente cerca para hablar sin alzar la voz. Tenía acento estadounidense.

—Sarah Foster —respondió Mira tras elegir una de sus identidades falsas—. Del equipo de producción. ¿Ese avión es tuyo?

No contestó.

—Estás allanando una propiedad privada —le informó el hombre.

—Bueno, mi trabajo consiste en eso —dijo Mira con una risilla—. Me encargo de buscar localizaciones. «Cualquier casa con vistas a un lago», me han dicho. He viajado por todo el país sin encontrarla, pero así es esta profesión. ¿Es tuyo ese avión?

—¿Tú que crees? —le espetó él.

—Pienso que es una pasada de avión —dijo Mira y rio de nuevo—. Seguro que es mágico subir ahí. También me haría el trabajo más fácil, uno de esos.

No sonrió. La estaba fulminando con la mirada, sin pestañear, con una expresión gélida. Después dijo, con mucha calma:

—¿Para quién trabajas?

Ella frunció el ceño para fingir sorpresa.

—Mi productor se puso en contacto con vosotros el mes pasado —le dijo—. ¿Ben Sharp? Me dijo que lo había hablado con el granjero. Un tal Darvish, ¿o me equivoco?

—¿De qué habían hablado? —preguntó el hombre.

—Bueno, todavía estamos en la fase de sacar fotos —dijo Mira—. Sin compromisos. Pero, por supuesto, después del desprendimiento del paso, sin tráfico, sin gente en los alrededores, ¿qué época mejor para hacer una película?

—Una película —repitió él.

—Eso es —confirmó Mira—. Por desgracia, no puedo contarte qué es exactamente, por el contrato de confidencialidad y todo eso, pero es una producción internacional, bastante grande, y ya hay algunas celebridades comprometidas con el proyecto. *Estoy* muy emocionada. Y sabe Dios que a la economía de estos lares no le vendría mal un empujoncito. ¿Y tú qué? ¿Estás de visita?

No respondió.

—Me parece haber escuchado un acento estadounidense —insistió Mira.

Maldijo su elección de coartada. Normalmente, podía confiar en que el encanto de Hollywood impresionara a cualquier interlocutor, pero él no parecía impresionado en lo más mínimo; ni siquiera parecía curioso. Ojalá que no perteneciera a la industria cinematográfica.

—Dime otra vez tu nombre.

—Sarah —dijo Mira—. Foster. ¿Y tú?

No dijo nada. Siguió escrutando su rostro.

Mira comenzó a sudar. Intentó hablar con ligereza.

—En cualquier caso, se supone que la casa que estoy buscando es británica —dijo, dándose la vuelta para señalar la ladera de la colina—. En algún lugar del Lake District, pero ya sabes, es Hollywood, así que se parece lo suficiente. Esperamos comenzar a rodar en verano.

—¿Cómo sabías que estaría aquí? —preguntó.

—No lo sabía —dijo Mira—. No tengo ni idea de quién eres. No te lo tomes a mal. Seguro que eres muy importante, si tienes un avión.

De nuevo, el hombre no respondió. Alzó un poco las cejas para dejar claro que no se lo tragaba y esperó.

Mira sonrió valerosamente y alzó la cámara.

—Solo estoy haciendo fotos —dijo—. Lo juro.

—Llevas cuatro horas en la propiedad y no has sacado la cámara ni una vez.

La sonrisa de Mira se desvaneció de una forma que fue a la vez fingida y real.

—Oye, de verdad que mi productor lo habló con el granjero hace unas semanas. Llámalo si no me crees. El granjero se llama Owen Darvish.

—Mientes —dijo él.

Mira intentó reírse.

—No sé qué decirte.

—No hay ninguna producción —dijo el hombre—. Y no te llamas Sarah Foster.

Mira dio con las manos en los bolsillos.

—Creo que no llevo ninguna tarjeta —respondió Mira—, pero, como he dicho, Ben lo habló todo con el señor Darvish, así que…

—Dame la cámara —exigió el hombre. Extendió la mano.

Mira dio otro paso atrás.

—Oye —protestó—. Creo que te estás equivocando. No tengo ni idea de quién eres o lo que estás haciendo aquí, ni qué está pasando ahora mismo…

Dio otro paso adelante.

—Dámela.

—No.

—Mira —respondió él—, te lo estoy pidiendo por las buenas.

Le dio un escalofrío cuando le oyó decir su nombre. Sin hablar, estaba comenzando a temblar, se quitó la funda del cuello y la sostuvo en lo alto. El hombre tomó la cámara rota y le dio la vuelta, contempló la pantalla estropeada, probó el botón de encendido y después la abrió por detrás e inspeccionó el hueco donde deberían haber estado las pilas.

—¿Cómo sabes mi nombre? —preguntó Mira.

El otro ignoró la pregunta.

—Está rota —le dijo, sosteniéndola.

—Lo sé —respondió.

—¿Qué estás haciendo aquí? —inquirió—. No mientas.

—Soy jardinera —explicó Mira—. Planto cultivos en las propiedades de otras personas sin que ellas lo sepan. Y en espacios públicos. Y yo cultivo las plantas y las riego y después cosecho los vegetales, y soy parte de un colectivo, somos como un colectivo activista, pero estoy en Thorndike por cuenta propia. Estoy sola. Pero mucha gente sabe que estoy aquí —se apresuró a añadir—. Mucha gente vendría a buscarme si algo…

Descubrió que no podía continuar.

Él no reaccionó.

—Continúa —ordenó.

—No tengo ni idea de quién eres —dijo Mira—. Y tampoco he visto nunca a ese tal Darvish, simplemente leí sobre él en las noticias y pensé que ya que el paso estaba cerrado y a él lo iban a nombrar pronto caballero o lo que sea, era bastante probable que estuviera fuera y por eso he venido, porque la ciudad está vacía y me pareció una buena oportunidad, y pensé que podía colarme durante una temporada de cultivo antes de que abrieran de nuevo el paso y las cosas volvieran a la normalidad. Todo lo que dije sobre la película era falso, no hay ningún Ben Sharp, no existe y no me llamo Sarah Foster, sino Mira, como has dicho, Mira Bunting. No ha pasado nada más. Es la verdad.

La escuchó hablar inmóvil, con la mirada fija en ella, sin dar muestras ni de respirar. No se movía ni habló después de que Mira se sumiera en el mutismo. Intercambiaron una mirada durante un segundo, dos, tres; y entonces Mira se dio la vuelta y echó a correr, sin mirar atrás, sin retroceder, ni siquiera cuando llegó al rompevientos, el portón, la vía de servicio pavimentada, los matorrales donde había escondido la bici, que arrastró hasta la carretera y se golpeó la barbilla contra el cuadro con las prisas de poner los pies a cada lado; después pedaleó con furia colina abajo, pasó por la entrada renovada, junto al lago, y se adentró en la ciudad, más allá de las señales, que funcionaban con energía solar y advertían de que el paso estaba cerrado. Para cuando alcanzó el *camping* y derrapó detrás del monovolumen, estaba empapada de sudor, con la tráquea hecha polvo y las piernas le temblaban con tanta violencia que apenas podía ponerse en pie. Con la adrenalina recorriéndole todo el cuerpo, se bajó de la bici y la dejó caer a sus pies, la rueda delantera siguió girando al precipitarse contra el suelo. Solo se había alejado unos cuantos pasos de ella, cuando le cedieron las rodillas y cayó en la hierba.

Se acabó, pensó. Debería irse. Solo había una carretera que saliera de Thorndike, lo que significaba que el hombre sabría la dirección que había tomado; incluso si no había visto la bicicleta, era seguro que había visto su bolsa. Conocía su pseudónimo, su negocio y sus intenciones: había sabido más de lo que ella le había contado. Había sabido que no había hecho fotos con la cámara. Había sabido que llevaba cuatro horas en la propiedad. Y, de alguna forma, *de alguna forma*, había sabido su nombre.

¿Y qué sabía ella de él? Que era estadounidense. Que vestía ropa cara. Que no había contestado a ninguna de sus preguntas. Que la había calado de un vistazo y que había asumido de inmediato que ella lo había calado a él. Que la había amenazado, no de manera física o violenta, sino silenciosa, implícita, con las expectativas de que se obedecieran sus órdenes. Nada más. No sabía qué estaba haciendo en la granja Darvish o cuánto tiempo llevaba allí, o cuánto tiempo planeaba quedarse. Ni siquiera sabía si el avión era suyo. En otras palabras, una mierda, pensó Mira, en la cresta de una ola de resentimiento furibundo hacia sí misma. No sabía una mierda de él y ella había dejado irremisiblemente al descubierto sus intenciones.

Había empezado a temblar. Se levantó y abrió el monovolumen para después quitarse la camiseta y el sujetador empapados de sudor y colocarse un jersey de lana merina de cuello alto que le transmitió limpieza y suavidad a su piel pegajosa. El tacto de la lana la sanó tanto que se cambió también los calcetines y la ropa interior en el cubículo que formaba la puerta abierta del monovolumen. Entonces se apoyó en el asiento del pasajero para enchufar el móvil al convertidor de casete y colocar la llave en el encendido para cargarlo. De pronto se sentía famélica. Había una bolsa de golosinas en la guantera y para cuando el móvil volvió a la vida con un parpadeo, se había comido tres, y volvía a sentirse ella misma. Se subió al asiento del conductor, tecleó su pin y esperó a que se cargaran los mensajes o e-mails nuevos, pero no apareció ninguno. Luchó contra el abatimiento automático que le causaba mirar la bandeja de entrada y encontrarla vacía —ridículo; no tenía nadie con quien escribirse—, abrió el navegador y escribió «pista de aterrizaje de Owen Darvish» en la barra del buscador.

Le costaría una fortuna usar internet con los datos, pero el orgullo de Mira no iba a permitirle abandonar Thorndike sin al menos una idea aproximada de lo que había sucedido en la granja Darvish. En todos sus años en el Bosque Birnam jamás había encontrado a alguien a quien no consiguiera ganarse con su encanto ni siquiera un poquito. Tenía que haber un motivo; y debía averiguarlo por el bien del colectivo. La zona era perfecta en todos los sentidos y odiaba tener que renunciar a ella por un breve encuentro con un extraño que, por lo que ella sabía, a lo mejor también se había colado en la propiedad; puesto que ahora que estaba sola y la amenaza había pasado, empezó a avergonzarse de haberle tenido miedo.

La primera búsqueda no reveló nada de interés, así que intentó «Owen Darvish avión», «Owen Darvish piloto», «Thorndike avión privado», «Thorndike pista de aterrizaje privada» sin ningún éxito. «Estadounidense Owen Darvish» devolvió un aluvión de artículos de prensa sobre la colaboración entre Control de Plagas Darvish y Autonomo, la compañía estadounidense que manufacturaba drones, «Autonomo y Nueva Zelanda», «Autonomo Thorndike», «Autonomo drones del parque nacional» y «Autonomo Korowai» la dirigieron de vuelta a los mismos doce artículos que ya había leído. Cambió a búsqueda de imágenes, tecleó solo «Autonomo» y lo encontró. Se le encogió el estómago. La imagen tenía ya unos años: su rostro parecía un poco más redondo; el pelo era más largo y las mejillas, menos pronunciadas, pero no había dudas de que se trataba de él. Lo habían retratado sentado en un sofá de cuero, con las piernas estiradas, los tobillos cruzados y ambas manos a la espalda con aire casual. «Sobacos al aire», decía siempre el padre de Mira cuando veía a un motorista con los manillares altos, «dales alas a esas feromonas», y esa fue la frase que conjuró la mente de Mira. El hombre alzaba levemente la barbilla y miraba a la cámara con la misma expresión expectante y descreída que había lucido con ella. «¿Y ya está?», parecía decirle a la cámara. «¿De verdad pensabas que me lo iba a tragar?». Hizo clic en la imagen y descubrió que era uno de los cofundadores de Autonomo. Había sido CEO en sus primeros años y ahora estaba en la junta de directores; era empresario en serie, inversor de capital de riesgo y, al parecer, milmillonario. Se llamaba Robert Lemoine.

Oyó el ruido de un motor a sus espaldas y miró al espejo retrovisor para ver un deportivo negro entrando en el *camping*. Tenía los cristales tintados y parecía nuevo; de hecho, tenía la pinta del tipo de vehículo que un empresario en serie, inversor de capital de riesgo, antiguo CEO, director de empresa y milmillonario elegiría conducir. Con el pecho agarrotado, se convenció de que solo era un turista que había alquilado un coche llamativo... pero entonces aparcó a su lado, y Lemoine salió por la puerta.

La llave ya estaba en el encendido; solo necesitaba girarla un cuarto para accionar el motor. Moviéndose con discreción, Mira liberó el freno de mano y puso el pie en el acelerador y el embrague. La bici estaba en el punto ciego, justo detrás del monovolumen, —la atropellaría si tenía que dar marcha atrás de improviso— y la puerta del asiento del pasajero seguía abierta: su bolsa de lona, que estaba en el asiento del pasajero, probablemente se caería. Mientras ella hacía estos cálculos, Lemoine apareció en la ventana del conductor sosteniendo la cámara rota.

—Lo siento —dijo—. Toma.

Mira bajó la ventana y él le pasó la cámara. La agarró con la mano izquierda y se la puso en el regazo mientras escudriñaba al recién llegado y esperaba a que hablara. Todavía tenía los pies en los pedales, y la mano derecha a solo unos centímetros de la llave de encendido. El corazón le latía a toda velocidad.

—Creo que hemos empezado con mal pie —dijo tras unos instantes.

—Supongo que sí —respondió Mira.

—Me llamo Robert —dijo él—. Siento haberte asustado. Creí que eras otra persona.

—¿Que también se llamaba Mira?

Sonrió. En vez de responder, sacó el móvil del bolsillo, dio unos golpecitos a la pantalla y lo giró para enseñárselo. En la lista de aparatos detectables en la zona aparecía «iPhone de Mira».

—Mejor lo dejas en casa la próxima vez.

Mira se avergonzó de que la hubieran desenmascarado con tanta facilidad. Puso la mano izquierda en la palanca de cambios, preparada para dar marcha atrás.

—¿Cuál es tu apellido? —preguntó para tapar su vergüenza.

El recién llegado se quedó mirando el móvil de Mira, que seguía encima de su rodilla enchufado al conversor de casete y, durante una horripilante fracción de segundo, se preguntó si los resultados serían visibles, pero, por fortuna, la pantalla se había apagado. Con el corazón todavía golpeándole el pecho, le hizo frente de nuevo.

—¿Cuál es tu apellido?

Él no contestó, sino que examinó la expresión de Mira, aún con la sombra de una sonrisa.

—Pareces una chica lista —dijo al fin—. Seguro que lo descubres.

Volvió al deportivo y abrió la puerta del conductor, pero antes de entrar, hizo una pausa y le echó otra mirada a Mira por encima del capó.

—Nos vemos por ahí arriba —dijo—. Asegúrate de no acercarte a la pista. No tengo problemas para despegar, pero todavía no le he pescado el truco al aterrizaje.

Entró en el coche y cerró la puerta.

—Espera —dijo Mira, pero el otro ya estaba encendiendo el motor y dando marcha atrás para salir del *camping*—. Espera —repitió, y salió del monovolumen—. ¿A qué te refieres?

La ventana del conductor bajó en silencio.

—Digo —contestó con una mano en el volante— que no me meteré en tus asuntos si tú no te metes en los míos.

—¿Por qué? —preguntó con curiosidad.

—¿Por qué? —dijo él con una sonrisa.

—Sí, ¿por qué ibas a hacer eso?

—Porque me intrigas, Mira Bunting, y quiero ver tu jardín crecer.

Mira se acercó.

—¿Y qué pasa con Darvish?

—¿Qué pasa con él?

—¿No se lo vas a contar?

Estaba a punto de responder, pero pareció cambiar de opinión.

—En realidad, no —dijo tras una larga pausa—. Eso no sería divertido.

Volvió a hacer amago de subir la ventana.

—Espera —volvió a decir Mira. Pero lo había detenido antes de preparar la pregunta. Él la miraba, expectante, así que dijo lo primero que se le pasó por la cabeza—. ¿Cuál es el código del portón principal?

Lemoine sonrió ampliamente mostrando una hilera perfecta de dientes cuadrados y blancos.

—Seis, cero, seis, uno —contestó—. Es el número de la casa al revés. ¿Alguna pregunta más?

—Sí —contestó Mira—. ¿Cómo sé que no me estás tendiendo una trampa?

—No lo puedes hacer —respondió. Subió la ventana y se marchó en el coche. Como media hora más tarde, Mira oyó la distante vibración de una avioneta y alzó la cabeza para verla ascender por el valle, antes de dirigirse al oeste por encima del lago, de las colinas y perderse de vista.

A Robert Lemoine le había llevado menos de veinte minutos ejecutar un ataque de intermediario. Vio a Mira por primera vez cuando giró desde la autopista en dirección a la carretera de grava que daba acceso a la casa y escondió la bici entre los matorrales y, de inmediato, Lemoine había recurrido a sus controles; para cuando Mira llegó al segundo portón, había forzado una conexión con su móvil, accedido a sus datos personales, obtenido la contraseña de cifrado almacenada, simulado sus transmisiones aéreas, establecido una conexión con la antena local y, después, se había autentificado para, a partir de ese momento, aparecer como el móvil de Mira para su proveedor de servicios y, para Mira, como su proveedor de servicios. No solo disponía de acceso total a sus datos, tanto los actuales como los pasados, sino que tenía el poder de interceptar y cambiar sus mensajes en ambas direcciones; ahora, si se le antojaba, podía alterar las comunicaciones que recibía y enviar mensajes —a cualquiera— como si fuera ella. Era una captura perfecta. Si hubiera seguido un poco hacia delante en la carretera de grava, habría encontrado una caravana con una célula móvil instalada, equipada con un aparato captador del IMSI, que había usado para llevar a cabo la operación; si se hubiera sacado el móvil del bolsillo quizá se habría percatado de que estaba más caliente de lo usual, menos rápido, y que se estaba quedando sin batería a gran velocidad; y si hubiera alzado la vista en cualquier momento mientras exploraba la granja, podría haber discernido, justo sobre su cabeza, el manchurrón oscuro de un dron de vigilancia planeando por allí. Por supuesto, Mira no había hecho nada eso, lo que no era una sorpresa; nadie lo hacía nunca.

Lemoine ajustó el rumbo. A sus pies, los glaciares y campos nevados de la cordillera de Korowai brillaban en tonos melocotón y ocre bajo la luz de la caída de la tarde; las sombras malvas y violetas, las vetas y las grietas de azul medianoche. Bajó el ala estribor para verlo mejor y sobrevoló la cima del monte Korowai, con su distintivo escalón triple, similar a una hoja serrada, y después se enderezó y solicitó por radio permiso para descender.

No era verdad lo que le había dicho a Mira: que todavía estaba aprendiendo a volar. Había registrado más de ciento trece horas de vuelo solo en los dos últimos años; una broma recurrente en Autonomo, que se repetía en cada tedioso brindis y acto inaugural que recordaba, era que no confiaba en el producto de su propia compañía y que, por algún motivo, tras tantos años de diseñar sistemas aéreos no tripulados, seguía sin captar el significado de «no tripulado». Las bromas producían hartazgo, pero admitía la verdad que se asomaba tras ellas. Lemoine amaba volar más que cualquier otra cosa. Nada en el mundo se comparaba con la emoción líquida de pilotar un avión a través de los tres ejes de movimiento, sintiendo la verticalidad, la lateralidad y la longitud como posibilidades divergentes que se alejaban de él por el aire, que era táctil, elástico y con la textura de la urdimbre y la trama. Cuando volaba, experimentaba una realineación doble, una disminución del universo dentro de la cabina que hacía juego con la expansión del universo fuera de él, así que mientras el avión ascendía y el aire disminuía, y el suelo se alejaba y parecía aplanarse a sus pies, empezaba a oír su propia respiración a través del casco, a sentir cómo se le magnificaba el pulso en el pecho: alcanzaba, en las alturas, una sensación profunda de sus propias proporciones, de la gran magnitud de todo lo que podía ser, todo lo que había sido, todo lo que era y, al descender, como en aquel momento, siempre tenía la sagrada sensación de haber hecho un peregrinaje y que regresaba tras haber mirado detrás de un velo. Era un piloto excelente y, aunque la pista de aterrizaje de la granja Darvish padecía de vientos de costado, nunca había tenido problemas para maniobrar.

Lemoine aterrizó en el aeródromo de Kingston y frenó el avión con un movimiento grácil. El chófer ya lo estaba esperando, junto a sus escoltas, para devolverlo al hotel, pero tras dar parte del aterrizaje y apagar el motor, permaneció sentado en la cabina, sonriente, y dándose golpecitos sincopados en la rodilla. Se le presentaban pocas ocasiones de interaccionar con perfectos extraños, y se había olvidado de lo estimulante que podía ser medir el efecto que su presencia causaba en un auténtico lienzo en blanco, en alguien que no tuviera ni idea de su valor. Incluso más estimulante era el hecho de que ella le había mentido, y no de la manera sinuosa y autoexculpatoria hasta el hartazgo a la que lo tenían acostumbrado cuando uno de sus factótums lo decepcionaba, sino flagrantemente, en desafío, y con el tipo de florituras personales que delataban un disfrute genuino de la práctica del engaño. La cámara era un detalle de lo más genial. Se lo podría haber tragado de no haber sabido por sus datos que tenía el hábito de asumir identidades falsas. Sonrió todavía más ampliamente. *Mira Bunting*, pensó, paladeando las sílabas, *pequeña criminal*.

Pues Lemoine reconocía a los suyos. Al menos él no estaba allanando nada, ya que Jill y Owen Darvish lo habían invitado a hacer uso del lugar en su ausencia, a quedarse en la casa si quería, tener el coche en el garaje, a explorar, a familiarizarse con el área y, por supuesto, sin lugar a duda, por favor, a que se sintiera como en casa, pero, igual que Mira, albergaba ambiciones para la granja Darvish que iban mucho más allá del crimen de allanamiento, y, como Mira, contaba con una amplia práctica en el terreno del engaño; a los Darvish les habría sorprendido muchísimo descubrir, por ejemplo, que, en realidad, Lemoine no tenía ninguna necesidad de familiarizarse con Thorndike puesto que llevaba siete años vigilando la zona muy de cerca.

Tampoco es que fueran a descubrirlo. Por lo que ellos sabían —y nunca iban a saber nada más— Lemoine solo era un milmillonario en busca de un escondrijo, el tipo de hombre que veía cada crisis como una oportunidad y, por tanto, había empezado a leer detenidamente los anuncios inmobiliarios de Thorndike durante las horas siguientes al desprendimiento del paso. Era un simple cleptócrata con amplitud de miras, amante de las ventas en corto y dispuesto a correr riesgos, la descarada encarnación de la suma cero y el interés propio, un inadaptado radical, un «constructor» en el sentido randiano, un genio, un tirano, un obseso, un profeta, un survivalista que hacía una apuesta y la contraria contra varias catástrofes globales potenciales, que no estaba haciendo nada para prevenir y que incluso podría estar tomando medidas activas para promover, en caso de que le supusieran beneficios o ganara alguna ventaja en el proceso. Aquella era la imagen que Lemoine había dedicado tanto esfuerzo a crear y, de esa misma guisa, les informó a los Darvish que estaba dispuesto a pagar por su propiedad mucho más de lo que estaban pidiendo, con la condición de guardar el secreto hasta que el búnker —vio cómo agrandaban los ojos— estuviera a salvo bajo tierra.

Ya había comprado una pequeña flota de excavadoras y maquinarias pesadas para que se encargaran de retirar la tierra, junto a unas pocas caravanas y oficinas móviles para acomodar a los trabajadores; estas esperaban en un almacén del puerto de Lyttelton, junto con el búnker, que había llegado desmontado: las piezas estaban empaquetadas en una docena de contenedores, que ya aguardaban que los cargaran en camiones y los llevaran al sur. Pero enterrar aquel trasto solo era un pretexto. El auténtico trabajo se llevaría a cabo en la operación posterior, cuando el búnker ya estuviera bajo tierra. Cuando todos esos vehículos abandonaran Thorndike, no lo harían vacíos ni llenos de lodo o paletas rotas, envoltorios u otros desperdicios. Regresarían al puerto transportando una mercancía que no solo valdría miles de millones, sino billones, un valor en dólares tan elevado que a Lemoine le gustaba poner en perspectiva recordándose, periódicamente, que todavía no habían transcurrido un millón de días desde el nacimiento de Jesucristo. Si se salía con la suya —y todavía no había fracasado en ninguno de sus proyectos— se convertiría, según varios órdenes de magnitud, en la persona más rica que hubiera vivido en la historia.

El plan era tan audaz que una parte de Lemoine casi deseaba que se le hubiera ocurrido desde el principio, tal cual; pero lo cierto es que su presencia en Nueva Zelanda era una medida de emergencia, adoptada a toda prisa después de que el desprendimiento por poco expusiera toda la operación. Había sabido, por supuesto, que la minería *in situ* era extremadamente peligrosa y que la lixiviación de tierras raras mediante el bombeo a través de pozos perforados directamente en el suelo tenía el riesgo de causar fisuras en el lecho de roca, que podían precipitar un deslizamiento. Pero había dictaminado que el depósito merecía el riesgo, con la creencia —que había probado acertada— de que Korowai estaba lo suficientemente cerca de la falla alpina como para que cualquier incidente que causaran sus hombres se interpretase como una actividad sísmica normal. En aquella parte del mundo había pequeños temblores y estruendos a diario, aunque la mayoría eran demasiado leves o demasiado profundos, para sentirlos sin equipamiento. Y, además, todo el mundo consideraba que Thorndike era el patio trasero del Parque Nacional de Korowai; la amplia mayoría de los visitantes entraban en el parque por la esquina suroeste, más cercana al lago Hawea, donde el terreno era más variado y las vistas, sublimes; e incluso en un día bueno no se veían en la Cuenca de Korowai más de una docena de senderistas de paso, la mayoría en pareja o en grupos familiares de tres o cuatro. Era un lugar tan remoto que Lemoine había asumido —esta vez equivocadamente— que, si había algún accidente, los efectos colaterales podrían contenerse sin muchos problemas.

Había estado en Miami cuando sucedió el desprendimiento y al conectarse a las cámaras de vigilancia del paso para ver surcar los aires a los helicópteros de rescate, y la llegada de las camionetas de la televisión, y cómo montaban tiendas para ayudar a los servicios de emergencia y los ingenieros, estuvo a punto de rendirse. Pero durante la cobertura de prensa del desastre a nadie se le ocurrió preguntarse, ni siquiera de forma retórica, si los terremotos podrían haberse originado a causa de la actividad humana; y aunque el desprendimiento se había llevado por tierra parte del valor de su proyecto —alrededor de cien millones de dólares, por increíble que pareciera—, el daño real había sido mínimo. No habían visto a ninguno de sus hombres en el terreno y el lugar de extracción permanecía seguro.

La verdadera dificultad había llegado con el cierre de la carretera sobre el paso. Con Thorndike abandonada y la barrera en medio, una procesión de vehículos pesados saliendo del parque nacional sin duda llamaría la atención, y la operación era demasiado sensible, y valía demasiado dinero, para que Lemoine deseara esperar hasta que se reparara la carretera y se reconstruyera el viaducto antes de ordenar a sus soldados que se retiraran. El papel de survivalista le otorgaba la tapadera perfecta; el búnker era el caballo de Troya ideal. Por supuesto, habría sido más seguro mantener las distancias —usar un representante y no haber visitado el país—, pero el apetito por el riesgo de Lemoine tendía a aparecer ante un desastre inesperado; experimentaba la muerte de otras personas como un desafío, una oportunidad para poner a prueba su propia mortalidad y salir ganando. Había otra cuestión por la que el derrumbe le había venido de perlas, ya que siempre había tenido la intención, una vez que los barcos con los contenedores hubieran dejado el puerto llevando a bordo las tierras raras, de detonar por control remoto el asentamiento de Korowai, para eliminar cualquier prueba de que nadie hubiera estado allí; y ahora era más probable que las explosiones se interpretaran como un terremoto. *No, no solo un terremoto*, pensó Lemoine, sin dejar de sonreír, todavía dándose golpes rítmicos en la rodilla. *No una simple réplica. Un acto divino.*

Los soldados sobre el terreno de Korowai pertenecían a fuerzas especiales de mercenarios que creían que los había contratado —a través de una organización intermediaria— la CIA. Habían viajado a Nueva Zelanda con distintas identidades falsas: consultores informáticos, investigadores, empresarios, empleados de una empresa estadounidense de análisis militar que buscaba abrir una oficina en Queenstown para crear una jornada laboral de veinticuatro horas y maximizar la productividad en todas las horas nocturnas estadounidenses y europeas. Su auténtica misión era extraer la carga en la Cuenca de Korowai, encargándose de la lixiviación de las tierras en el terreno y después sacarlas del país de contrabando una vez que se completara el proceso de separación, y su verdadero objetivo, según ellos lo entendían, era ayudar a una alianza de los países occidentales que estaban trabajando en la clandestinidad para arrebatarle a China el dominio del mercado de las tierras raras, mediante el establecimiento de una cadena de suministros de tierras raras, desde la mina al imán, para los Estados Unidos.

Las impresiones de los mercenarios tenían un setenta por ciento de la razón. Era cierto que China controlaba el mercado de las tierras raras, y que este control absoluto suponía una gran preocupación para numerosas naciones occidentales, debido al gran número de tecnología vital que dependía de las tierras raras, desde los teléfonos inteligentes a las armas dirigidas con precisión, las turbinas eólicas, paneles solares y coches eléctricos. De hecho, Nueva Zelanda había explorado la posibilidad de minar sus propios parques nacionales; Lemoine había descubierto el depósito de Korowai gracias a un informe que había comisionado el gobierno neozelandés hacía siete años, y los Estados Unidos estaban sin duda desesperados por establecer una cadena de suministros propia de tierras raras para desafiar el dominio chino del mercado: ese mismo año, una empresa estadounidense de minería había recibido fondos del Pentágono para construir dos instalaciones en Texas y, si Lemoine jugaba bien sus cartas, una de ellas acabaría sirviendo como lavandería para la veta de Korowai. Pero lo que los mercenarios ignoraban era que la operación se estaba llevando a cabo de espaldas al gobierno neozelandés, al gobierno estadounidense, a los ejércitos de ambos países y a todos los gobiernos y ejércitos del mundo. Solo media docena de personas en el planeta sabían con exactitud lo que estaba sucediendo en el Parque Nacional de Korowai; todas ellas respondían ante Lemoine.

—Sí —dijo en voz alta, como si le estuviera contestando una pregunta al suelo.

Sí, había causado los terremotos que desencadenaron el desprendimiento. Sí, ya habían muerto cinco personas. Sí, tenía su sangre en las manos. Pero ¿cuánta gente moría cada día en las minas de tierras raras y en instalaciones de procesamiento chinas, mucha de la cual había padecido trabajos forzados, o explotación infantil, y estaban controladas por sindicatos criminales que también eran asesinos, traficantes de armas y de personas, y hasta cosas peores? ¿Cuántos habían muerto río abajo a causa de los desechos tóxicos y radiactivos que esas instalaciones bombeaban? ¿Cuántos habían muerto para proporcionar los componentes de tierras raras del avión en el que estaba sentado, y el móvil en su bolsillo, y los móviles en los bolsillos de todo el mundo, y los aparatos electrónicos de todo el mundo, con sus cámaras, funciones de GPS y pantallas LCD, y todos los sistemas de navegación que habían enviado los componentes por todo el globo, y todos los robots y ordenadores en todas las fábricas donde los manufacturaban y montaban, y almacenaban, y empaquetaban, y enviaban? *Cinco muertos no es nada*, pensó Lemoine. Cinco muertos, a nivel global, casi que ni contaban como muertos.

Ahí fuera, los guardaespaldas daban vueltas con nerviosismo. No les gustaba que volara solo, ni su elección de destino, no les gustaba que siguiera volviendo allí, ni que nunca les explicara el motivo. En parte, porque iba en contra de su programación —eran antiguos agentes del Mosad, los líderes en su campo, los mejores entre los mejores—, pero el motivo principal, pensó Lemoine, era que se morían de aburrimiento; habían estado trabajando para él casi una década, por todo el globo, y en todos aquellos años nunca habían tenido tan poco que hacer. Le rogaron que les permitiera alquilar un segundo avión para seguirlo, y cuando se negó, suplicaron que les dejara conducir por carretera para reunirse con él en su destino; intentaron asustarlo con niveles de amenaza y signos de peligro e intentos de secuestro fallidos, e incluso se habían acercado todo lo que se habían atrevido a recordarle a su mujer fallecida. Pero Lemoine no aceptaba órdenes de sus propios agentes de seguridad. Sacó el móvil e hizo el tonto en Twitter durante un rato más, solo para recordarles a los agentes que él disponía de su tiempo para malgastarlo como le viniera en gana y, solo después, salió de la cabina y cruzó el pasillo hacia el deportivo que lo estaba esperando.

—¿El Palacio o La Cima, señor? —preguntó el chófer, mientras entraba.

—El Palacio —respondió y dos de sus guardaespaldas se montaron en sus motocicletas de escoltas antes de arrancar.

Lemoine siempre se alojaba por lo menos en dos hoteles de lujo a la vez y se movía con frecuencia entre uno y otro, a menudo en mitad de la noche. Tenía dos pares de cada una de sus prendas y dos equipajes idénticos, y colocaba en cada suite un portátil como cebo, cargado con un código malicioso, en caso de que alguien fisgara o se encendiera mientras limpiaban la habitación. En realidad, lo hacía para proyectar cierta imagen. La gente esperaba que actuara de manera egocéntrica y él disfrutaba cultivando el papel de excéntrico paranoico. Significaba que nadie le pedía que se explicara, por ejemplo, y siempre venía bien contar con un pretexto a mano para darse importancia. Era más una táctica que una estrategia —era muy raro que perdiera el control de verdad— pero, en cierta manera, mantener viva la táctica *era* la estrategia. Nadie llegaba a la posición que él ocupaba en el mundo sin algo de instinto para la teoría del loco sobre el control.

Se dejó caer sobre el reposacabezas de cuero y volvió a pensar en Mira. Era pura serendipia que se hubieran encontrado. Desde que los Darvish se habían marchado, solo había usado la pista de aterrizaje en un puñado de ocasiones; a veces solo se quedaba los escasos minutos que llevaba dar la vuelta al avión; tenía su coche en el garaje, ya que le habían animado a ello, pero aquel era el primer día que lo había usado y, aunque tenía acceso a la casa por si necesitaba quedarse algún día, nunca había usado la llave de la puerta principal. De hecho, había estado pensando en regresar a California por un par de semanas, y había enviado un mensaje a su asistente personal para ordenarle que empezara a trabajar en su agenda. La asistente personal era nueva y todavía necesitaba hacerse al puesto; quizás esperaría un par de días, pensó, antes de informarla del cambio de planes.

En El Palacio, accedió al historial de búsqueda de Mira y vio que después de que se hubiera marchado, la chica había pasado casi una hora leyendo sobre Autonomo, lo que había conducido, como era de esperar, a las noticias sobre su mujer. Se había detenido todavía más tiempo en estas, intercalando una búsqueda con imágenes. Primero había tecleado «Gizela Kazarian», y después había ido cambiando entre imágenes de los dos juntos e imágenes de cada uno de ellos; apenas dedicó tiempo a las fotografías del accidente en sí. Solo cuando recibió un mensaje anunciando que había llegado a su límite mensual de uso de datos, salió del buscador y apagó el aparato. Lemoine comprobó el reloj: había transcurrido una media hora desde entonces. Podía encender el móvil de Mira de manera telemática si quería, pero lo consideró un último recurso; en lugar de eso, se conectó a la retransmisión en vivo del dron que la seguía desde arriba y vio que había dado marcha atrás con el monovolumen para acercarlo a la orilla del agua. Las puertas traseras estaban abiertas. Se había encorvado a la sombra del lago, con los antebrazos bajo el agua, como si se estuviera ahogando algo. Lemoine contempló la imagen, intentando descifrarla. En aquel momento Mira se agarró las piernas para incorporarse y, entonces, Lemoine pudo percatarse de que había estado rellenando una botella refrigeradora que ahora colocaba con esfuerzo en la parte trasera del monovolumen. La cambió por una botella vacía y regresó al lago para repetir el proceso. Mientras sumergía el morro del segundo recipiente, pareció ocurrírsele que la estaban vigilando. Estiró la cabeza hacia atrás y miró hacia arriba, justo hacia las lentes, y, por un glorioso momento, Lemoine sintió que se estaban mirando a los ojos. Pero la luz se estaba desvaneciendo, y el dron debía de estar demasiado alto para distinguirlo, ya que al instante bajó la mirada para contemplar la cordillera, después las copas de los árboles, y la orilla de guijarros, con apariencia de estar cavilando algo, nada de suspicacia o miedo. La botella estaba llena. La puso recta, cerró la tapadera y la sacó del agua con todo su cuerpo; unos minutos después, cerró las puertas traseras del monovolumen, se subió al asiento del conductor y volvió a la carretera.

Lemoine dejó el portátil abierto mientras se afeitaba y duchaba y, cuando regresó del aseo, desnudo, mientras se secaba, el dron había cambiado a visión nocturna. Ya no veía el monovolumen, pero la cámara estaba suspendida sobre el techo de un cobertizo de esquila, lo que sugería que Mira había conducido el vehículo dentro. La imagen no mostró ningún movimiento mientras se vestía, así que después de lavarse los dientes y rociarse el pelo con un texturizador, se desconectó de la transmisión, guardó el portátil en la caja fuerte que contenía todos sus aparatos con internet y llamó al chófer para que lo llevara al restaurante donde sus invitados —un odioso presentador de un programa de entrevistas de la derecha y la hortera de su mujer productora— lo estaban esperando.

Una de las muchas cosas que una carrera en la monitorización encubierta había enseñado a Lemoine era que, en la mayoría de los casos, nada llamaba más la atención que alguien que intentaba integrarse. Una forma de camuflaje bastante superior era la elección de un disfraz que se ajustara a un estereotipo flagrante y llevarlo sin tapujos, flirteando con las críticas de los demás deliberadamente e invitando a una visión llena de prejuicios, hasta que la opinión general quedase patente; después, uno podía hacer lo que se le antojara, porque aunque la gente era rápida para opinar, tardaba mucho tiempo en cambiar sus opiniones y —para parafrasear un poco el aforismo— no hay más ciego que quien ya decidió lo que había visto. Mira había entendido esto sin problemas; al menos, en lo que se refería a sus propios engaños; que se tragara los de Lemoine era otra cuestión, pero se había derrumbado bajo presión; se había permitido asustarse, y lo había confesado todo. Lemoine nunca haría una cosa así. Sonrió de nuevo mientras el coche llegaba al restaurante y cuando se bajó, pero adoptó una expresión neutra antes de entrar en el edificio, puesto que el disfraz que había elegido aquella noche era el de Lemoine el libertario, Lemoine el misántropo, Lemoine el obseso con prepararse para la catástrofe, el milmillonario en busca de la ciudadanía neozelandesa y las oportunidades de inversión que hubiera por allí. Llegaba cuarenta y cinco minutos tarde —una demostración de poder tan habitual en su círculo que a veces se preguntaba si no sería un movimiento más inquietante llegar a tiempo o incluso antes— y sus invitados estaban visiblemente aliviados de verlo. Intercambiaron saludos agradables, coincidieron en que el tiempo era maravilloso y se sentaron.

Lemoine había sido abstemio toda la vida y, si había una expresión que pudiera reconocer en cualquier circunstancia, era la del pánico decepcionado que lucía cierto tipo de alcohólico social cuando rehusabas una bebida; la descubrió en los semblantes de sus compañeros de mesa cuando rechazó la carta de vinos y pidió agua con gas afrutada, y supo que encontraría la manera de acortar la cena; antes del plato principal, si hacía falta.

—Pero vosotros pedid lo que queráis —dijo con educación—. Por favor.

El pánico creció en sus rostros.

—Que va, no, no —respondió en voz muy alta el presentador del programa de entrevistas—. Nos unimos. Viene bien descansar una noche. —El hombre inclinó la cabeza con un gesto solícito en dirección a Lemoine, como si esperara que le diera las gracias—. Tomaremos lo mismo —dijo al camarero cuando Lemoine no respondió—. Dos más de esa cosa. Sí, amigo. Gracias.

—¿Has dejado el alcohol, Robert? ¿O te estás tomando un descanso? —preguntó la mujer cuando se fue el camarero.

Lemoine escondió lo irritado que se sentía con la respuesta estándar ante preguntas inoportunas:

—Sí —dijo, sin especificar—. Desde que murió mi mujer. —Era cierto, pero no de la manera que daba a entender. Vio cómo su interlocutora se sonrojaba.

—Lo siento mucho —respondió—. Es comprensible.

—Oye, es una cosa buena para el cuerpo, ¿no crees? —dijo su marido, acudiendo a su rescate—. ¿No tiene como una tonelada de beneficios? Siempre pienso que aprovecharé mucho más el día en que empiece a privarme.

La mujer empezó a asentir.

—Y seguro que duermes genial —añadió.

—Como un bebé —dijo Lemoine, deslumbrándola con su mejor sonrisa de granuja. La mujer pareció sorprendida, pero el presentador del programa de entrevistas se echó a reír y volvió a dejarse caer en el asiento con confianza renovada, como si se hubiera solventado el primer obstáculo de la noche.

—¿Dónde te estás quedando, Robert? —inquirió.

—La Cima —contestó Lemoine.

—Muy elegante —opinó la mujer.

—Espero que te estén demostrando lo hospitalarios que somos los kiwis.

Lemoine decidió jugar un poco con él.

—¿A qué te refieres?

—Pues que… espero que te estén tratando bien.

—¿Y por qué eso tendría que ser propio de los kiwis? ¿Algo específico?

El hombre parecía un poco desconcertado.

—Supongo que… muy muy amigable. Nada más. —Pidió ayuda a su mujer.

—E informal —añadió ella—. Con los pies en la tierra.

—Buena comida —siguió él—. Buen café. Somos bastantes sibaritas con el café por aquí.

—Los *flat white* —recordó la mujer.

—Exacto —dijo el presentador de programas, alzando el dedo—. Es lo único para lo que somos sibaritas.

Venían de visita desde Auckland. Decir que Lemoine no solía relacionarse con la gente local sería quedarse corto, pero posicionarse políticamente era parte de su disfraz y había descubierto, minutos después de haber conocido a la pareja en el club de golf, que habían suspendido al presentador por una violación de los estándares de la cadena, y que su mujer había renunciado a su puesto de productora por solidaridad. Tras una disputa muy pública sobre la ofensa y el exceso del castigo —a Lemoine no le interesaba lo suficiente como para recordar los detalles—, habían decidido tomarse aquel descanso forzoso como unas vacaciones y rezumaban el aire desafiante y ligeramente agresivo de dos personas decididas a pasárselo bien a cualquier precio. Le habían dicho, a la altura del hoyo siete, que estaban incubando la idea de establecer una plataforma de derechas en Nueva Zelanda, del tipo que tanto éxito despertaba en todo el mundo y, antes de que Lemoine tuviera tiempo de hacer un comentario, añadieron, sin molestarse en parecer sutiles, que, en realidad, estaban buscando un inversor. Aquella no era la manera habitual de hacer negocios de Lemoine, pero tenía que mantener su disfraz y, como survivalista libertario, no podía encontrar a alguien más feliz de su existencia que un presentador sensacionalista y nihilista con el ego frágil y ganas de imponer su opinión. *¿Por qué no?*, había pensado, antes de sugerir una cena para conocerse mejor, lo que había despertado una avaricia y una sensación triunfal tan evidentes en los otros que casi había retirado la invitación.

—Me he tomado un *flat white* —mintió—. Estaba bueno.

Se mostraron exultantes.

—Te estamos tratando bien entonces —dijo el hombre—. No me cabe duda, ya que estás pensando en quedarte.

—Algo estaréis haciendo bien —respondió Lemoine.

—El mejor país pequeño del mundo —apuntó la mujer.

—La mayoría de nosotros —dijo el marido—. La mayoría del tiempo.

—La tierra de Dios —dijo la mujer—. ¿Lo has escuchado decir?

—No —dijo Lemoine.

—Viene de «el país del mismísimo Dios». Del mismísimo Dios. Pero en vez de eso decimos «la tierra de Dios».

—Es lo que uno siente aquí abajo —explicó el marido—. Estás en la tierra de Dios.

—No es una mala marca.

—Creo que ya está usada —dijo el marido—, pero tienes razón.

—Ya veo cómo piensas —intervino la mujer en broma—. ¡Siempre pensando!

Esta vez ambos se echaron a reír.

Lemoine contuvo la urgencia de levantarse de la mesa y marcharse.

—Bueno, habladme un poco de cómo está por aquí el paisaje mediático —pidió—. ¿En qué dirección se está moviendo? ¿Qué es lo que está cambiando? ¿Qué sigue igual? ¿Dónde están los focos de tensión y los huecos?

Pero mientras sus interlocutores le respondían, su mente volvió a revolotear hacia Mira y vio de nuevo aquel desafío temeroso con el que lo había mirado. Vio la manera calculada con la que había reunido valor y planeado su huida; vio su fascinación; vio su deseo; oyó el temblor aflautado en su voz, que había delatado su aprensión al preguntarle cómo sabía su nombre. Mientras conjuraba la deliciosa imagen de Mira en su interior, se percató, de pronto, de que *ella* sería su adquisición. *Ella* sería su negocio. *Ella* sería la pieza final del camuflaje. No esos traficantes de indignación tan del montón, esos oportunistas, esos obsequiosos donnadies, esos pseudoexpertos de poca monta, que comerciaban con estupideces y se denominaban subversivos por cagar donde comían. Todo el mundo esperaba que se interesara en los medios de comunicación; bueno, pues iba a hacer lo que nadie se veía venir. Iba a invertir en el Bosque Birnam.

Oyó su nombre y parpadeó. Lo estaban mirando.

—¿Qué? —preguntó.

Hubo una pequeña pausa. Después la mujer dijo con voz extraña y asustada:

—Te estabas riendo.

Habían pasado tres semanas desde la noche en que Shelley fue al bar con Tony y no había vuelto a verlo ni a oír de él. Habían intercambiado los números de móvil en el aparcamiento antes de separarse pero, cuando aquella misma noche, Shelley le envió un enlace a la carpeta compartida que usaban como una especie de base de datos interna y tablón de anuncios —una innovación desde que Tony había estado en el Bosque Birnam— no recibió una respuesta. Por supuesto, había razonado, la atracción de Tony por la causa siempre había sido más teórica que práctica y la mayoría de sus amigos más cercanos del grupo se habían marchado, y sus actividades más anarquistas —en las que él estaba genuinamente interesado— no estaban en el documento; lo más probable era que nunca hubiera planeado regresar al Bosque Birnam con la dedicación de un miembro de pleno derecho, y solo le había mostrado curiosidad por educación. Shelley tendía a justificar en exceso las acciones de los demás cuando no era capaz de justificar las propias, y se había sentido profundamente avergonzada de sí misma y abochornada desde la noche de la partida de Mira: avergonzada de haberse propuesto traicionar la confianza de Mira de manera tan ruin, y abochornada de no haberse acercado siquiera a su objetivo. Había decidido concederle a Tony el beneficio de la duda, y mientras pasaban los días sin que diera señales de vida, empezó a sentir un extraño agradecimiento, como si su silencio, magnánimo, fuera una especie de misericordia que la salvara de la oportunidad de volver a mortificarse.

Estaba decidida a hablarle a Mira sobre el regreso de Tony en cuanto volviera a casa de Thorndike; no había ningún motivo, decidió, para darle la noticia hasta entonces. Después de todo, Mira no había estado esperándolo —y no era una noticia urgente, ya que había admitido haber vuelto para quedarse— y, aunque era evidente que tenía sentimientos mucho más conflictivos sobre lo que había pasado en su fiesta de despedida de lo que Mira se percató en su momento, bueno, era asunto de ellos, algo que debían discutir en persona, y no a través de una tercera, ni por mensaje de texto o por teléfono. Y, además, pensó Shelley, cada vez menos convencida, nada de los intermitentes mensajes de Mira desde Thorndike sugería que Tony hubiera estado en contacto directo con ella, por lo que estaba claro que él también pensaba que las noticias podían esperar.

Sabía que estaba cometiendo un error, pero puesto que Mira no estaba en el piso y no supo más de Tony, no fue difícil dejar de pensar en el asunto. Mediados de invierno era una época de barbecho en el Bosque Birnam. Había una serie de cultivos de espinacas y remolachas que vigilar al principio de cada semana, y parterres vacíos que cavar y preparar para las primeras cosechas primaverales, pero para aquel punto de la estación las lechugas y coliflores estaban lo suficientemente establecidas como para no necesitar apenas atención, y ya habían podado los puerros y las zanahorias; no había mucho trabajo, las cosechas eran estables y los jardines no necesitaban más cuidados. El año pasado habían plantado alcachofas de Jerusalén en los terraplenes abandonados de un proyecto de obra paralizado a las afueras de la ciudad y, desde entonces, la cosecha había crecido con desenfreno. Desenterrar tubérculos y empaquetarlos para su venta había sido el único proyecto grande de Shelley durante la primera semana de ausencia de Mira, y lo llevó a cabo a su gusto, en una soledad feliz, mientras experimentaba una especie de nostalgia prematura por todos los años que le había dado al Bosque Birnam; ya había comenzado a buscar trabajo, y cada día se descubría catalogando con cariño todo lo que añoraría cuando se fuese.

Pasaba las noches actualizando la página de Facebook del Bosque Birnam: ponía nuevos anuncios buscando equipo y voluntarios, subía fotos del «antes y después» de sus cultivos oficiales a lo largo de la ciudad e invitaba a sus anfitriones a que compartieran testimonios positivos y fotografías de los suyos. Mira había considerado la página un mal necesario, que tan sólo era útil para tranquilizar a los potenciales anfitriones, pero Shelley se encargaba de mantenerla y no en vano era hija de su madre: sabía que cualquier empleador potencial comprobaría los méritos que mencionaba en el CV en Facebook, donde el Bosque Birnam era definido en un lenguaje deliberadamente apolítico como un movimiento comunitario que cultivaba jardines orgánicos y sostenibles en espacios abandonados y promovía el compromiso de ayudar a los necesitados. Mientras publicaba el Tip para Jardineros de la semana —¡más grande no siempre significa mejor al elegir una planta joven en una tienda de jardinería!— se preguntó si una parte de ella siempre había sabido que, en el fondo, un día querría dejar el grupo. Quizás, inconscientemente, había curado la página con su circunstancia actual en mente, que era proveer a los futuros empleadores una explicación coherente para lo que Mira, en una imitación caricaturesca de la madre de Shelley, había denominado una vez «los años perdidos de su carrera».

Pasaron más de dos semanas sin que Mira mencionara cuándo planeaba volver. Sus mensajes eran breves y relajados, ya que Shelley no quería darle motivos a Mira para acortar su viaje y Mira seguía consciente, resultaba obvio, de la necesidad de espacio de Shelley: apenas describió la zona de cultivo de Thorndike, excepto para decir que la ciudad era muy tranquila y las condiciones ideales y, aunque la fecha del próximo gran *hui* se estaba acercando —el grupo se reunía una vez al trimestre, el primer lunes por la noche de cada febrero, mayo, agosto y noviembre—, ambas evitaron mencionar el tema. En la madrugada del primer domingo de agosto, Shelley se estaba preparando para dormir mientras reflexionaba sobre el hecho de que el inminente *hui* sería el primero que Mira se perdiera, cuando le llegó un mensaje: Mira tenía «grandes noticias» y saldría para casa a primera hora de la mañana para anunciar algo importante al grupo la noche siguiente. «???», le respondió Shelley, y unos segundos después le llegó la respuesta: «Han sido unas semanas muy locas... no quería daros esperanzas antes de tiempo, pero es posible que ¡hayamos conseguido montárnoslo a lo grande! Os lo explicaré bien mañana, besos». «AHHHHH, explícate», escribió Shelley, y después esperó, pero la función de recibido que marcaba el mensaje como «enviado» no actualizó a «leído»: Mira debía de haber apagado el móvil para irse a dormir.

La mañana siguiente Shelley se levantó para descubrir que su mensaje ahora aparecía como «leído», pero Mira solo había contestado para informarle de que iba a salir y que esperaba llegar a casa después del mediodía. Shelley sintió una aprensión renovada, y mientras se preparaba el desayuno y se sentaba a la mesa a comer, se obligó a pensar en lo positivo. Desconocía la naturaleza de las noticias de Mira, pero si era cierto que el Bosque Birnam tenía al fin la solvencia a tiro, dejaría el grupo con la conciencia tranquila; nadie podría acusarla de haber abandonado a Mira en sus horas bajas. Mira regresaría de buen humor, lo que la predispondría para recibir con alegría las noticias del regreso de Tony; y su anuncio, sin importar lo que fuera, podría introducir el fin de capítulo que Shelley necesitaba para informar de su decisión de marcharse. El *hui* era aquella tarde a las siete y Mira estaría de vuelta para las dos; dispondrían de mucho tiempo para conversar y sería más que suficiente para que Shelley le dijera a su amiga de una vez por todas, sin miedo y sin vergüenza, que, aunque no cambiaría por nada sus años en el Bosque Birnam, había llegado la hora —había practicado a decirlo en voz alta— de irse a otro lugar.

Mientras se duchaba, se preguntó si Tony aparecería. Parecía poco probable, ya que no había tocado la carpeta compartida ni respondido a los anuncios de voluntarios y no lo había visto en ninguno de los cultivos, y en el Bosque Birnam nadie había mencionado su nombre, ni de pasada, ni siquiera para informar de su regreso; pero solo para asegurarse, después de vestirse y secarse el pelo, abrió el portátil y envió un mensaje grupal a la lista de correo del Bosque Birnam para recordar a todo el mundo que el *hui* tendría lugar aquella noche y para pedir una confirmación rápida, por motivos de *catering*, sobre quién planeaba acudir.

Celebraban las reuniones en una cafetería gestionada por uno de los miembros con más años de servicio —Amber Callander, que sabría quién era Tony, aunque le parecía recordar que no se llevaban bien— y se había convertido en tradición señalar cada nuevo trimestre con un cuenco de sopa ceremonial, elaborado por Amber en la cocina de la cafetería con ingredientes provenientes de cultivos del Bosque Birnam. Shelley había estado tan obcecada en sus propios motivos para mandar el e-mail que se había olvidado de que ser la anfitriona del *hui* constituía una fuente de gran orgullo y satisfacción para Amber; y que Amber, a quien una vez Mira había descrito, con poco cariño, como una lista de ofensas ambulante, se ofendía con mucha facilidad. Casi de inmediato, Amber envió una fogosa respuesta para todos, en la que inquiría en un tono que implicaba una profunda afrenta si Shelley iba a encargarse del *catering*, porque ella ya había preparado una docena de cabezas de brócolis, y habría apreciado que se la avisara con más tiempo en caso de que hubiera un cambio de planes, y el correo de Shelley daba a entender que esperaban más gente de lo normal, lo que podría suponer un problema, porque ya estaban rozando los límites de aforo para una cafetería, y las multas por violación de los protocolos de peligro de incendio eran bastantes elevadas, y aunque tenía que considerar el futuro de la cafetería, tampoco quería ser ella quien rechazara a ningún miembro del grupo.

Para cuando Shelley logró reparar la ofensa —se vio obligada a enviar un segundo e-mail para aclarar que, por supuesto, Amber se encargaría de cocinar como de costumbre y agradecerle públicamente que hiciera de anfitriona una vez más, y añadió, para no arrastrarse demasiado, que quizá mereciera la pena acudir porque Mira tenía un anuncio sorpresa— había recibido más de una docena de confirmaciones. No reconoció uno de los nombres, Finn Koefoed-Nielsen, hasta que vio que firmaba como «Finn (K)» y se percató de que debía ser el *punkie* que ella conocía como Fink. No se había dado cuenta de que su dirección de e-mail siguiera en la lista, puesto que no había acudido a ninguna de las reuniones del último año. Curiosa por el motivo de que hubiera decidido volver, lo buscó en Facebook para descubrir que, desde la última vez que lo había visto, había cambiado su cresta engominada y los aros de las cejas por un par de gafas de pasta muy modernas y un corte de pelo militar. Según su perfil, se había asentado en la respetabilidad y trabajaba en el consejo de salud de su distrito local como ingeniero de *software*. Si no fuera porque lo había buscado, Shelley no habría dicho que se tratara de la misma persona. Distraída, empezó a revisar sus fotos de perfil por si podía señalar el momento exacto en el que había transformado su apariencia, y pasaron casi quince minutos antes de que se le ocurriera que, si la dirección de Fink había estado en la lista todo aquel tiempo, quizás habría sucedido lo mismo con la de

Tony. Volvió a abrir la lista de correo y fue revisando las direcciones y, por supuesto, ahí estaba: humor.gallo@gmail.com. Un poco raro que, en todos los años que había estado fuera, no hubiera solicitado anular la suscripción, pensó, y después se avergonzó al darse cuenta de que todo lo que le había contado durante su charla en el bar sobre lo mucho que había cambiado el Bosque Birnam en su ausencia no le habría resultado una novedad.

Pasó la mañana limpiando el piso, y después de comer, fue en bici a la ferretería cercana para preguntarles si podía quedarse con el serrín que se amontonaba bajo el serrucho que tenían fuera. El gerente de turno, un joven que no había visto nunca, se mostró divertido cuando le explicó que quería el serrín para su montón de composta, pero le dejó de parecer gracioso cuando añadió que era útil tanto para airear el montón como para añadir un suplemento de carbón que complementara al nitrógeno y que había descubierto que el abono ideal estaba compuesto de plantas, serrín y desechos animales a una ratio de 1:1:3. Con un gruñido, le permitió barrer lo suficiente para llevarse gratis una bolsita de serrín, pero sus ademanes se volvieron bruscos y desaprobatorios, y mientras pedaleaba de vuelta a casa Shelley llegó a la conclusión de que en todos sus años en el Bosque Birnam no había logrado dominar el arte de saber cuánto mostrar de lo que realmente sabía según la circunstancia. Era algo que Mira parecía saber por instinto: una experiencia demostrada tranquilizaba a algunas personas y enervaba a otras; era capaz de venderse a sí misma como el punto medio entre una aficionada con pájaros en la cabeza y una emprendedora atrevida, un papel que, cuando Shelley lo quería repetir, solo lograba que la persona con la que hablaba no quisiera darles nada gratis.

Eran más de las tres de la tarde para cuando Shelley terminó de enterrar el serrín en el montón de composta y miró el móvil para ver un mensaje de Mira. Se le había averiado el monovolumen un poco al sur de Timaru. Había llamado al servicio de asistencia en carretera y estaba a la espera de que un mecánico determinara si se podía arreglar el problema en las próximas horas. En el peor caso posible, si no lograba llegar a tiempo para el *hui*, llamaría y haría el anuncio por teléfono, pero preferiría poder contar las novedades al Bosque Birnam en persona. Sonaba agobiada y Shelley estuvo dudando qué responder durante varios minutos. Tecleó un mensaje de prueba: «Okey, qué locura, Tony Gallo ha vuelto a la ciudad. Se pasó por el piso hace unos días buscándote, no estoy segura de si vendrá hoy, pero para que lo sepas, acabo de darme cuenta de que está en la lista de correos, así que quizás aparezca... cruzo los dedos para que arreglen el monovolumen, sigue contándome cómo va el asunto, besos». Se quedó mirando lo que había escrito largo rato, mordiéndose el labio antes de borrarlo. Tony no había confirmado su asistencia y de los treinta y tantos miembros que habían contestado, los únicos que lo conocían eran Amber, que nunca lo había soportado, y Fink, que nunca le había caído bien a Tony. Lo más probable era que no viniera y no hacía falta advertir a Mira de antemano. «Vaya mierda», contestó al final. «Espero que lo puedan arreglar... veme diciendo, besos».

Pasó el resto de la tarde preparando macetas de guisantes y lechugas —llevaba varios días introduciendo semillas de guisante en platillos con agua para agilizar la germinación y al fin habían comenzado a brotar— y limpiando un frigorífico de bebidas roto que Mira y ella habían rescatado de la basura y pretendían convertir en un invernadero. Un poco después de las cinco y media, Mira le envió un mensaje para informarle de que le habían arreglado el monovolumen y había vuelto a la carretera. Conduciría directa a la cafetería y solo llegaría un poco tarde: «guardadme sopa», escribió, «pero, ¿me recuerdas quién va a cocinar??». Con una sonrisa malévola, Shelley respondió con el emoticono de la bruja, después se duchó, cerró la casa y ató una caja de semilleros a la parte trasera de la bici, con la idea de que le daría tiempo a llevarlos a las parcelas vacías de la ciudad antes de la hora de dirigirse a la cafetería.

El viento jugaba en su contra y había calculado mal la distancia entre dos de sus cultivos más recientes; llegó al *hui* veinte minutos después de que dieran las siete y se encontró con las ventanas cubiertas de vapor y el aroma a limoncillo y cilantro flotando en el aire. Mientras cerraba el candado de la bici en el aparcamiento, tuvo el nefasto presentimiento de que le llegaba la voz de Tony y, cuando abrió la puerta, se le hundieron las entrañas. Era de las últimas en llegar. Habían apilado las mesas contra la ventana y ordenado las sillas en una elipsis, y justo en el centro de la elipsis, Tony impartía clase. Se dirigía a Amber, que todavía llevaba delantal y su lenguaje corporal dejaba bien claro que estaba enfadada. Apenas desviaron la mirada cuando entró Shelley.

—No te sales del paradigma —decía Tony—. ¿No te das cuenta? Sigues tratando a la gente como consumidores, solo dices que deberían consumir en menor cantidad de manera más responsable. Pero mientras sigas usando la lengua del mercado, nunca vas a poder abarcar la raíz del problema, que es el *propio mercado* y la manera en la que nos hemos vuelto unos putos individualistas y consumistas que ni siquiera pueden concebir nada que exista fuera de los términos del mercado. Si queremos construir cualquier asomo de desafío real para el neoliberalismo, tenemos que ir más allá de cambiar nuestros hábitos de consumo. Tenemos que cambiar la manera en la que *pensamos*.

—Es muy fácil decir eso —objetó Amber, pero Tony no había dejado de hablar.

—Mira, piensa que no queda nadie dispuesto a usar el lenguaje de la moralidad. Podemos hablar sobre el poder (hablamos del poder *todo* el tiempo, de quien lo tiene y quien lo quiere) y podemos hablar de privilegio, que es básicamente lo mismo, poder arraigado, pero usar palabras como *bien* y *maldad*, y ni siquiera *maldad*, solo *bien* y *mal*, en lo que respecta al comportamiento de los demás, o su estilo de vida, o su forma de expresarse (su *libertad*) es un tabú total. Sobre todo, para la izquierda. ¿De dónde crees que hemos sacado esto? Es el mercado. La idea de que las elecciones humanas *pueden* carecer de moral, de dimensión moral: es capitalismo puro, ver el mercado como un lugar de valor neutral, donde la moralidad no tiene lugar y la gente puede competir en igualdad, y existe una especie de leyes naturales de oferta y demanda; y, por supuesto, todo es una estafa, los mercados *se crean*, siempre *se crean, siempre* están sancionados y regulados e interviene el Estado. Pero nosotros repetimos la misma lógica. ¿No lo ves? Tratamos el poder tanto como un absoluto, como una ley natural, y como algo completamente relativizado en términos de valor moral, así que, en definitiva, hacemos lo mismo que con las denominadas fuerzas del mercado. No hay diferencia. Y lo más triste es que ni siquiera nos damos cuenta. Pensamos que estamos *por encima* de eso. Seguimos dentro.

Shelley observó la estancia de reojo y reprimió la urgencia de darse la vuelta, salir por la puerta y desaparecer del Bosque Birnam para siempre. Aunque la mayoría estaba comiendo en silencio, le dio la sensación de que detectaba cierto júbilo en la manera en la que todo el mundo estaba pendiente de las palabras de Tony y la ausencia de interrupciones. Amber no caía bien en el grupo: era susceptible y metomentodo, se enorgullecía de ser de los miembros más antiguos y celaba sus derechos, por lo que no faltaba gente, entre la que se contaba Shelley, a la que le entusiasmaba demasiado ver cómo la regañaban, e incluso humillaban, en público. Aun así, Tony emanaba un tipo de energía que inquietaba a Shelley. Se había sentado al frente y regalaba su opinión con entusiasmo y celeridad, como si le hubieran prohibido hablar durante largos años. No dejaba de mirar hacia la puerta.

—O, por ejemplo, el término «libre mercado» —decía ahora—. Es un término propagandístico y, sin embargo, todos lo usamos, incluso en la izquierda. Es una locura. Deberíamos preguntarnos, ¿por qué estamos empleando sus palabras y su lógica? ¿Por qué les estamos haciendo el trabajo sucio?

—Pero yo no he dicho ese término —protestó Amber—. Nunca he dicho «libre mercado». Lo único…

—Lo sé, lo sé, lo sé, pero lo que quiero decir…

Shelley se dirigió a la escotilla de la cocina.

—¿Qué está pasando? —preguntó a la persona encargada de servir la sopa, un percusionista de estudio, con una voz muy dulce, que se llamaba Callum o Colin.

—Creo que se llama Tony. Ha venido con Finn —contestó, encogiéndose de hombros.

—¿Quién? —preguntó Shelley, confusa, antes de percatarse de que Tony se sentaba junto a un joven bien arreglado con gafas y corte de pelo militar—. Ah, vale. ¿Y de qué están hablando?

—¿Del capitalismo? —Rellenó un cuenco de sopa y se lo pasó.

—¿No nos habíamos ocupado ya de eso?

—Oh —dijo Callum o Colin—. ¿Por qué no le dices eso? ¿Te atreves?

Shelley le dio las gracias por la sopa y buscó un asiento.

—Huele que alimenta —le susurró a Amber cuando pasó a su lado sosteniendo el cuenco, pero su compañera no sonrió.

Shelley se percató con fastidio de que Amber era la única en toda la estancia que no estaba comiendo. «Adicta a ser una mártir», habría dicho Mira poniendo los ojos en blanco. «Nada la pondría más contenta que si se hubiera acabado la sopa antes de que ella se sirviera. Estaría en las nubes».

Tony seguía con su perorata.

—Mientras continúes considerando lo individual como la base de la agencia política —decía ahora—, vas a seguir limitada por diversas formas de capitalismo. Esa es mi idea principal y sobre lo que intento escribir. ¿Y si dejamos de hablar en términos individuales por completo y, en lugar de eso, tomamos la *pareja* como base de la unidad socioeconómica? Las parejas, los vínculos, las conexiones... son tan básicos en cualquier sistema como el individuo, como los datos reales. ¿No es así? Y, en las relaciones, hacemos todo tipo de cosas que desafían el *statu quo* neoliberal: nos sacrificamos, ponemos a la otra persona primero, aprendemos a comprometernos, nos preocupamos, nos ayudamos, nos escuchamos, nos entregamos; y son sacrificios de un fundamento muy distinto al tipo que se basa en disciplinarse y seguir un régimen. No son individualistas, son *mutuos*. Todo lo que decías antes, dejar de comer carne, volar menos, comprar productos locales; a ver, grandes iniciativas, seguro, pero emanan un aire tan puritano... Es como un programa de ascetismo, perpetuamente estricto y consistente, nunca perezoso o lo que sea, y al final, sigue centrándose en ti como individuo. *Tu* pureza, *tu* conciencia moral, los sacrificios que *tú* has hecho.

—Pero no puedes obligar a la gente...

—En estos momentos la izquierda carece de *alegría* —continuó Tony—. Está llena de prohibiciones y privaciones. Y *control*. Nadie se lo está pasando bien. Nos limitamos a sentarnos y echarnos la bronca los unos a los otros por hacer demasiado o demasiado poco. Y ¿qué clase de visión para el futuro es esa? ¿Dónde está la esperanza? ¿Dónde está la humanidad? Aspiramos a convertirnos en monjes, cuando podríamos ser amantes.

La puerta se abrió y Tony la siguió con la mirada, pero era solo alguien que había salido a fumar.

—Pero no puedes obligar a la gente a formar una pareja —intervino Amber, aprovechándose de la pausa momentánea—. E incluso dentro de una pareja, sigues siendo un individuo.

Tony seguía su propia línea de pensamiento.

—Pensad en el concepto de igualdad —dijo, dándole un poco la espalda a Amber para dirigirse al resto del grupo—. Podría argumentarse que solo tiene sentido a escala humana. En grandes cifras, solo significa homogeneidad o conformidad (grandes cantidades de personas haciendo lo mismo). ¿Quién querría eso? ¿Verdad? Es opresivo, es inhumano, es aburrido. Significa todo lo que la gente dice del comunismo y lo mortífero que es. Pero entre dos personas, la igualdad es una idea absolutamente radical. ¿Me seguís? ¿No es alucinante que dos personas diferentes, con valores diferentes, experiencia y habilidades y necesidades diferentes puedan entenderse y vivir de una manera que saque a la luz lo mejor de cada una, y no solo eso, sino que permita que ambas crezcan? Esa simbiosis, esa colaboración mutua, es *amor*. Ese es el tipo de relación con el mundo a la que debería aspirar la izquierda. Nada de ayudar a los demás *por obligación*, sino porque *quieres*. El amor romántico podría ser nuestro ideal. Nuestro ideal *político*.

—Pero ¿no haces lo mismo de lo que me acusas a mí? —respondió Amber con el ceño fruncido—. ¿Cómo es que tu lenguaje no se integra en el del mercado? De hecho, se llama literalmente *mercado matrimonial...*

—Eso es dentro de una estructura capitalista, en realidad. Tienes que...

—Y hemos tenido que *luchar* por la igualdad. Nunca se ha dado por sentada. Durante la mayor parte de la historia, el matrimonio se basaba en la propiedad. Era una transacción. Parece que dices...

—Claro, claro, claro, pero ¿y si fuera el vínculo *en sí mismo* lo que fuera la unidad económica?

—Lo estás pintando muy bonito, te lo compro, pero la igualdad no es la *norma*, hay desequilibrios de poder en todas las relaciones, la gente está coaccionada todo el tiempo y...

—Pero si tomamos la idea de la no coacción...

—La exclusividad, por ejemplo —lo interrumpió Amber—. No es más que un tipo de control sobre la otra persona, ¿verdad? Podría tirarte a la cara todo lo que has dicho y decir que estás siendo supercapitalista e individualista por asumir que las parejas tienen que ser monógamas y tradicionales...

—¿De verdad me estás diciendo eso? —contestó Tony—. El poliamor *es* lo más capitalista que existe, joder. Una vez más, no haces más que demostrar lo que digo. Era literalmente imposible poner un ejemplo más individualista.

—¿Qué? —inquirió una confundida Amber.

—¡Es consumismo para principiantes! —explotó Tony—. ¡Es lo mismo que ir a un centro comercial! La idea de que *esta* pareja te da un poco de esto y *esta* otra te da un poco de lo otro, y no quieres perderte nada, así que te las llevas a las dos. ¡Es pura especulación! Eres como una de esas personas que va a un restaurante y pide algo fuera de carta y se reserva el derecho a cambiarlo por entero. Sin tomate, ¿puedo cambiar el pan?, salsa aparte. Madre mía, *come* y ya está, no eres una puta *alérgica,* no estás arriesgando la vida, solo eres *melindrosa.* Solo eres *maleducada.* Es egocéntrico y *aburrido.* Me pone de los nervios la manera en la que hablamos del poliamor como si fuera una nueva frontera, como si fuera un acto de *protesta,* como si hubierais transcendido la propiedad privada y os hubierais librado tras una ardua lucha de las estructuras patriarcales o lo que sea cuando es justo lo contrario. Significa que no queréis aceptar la responsabilidad moral de querer sexo con otras personas, o que no sois capaces de comprometeros, o que sois infelices o estáis insatisfechos, así que redefinís la moralidad para no tener que encarar vuestro propio egoísmo y llamarlo por su nombre. El poliamor no conduce al puto *socialismo*, lleva a un hiperegoísta, mormón, hipercapitalista...

—Dios mío —dijo Amber—. Parece que he metido el dedo en la llaga.

Tony se había ruborizado.

—La prueba es la siguiente —continuó—. Esto es lo que deberíais preguntaros. Si fuera *yo* el que hubiera dicho: «Oye, ¿y qué pasa con el poliamor? ¿A que es una gran idea, gente?». ¿Un hombre como Tony? Todos estaríais gritándome en la cara que es la mierda más patriarcal que habéis escuchado en vuestra vida; pero cuando lo decís *vosotras*, de pronto, se supone que es un movimiento de liberación increíble. ¿No os dais cuenta? ¿No debería haceros despertar y ver que no sois tan progresistas como creéis? ¿Que quizás haya una estructura de poder moviendo los hilos? ¡Es lo que llevo diciendo todo este tiempo! ¿Qué diferencia hay entre interseccionalidad y neoliberalismo? Es la misma mierda anticuada.

Amber se dio la vuelta.

—*¿He escuchado bien?* —preguntó.

—Escúchame primero —pidió Tony—. Escucha un momentito, ¿quieres? Escucha antes de hablar. Hoy en día, cualquier conversación dentro de la izquierda es supercompetitiva, siempre parece que todos los implicados quieren quedar por encima de la persona que ha hablado antes en términos de opresión, falta de privilegio, trauma personal o el hecho de que ellos son judíos o bisexuales o, mejor aún, tienen un cuarto de ascendencia de tal o cual etnicidad, lo que les da derecho a hablar o a ofenderse o a lo que sea. ¡Es un mercado! ¡Otra vez! ¡Podéis disfrazar la lengua de sensatez y seguridad social y bla bla bla, pero el objetivo de la interseccionalidad no es aprender a *trascender* nuestras diferencias o *eliminarlas*, su objetivo no es la solidaridad, sino afianzar tu marca, encontrar un nicho de mercado, preocuparse solo de uno mismo, maximizar beneficios y minimizar el riesgo...!

—No me creo lo que estoy escuchando —dijo Amber.

—Nos *encierra* en nuestras diferencias —respondió Tony—. Es segregacionista. Y no es más que *publicidad*. Es gestión de marcas. Esa es mi teoría. *¡Seguimos dentro del puto paradigma!*

Miró a su alrededor en busca de apoyos, pero el ambiente se había vuelto en su contra; Shelley podía sentirlo y se dio cuenta de que Tony también. Hicieron contacto visual por primera vez en toda la noche, y le sobrevino, para su sorpresa, una ola de lástima por él. Estaba muy acalorado y lucía una expresión salvaje, casi desamparada, como si estuviera a punto de romper algo que sabía que no podía arreglar.

—Bueno, solo para aclararnos —dijo Amber—. ¿Me estás diciendo que la *interseccionalidad* es una *patraña*?

—Venga ya —respondió Tony, asqueado—. No hagas eso.

—¿A qué te refieres?

—No hagas como que te acabo de dar una puñalada en el corazón solo porque...

—Dios mío —dijo Amber—. Eso no va *sobre mí*, Tony.

—¡Sí que va sobre ti! —interrumpió Tony—. Claro que sí. Te estás ofendiendo. Estás montando un numerito sobre lo increíblemente ofendida que estás. No es un debate. No es una discusión. Solo es otra oportunidad para que puedas jugar con la cartita de la identidad. Estoy ya harto de esa mierda.

Junto a él, Finn se removía incómodo en el asiento.

—Oye, amigo —le dijo en voz baja a Tony—. Mira con quién estás hablando, ¿vale?

—*Soy* muy consciente de la gente con la que estoy hablando —replicó Tony—. Aquí todo el mundo es blanco. ¿Me equivoco? Todo el mundo en este «hui» —exageró en el ademán de las comillas en torno a la palabra— es blanco y de clase media, igual que Amber e igual que yo.

—La estás cagando —dijo Amber.

—Corrígeme si me equivoco —dijo Tony—. Por favor. Que alguien me ponga en mi sitio. Porque la verdad es que me encantaría que me demostrarais que me equivoco.

Shelley miró a su alrededor, desesperada, puesto que, aunque los presentes no fueran la prueba, se había ampliado el perfil de miembros del Bosque Birnam en los años que Tony había estado en el extranjero. Hizo un cálculo mental para diluir un feo sentimiento de complicidad. Estaban Winnie, y Jinan, y Amara, y Sameer, todos acudían regularmente a las reuniones de Birnam. Estaban los Tamani, una familia india y fiyiana que vendía vegetales de Birnam en la tienda de la esquina; Agnes Vaai, una estudiante de arte samoana que se había apuntado a ayudar a reunir enseres domésticos descartados; Nancy Chen, una dentista que había donado la parcelita de tierra detrás del garaje de su trabajo y plantaba pequeños cultivos en el alféizar de su casa; el señor Sichantha, que les había permitido plantar una parcela en su jardín; su hija, Vanida, que también tenía otra parcela en la otra punta de la ciudad; la amable señora Li, que siempre compraba más de lo que necesitaba cuando llamaban a su puerta para ofrecerle vegetales... Y ni mencionar a las docenas de voluntarios que eran asiáticos y pasifika —también maoríes—, ¿seguro que no había ningún maorí en la sala? Entrecerrando los ojos, Shelley dio un vistazo a la estancia de nuevo, fijándose en cada rostro, y descubrió a otra persona en el otro extremo de la elipsis haciendo lo mismo. Ambos se sonrojaron y desviaron la mirada de inmediato.

—Estás faltándonos el respeto —dijo Amber.

—¿A qué? —inquirió Tony—. ¿A vuestra *marca*?

—¿Hay alguien grabando esto? —preguntó Amber dándose la vuelta—. Para que quede constancia.

—Oh, por supuesto —replicó Tony, alzando las manos—. Venga, sácale partido a este momento. No te cortes. Por favor. Demuestra que estoy diciendo la verdad.

—La estás cagando tanto —repitió Amber.

Shelley alzó la mano.

—Me parece que esto ha ido demasiado lejos —dijo—. ¿Qué os parece? ¿No deberíamos dejarlo?

Hubo una ola de asentimiento en la estancia, pero Tony no iba a echarse atrás.

—Solo te pido que escuches lo que estoy diciendo —dijo, todavía dirigiéndose a Amber—. ¿Vale? Piensa en las conexiones que hago. Un algoritmo de *marketing* no te ve como un ser humano. ¿Verdad? Te ve como una matriz de categorías: una persona que es mujer y heterosexual (o lo-que-sea-sexual) y blanca, con una educación universitaria, y un trabajo, que tiene *cierto* tipo de amigas y comparte *cierto* tipo de artículos y publica *cierto* tipo de fotos y busca *cierto* tipo de cosas, y así hasta el infinito; mientras más sofisticado sea el algoritmo, mientras más subcategorías sea capaz de diagnosticar, mejor podrá mercantilizar lo que sea que esté vendiendo. La política de identidades, la interseccionalidad, da igual cómo lo llames, es exactamente lo mismo. La misma lógica. Mientras más reducida sea la categoría, mejor podrás venderte a ti mismo. Más seguro estarás desde el punto de vista económico.

—Eso es muy cínico…

—Pues sí, lo es, y es justo lo que estoy diciendo: mientras sigamos pensando así, estaremos atascados en el cinismo. No hay nada más. Nunca seremos capaces de colaborar en pos de un objetivo común, y eso significa que el proyecto entero de políticas de izquierda está jodido. ¿Cómo vamos a empezar el proyecto de crear y proteger los bienes públicos cuando dentro de cada grupo de interés siempre hay un subgrupo y todos ellos tienen su agenda individual y compiten con los otros por atención mediática y acciones de mercado?

—Hablas de *atención mediática* —dijo Amber—, pero mira lo que estás haciendo. Es que es *literal*.

Esto hizo reír al grupo.

—Perdón —dijo Tony. Había enrojecido aún más—. Vale. Habla tú.

—Bueno —dijo Amber, ladeando la cabeza—. *Yo* no creo que sea casualidad que siempre que alguien tiene un problema con la interseccionalidad, suela lucir como tú.

La expresión de Tony se endureció al instante.

—Venga ya —empezó—, eso es justo...

—Y «política identitaria» también es un término propagandístico, por cierto —siguió Amber—. La gente que *de verdad* sufre marginalización, quienes están siendo oprimidos *de verdad* de manera sistemática, cuyas vidas están en peligro *de verdad,* no van por ahí diciendo: «¿Has oído hablar de esta gran novedad llamada política identitaria?». Hablan de *justicia* y *representación*...

—Y supervivencia —añadió alguien.

—Y *supervivencia* —repitió Amber. Hubo una ráfaga de conformidad.

—Pero yo no estoy en contra de ninguna de esas cosas —dijo Tony—. Nada más lejos. No es lo que estoy diciendo.

—Quizá seas *tú* el que sigue dentro del paradigma —declaró Amber ganando confianza—. A lo mejor siempre has dado por hecho que ibas a quedar por encima de todos en el «mercado de las ideas» o lo que sea, pero ahora esos espacios que la gente como *tú* siempre ha monopolizado se han abierto...

—Esto no va sobre eso...

—Y el tipo de gente que se ha excluido tradicionalmente puede entrar y tiene una voz y están cuestionándote y reduciendo tu atención mediática y amenazando *tu* privilegio, y tú adoptas esa postura de: oye, gente, el mundo es tan capitalista, todo es un mercado, qué horror, y los demás te decimos: pues sí, *lo sabemos,* es el sistema que *tú* has creado, ¿por qué deberíamos seguir escuchándote? ¿Sobre cualquier cosa? ¿Sabes qué, Tony? *Los tiempos* han cambiado.

En toda la estancia, la gente chasqueó los dedos y dejó patente su conformidad.

—Oye, que no estoy defendiendo el *statu quo* —protestó Tony, alzando las manos—. Que jodan al patriarcado. Que jodan al capitalismo, que jodan al supremacismo blanco, cien por cien de acuerdo, acabemos con todo eso. No quiero que las cosas sigan *igual*...

—Claro —dijo Amber—, porque es una *novedad* tan grande que te dé una charla de media hora literal un tipo hetero y blan...

—¡Simplemente no creo que la interseccionalidad sea la solución al problema!

—¿Sabes quién más piensa así? ¡Los putos supremacistas blancos, Tony!

—Mira, está claro que es un tema delicado.

—*Eso* ha sonado muy condescendiente…

—No es que sea un imbécil, ¿vale? No me estoy limitando a dejar caer unos cuantos autores y ser un cliché con patas. Tengo ideas. Estoy proponiendo una alternativa.

—Ah, ¿sí? Bueno, a lo mejor es que ya no tienes derecho a hacer eso.

—¡Pero eso es una locura! —protestó Tony—. ¿Qué tipo de solución es esa? No puedes mandarme a callar…

—No te estoy mandando a *callar*, te estoy pidiendo que *escuches*. Hay una diferencia.

Varias personas empezaron a aplaudir.

—¿Y qué es lo que tengo que escuchar? —soltó Tony con una carcajada—. ¿Es que no ves lo que estás haciendo? ¡Eso no es un argumento!

—¡Sí que lo es!

—¡Qué va! No es más que un último recurso. Me pides que *escuche* y, claro, suena genial, fantástico, pero *¿qué* es lo que tengo que escuchar? No tienes ninguna *idea*. Solo tienes tu identidad. Solo tienes tu marca. No haces más que promocionarte a ti misma. ¿De verdad no te das cuenta?

—Vamos a ver lo que *tú* estás haciendo —protestó Amber—. *Tú*, Tony. Vuelves después de quién sabe cuántos años, dominas por completo la conversación, eres maleducado y condescendiente, mientras te comes lo que *nosotros* hemos plantado y cocinado para ti.

—La comida estaba deliciosa —dijo Tony—. Tendría que haber empezado por ahí.

—Es que… por *eso* la interseccionalidad es importante. Tu presencia en este lugar y la manera en la que has hablado toda la noche, como si te *rieras* de mí. ¡*Ese* es el argumento!

La puerta se abrió y Mira entró.

—Siento llegar tarde. —Después se dirigió a Amber—. Huele que alimenta. —Entonces vio a Tony—. Dios mío, ¡joder, no me lo creo!

—Lo mismo siento yo —dijo Amber, esperando obviamente una risotada que no llegó.

—¿Qué? —respondió Mira con una media sonrisa. Desvió la vista de Amber a Tony, pero él no le devolvió la mirada. Se levantó para llevar su cuenco vacío a la cocina.

—No importa —dijo Amber—. Ya estamos todos. Podemos empezar.

Mira seguía intentando sonreír.

—Gente, ¿qué he interrumpido?

Pero una vergüenza colectiva se había apoderado de ellos.

—Nada, nada —dijo alguien—. No te preocupes.

Amber parecía molesta.

—No era *nada* —dijo con voz remilgada. Se fue a la escotilla de servicio y empezó a poner rectas las cucharas.

—¿Qué ha pasado? —dijo Mira, dirigiéndose a Shelley—. ¿Qué sucede?

Es culpa mía, pensó Shelley. *Es culpa mía y de nadie más*. Se quedó Mirando a Tony, que estaba lavando el cuenco en el fregadero de espaldas a ellos.

—A lo mejor deberíamos darnos un descanso o algo —propuso—. Y así nos tranquilizamos un poco.

—*Yo* no necesito tranquilizarme —dijo Amber—. Estoy bien. Solo quiero seguir con la reunión. No hace falta que hagas eso —le dijo a Tony, alzando la voz más de lo necesario—. Tenemos lavavajillas, ¿sabes?

Fingió no haberla escuchado.

—¿Me puede explicar alguien lo que pasa, por favor? —pidió Mira, pero la gente empezó a suspirar y expresar fastidio.

Cuando alguien dijo: «¿Podemos dejarlo para luego? Tengo niñera y no puedo quedarme más tarde de las nueve», otros empezaron a pedir lo mismo diciendo que tenían que trabajar por la mañana o montarse en un autobús, o que ya era demasiado tarde y en cuestión de segundos el grupo había vuelto a la vida: empezaron a apilar los cuencos vacíos, sacar las libretas, preguntar a quién le tocaba ser el mediador y recordar los temas de discusión programados al resto en voz bien alta. Mira parecía reticente e insegura de si debía seguir a Tony a la cocina o quedarse donde estaba. Shelley se levantó para hablar con ella, pero Amber llegó primero y le tendió un cuenco y una cuchara mientras le decía, por debajo del alboroto, pero lo bastante alto como para que Shelley lo oyera:

—Para tu información, Tony se ha convertido en un imbécil.

Mira se dio cuenta de que Shelley la estaba observando y puso una expresión confusa, a la que no pudo responder más que con un triste gesto que se quedó entre agitar la cabeza y asentir. No hubo tiempo para decir nada más. La mediadora llamó al orden y Tony volvió a atravesar la estancia para sentarse, sin responder a los ojos compasivos de Finn cuando se situó a su lado. Ignorando claramente las miradas de todos, cruzó los brazos en el regazo y dirigió la vista a los zapatos, preparado para escuchar. Shelley volvió a sentarse, Amber fue a la escotilla a servirse y Mira ocupó su puesto en la última silla disponible.

Las reuniones en el Bosque Birnam era ampliamente horizontales. El papel de mediador se asignaba por turnos —en esta ocasión, una dulce enfermera de pediatría llamada Katie Vander— y las discusiones pasaban por cinco fases: presentar propuestas de acción; hacer preguntar para clarificar algo; levantar objeciones y preocupaciones; ponerse de acuerdo; y al fin, buscar el consenso, que se demostraba levantando el dedo para mostrar acuerdo, bajándolo en caso de disconformidad, o moviéndolo a los lados para indicar una abstención. Katie empezó, como era costumbre, recordando el formato para todos antes de leer los tres Principios de Unidad del grupo: «Desarrollar y proteger una economía sin clases, sostenible para el medioambiente y partidaria de la democracia directa, que sea tanto regenerativa como atenta a las necesidades humanas; actuar siempre que sea posible fuera de las estructuras capitalistas; y practicar la solidaridad y la ayuda mutua». Habían ideado estos principios hacía tanto tiempo que normalmente Shelley apenas prestaba atención, pero ahora, con la discusión de Amber y Tony aún caliente en las orejas, la invadió una ráfaga de vergüenza, primero ante la palabra «capitalistas» y luego con «solidaridad». Volvió a mirar a Tony, pero no expresaba más que impasividad. Seguía mirándose los zapatos.

La propuesta de Mira era la primera del orden del día y, tras establecer un límite de tiempo para la discusión, Katie le dio la palabra.

—Vale, ¿qué tal?, hola, *kia ora tātou* —dijo Mira, mirando a su alrededor—. Bueno, como ya sabéis algunos, acabo de volver de Thorndike, al sur, más allá del Paso de Korowai, donde hace poco hubo un desprendimiento de tierra. ¿Os suena?

Shelley sintió otra ráfaga de vergüenza al percatarse de que Mira parecía un poco nerviosa, lo que era inusual en ella. Tony no se había movido.

—En el sur —siguió Mira—, conocí a un tipo, un poco por accidente. Era estadounidense y, cuando empezamos a hablar, expresó cierto interés por quiénes somos y lo que hacemos, y (sé que suena un poco raro, pero bueno) se ha ofrecido a financiarnos. Vaya, a ayudarnos a convertirnos en una asociación sin ánimo de lucro en condiciones. Solo si es lo que queremos, por supuesto. Y creo que, como una especie de prueba, quiere encargarnos que plantemos un jardín en su granja, para ver cómo trabajamos y si podemos gestionar un presupuesto, un calendario y parámetros y esas cosas.

Normalmente hablaba con muchísima más fluidez, pensó Shelley, incómoda, y también con más autoridad.

—Bueno, nos ofrece diez mil dólares —siguió Mira—. Al contado, sin ningún tipo de compromiso. No hay contrato ni nada. Es más bien una… donación. Me ha dicho que, para Navidad, si está contento con nuestro trabajo y demostramos de lo que somos capaces y que sabemos lo que estamos haciendo, y todo lo demás, en ese momento, hablaríamos de nuevo sobre una financiación en condiciones a largo plazo y sobre crecimiento y cuáles serían los siguientes pasos y todo eso. Pero, independientemente de lo que ocurra, los diez mil dólares serían nuestros.

»Sé que parece una locura —continuó, dirigiéndose a Shelley—. Y bueno, para ser sincera, a mí también me lo parece, este tipo es muy pero que muy rico, rico *de verdad*, y creo que es una de esas personas cuya mitología personal va de descubrir jóvenes emprendedores y ayudarlos con sus carreras, se ve a sí mismo como un rebelde, y cuando se enteró de nuestra existencia, me habló en plan: oye, de rebelde a rebelde. Y ya sé —añadió, más rápido, y mirando a la habitación como si pidiera disculpas—. Un rico estadounidense que acaba de adquirir un escondrijo en Nueva Zelanda, vaya, no es el tipo de aliado que ninguno de nosotros elegiríamos, y es uno de esos preparacionistas del apocalipsis o survivalistas o cómo le queráis llamar; ¿sabéis?, se ha sacado una licencia para pilotar, tiene un avión, ha comprado la granja y todo, así sin llamar la atención, y también está preparando un búnker. Vaya, que es un cliché con patas, pero también hay que decir que ha invertido en un proyecto de conservación en el norte, así que supongo que sus intenciones son más o menos buenas. Hemos hablado bastante en las últimas dos semanas y no creo que sea malo del todo.

—¿Quién es? —preguntó alguien, pero Katie levantó la mano para mandar a callar: pedir aclaraciones formaba parte de la segunda fase—. Perdón —dijo a Mira—. Continúa.

—Bueno, también tengo que decir que ya me ha dado los diez mil —dijo Mira, ligeramente sonrosada—. No se los he pedido, no hemos cerrado ningún tipo de acuerdo ni nada, y le dije con total claridad que quería que el grupo valorara la propuesta antes de hacer nada oficial. Pero entonces me dijo que mirara mi cuenta bancaria, de repente, y cuando lo hice, ya había hecho el ingreso. Creo que es parte de esa mitología personal de la que os he hablado, esto de ser... tan teatral. No tengo ni idea de dónde ha sacado la información sobre mi cuenta bancaria... y nada de esto está por escrito, por cierto, esa es la otra cosa. Lo primero que le llamó la atención de nosotros es que nos movemos en los márgenes. Así que es seguro al cien por cien que no hablamos de un contrato legalmente vinculante. Todo muy informal. Es casi como una apuesta. O un reto, es como si nos estuviera retando, ¿o nosotros a él? En fin, ahí lleváis la propuesta. Se llama Robert Lemoine.

Tony levantó la vista por primera vez desde que Mira había empezado a hablar.

—¿*Robert Lemoine*? —repitió.

—Sí —dijo Mira.

—Espera un momento —intervino Katie—. ¿Estamos listos para pasar a las preguntas?

—Sí, más que lista, gracias —respondió a Katie. A Tony le preguntó—. ¿Has oído hablar de él?

Por primera vez, se miraban el uno al otro.

—Es el tipo de Autonomo —dijo Tony—. *Rico* es quedarse corto. Es milmillonario.

Mira se sonrojó de nuevo.

—Bueno, ya he admitido que no es un aliado que habríamos elegido, pero...

—¿*De verdad*? Significa literalmente lo opuesto a todo lo que creemos.

—Aseguraos de *limitaros* a hacer preguntas —intervino Katie.

—¿Qué es Autonomo? —preguntó alguien.

—Es una empresa tecnológica —explicó Tony—. Fabrican drones.

—Drones de vigilancia —se apresuró a aclarar Mira—. No los militares.

Tony bufó.

—Por supuesto —ironizó—. Y no existe el solapamiento entre ambos.

—Solo preguntas, chicos.

—Seguro que os acordáis de lo de su mujer —dijo Tony, dirigiéndose al grupo—. Fue todo un escándalo. Iba en helicóptero y se estrelló sin ningún motivo, y mira *qué casualidad* que el marido no estaba a bordo.

—Tony...

—Solo señalo —dijo Tony— el tipo de persona de la que estamos hablando.

—¿Y no fue un accidente? —preguntó alguien.

—Bueno, es un poco extraño. Si pensamos que… bueno, es experto en helicópteros.

Shelley se percató de que Mira intentaba controlar su enfado.

—Nadie sabe lo que ocurrió —dijo con frialdad—. Nadie. Y tú tampoco.

Tony se calló. Intercambiaron una mirada intensa durante unos instantes, pero antes de que Shelley pudiera descifrar lo que significaba, Mira volvió a dirigirse al grupo.

—Voy a contaros todo lo que sé —dijo—. Lemoine ha venido con una visa de inversor y tiene que patrocinar una empresa kiwi para poder acceder al pasaporte, así que no es solo un acuerdo filantrópico. Él también va a llevarse algo de todo esto. Y sí, es un milmillonario, y si cualquiera de vosotros tiene un problema con él simplemente por principios, lo comprendo al cien por cien, de veras. Hay como veinticinco banderas rojas. Lo entiendo. Pero también he de decir que he investigado a Autonomo en internet y la verdad es que no parece que…

—¡Compran los resultados de Google! —explotó Tony—. Compran los resultados de los buscadores para que solo puedas ver lo que resulta favorable a su imagen, cosas como *operativos profesionales de vigilancia*, claro que no vas a encontrar nada como…

—Por favor, vamos a limitarnos a hacer preguntas —dijo Katie.

—De todas formas, esto no tiene nada que ver con su empresa —puntualizó Mira—. Haríamos el trato con él.

—O sea, ¿nos propones que ayudemos a un fabricante milmillonario de drones aéreos a comprarse un pasaporte de nuestro país para que pueda cumplir con su grandioso plan de ser el último hombre en la faz de la Tierra?

—Estamos en la fase de preguntas —insistió Katie.

—Era una pregunta y estoy genuinamente interesado en la respuesta.

—Va a conseguir el pasaporte de un modo o de otro —dijo Mira a la defensiva—. No es como si fuéramos el único negocio que ha...

—¿Y desde cuándo es el Bosque Birnam *un negocio*?

—Puedes tener un negocio sin ánimo de lucro, ¿sabes? —dijo Amber desde la cocina—. Y, no solo eso, incluso puedes tener un negocio socialista. Como una cooperativa independiente. No es una contradicción, *Tony*.

Tony volvió a callarse, cruzó los brazos y prosiguió con la observación de sus zapatos.

—En cuanto a los plazos —dijo Mira para contestar a una pregunta que nadie había formulado—, sería un compromiso de unos pocos meses, por lo menos, y empezaríamos lo antes posible como preparación para la primavera, y hay que considerar que el Paso de Korowai no está precisamente a la vuelta de la esquina, así que incluso si la gente solo puede comprometerse los fines de semana y demás, significa conducir largas horas y gastos. Tenemos que hablar seriamente sobre cómo vamos a usar el dinero: quiero decir, cuánto vamos a dedicar al transporte y mantenimiento del grupo de trabajo en la zona, por ejemplo. —Volvía a dirigirse a Shelley—. Pero son diez mil dólares. Y solo es la *punta* del iceberg, ni siquiera todo el dinero que piensa comprometer. Y una vez que todo esté en funcionamiento, imaginadlo, tendríamos el potencial de pagarnos salarios a nosotros mismos, expandirnos por todo el país, esto podría ser un bombazo. Si es lo que queremos.

Su mirada estaba cargada de súplica y cuando alguien intervino con otra pregunta —¿podrían alojarse en la granja?— no se giró de inmediato a mirar a quien le había hablado: estaba observando la expresión de Shelley, con esperanza, con anhelo... y Shelley se percató con una sacudida de que Mira estaba desesperada por su aprobación. La golpeó, como una especie de encantamiento, que quizá Mira no había estado nerviosa por Tony sino por ella.

Mira se dio la vuelta para responder la pregunta.

—Asumía que íbamos a acampar —dijo—. Todo este tiempo he vivido en el monovolumen.

—Así que a lo mejor tenemos que montar un retrete de abono o algo así, ¿no?

—Sí, algo así.

—¿Y cómo sabemos que va en serio con lo del dinero? Me refiero a lo que ha prometido para después.

—¿En qué proyecto de conservación está involucrado?

—¿No te van a pegar una puñalada con los impuestos? Digo, en unos meses.

—¿Cómo lo has conocido?

—Eso, ¿de dónde sale todo esto?

Shelley apenas seguía la discusión. Mantenía la mirada fija en Mira, con aquel sentimiento de maravilla empañándole el pecho y los pulmones. Tony no hizo más preguntas ni se movió siquiera. Cuando la conversación se desvió a las objeciones y preocupaciones, hubo una pesada pausa, puesto que todo el mundo esperaba que fuera el primero en hablar. Debió de darse cuenta, ya que dijo en voz muy baja sin levantar siquiera la cabeza:

—Es dinero de sangre.

En esta ocasión, Mira ni siquiera intentó discutir con él.

—¿Por qué lo dices? —preguntó con impaciencia apenas reprimida.

—Los drones son armas de terrorismo —dijo Tony, contando con los dedos—. El control masivo es totalitario y opresivo. La mera existencia de la clase milmillonaria socava la solidaridad; es insostenible de base; es retrógrada; e injusta. La ciudadanía no debería venderse y comprarse. Las acciones de protesta no deberían suceder *por encargo*. Dios mío, ¿hace falta que siga? Te estás metiendo literalmente en la cama con el enemigo y violando todos los principios bajo los que se fundó este grupo. ¿De verdad soy el único que se da cuenta?

—Llevas mucho tiempo fuera, Tony.

—Eso está claro.

—Quizá no entiendas lo duro que ha sido para nosotros mantener esto a flote durante tantos años. Cada día tenemos que luchar para lograr lo mínimo. —Mira le echó una mirada a Shelley que asintió, primero automáticamente y luego con convicción.

—Lo entiendo —empezó Tony, pero Mira continuó.

—Claro, en un mundo ideal, ¿existiría la gente como Robert Lemoine? No. Pero en un mundo ideal, no necesitaríamos esta oportunidad. No habríamos contraído deudas enormes. No tendríamos que luchar cada día para mandar nuestro mensaje. No estaríamos cada minuto de nuestras vistas sumidos en una crisis existencial.

Todo el mundo en la estancia asentía ahora aparte de Tony.

—Hablas de violar nuestros principios —siguió Mira—. Tony, nosotros *vivimos* nuestros principios. La labor que hacemos, el tiempo y el esfuerzo que invertimos, cada día, y eso sin mencionar el dinero, *esos* son nuestros principios.

—Así que no te molesta en absoluto que sea dinero de sangre, ¿no? —inquirió Tony, alzando la voz sobre todas las muestras de simpatía y afirmaciones.

—La verdad es que no lo veo como dinero de sangre.

—Ya, me lo imaginaba —dijo Tony, asqueado—. Ya que *tampoco* ves que esto es nada más y nada menos que venderse, joder.

Mira estaba ahora claramente enfadada.

—¿Puedes calmarte un poco, por favor? —le dijo—. Mira, no es que Robert Lemoine me haya dicho «tomad, gente, diez mil dólares, olvidaros del Bosque Birnam e iros a montar un fondo de inversión». El motivo por el que nos ha hecho esta oferta es que está *interesado* en nosotros. Quiere ver lo que vamos a hacer. Siente *curiosidad*. Está *impresionado*. Olvidaros durante un instante de quién es y pensad en él como una persona que quiere darnos dinero para hacer *precisamente lo que ya estamos haciendo*, pero a una escala más grande y con un impacto mayor.

—Lo que *nosotros* ya estamos haciendo —dijo Amber a Tony señalando al grupo—. *Nosotros*.

Mira exhaló.

—Y, por cierto, es la primera oportunidad real de ser solventes que se nos ha presentado. En *todos* los años que has estado fuera —le dijo a Tony.

—Me siento confuso —dijo Tony—. ¿Se supone que tengo que recordar que este tipo es supercurioso y está muy impresionado y superinteresado, o me tengo que olvidar de quién es? ¿No os dais cuenta? Estáis tomando solo lo que os interesa. Sabéis perfectamente que esto va en contra de nuestros principios de todas las formas posibles, así que admitís que no estáis siendo *racionales*, que no hay *motivos*...

—¿Por qué dices *nuestros principios*? —empezó Amber, pero Mira la interrumpió.

—Sí, vamos a comprometer nuestros principios —dijo—. Sí, hay cosas sobre esta situación que vamos a tener que pensar con muchísimo cuidado. Pero llega un momento en el que negarse a comprometer nada significa elegir la ineficiencia, ¿y eso *no* es una violación de nuestros principios? ¿Acaso no es peor tirar a la basura todo lo que hemos hecho, todo nuestro arduo trabajo, solo para poder decir que teníamos *razón*? «Vaya, el Bosque Birnam ya no existe, ¡pero sostenía unos principios impecables!».

—Pero ¿dónde ponemos el límite? —preguntó Tony—. ¿No te das cuenta de que con esa lógica no hay nada que...?

—*No* —dijo Mira, interrumpiéndolo—. No, Tony, lo siento, eso no va sobre *lógica*. No es un experimento mental en el que puedas llevar mi argumento al extremo lógico y esa es la lección del tutorial. Esto no es una clase de filosofía. Es un elección real y práctica que encaramos como grupo, sobre la cuestión de cómo mantenernos y seguir adelante...

—Oye —protestó Tony—. ¿Qué ha pasado con lo de la democracia directa? Estoy dando voz a mis objeciones y preocupaciones...

—¡Y ella las está respondiendo! —exclamó Amber.

—¿Qué propones entonces? —preguntó Mira a Tony—. ¿Que devuelva el dinero? Lo saco de mi cuenta y se lo devuelvo en metálico...

—Pues sí —dijo Tony.

—Y le digo: lo siento, señor Lemoine, esto es *dinero de sangre*, en caso de que no lo supiera y no importa en qué podríamos haberlo gastado o las cosas buenas que podríamos haber hecho. ¡Nada de eso importa!

—Pues sí —repitió Tony. Seguía con los brazos cruzados a la altura del pecho—. Lo apruebo al cien por cien. Sí.

—Tomamos nota —respondió Mira—. ¿Alguna otra objeción o pasamos al voto?

—¡Un *puto* voto! —explotó Tony, volviendo a extender los brazos—. Lo que deberíamos hacer es matarlo, joder, y llamarlo daño colateral, como a cada civil asesinado por un puto ataque con drones en Irak, Yemen y Siria...

—Robert Lemoine no es responsable *a título personal* de...

—Claro que lo es. No te quepa duda de que es culpa suya.

—Pues vas tú y lo matas —dijo Mira, perdiendo al fin la paciencia—. Venga, te doy la dirección. Ve y mátalo, ya que las cosas son tan blancas y negras, y tú eres tan puro y tu ideología es consistente todo el tiempo, y los demás somos unos hipócritas y tanta vergüenza te da estar aquí. Ve.

—Muy bien —dijo Katie—. Creo que hemos...

—No tienes por qué quedarte, ¿sabes? —intervino Amber—. Tienes toda la libertad del mundo para marcharte. Cuando quieras.

—Creo que tenemos que seguir con la reunión —dijo Katie con firmeza.

La expresión de Tony era gélida.

—Me voy para que sea un voto por consenso —dijo—. No una simple mayoría.

—La mayoría *significa* consenso —explicó Mira—. Si todo el mundo está de acuerdo con actuar según la decisión de la mayoría, tienes consenso. Así funciona la democracia. Si hay un acuerdo de noventa por ciento sobre un tema no es más democrático que un sesenta por ciento. La democracia no va de que todos votemos igual, sino de si estamos de acuerdo con atenernos al resultado del voto *incluso si* resulta que estamos en la minoría. Eso es el consenso.

—Mira —intervino Katie—. Creo que lo entiende.

—Yo estoy dentro —dijo Shelley.

—¿*De verdad?* —dijo Mira, girándose hacia ella con una mirada de alivio tan desnudo y agradecido que Shelley sintió cómo el corazón le daba un brinco, pero no supo si por ternura o vergüenza.

—Claro —dijo Shelley, sonriéndole—. Diez mil dólares, amiga. Vamos a ello.

Votaron. Tony se fue de la cafetería poco después y, al día siguiente, Mira y Shelley recogieron sus pertenencias, limpiaron el piso, pusieron un anuncio para subalquilarlo, le dejaron las llaves a un amigo y volvieron a cargar el monovolumen; y mientras se ponían en marcha, seleccionaban una lista de reproducción y dejaban la ciudad por carretera, a quinientos kilómetros de distancia, bajo un enorme retrato de la taciturna reina Isabel II, el señor Darvish se arrodilló y se alzó como sir Owen.

II

—¿Es una medalla? —preguntó Mark Mulloy, moviendo el marco de la fotografía hacia la luz—. Creía que era un marcapasos.

—Déjame verlo —pidió Cathy—. Quiero verlo.

—Tienen nombres distintos —dijo lady Darvish desde la cocina—. La de arriba se llama «estrella de pecho» y la que está en la cinta es la «insignia». —Volvió a aparecer con una botella nueva de champán y se la pasó a su marido para que la descorchara.

—¿Una estrella de pecho? —preguntó Mark—. ¿Como en las revistas guarrindongas? ¿Para cubrir las partes traviesas? —Sacó pecho con aire remilgado y se ocultó los pezones con los dedos.

—Oh, Mark —fingió desesperarse Cathy.

Pero sir Owen estaba sonriendo.

—Amigo, te hacen falta mejores revistas —dijo mientras retiraba la cobertura del tapón de la botella.

—Nadie dice eso de «guarrindongas» —dijo Cathy con una mueca—. ¿A que no?

—Claro que sí. ¿Peli guarrindonga?

—No, dicen «peli porno». O «porno», a secas.

Lady Darvish no había seguido aquel intercambio.

—La lleva en el bolsillo izquierdo —continuó—, pero si muere y yo sobrevivo, me la podré poner yo, solo que en el derecho.

—Oye, perdón —protestó sir Owen—. Sigo vivo. Hola.

Le sonrió a través de las llamas de la vela.

—He dicho si te mueres.

—Me encanta aprender este tipo de pequeñas formalidades —dijo Cathy.

A Mark se le había ocurrido otra broma. Señaló la corbata que sir Owen lucía en la fotografía.

—¿Y ese lazo en torno al cuello? ¿Cómo se llama?

Sir Owen descorchó la botella. Hacía siglos que conocían a los Mulloy —sus hijos habían crecido juntos—, pero solo las mujeres eran amigas, y a veces le cansaba que Mark y él no pudieran dialogar de otra manera que a través de bromas soeces. Las mujeres dirigían la conversación, ofrecían información, rompían los silencios y les traían juguetitos, como Jill había hecho, un poco avergonzada, con la foto enmarcada de su investidura, y también planeaban los encuentros futuros; si los hombres intervenían, era para quejarse de los gastos o para presumir de una astuta manera de ahorrar. Estaba seguro de que no había sido siempre así —aunque quizá sí, y tal vez solo se había dado cuenta ahora que sus polluelos habían dejado el nido—, pero le parecía que todas las cenas seguían siempre el mismo patrón: al principio de la velada, competían por ver quién ahorraba más; después, cuando habían bebido lo suficiente, por quién era más libidinoso.

—Venga, sé sincera —decía Mark a Jill—. Dinos la verdad. ¿Se piensa ahora que es mejor que nosotros? ¿Se le ha subido a la cabeza?

—Sabe Dios que a mí sí —replicó ella con una risilla—. El otro día reservé un vuelo y en el menú desplegable, ya sabes, en la casilla para el título, me puse como lady, lady, lady, ¡y ni siquiera era una opción! ¡Menudo chasco!

—La escuché decir «joder» desde el salón —informó sir Owen—. Se puso a gritar de verdad. Fui corriendo. Creí que había pasado algo terrible.

—¿Es así como le dejas caer que tienes ganas? —preguntó Mark. Formó un cuenco con las manos en la boca—. ¡Joder!

—Mark, déjalo ya —dijo Cathy, agitando ambas manos en su dirección.

—No, tiene razón —contestó lady Darvish—. Es justo lo que hago.

Todos se echaron a reír. Cuando se apagaron las risas, Cathy dijo:

—No es muy igualitario, me parece. Te han nombrado lady Darvish solo por…

—Tienes razón —dijo sir Owen en voz alta, sonriéndole a su mujer mientras le rellenaba la copa de champán—. Búscate tu propia investidura.

—No, lo que quiero decir es que en caso de que te nombren dama es distinto. Si yo me convirtiera en la dama Cathy, Mark no sería lord Mulloy.

—¿No sería sir Mark?

—No, creo que no sería nada.

—¿Consorte?

—¡Gigoló!

—¡Oh, gigoló!

—¿Y caballero? —ofreció lady Darvish—. ¿Caballero Mulloy?

—A lo mejor «hombre» —opinó Mark. Flexionó los bíceps—. Hombre Mulloy.

—Creo que no sería nada —repitió Cathy.

Hubo una pausa. La expresión de Mark se volvió forzada; Cathy no pareció darse cuenta o no le importó. Le dio un sorbo al champán y Mark se quedó mirando el plato y empezó a recoger miguitas con el dedo. Los Darvish intercambiaron una mirada.

Mark era contratista; solía tener un negocio de renovación de domicilios hacía años y había ganado mucho dinero hasta que se cayó de un andamio y se partió la espalda. Estuvo en rehabilitación durante meses y, cuando al fin se sintió lo bastante bien para volver al trabajo, descubrió que, durante su ausencia, sus socios habían reestructurado la empresa —según describía él— para echarlo. Tras meses de amargas desavenencias y líos legales, se había rendido y empezado de nuevo por su cuenta, pero había tenido una racha de mala suerte: un cliente que se negaba a pagar, una inundación, una reclamación falsa al seguro, y había tenido que cerrar el negocio; ahora trabajaba para una gran firma de construcción como autónomo y se lamentaba con cualquiera dispuesto a escucharlo de las malas cartas que le había dado la vida. Mark tendía al catastrofismo, pero, aun así, daba un poco de lástima. Cathy le había confesado a Jill que su marido tomaba medicación para la depresión y era obvio que estaba ganando peso por las pastillas. Quizá, pensó sir Owen, las cosas iban mal entre ellos.

Lady Darvish ya había cambiado de tema. Dijo que llevaba tiempo queriendo comentarles que había pasado con el coche por su antigua casa en Masterton el otro día y que los nuevos propietarios habían derruido la valla de la fachada para construir un garaje, justo enfrente de la ventana del recibidor. ¿Lo habían visto? El peor caso de sacrificar una habitación para ganar otra. Era una pena y no le pegaba a la casa en absoluto. Mark murmuró algo sobre aficionados inútiles y Cathy dijo: «Allá vamos», porque nada hacía que su marido se enfadara más que la gente que creía que podía aprender un oficio viendo vídeos en YouTube y, en cuestión de segundos, Mark se había animado y se puso a narrarles una historia que ya les había contado antes a los Darvish. Jill tenía ese don: siempre encontraba la manera, con una perfecta negación plausible, de curarle la autoestima a todo el mundo, y, mientras sir Owen tomaba otra trufa de la caja de bombones, pensó que si había una cosa para la que le venían bien aquellas cenas era para recordarle que no envidiaba los matrimonios de los demás ni un poquito.

Su mente vagó hacia las tareas que se había propuesto hacer durante el fin de semana. Había que llevar el Audi al mantenimiento; el tanque de LPG de la barbacoa estaba seco; no vendría mal afilar los cuchillos de la cocina; y quería subirse al tejado para descubrir por qué se salían los protectores de la canaleta. Nada urgente, pero le gustaba mantenerse ocupado. Habían comprado el piso de Wellington, donde se encontraban en aquellos instantes, como segunda residencia y la casa parecía mucho más pequeña ahora que vivían allí de forma permanente. Jill le decía de broma a su marido que había empezado a romper cosas a propósito, solo para tener un motivo para sacar las herramientas; no era verdad, por supuesto, pero sentía que se le estaba yendo un poco la cabeza después de tanto tiempo en la ciudad. Añoraba la sensación de amplitud de Thorndike, las lejanas formas de la cordillera, las vistas abiertas a través del lago; echaba de menos aquella antigua emoción de saberse minúsculo ante la naturaleza y a la vez sentir que la dominaba.

No había mentido cuando dijo al periódico local que Thorndike era el mejor lugar en el que había vivido. Cuando murió el padre de Jill y heredaron la propiedad, vendieron su enorme casa familiar en el Wairarapa y donaron la mayor parte de las ganancias a sus hijos para ayudarlos con sus hipotecas y, en el caso de Rachel, para una boda temática de los años veinte en una bodega, de la que sir Owen no podía aún oír hablar sin poner los ojos en blanco ante tal despilfarro. El plan había sido subdividir la propiedad, cortando en pedacitos los campos bajo la carretera, y mantener la granja original para ellos, ya que Jill no soportaba la idea de venderla. Al principio se había mostrado reticente —¿a quién le gustaba la idea de mudarse?— pero ahora reconocía que amaba el lugar tanto como ella. Antes del derrumbamiento, solía volar a Wellington varias veces al mes por trabajo y también a Auckland, cuando no podía evitarlo. Aterrizar en el Queenstown Airport y anticipar el largo paseo en coche a través de las montañas se había convertido en una de las grandes alegrías de los últimos años de su mediana edad, y le infundía una gran sensación de presencia y llegada; quizá por eso, el cierre del paso se le había antojado personal y debilitante de una forma extraña, como si hubieran cerrado imperiosamente una vía primordial de su mente.

Su hilo de pensamientos debía de haber seguido la conversación de manera inconsciente, puesto que cuando salió de su ensimismamiento escuchó a Cathy decir:

—Supongo que esperaréis a que abran de nuevo el paso, ¿no?

Lady Darvish vaciló, buscando su mirada, y en la breve pausa antes de que cualquiera de los dos hablara, Mark dijo:

—Falta mucho para eso. —Agitó la cabeza y soltó una pesada exhalación—. Mirad a Kaikoura. Fijaos en lo que ha sido la recuperación. Y en Christchurch, ¿por cuánto vamos? Seis años. Qué va.

—Sin embargo, el terreno no va a perder valor —dijo Cathy—. Esas maravillosas vistas y tan cerca del lago. No vais a tener problemas para vender.

—Con el tiempo, quizá —dijo Mark—, pero intenta llevar a una cuadrilla de construcción allí ahora mismo. ¿Dónde se van a quedar? ¿Y las rutas de suministros? ¿Cuál es la ciudad más cercana? ¿Omarama? Ni lo intentéis. Es para nada. Nadie va a tocar eso hasta que vuelvan a abrir el paso, y pasarán años. Tres años, me juego lo que sea. Tal vez cuatro.

—Por lo menos no tenéis prisa —dijo Cathy para consolarlos.

—Bueno, tampoco tenéis más opciones —dijo Mark—. ¿O sí? Unos pocos meses más y habría sido la bomba. Se habrían vendido como tartas y entonces sería el problema de otra persona. ¿Verdad? Qué va, ha sido mala muerte. Una suerte de perros, amigo.

Sir Owen estaba empezando a irritarse, y se dio cuenta por la manera en la que su mujer les daba vueltas a los anillos del dedo que estaba intentando contenerse para no decir algo de lo que se arrepentiría. Había quedado claro desde el momento en el que habían llegado los Mulloy que Mark envidiaba su buena suerte. Cathy se había comportado bien; quizá le faltara sinceridad, pero al menos tenía saber estar. Mark no lo había felicitado, no le había hecho preguntas, no había mencionado que lo había visto en los titulares, pero sin duda lo había visto; había apartado la fotografía enmarcada con desdén, sin extenderla bien y colocarla de nuevo, con respeto, en su sitio en la estantería, sin molestar, sino que la había dejado de espaldas en mitad de la mesa. A sir Owen le importaba una mierda, no le importaba la fotografía, no necesitaba que lo felicitaran, no necesitaba nada de nadie, pero le jodió que Mark dijera que tenía mala suerte. Una broma subida de tono era una cosa, pero deleitarse con la desgracia de los demás era distinto.

—Supongo que no se puede hacer nada contra la suerte —dijo Cathy sin entusiasmo y lady Darvish sonrió a sus anillos.

Porque *no* era mala suerte. La granja se *había* vendido; estaba a punto de venderse, tan pronto como estuviera listo el procedimiento de cambio de titularidad. No habían retirado el anuncio por el desprendimiento de tierra, ni ningún golpe de mala suerte, sino porque el comprador había puesto la confidencialidad absoluta como requisito para la venta. Lemoine le había ofrecido el doble de lo que esperaba, quizás incluso más, si tenía en cuenta el proyecto de colaboración con Autonomo, que sir Owen había negociado, con bastante astucia, pensó, como parte del contrato de compraventa, y que ya había generado dividendos en forma de publicidad y relaciones públicas. Lemoine había pagado el depósito, así que incluso si la venta no se completaba —aunque no existían motivos para pensar tal cosa—, aun así, todavía les quedaría dinero de sobra. Estaban en su punto álgido, más ricos de lo que habían sido nunca, con unos cuantos millones a su nombre, pero ligados a un contrato de confidencialidad que los obligaba a callárselo, al menos hasta que Lemoine hubiera enterrado el búnker.

—¿Entonces vais a esperar? —preguntó Mark—. ¿Aparcaréis la construcción de la zona residencial y os quedaréis aquí a esperar a que todo pase?

Se estaba dirigiendo a sir Owen, pero fue lady Darvish quien contestó:

—En realidad —dijo con una voz suave—, ya la hemos vendido.

Sir Owen se quedó mirándola con la boca abierta.

—¡Jill!

—Venga ya —contestó Jill—. ¿A quién se lo van a contar?

—Jill —repitió meneando la cabeza—. No lo digas.

—Owen, son nuestros amigos —dijo—. Nuestros amigos de toda la vida. No es como si se lo contáramos a los medios. No es una rueda de prensa. Relájate.

Reconoció esa voz ligera y casi cantarina de cuando discutían. Sonaba inocente, pero significaba que iba a hacer sangre.

—Bueno, yo no he sido —dijo sir Owen levantando las manos—. Que conste en actas: yo no he abierto el pico. He sido un chico bueno. —Pero de pronto tenía ganas de reírse, porque lo cierto era que él también había estado a punto de contarlo. Una broma más de Mark era lo único que hacía falta. Era consciente y puede que su mujer también.

—Son capaces de guardar un secreto —dijo lady Darvish, todavía con la misma voz—. Por el amor hermoso.

—Esto es todo un misterio —dijo Cathy.

Mark había fruncido el ceño.

—¿Y cuál es el secreto? —preguntó—. ¿Habéis vendido la granja?

—Este nivel de melodrama —dijo lady Darvish—. Es ridículo, la verdad. Sí, teníamos una oferta. De alguien que ha visto demasiadas películas de James Bond, por decirlo de manera suave.

—¿No podéis decir de quién se trata?

Lady Darvish se mostró reticente.

—No deberíamos. —Miró interrogante a sir Owen, que se encogió de hombros con una sonrisa.

—¿Una constructora?

—No, es para una vivienda privada. Pero quiere el terreno enterito, de principio a fin, toda la subdivisión. También quería la casa, ¿verdad, Owen? Pero nos negamos de pleno.

—¿Kiwi? —preguntó Mark.

—Estadounidense —informó lady Darvish—. Un milmillonario.

Cathy se quedó con la boca abierta.

—Lo sé —dijo lady Darvish—. Un milmillonario de vecino.

—Espero que lo hayáis dejado en pelotas —dijo Mark a sir Owen.

—Oh, por supuesto —contestó disfrutando cada sílaba—. Le hemos sacado un buen precio.

—¿No quiso un descuento por el desprendimiento?

—Más bien al contrario. Le pareció una ventaja, ¿a que sí, Jill?

—Era justo lo que os estaba contando —contestó—. Lo de James Bond. Quería un lugar que pudiera defenderse con facilidad. Usó de verdad esas palabras: «defenderse con facilidad».

—Seguid, por favor —pidió Cathy—. Decidnos el nombre. Si no lo vamos a conocer.

—Bueno, pero no lo has escuchado de nosotros —dijo lady Darvish.

—No has oído nada de nosotros —insistió sir Owen.

—Se llama Robert Lemoine —dijo lady Darvish.

—¿Robert Lemoine? —repitió Cathy.

—¿Te acuerdas del accidente de helicóptero en Florida? —preguntó sir Owen—. Una historia muy fea. Murió todo el mundo a bordo. Fue hace unos años. Era su mujer.

—Kazarian —dijo lady Darvish.

—Sí. Gisela Kazarian. Una modelo. Era muy joven.

—¿Has oído hablar de él? —preguntó lady Darvish.

—No —dijo Cathy. Miró a Mark, que ladeó un poco la cabeza—. ¿Por qué es un secreto? No lo entiendo.

—Bueno, supongo que cuando tienes tanto dinero... —dijo lady Darvish.

—Secuestros —intervino sir Owen interrumpiéndolo—. Eso es lo que les da miedo a todos. Y extorsiones. Son un puñado de paranoicos. Tienen seguridad para todo. Todo lo que hacen, todos los sitios a los que van, planes, vuelos, vacaciones, incluso la cosa más inocente, todo es alto secreto.

—No es más que ego —opinó lady Darvish—. Al final todo se reduce a eso. Hacernos jurar que guardaríamos el secreto no es más que una manera de alimentar su ego. Ese es el auténtico motivo, Owen. Tú lo sabes.

—Ya, bueno —dijo sir Owen—. Muy bien, Jill, pero su mujer murió *de verdad*.

—Pero ¿cómo piensa guardar el secreto? —preguntó Cathy—. Las propiedades aparecen en el registro público.

—Una empresa fantasma —dijo sir Owen—, cuya titularidad la tiene un fideicomiso que está a nombre de otra empresa, y así hasta el infinito. Tienes que investigar muy a fondo para conseguir un nombre.

—Entonces bien podría ser todo humo —dijo Mark.

—No —dijo sir Owen con una sonrisa—. Es una oferta genuina.

—Y ya ha pagado el depósito —añadió lady Darvish—. No va a echarse atrás. Bueno, *podría*. No echaría de menos el dinero.

—Pero ¿de qué necesita defenderse? —insistió Cathy—. ¿Defenderse con facilidad de qué?

—Es una mera fantasía —respondió sir Owen—. Es lo que todos ansían, ¿a que sí? Los milmillonarios. Todos quieren que el mundo sea como *Juego de tronos* o como el puto...

No se le ocurrió un segundo ejemplo.

—Supongo que también tiene que ver con lo que quiere construir —dijo lady Darvish—. Es el otro motivo, ¿verdad? No quiere que nadie vea lo que...

—Todos los están haciendo —dijo sir Owen, girándose hacia sus invitados—. Todos están enterrando estas cosas, estos...

—¿Los habéis visto? —preguntó lady Darvish, que también se dirigía ahora a los Mulloy—. Esas mega... y pueden resistir cualquier cosa, absolutamente cualquier cosa. Lo llaman «función submarina».

—Todas las bombas que existen —coincidió sir Owen en un asentimiento—. Inundaciones, incendios. Climatologías extremas. Todo lo que se os ocurra.

—Y por dentro son como hoteles. Tienen de todo, bajo tierra, y es una locura lo que... es que algunos tienen incluso un garaje con un ascensor para el coche, una piscina...

—Salas de tiro...

—Boleras, cines...

—Cultivos —dijo sir Owen—. Con lámparas infrarrojas. Bajo tierra.

—Sí, y tienen electricidad, agua, aire y de todo. Son totalmente autosuficientes. La verdad es que son increíbles.

—Preparación para el apocalipsis —dijo sir Owen—. Así es como lo llaman. Preparan búnkeres para el fin del mundo. Son los preparacionistas para el fin del mundo. Ese es el término.

—Y eso es solo lo que se ve en Google —dijo lady Darvish—. Oye, que tampoco es que hayamos... este va a ser como el más básico.

—Y tan básico, joder —estalló sir Owen con una risotada—. ¡El más básico cuesta tres millones y medio!

—Os lo digo de verdad —dijo lady Darvish—. Buscad en Google «búnker de lujo».

—«Para los ultrarricos» —añadió sir Owen. Ambos asentían—. Mirad los planos. Es que ya solo los planos te vuelan la cabeza.

Ahora les tocó el turno a los Mulloy de intercambiar una mirada. Aquel gesto de complicidad apenas duró un segundo, antes de que Mark desviara de nuevo la vista al plato, pero sir Owen se había percatado y le escoció; era el tipo de mirada que confirmaba una opinión compartida y prometía revivirla en el camino de vuelta a casa. ¿De qué se habían dado cuenta? Algo que ya habían visto antes, algo que habían discutido en privado, alguna teoría suya que habían ido desarrollando... o ¿algo que les había sorprendido, algo nuevo y decepcionante, una prueba de que Jill y él habían cambiado? Avergonzado, miró a su mujer, pero ella estaba apurando la última gota de champán.

—No sé —dijo Cathy—. Supongo que me pone un poco triste.

Hubo una breve pausa.

—Pero nuestras opiniones no van a cambiar —aseguró lady Darvish—. Tendremos lo mejor de cada mundo. Y tampoco va a vivir allí todo el tiempo.

—¿Y qué hace para tener tanto dinero? —preguntó Mark.

—Tecnología aeronáutica —respondió sir Owen—. Drones.

—Guau —dijo Cathy.

Sir Owen esperaba que advirtieran que aquello estaba ligado a Autonomo y su proyecto de conservación, pero ninguno de ellos pareció alcanzar esa conclusión. Quizás era cierto que no habían leído las noticias sobre él. Sintió una breve descarga de indignación que estaba decidido a ocultar a toda costa; para disimular, tomó la botella para rellenar las copas y de pronto deseó que sus invitados se tragaran rapidito el puto champán y se fueran a su puta casa.

—Entre una cosa y otra —dijo lady Darvish, recostándose—. Han sido unos meses loquísimos. Todo esto es simplemente... ya sabéis, ese hombre nos ha hecho una oferta increíble, mucho más de lo que esperábamos, y la manera en la que se ha desarrollado el asunto, y que hayamos tenido que mantenerlo todo en secreto, ha sido todo como muy... ¿cómo describirías a Lemoine, Owen?

—Se piensa que Dios lo ha enviado para salvar a la humanidad —resumió sir Owen—. Es estadounidense.

Antes de que lady Darvish pudiera coincidir con él, sir Owen se giró hacia Cathy y le preguntó por su trabajo.

Sir Owen Darvish nunca se había sentido tan consciente de su nacionalidad como cuando estaba con Lemoine, y en el escaso tiempo que había conocido al milmillonario había experimentado dos clases de patriotismo. Se enorgullecía muchísimo de su colaboración y sentía que había prestado un gran servicio a su nación, no solo por atraer capital extranjero, sino también por demostrar —por ser la prueba viviente— que los neozelandeses podían hablar de tú a tú con la elite mundial; haber logrado no solo un negocio con Lemoine, sino también su aprobación y respeto era, en opinión de sir Owen, una cuestión de servicio a la nación del más alto nivel, y en los momentos de tranquilidad, cuando estaba en la ducha o a punto de quedarse dormido, expresaba esa profunda gratitud hacia su persona a través de un punto de vista común imaginario. Sin embargo, al mismo tiempo, deseaba desesperadamente bajarle los humos a ese cretino, lo que lo hacía sentirse aún más kiwi. Se había acostumbrado hacía mucho a contemplar su país como a un caballo perdedor, un contendiente justo, con agallas, decente y de buen corazón, pero que siempre jugaba en desventaja, cada vez que había que hacer una competición poco favorable con otros países: por su población pequeña, su escasa historia y su lejanía geográfica de los grandes centros de poder del mundo. El hábito de señalar lo excepcional del país enmascaraba un hondo miedo enraizado en la insignificancia de su nación y la enorme ansiedad de que, quizás, al final no se beneficiarían de la justicia poética, y, aunque era sobre todo una actitud subconsciente, sentía una incomodidad genuina cada vez que se sometía a Nueva Zelanda a un estándar internacional que no tuviera en cuenta las diferencias de tamaño. Todo esto se prestaba a la formación natural de un sentimiento antiestadounidense; y no podía evitar mirar la colosal riqueza y confianza de Lemoine en términos metonímicos, desde que lo había conocido había sentido casi como un anhelo moral de derrotarlo. Cuando Jill y él estaban solos, a menudo conversaban sobre el milmillonario de una manera que rozaba el desprecio. Un desprecio que se agravaba con la conciencia de que Lemoine nunca hablaba *de ellos* con nadie.

Los Mulloy no se quedaron mucho más tiempo y, luego, mientras sir Owen llenaba el lavavajillas y lady Darvish guardaba las sobras para el almuerzo, el marido dijo:

—Parece que nuestras noticias no han causado mucha impresión.

—Bueno —dijo ella sin mirarlo—. Es dinero y la gente siempre se pone rara con el dinero de los demás, ¿verdad?

—Cierto —dijo él.

Jill seguía sin mirarlo.

—Mark se ha puesto muy gordo —dijo—. Y además se le suben los colores. Me pregunto si tomará viagra.

—¿Cómo? ¿Por qué lo dices?

—Es un efecto secundario. La cara roja. Y los ojos un poco llorosos.

—Oye —se indignó sir Owen—. ¿Qué sabes tú de los efectos de la viagra?

—Lo sabe todo el mundo.

—Yo no.

—Bueno, ahora sí —contestó lady Darvish, irritada. Echó al contenedor las migas de pan de la tabla de cortar y sir Owen temió que fueran a discutir.

—¿Qué pasa? —preguntó.

—Estoy cabreada por habérselo contado —confesó—. No me puedo *creer* que lo haya soltado todo.

—Vaya, no creo que pase nada —contestó él, aliviado.

—Pero ¿por qué iban a guardar el secreto? Quiero decir, no le deben nada. No han firmado nada. No están esperando el procedimiento de cambio de titularidad. ¿Qué les importa?

—Tú misma lo has dicho antes. ¿A quién se lo van a contar?

—Es una tontería tan grande —dijo lady Darvish, cerrando la tapa de la fiambrera con una fuerza excesiva—. Guardar el secreto. Qué pueril.

—No conocen a nadie, Jill. ¿Qué amigos tienen? Nosotros y ya está. ¿Quién más? Nadie. No pasa nada.

—Normalmente eres tú quien no se puede controlar.

—Lo sé —admitió él—. ¿A quién conoces que tome viagra?

—Bueno, no estoy segura con nadie —contestó—, pero tengo sospechas.

—Vaya, ¿con que sospechas?

—Pues sí, a juzgar por los efectos secundarios.

—Vaya, los efectos secundarios. Ya veo. Porque seguro que del *efecto principal* no sabes nada.

—Claro que no, grandullón —dijo ella, sonriendo al fin y permitiéndole que la atrajera hacia él—. De eso no tengo ni idea.

Se fueron a la cama y por la mañana él llevó el Audi a la revisión, cambió el tanque de LPG, limpió las canaletas y afiló los cuchillos de la cocina. Un antiguo vecino de sus días en Wairarapa se dejó caer por la tarde y, por la noche, fue a nadar y a la sauna con Jill y pidieron comida china para llevar. Para el lunes, se había olvidado de la cena y llegó a la oficina principal de Control de Plagas Darvish de buen humor, con ganas de empezar la semana. Encontró un regalo de su secretaria en el escritorio: había actualizado su tarjeta de visita a «Sir Owen Darvish, KNZM», y él se había sentado y admirado la tarjeta desde todos los ángulos para que la tinta azul se volviera plateada bajo la luz; entonces su ordenador emitió un pitido y alzó la cabeza para ver un e-mail en el buzón de entrada cuyo asunto rezaba: «Solicitud de entrevista re: Robert Lemoine».

Movió el cursor e hizo clic para abrirlo.

«Querido señor Darvish», comenzaba erróneamente, «Soy un periodista independiente y estoy trabajando en un artículo de investigación sobre la práctica "preparación para el apocalipsis" entre los superricos. Me gustaría hacerle unas preguntas sobre su colaboración con Robert Lemoine, sobre todo en relación a su propiedad en Thorndike. ¿Sería posible concertar una cita para hablar? No tiene por qué ser de manera oficial. Un saludo». Firmaba con un nombre que sir Owen no reconoció y un número de teléfono.

Con el corazón en un puño, se lo reenvió a lady Darvish con el mensaje: «¿Qué opinas de esto?», y después se sentó a releer el mensaje y a dar ansiosos golpecitos a las esquinas de la tarjeta de visita contra el escritorio. No pasaron ni veinte segundos antes de que sonase el teléfono. Respondió.

—Mierda —dijo lady Darvish.

—¿Qué piensas? —preguntó él—. ¿Ha sido Mark?

—Ni idea —respondió ella—. Mierda.

—Como haya sido él, le ha faltado tiempo.

—Mierda —repitió ella.

—Podría haber sido otra persona —dijo él—. Uno de los abogados, un vecino que haya visto algo… o alguien que ni siquiera conocemos.

Lady Darvish emitió un sonido dubitativo.

—¿Y si le preguntamos directamente?

—¿A quién? ¿A Mark?

—No, al periodista. Pregúntale cómo lo ha descubierto.

—¿Quieres que hable con él?

—Bueno, dice que sería de manera no oficial.

—Ya, pero eso no significa nada. Es una mierda que se han inventado. ¿Verdad? Quiero decir, ¿quién es este tipo?

Oyó cómo su mujer tecleaba de lejos.

—Espera un momento —dijo—. Lo estoy buscando. Vale, no forma parte de ningún periódico o televisión importante.

—Nos ha dicho eso. Dijo que era independiente.

—¿Cuál es la dirección? ¿Humor Gallo? ¿No es el nombre de una revista?

—Creo que es una broma.

—Muy bien, entonces quizá no sea nadie —dijo lady Darvish sin dejar de teclear—. Anthony Gallo… Sí, estoy en su página web… No parece gran cosa. Ya sabes, tiene algunos blogs y articulitos, pero nada…

Sir Owen abrió el navegador de su ordenador.

—Búscalos a él y a Mark —dijo—. Y a él y a Cathy, y a él y a los niños.

Guardaron silencio un rato mientras ambos buscaban.

—No —dijo lady Darvish de inmediato—. No hay conexión entre ellos.

—Prueba en Facebook.

—Ya lo he intentado. No tiene.

—¿Y si se lo reenvío a Robert? —propuso sir Owen—. Se lo enviaré ahora mismo y le diré que no tengo ni idea de quién es este tipo ni de cómo se ha enterado, lo cual es verdad.

—No —dijo ella—. No lo hagas. Por si acaso.

—¿Entonces qué? ¿Lo ignoro? ¿Finjo…?

—Llámalo —dijo lady Darvish—. Tan solo recuerda la primera regla de las relaciones públicas.

—¿Eso qué es? ¿Sonreír?

—También es la última regla de las relaciones públicas.

Emitió un sonido de impaciencia.

—¿A qué te refieres, Jill?

—No digas nada.

La mañana después del desastroso voto en el Bosque Birnam, Tony despertó en su cuarto de la infancia con una idea para un artículo tan completa en su cabeza que casi parecía que ya lo había escrito, en sueños. Sería una candente acusación por escrito a los superricos. Sacaría a la luz, sin remordimientos, las vergüenzas de ese puñado de hipócritas y cínicos que negaban la catástrofe del cambio climático en público mientras que en secreto vendían en corto esa misma postura y apostaban por la contraria; los millonarios y milmillonarios que predicaban sobre la autosuficiencia mientras aceptaban enormes ayudas en la forma de subsidios y créditos fáciles; que se lamentaban por los trámites burocráticos mientras se construían fortalezas a base de contratos para proteger su capital de sus exmujeres; los parásitos que evitaban los impuestos y trataban al tesoro de la nación como a un casino y desmantelaban los programas de ayudas sociales por puro odio; que se aseguraban contratos estatales inmensamente lucrativos a través de canales ilegítimos y sórdidos e interminables puertas giratorias; que erosionaban los estándares de civismo, que demolían las normas sociales, y cuyas obscenas fortunas se habían construido, *en todos y cada uno de los casos*, gracias a instituciones fundadas con dinero público, enriquecidas por mecenazgo público y que pertenecían al pueblo por derecho propio. El caso más destacado, el puto internet; los sociópatas confirmados que se habían transformado literalmente en vampiros que recibían transfusiones de sangre joven y sana; los contaminadores cancerígenos que consumían, quemaban y desperdiciaban más que la mitad de la población mundial junta; los sucios trileros criptofascistas que se fingían populistas mientras defraudaban y odiaban a la gente, que mentían con impunidad, que robaban con impunidad, que mataban con impunidad, que se inventaban chivos expiatorios, que incitaban suicidios, que promovían la violencia y provocaban disturbios, y los que después se retiraban a una lujosa esfera privada tan bien aislada de las vidas de la gente corriente, tan bien defendida de ella, que era casi una forma de secesión. Robert Lemoine era uno de las docenas o quizá cientos de survivalistas superricos que habían adquirido un refugio en Nueva Zelanda para el fin de los tiempos. Tony los investigaría a todos.

O eso se dijo a sí mismo mientras que, con más energía de la que había tenido en meses, abría el portátil y empezaba a escribir; hasta que se le agotó el resentimiento varios miles de palabras después no se sintió capaz de admitir el auténtico acicate para el ensayo, que era que estaba delante de un bombazo. La oferta que Lemoine había hecho a Mira era una historia con todas las de la ley; el tipo de cosas que aparecían en los artículos de investigación y en los pódcasts documentales y llamaban la atención internacional. Le otorgaba a Tony una oportunidad única, la oportunidad de reafirmar sus principios además de asegurar la exclusiva que lo pondría en el mapa; pues ¿acaso había alguien mejor situado para contar lo que sucedía, claro estaba, que uno de los miembros fundadores del Bosque Birnam? De hecho, ¿quién mejor que el miembro que había compuesto los Principios de Unidad, que la propuesta de Lemoine profanaba de forma tan egregia y vergonzosa? Tony se recostó en la silla con un nudo de emoción en las tripas. Iría de infiltrado. Podía ir a Thorndike en coche y decirles que había cambiado de idea, que lo sentía y quería participar: informaría sobre el proyecto desde dentro; llevaría un diario, sacaría fotografías, quizás incluso haría alguna entrevista clandestina, y después fingiría una incipiente desafección para darle un arco al artículo... Sacudió la cabeza. Sería una traición demasiado grande. Significaría poner fin a su relación con Mira, y puede que al Bosque Birnam. Pero ¿acaso *seguía* teniendo una relación con Mira? ¿Y no se habían traicionado ellos a sí mismos? ¿Acaso no se lo estaban buscando? ¿No habían vendido sus almas al unir fuerzas con Lemoine?

No, pensó Tony con severidad, en un tono de protesta contra sí mismo: pondría el límite en convertirse en un topo. Esa gente eran sus amigos —o al menos, solían serlo— y no los engañaría de esa manera. Pero estaban en un país libre y no había nada que le impidiera planificar un viaje por carretera a Thorndike si le daba por ahí; quizá de acampada; y, si veía algo mientras estaba allí, si se topaba con algo, o lo oía o lo descubría, pues bueno, nada le impediría investigarlo en pos del interés público y después informar —todo por el interés público— de lo que descubriera.

Haberse convencido de seguir un plan de acción menos drástico hizo que Tony se sintiera complacido con su buen juicio y clemencia y cuando se dignó a dirigirse al piso de abajo un poco después de la una de la tarde, muerto de hambre, y sin haberse duchado, lo hizo con la serena convicción de un hombre que se ha enfrentado a una prueba moral y ha elegido el camino correcto.

—Llegaste muy tarde anoche —dijo su madre mientras Tony abría el frigorífico para echar un vistazo—. ¿Estuvo bien la reunión?

La ecuanimidad de Tony se disolvió de inmediato.

—No —dijo con frialdad—. Fue una mierda.

—Oh, pero si tenías muchísimas ganas —se lamentó Brenda Gallo, llevándose la mano al corazón—. ¿Qué pasó?

—Tampoco tenía *tantas* ganas —espetó Tony. Retiró el tapón de la botella de leche y olisqueó.

Su hermana Veronica iba de camino a la cocina.

—¿Es necesario que olisquees así? —inquirió con cara de asco.

—Quiero asegurarme de que sea fresca.

—Mira la fecha de caducidad.

—No siempre es rigurosa.

—Diría que sí cuando falta todavía una semana.

—¿Y a ti qué te importa? —dijo Tony—. No estoy echándole las babas. No me estoy *sonando* la nariz con la leche.

Brenda le tendió un cuenco de cereales anticipándose a sus necesidades.

—Bueno, me da pena que lo pasaras mal —dijo.

—¿Dónde? —preguntó Veronica.

—En el Bosque Birnam —respondió Brenda, y a Tony lo sacudió la punzada de desorientada extrañeza de cada vez que uno de sus padres pronunciaba en voz alta el nombre del grupo—. Tuvo una reunión.

—¿Cuándo? —preguntó Veronica, frunciendo el ceño.

—Anoche. En el café ese tan mono, que la dueña es una chica superdulce, ¿cómo se llamaba?

—¿Podemos dejarlo ya, por favor? —dijo Tony, llevándose el desayuno a la mesa.

—Callander —dijo su madre—. ¿Chelsea Callander?

—Amber —la corrigió Tony, rechinando los dientes.

—Sí, Amber. Que tiene una barbilla muy prominente.

—No voy a decir más del tema —insistió Tony—. Gracias.

Veronica soltó una risotada.

—Puto embustero —le dijo a Tony—. ¡Menudo cara dura!

—¡Veronica! —la riñó su madre.

Tony se la quedó mirando con el ceño fruncido.

—¿Por qué?

—Anoche no estuviste en el Bosque Birnam —declaró—. Estabas en Fox and Ferret liándote con Rosie Demarney.

—¿Qué? —gritó Brenda, llevándose de nuevo la mano al corazón.

—Te la vas a cargar —dijo Veronica.

—¿Cómo diablos te has enterado de eso? —preguntó Tony.

—Te vio Hamish Loaker. Me escribió un mensaje en plan: te doy tres oportunidades de adivinar con quién se está liando tu hermano literalmente en este momento.

—¿No te da vergüenza ser tan metomentodo? —preguntó Tony.

—¿Fuiste a Fox and Ferret? —preguntó su madre.

—¿Quieres saber qué nombres dije?

—No —dijo Tony—. Deja de hablar.

—Me dijiste que tenías una reunión —le recriminó Brenda.

—*Tuve* una reunión —explicó Tony—. Y fue una mierda y prácticamente me echaron, así que me fui al pub a tomar una copa y me encontré con Rosie, y supongo que se me olvidó que vivía con la Stasi, en la puta Alemania del Este en el puto 1984...

—Te voy a lavar la lengua con jabón —lo interrumpió Brenda—. ¿Has dicho que te expulsaron?

—Olvídalo.

—Fiona Keen —dijo Veronica—. La primera.

—Cállate, Veronica —pidió Tony.

—Daisy Willets.

—Ay, no —protestó Brenda—. Nunca me gustó esa chica.

—Por favor, cállate —rogó Tony a Veronica.

Su hermana tenía una sonrisa de oreja a oreja.

—Y Mira Bunting.

—¿Te quieres callar de una puta vez, joder? —explotó Tony, recogiendo su silla—. ¡No tienes ni puta idea de lo que estás hablando, Veronica!

—Esa lengua —le reprendió su madre—. ¡Tony!

—Lo *sé* —respondió Veronica alzando las manos—. Lo *sé*. Es lo que *estoy diciendo*. *No fui capaz de adivinarlo.*

—¿Por qué lo intentaste siquiera? —le espetó Tony—. ¿Qué diablos te pasa? ¿Tan triste y desesperada estás? ¿Mandándote mensajitos con Hamish Loaker? ¡Por Dios!

—¡Tony!

—¿Por qué te da tanta vergüenza? —preguntó Veronica—. Rosie es muy guay.

—No me da vergüenza —le explicó Tony—. Me pone de los nervios.

—Oye, ¿y lo de que te han expulsado? —repitió Brenda.

—He dicho que no quiero hablar del tema —dijo Tony. Tomó el cuenco de cereales—. Y, por cierto, Mira me odia, así que gracias.

—¿Por qué? —preguntó Veronica.

—¿Qué ha pasado? —inquirió su madre—. ¿Tony?

Pero ya había cerrado la puerta con un estruendo.

Sentado con las piernas cruzadas sobre su cama sin hacer, recordó una conversación que había tenido con Mira en los primeros días del Bosque Birnam. Habían estado debatiendo sobre la ética de la distribución de la riqueza y Mira le había contado una vieja costumbre de la familia de su padre en la que, si había un trozo de tarta o una galleta para dividir entre dos niños, la regla consistía en que un niño la partía y el otro escogía primero. El niño con el cuchillo siempre intentaba hacer una división lo más equitativa posible para evitar que le tocara quedarse con un trozo desproporcionadamente pequeño, y Mira había sugerido que esto podría ser un método bastante efectivo para asegurar equidad también en otros contextos: diseñar un presupuesto nacional, por ejemplo, ¿y si quien determinaba de dónde saldría la recaudación tributaria de un país era un partido político distinto de los que decidían cómo gastarlo? Un partido conservador pequeño podría cambiar sus ideas sobre la subida de impuestos, mientras que un partido mayoritario liberal quizá también cambiaría de parecer respecto a subirlos, en caso de que los otros tuvieran que encargarse de dividir el bote; y una muestra de moderación de un partido podría ayudar a fomentar la buena voluntad y el compromiso del otro. Incluso podrían ir turnándose las funciones, había dicho Mira, con los ojos resplandecientes, para impedir que ninguno de los bandos se volviera demasiado complaciente o que se encasillaran en sus respectivos roles. Podría funcionar.

Tony le había llevado la contraria. Lo que estaba describiendo, le dijo, era una mera variación de la teoría de Rawls, el archiliberal, el archienemigo de la *auténtica* izquierda. ¿Acaso ella no se consideraba radical? Le sorprendía y, para ser honestos, también le decepcionaba un poco, que sintiera algún tipo de atracción por posiciones moderadas y —si hablamos claro— pasadas de moda. Pero para su sorpresa, Mira no había escarmentado. Le respondió diciéndole que cualquiera podía citar un nombre famoso, pero que su idea le pertenecía a *ella*; se le había ocurrido sola, nunca había oído hablar de Rawls ni le había parecido necesario saber de él. ¿Cómo podía ser anticuada una idea original? Era una contradicción de términos, un error de categoría. Y respecto a lo de ser moderada, seguro que él lo había dicho como un insulto, pero ¿acaso no dependía todo el proyecto político de izquierdas de que la gente estuviera dispuesta a compartir de una forma u otra? ¿Y acaso compartir no era moderar de un modo distinto? Y, en todo caso, de ellos dos, ¿no era *él* más culpable de mantener el *statu quo* al derribar las ideas de Mira y soltarle nombres de filósofos muertos como si eso siguiera considerándose una respuesta legítima en *cualquier* contexto? ¿Y por qué la gente de izquierdas siempre estaba discutiendo sobre quién era *de verdad* de izquierdas? ¿No era eso *un poco* anticuado? Y, en caso contrario, debería pasar de moda, porque era bastante agotador que te trataran como a una agente doble todo el tiempo. Tony había quedado un poco aturdido por la fuerza de esos contraargumentos, y se había refugiado en una explicación larguísima. Todavía veía en su cabeza la manera en la que ella lo había escuchado, con el ceño un poco fruncido, mientras se miraban el uno al otro a los ojos, y luego a la boca y luego otra vez a los ojos, a la vez que Tony le describía el concepto del velo de la ignorancia; y, cuando había terminado, siguió viendo la sonrisa de Mira antes de sacudir la cabeza y decir que no, que se equivocaba, y que no había cabida para una comparación con Rawls porque su idea era infinitamente mejor.

Tony se preguntaba por qué no la había besado en aquel momento, sentados en el alféizar de la ventana del hueco de la escalera de la biblioteca, él con las piernas cruzadas, igual que ahora, y ella con las rodillas subidas hasta el pecho. Aún veía los antebrazos de Mira sobre las rodillas, con las manos sobre los codos, tan cerca que podía tocarla; los cordones de su chaqueta marrón de cuero, los calcetines blancos de medias, el dobladillo arremangado de los vaqueros. ¿Por qué no la había besado? ¿Por qué no había deslizado las manos alrededor del tobillo de Mira, o estirado la mano para tocarle el brazo o —con incluso más atrevimiento— acariciado el pelo para colocarle un mechón tras la oreja? ¿Por qué no se había inclinado para besarla como había deseado con tanta desesperación, como todavía seguía imaginándolo? Había besado a Rosie Demarney. Había sido fácil. Era casi inquietante lo fácil que había sido. «Me muero de ganas de besarte», le había dicho y ella le había respondido con una sonrisa: «Pues bésame», y eso había hecho él. Tony se imaginó a Mira diciendo: «Pues bésame». Se imaginó inclinándose en la ventana, pasándole la mano por la parte baja de la espalda y atrayéndola hacia él. «Pues bésame», dijo Mira en su mente y Tony se bebió lo que quedaba de leche en el cuenco, lo dejó sobre la mesita y se levantó.

En los días y semanas que habían transcurrido desde que Tony fue al bar con Shelley, nunca se le había ocurrido cuestionarse si la chica le había dado a Mira la noticia de su regreso. Estaba seguro de que se lo contaban todo —tenía pruebas de primera mano de que así era— y había esperado cada día que Mira lo llamara, mientras se iba sumiendo en la depresión y la desesperación. Se había repetido a sí mismo con firmeza, en repetidas ocasiones, que la pelota estaba en su tejado, ya que si Mira sentía algún tipo de incomodidad por las circunstancias en las que se habían acostado —y tras inspeccionar su memoria, estaba seguro de que *ella* había sido la instigadora, que *él* no había hecho nada deshonroso, que había sido la decisión *de ella*, y que *ella* había ido en busca *de él*—, estaba decidido a no empeorar la situación hostigándola. Cuando pasaron tres semanas y Mira seguía sin llamar, había llegado a la conclusión de que le estaba mandando un mensaje y, aunque era consciente de que debía olvidarse del asunto, también sabía que no descansaría hasta que la viera. Se había planteado presentarse solo y sin avisar en el *hui* cuando vio que Finn Koefoed-Nielsen había confirmado su asistencia en la cadena de Shelley y, en un arrebato, lo había llamado para invitarlo a tomarse una cerveza antes. Había tenido la intención —ahora se le antojaba estúpida— de hacer parecer como que una cosa había llevado a la otra: puesto que había salido con Finn, se imaginó diciéndole a Mira con un encogimiento de hombros, se le había antojado acompañarlo por los viejos tiempos.

Había sido una mala idea. Estaba claro que Finn se había quedado patidifuso con la invitación, puesto que Tony y él nunca habían sido íntimos, y Tony había estado demasiado nervioso y distraído para que fluyera la conversación; ambos habían pasado una hora muy incómoda y se había plantado en el *hui* enfadado y a la defensiva, con el estómago irritado por dos pintas, solo para descubrir que Mira no estaba allí. Había interpretado su tardanza, de manera irracional, como otra prueba de su frialdad hacia él; y, aunque no se le había escapado que se había quedado estupefacta de verlo cuando al fin se dignó a aparecer, para aquel punto estaba tan iracundo que había interpretado su asombro como incredulidad ante el hecho de que Tony tuviera la osadía de pasarse por el Bosque Birnam. Incluso ahora, no le cabía duda de que Shelley y ella estaban compinchadas. A Shelley le había faltado tiempo para votar a favor de Mira, y él se había percatado de la mirada de simpatía y gratitud que habían intercambiado, lo que había experimentado casi como una amonestación hacia su persona. Había dejado el *hui* sintiéndose humillado por completo y, cuando una hora más tarde Rosie Demarney le había dado toquecitos en el hombro en la cola de la barra del Fox and Ferret, por poco le gruñe: lo sentía mucho, le había dicho, pero lo único que quería era tomarse una copa sola. Era un poco deprimente, pensó Tony, percatarse de que nunca había tenido más suerte, en el plano romántico, que cuando sentía que había tocado fondo; al parecer nunca era más atractivo que cuando no le quedaba nada que perder.

Llamaron a la puerta mientras se encaminaba hacia ella y abrió para descubrir a Veronica con una taza de café.

—Perdón —le dijo—. Solo te estaba picando.

Tony se sintió conmovido.

—Gracias —le respondió y tomó la taza.

—Mamá dice que tenías muchas ganas de ir a la reunión.

—Ya no se puede decir «reunión» —le dijo Tony con resquemor—. Ahora se dice *hui*.

—¿Por eso te han echado?

Tomó aire y agitó la cabeza.

—Qué va. Es porque la gente es imbécil.

—¿Dices «gente», pero te refieres a Mira?

—Uf —dijo Tony, alzando los hombros—. No importa. Fue una tontería.

—¿Y cómo es que pueden echarte? —preguntó Veronica—. ¿No va eso en contra de todo...?

—Exacto —dijo Tony.

—Oye, ¿y nadie se lo recordó?

—Tendrías que haber estado allí.

—Está claro. —Ladeó la cabeza fingiendo indignación y se dio la vuelta para marcharse.

—Oye, Ronica —le dijo de pronto.

—Dime —le respondió, apoyando la mano en el marco.

—¿Me dejas el coche para ir a Thorndike?

—¿Thorndike? —inquirió—. ¿Para qué?

Su instinto le dijo que no mencionara la conexión de Lemoine con el Bosque Birnam. En lugar de eso, le dijo que estaba trabajando en un artículo largo de periodismo de investigación y quería seguir una pista: su trabajo trataba sobre survivalistas superricos, le dijo, y había descubierto hace poco a una persona en Thorndike que podía ser una fuente valiosa. Veronica quedó mucho más impresionada con eso de lo que esperaba y le dijo de inmediato que podía llevarse el coche, todo el tiempo que lo necesitara; de todas formas, apenas lo usaba. Quedaron en que partiría el viernes próximo y, tras beberse el café, hacer las flexiones diarias, ducharse y vestirse, Tony se sentó de nuevo frente al portátil con confianza y energías renovadas. Empezó a guardar artículos y marcar los parámetros de su investigación, y cuando le escribió Rosie Demarney unas horas más tarde para decirle lo bien que se lo había pasado la otra noche, le respondió, con sinceridad, que era lo mejor que le había pasado desde que volvió a casa. Añadió que le encantaría quedar otra vez antes de que se fuera a Thorndike y ella le respondió con tres emoticonos: un gorro de fiesta, manos de jazz y un muñequito sonrojado.

Salieron a cenar el jueves por la noche. Igual que Veronica, Rosie pareció impresionada cuando le describió los objetivos generales de su ensayo, pero Tony detectó una pequeña pausa, un toque de incredulidad, o de lástima, cuando admitió que no le habían encargado el artículo y que lo más probable era que no le pagaran; y aunque le dedicó una sonrisa y le dijo con sinceridad que se moría de ganas de leerlo en cuanto lo terminara, no se sacaba de la cabeza que Rosie se había formado una opinión sobre él que era poco probable que cambiara. La velada fue bastante agradable: era abogada especializada en derecho familiar, jugaba a netball sala, le gustaban las pelis de Marvel, adoraba *Battlestar Galactica* y había estado en Vietnam de vacaciones hacía poco, pero cuando demostró pena ante el hecho de que Tony se marchara a Thorndike la mañana siguiente —era muy mal momento, había dicho Rosie; ¿cuánto tiempo estaría fuera?— se percató, con la claridad absoluta de una conciencia culpable, de que lo suyo no iba a funcionar. Intentó apartar aquella sensación y le prometió que seguirían en contacto y que, por supuesto, la avisaría cuando regresara. Volvieron a besarse fuera del restaurante y Tony rechazó la oferta de que lo llevara a casa con la excusa de que tenía el coche aparcado a dos calles. Se despidió de ella y su sonrisa fue desvaneciéndose mientras el Ford Fiesta rojo escarlata daba la vuelta a la esquina y desaparecía de la vista y, de vuelta a casa en el autobús, apoyó la frente en el asiento de delante y contempló el suelo de linóleo con piedrecitas que se extendía entre sus rodillas, hasta que se dio cuenta por el ruido ambiental de que el autobús se aproximaba a los semáforos que delimitaban su última oportunidad de darle al botón antes de su parada. Mientras volvía a casa y pasaba por delante de las familiares vallas altas, y las familiares calzadas cerradas, y las familiares casitas suburbanas de gran tamaño colocadas en hileras desde la carretera, sintió una vibración en el bolsillo; como pensó que sería Rosie, no lo miró hasta que llegó a casa de sus padres y se metió en la cama. Pero no era Rosie: era una notificación de que la usuaria Shelley Noakes había añadido un nuevo documento a la carpeta compartida «Bosque Birnam». Se sentó en la cama, abrió el archivo y empezó a leer.

En el encabezado del documento se leía «Plan – Ctra. Paso de Korowai, 1606», y estaba compuesto de un cronograma de tareas pendientes, un programa de siembra, un inventario de cultivos, un presupuesto evolutivo, una lista de deseos para los materiales y un mapa de la granja dibujado a mano. Tony lo escudriñó con cuidado. Podía ver una pista de aterrizaje casi en la parte más alta de la propiedad, marcada con un rótulo que decía «no acercarse», pero no había ninguna referencia al búnker, ni indicación de un potencial lugar de construcción y, por tanto, tras descargar una copia del documento para sus archivos, abrió el navegador y buscó la base de datos del ayuntamiento. Lemoine necesitaría una licencia medioambiental para la obra, y con un poco de suerte, los planes para el búnker serían accesibles a través de internet.

Malgastó una hora buscando sin éxito antes de encontrar una licencia de construcción asociada al 1606 de la Carretera del Paso de Korowai, pero no era más que un permiso de subdivisión concedido a Owen y Jill Darvish en noviembre del año anterior. Debían de ser los que le habían vendido la granja a Lemoine. Cuando introdujo sus nombres, las búsquedas dirigieron a Tony a los artículos de prensa sobre el reciente nombramiento de caballero —la encarnación del statu quo, pensó con cinismo Tony— y, a partir de ahí, llegó a las noticias de la colaboración entre Autonomo y Control de Plagas Darvish, lo que no hizo sino afilar su cinismo. No veía cómo podría beneficiarse un titán tecnológico como Autonomo de una conexión tan insignificante y, desde luego, tenía serias dudas sobre las credenciales conservacionistas de cualquier empresa cuyo nombre incluyera la palabra «control»; estaba seguro de que todas las señales apuntaban a un quid pro quo, y frunció el ceño, igual que Mira, al descubrir que el periquito de pecho anaranjado era —supuestamente— el ave nativa favorita de Owen Darvish. De hecho, según advirtió Tony, era poco probable que el proyecto de Autonomo afectara el destino de esta especie en peligro de extinción lo más mínimo, puesto que iba a lanzarse en North Island, y el periquito de pecho anaranjado (igual que Mira, tuvo que buscarlo en Google) habitaba tan solo en unos pocos valles del sur, entre los que se incluían, según leyó, la Cuenca de Korowai, que estaba justo detrás de la valla de los Darvish (y ahora también de la de Lemoine).

Abrió otra pestaña en el navegador para intentar averiguar cuándo se había vendido la granja y la cantidad, exacta, que había pagado Lemoine; pero, para su sorpresa, la búsqueda fue infructuosa. Habían retirado el anuncio de la inmobiliaria acerca del 1606 de la Carretera del Paso de Korowai y no encontró nada que conectara a Robert Lemoine con Thorndike —ni con Owen o Jill Darvish, ya puestos— de ninguna forma. Tras peinar de nuevo las noticias sobre el nombramiento de caballero, se percató de que, aunque Owen Darvish había mencionado Autonomo en numerosas ocasiones en las entrevistas a la prensa, nunca había dicho nada de Lemoine. Tony estaba empezando a emocionarse. Mira había dicho que Lemoine había adquirido la granja sin llamar la atención, pero si la venta todavía no era de conocimiento público, Tony estaba frente a otro bombazo; y uno especialmente dañino, pensó, para el condecorado Owen Darvish, Caballero de la Orden del Mérito de Nueva Zelanda, que interpretaba con tanto aplomo el papel de Don Kiwi Hasta la Médula 100% Puro, Don Todo Va A Salir Bien. Tony buscó la base de datos de registros inmobiliarios, envió una petición para ver el certificado de titularidad de la propiedad, pagó la tarifa de cinco dólares por tal privilegio y, cuando volvió a apagar la luz un poco después de las dos de la mañana, lo último que se le pasó por la cabeza antes de conciliar el sueño fue una cita que había oído en alguna parte, aunque no recordaba a quién estaba atribuida: una noticia es algo que su protagonista no quiere ver impreso, el resto es publicidad.

Llegó a Thorndike bastante tarde al día siguiente y dejó el coche en el aparcamiento de estancias largas junto al centro de visitantes del parque, que estaba vacío a excepción de otro coche. Llevaba una libreta de reportero y un dictáfono, pero antes de que los vecinos fueran conscientes de su presencia, quería observar durante un tiempo al Bosque Birnam para aprenderse sus rutinas diarias y —si era posible— llevarse una primera impresión de Lemoine. El documento de Shelley no mencionaba al milmillonario en absoluto y, aunque Mira había dicho en el *hui* que Lemoine usaba la pista de aterrizaje con frecuencia, también había dejado caer que la granja era su destino y no el punto de salida, lo que implicaba que estaba viviendo en otro sitio. A pesar de una búsqueda exhaustiva por internet, Tony no había logrado descubrir los detalles más nimios sobre las circunstancias actuales de Lemoine; estaba claro que seguía la política de proteger su información de la opinión pública, y la primera tarea que Tony se había impuesto era descubrir el número de cola de su avión. Con eso, sería capaz de reconstruir los últimos movimientos de Lemoine a través de recursos de código abierto y, posiblemente, también anticipar sus próximos movimientos.

Abrió la puerta trasera del coche de Veronica y se sentó en el parachoques para cambiarse las deportivas por unas botas de senderismo. Estaba rígido después de tantas horas conduciendo y arrastraba un dolor de cabeza del tipo que te hacía creer que sentías los globos oculares en las cuencas y los laterales del cerebro contra las sienes; tenía que ponerse en marcha, y se anudó los cordones, miró con los ojos entrecerrados a la nube acechante y se percató de que tenía el tiempo justo para montar el campamento antes de que se hiciera de noche. «El campamento» solo era una mochila y un saco de dormir, pero había pocas cosas que Tony disfrutara más que dormir solo bajo las estrellas, sobre todo en invierno, incluso si —sintió las primeras gotas sobre los hombros— llovía.

Había hecho un poco de senderismo por las montañas de Korowai en su época universitaria y tenía cierta idea sobre la zona en torno a Thorndike. Su intención era dirigirse al parque nacional por el camino que llevaba al Refugio Madrigal, debajo del glaciar Madrigal, donde una vez había pasado una noche durante una expedición de escalada. El refugio estaba a una caminata de seis horas al sur del paso, pero recordaba que durante la primera hora o así, el camino transcurría por la cadena justo sobre la ciudad e imaginaba que, si dejaba la ruta antes de alcanzar el borde de la Cuenca de Korowai y giraba al oeste, podría abrirse camino colina abajo y acercarse a la propiedad de los Darvish desde atrás. Aunque el terreno del parque nacional estaba en su mayor parte cubierto de bosques, más allá de la hilera de árboles podría conseguir vistas amplias y despejadas de la ciudad y del otro lado del lago; estaba seguro de que hallaría una posición estratégica para vigilar la granja desde algún lugar en la montaña y, con ese objetivo, se había detenido en una tienda de senderismo de camino al sur para comprar unos binoculares, figurándose que en caso de que se presentara la necesidad de justificar su presencia en aquel lugar, podría decir que era un aficionado a la contemplación de aves en busca del famoso periquito de pecho anaranjado del que había oído tantos elogios últimamente en las noticias.

Se puso la mochila y se adentró en el parque nacional, sintiendo cómo se disipaba el dolor de cabeza a medida que el camino se empinaba y abandonaba el valle para internarse en la cadena. Desde el paso, soplaban grises láminas de nubes, que le impedían ver lo que había abajo, y parecían apresar el crepúsculo mientras los colores pasaban gotita a gotita del verde y el azul a sombras de gris. Ahora llovía de manera uniforme y, para cuando descendió de la cadena y empezó a buscar un lugar reparado entre los árboles para poner el saco de dormir, estaba empapado hasta los huesos y no quedaba apenas luz. Solo podía adivinar su localización exacta; antes de dejar el aparcamiento, había medido la distancia en el mapa entre el centro de visitantes y el portón de la granja, la había dividido entre la media de su velocidad habitual a pie y añadido unos veinte minutos para ascender la colina, y, si esos cálculos eran más o menos correctos, estaba en la cuesta sobre la pista de aterrizaje, al norte y un poco al este del lugar donde la carretera empezaba a ascender en dirección al paso.

Continuó descendiendo por la montaña y acabó encontrándose con un bloque de granito sobresaliente de un murete musgoso que ofrecía cierta protección del mal tiempo. Pensó que había acampado en sitios peores. Se quitó la mochila, extrajo el saco de dormir y se colocó el casco con linterna sobre el pasamontaña. Los últimos rayos de sol se desvanecieron en la oscuridad, mientras montaba la estufa y colocaba una sartén en el fuego, y de pronto se dio cuenta, de un parpadeo, que la lluvia había cesado: el sonido que le llegaba era el interminable reguero de agua precipitándose desde las hojas y las ramas, y más allá, un rugido distinto que debía provenir del viento a sus espaldas. No podía tratarse de un río o una cascada, porque sabía que no había nada parecido cerca.

En el Bosque Birnam le habrían dado la bienvenida a la lluvia. Se los imaginó colocando lonas en los campos, mientras clavaban las puntas al suelo y agarraban las partes medias para que no se fueran volando, quizá también estarían poniendo toneles de agua de lluvia debajo de los desagües y arreglándoselas para captar el agua de las zanjas de la carretera, y después regresarían al monovolumen de Mira, empapados y risueños, para volver al cobertizo de esquila donde habían montado su base de operaciones; casi podía verlos colgando un tendedero entre los antiguos cepos para que se secaran las chaquetas, y conjuró en su mente un espacio abuhardillado tras los cepos en el que, en una animada y charlatana algarabía similar a la polinización cruzada, se reunirían para preparar la cena: cortarían verduras para el curri, lavarían el arroz, enrollarían chapatis con una enharinada botella de vino vacía, y alguien estaría tocando la guitarra o leyendo en voz alta las pistas de un crucigrama o explicando el meollo de un artículo reciente del que se hablara mucho en las redes, y alguien estaría haciendo inventario de sus progresos hasta la fecha o repartiendo tareas para el día siguiente, o etiquetando grupos de semillas para la siembra, y otro estaría tejiendo y alguien estaría agujereando envases de yogur para la irrigación con una aguja caliente, y de vez en cuando un pedacito de la melodía de la guitarra interrumpiría las conversaciones y todos cantarían al unísono un verso o dos, antes de disolverse en una risa avergonzada, puesto que en el Bosque Birnam esos instantes de concordia espontánea y sincera venían seguidos, según recordaba Tony, de una inquietante interrogación a ellos mismos, ya que durante un segundo, todo el mundo había sentido, con un poquitín de aprensión, que eran miembros de una secta.

El agua estaba hirviendo. Apagó el fuego y vertió la mitad del contenido de la sartén en una bolsa de arroz y habichuelas, que después selló y guardó para hacer un guiso. Con el resto, hizo té y echó sobre la bolsita un lazo de leche condensada para después mezclarlo con la cuchara de su navaja multiusos hasta que la leche se disolvió y el líquido se volvió aceitoso y un poco iridiscente bajo la luz azul de su linterna. La bolsa de té se rompió cuando la presionó contra uno de los lados de la tetera para extraer las últimas gotas de sabor y se vio obligado a pasarse los siguientes minutos pescando hojas de té; una tarea que le resultó tan placenteramente absorbente que hizo un esfuerzo consciente por serenar el cuerpo y ralentizar la respiración para centrarse en ella, dispuesto a no mover más que la muñeca y después solo las puntas de los dedos, mientras perseguía con la punta de la cuchara las diminutas motas de oscuridad por la superficie color caramelo del líquido.

Comió la cena directamente de la bolsa, bebió el té, se quitó la ropa empapada y su puso un forro polar y un par de leggins de lana, sin dejar de frotarse los brazos y las piernas con fuerza para entrar en calor. Tenía el móvil apagado en una bolsa de plástico con cremallera; dudaba que hubiera cobertura, pero cuando lo encendió para comprobarlo, le sorprendió tener cuatro barras. Había un mensaje de Rosie esperándole en el que le preguntaba si había llegado bien y si se estaba divirtiendo. Le escribió una respuesta sosa, la envió y volvió a apagar el móvil antes de que la otra tuviera la oportunidad de responderle. Se sentía un poco decepcionado de que a pesar de sus intrépidas circunstancias siguiera contando con acceso a internet. Después de cepillarse los dientes y escupir la espuma en un matorral, se metió en el saco de dormir, apagó la linterna y estuvo un rato jugueteando con un jersey de repuesto, que dobló y volvió a doblar, y después se colocó bajo la cabeza como almohada. No podían ser más de las nueve y, tras un par de meses de vivir con sus padres, se había vuelto casi un ave nocturna, pero la oscuridad era total y el aroma boscoso de la lluvia tan acogedor y daba tal impresión de intimidad que, tan pronto como se estiró en el saco de dormir y logró encontrar una posición cómoda, se quedó dormido.

El matorral rebosaba del cantar de los pájaros cuando despertó a la mañana siguiente: podía oír a los campaneros, las palomas colipavas y currucas grises, entre otros cuya canción no reconoció, con repiques, trinos, piares, flautidos, y gritos en una capa de sonido ondulante y envolvente; magnificada, pensó, por el cielo encapotado, que pendía bajo sobre las copas de los árboles, cubriendo el valle y segando las cimas a cada lado. Permaneció en el saco de dormir casi veinte minutos, sonriendo a la espesura y saboreando los sonidos antes de levantarse y poner a hervir otro cazo de agua para el desayuno: unas gachas instantáneas, que volvió a comer directamente del paquete, y una taza de café instantáneo con lo que le sobró del agua caliente. Hizo sus necesidades detrás del bloque de granito, se lavó de nuevo los dientes y recogió sus cosas. Se ató las mangas de la chaqueta a la mochila para que se secaran. La nube estaba empezando a despejarse cuando partió colina abajo en busca de un lugar que le permitiera orientarse.

Pronto llegó a la base de un saliente rocoso que parecía ofrecer buenas vistas. Escaló, y cuando miró a lo largo del valle, se dio cuenta de inmediato de que había dejado atrás la granja. Se le encogió el corazón. Estaba al sur de la barrera, casi en el escenario del desprendimiento, de hecho, a juzgar por la altura y la forma de la cordillera que lo rodeaba; el valle se había estrechado según empezaba a ascender hacia el paso. Debía de haber caminado más rápido de lo que creía la noche anterior, quizá por el dolor de cabeza y el crepúsculo en retirada, o tal vez había sobreestimado la distancia desde el centro de visitantes, que había calculado a ojo, con la escala del botón del mapa y un dedo. A Tony le horrorizó su error y de pronto se sintió muy solo. Había sido una estupidez no haberle confiado a nadie sus planes. Ni siquiera su familia tenía idea de dónde estaba, les había dicho que se dirigía a Thorndike, pero no que iba a visitar las áreas silvestres ni tampoco había especificado cuánto tiempo estaría fuera; puede que pasaran semanas antes de que lo echaran de menos. Por lo menos tendría que haber rellenado una hoja de intenciones en el centro de visitantes, para que el equipo de rescate supiera dónde empezar a buscarlo. Pensó en sacar el móvil de nuevo y enviarle un mensaje a su madre, pero la idea le dio aún más vergüenza. En lugar de eso, escarmentado, se encaminó de nuevo al norte, prestando atención a lo que le rodeaba y dando cada paso con una cautela exagerada.

Sabía que no era del todo necesario pasar la noche al raso —había pasado por delante de un *camping* del Departamento de Conservación en perfecto estado de camino a la ciudad— y podía admitir que abrirse paso colina abajo había sido un poquito demasiado extremo; quizás, ahora que lo pensaba, había estado intentando redimirse por lo que había pasado en el *hui*, demostrarse a sí mismo que no era uno de esos intelectuales marxistas cliché, un crítico de sofá con las manos suaves y opiniones impertinentes, que teorizaba sobre la clase obrera sin haber tenido que matarse a trabajar en la vida. Tony se enorgullecía muchísimo de todo lo que había leído y, a menudo, arremetía contra el antiintelectualismo defensivo que definía la cultura patria, pero, aun así, había visto en sí mismo, a veces, un profundo deseo de poner en marcha un pragmatismo excesivo y rudo para compensar sus tendencias de ratón de biblioteca y se sometía a sí mismo a privaciones físicas, ponía a prueba su fuerza y su resistencia mucho más de lo que se necesitaba, y orquestaba soluciones caseras tortuosas para problemas que podían resolverse con más facilidad, y a menudo por menos dinero, pagando a un profesional. Hasta que no se fue al extranjero no había sido capaz de identificar este rasgo como una peculiaridad kiwi, que reflejaba una actitud más amplia entre sus paisanos: hacer cualquier cosa con esfuerzo era mucho más respetable que hacerla con facilidad; en Nueva Zelanda se trataba a los inconvenientes como una prueba de carácter, hasta el punto de que era un asunto de orgullo nacional el ser capaz de resistir la incomodidad o un servicio pésimo sin ceder a la tentación de quejarse. Tony nunca se había considerado especialmente patriótico —de hecho, ni siquiera aceptaba que existieran diferencias materiales entre los patriotas y los nacionalistas—, así que le había sorprendido y avergonzado un poco darse cuenta de la potencia con la que su nacionalidad le había dado forma, no solo en sus actos y expectativas, sino también en sus convicciones políticas, lo que le habría gustado creer que se habían formado en exclusiva gracias a su capacidad de razonamiento e intelecto. Odiar a los superricos, por ejemplo, a cierto nivel no era una postura política, sino una mera expresión muy kiwi de desdén —desdén por los que vivían en una comodidad infantil y delegaban el trabajo y (para expresarlo con claridad) no tenían lo que hay que tener para encarar las carencias—, ya que no se habían ganado esos lujos ni habían sudado por ellos, sino que los habían adquirido y *eso* lo podía hacer cualquier idiota.

Al toparse con un tronco caído, vio, en el frondoso matorral frente a él, una valla de plástico sin soporte, de ese tipo temporal que se usa en los festivales de música, pero estaba claro que nadie la había tocado en mundo tiempo. Subía y bajaba por la montaña, mientras que el cableado se extendía en forma curva y trazaba un círculo que comprendía bastantes metros de la zona superior. Una de las secciones tenía pegado un cartel de plástico cubierto de líquenes en el que podía leerse: INVESTIGACIÓN EN MARCHA – PROHIBIDA LA ENTRADA. Tony miró a través de la valla con algo de curiosidad, pero no vio pistas del tipo de investigación que se estaba llevando a cabo al otro lado. Quizá tenía algo que ver con los movimientos sísmicos, pensó; el desprendimiento había sido causa de una serie de terremotos.

Se desvió colina arriba, con la valla a su izquierda, hasta que llegó a una pequeña elevación donde encontró lo que reconoció como una antena telefónica sobre una caravana, aún conectada al camión que obviamente la había llevado hasta allí; el vehículo había dejado unas leves marcas que avanzaban en dirección a los matorrales. Una segunda caravana, una autocaravana, estaba aparcada detrás. La puerta de esta estaba abierta y, sentado en el escalón, fumando un cigarrillo, había un hombre corpulento de unos cuarenta años, que llevaba una boina de lana y un forro polar verde abrochado hasta arriba. Se levantó en cuanto vio a Tony.

—*Kia ora* —dijo Tony.

—Hola —respondió el hombre de inmediato. Encendió un cigarrillo.

Hubo una pequeña pausa en la que ambos esperaron a que el otro tomara la delantera. Entonces Tony hizo un gesto en dirección al camión.

—Ha tenido que ser una faena traer eso hasta aquí.

—Pues sí —respondió el hombre.

—No le van los vehículos de cuatro ruedas, ¿eh?

—No, no mucho. —Su acento era estadounidense o canadiense; Tony nunca los distinguía y nunca preguntaba por si se equivocaba.

—Supongo que esa cobertura hace mucha falta —comentó Tony.

El hombre miró hacia la valla.

—Supongo que a alguien le hará falta.

—Lo que se investiga aquí —dijo Tony tras otra breve pausa—, ¿es…?

—Sí, geofísica —dijo el hombre—. Una prospección radiométrica.

—Ah, vaya —respondió Tony—. ¿Y en qué consiste eso?

—A mí no me preguntes —dijo el hombre—. Trabajo de segurata.

—Pero ¿es algo así como radiación? ¿Radiactivo?

Tony sabía que el granito contenía elementos radiactivos; recordaba una clase de química en el instituto en la que había activado un contador de Geiger con un trozo de granito, un plátano y un reloj *vintage* de manecillas que brillaban en la oscuridad, y había mucho granito por el Paso de Korowai; había pasado la noche al lado de un bloque enorme de esa piedra. Miró la valla con renovado interés.

Pero el hombre se limitó a encogerse de hombros.

—Solo soy el segurata.

—Vaya —dijo Tony—. Uno pensaría que se lo habrían explicado.

—Pues ya ves —dijo el hombre y volvió a encogerse de hombros.

—¿Cuánto tiempo lleva aquí? —preguntó Tony y añadió para hacerse el gracioso—. ¿Por sus pecados?

—Bastante —respondió el hombre—. ¿Y tú qué?

—Solo estoy haciendo un poco de senderismo —explicó Tony—. Para quitarme el polvo.

—Vale.

—Por lo menos no está lloviendo.

—Cierto —dijo el hombre—. Así es.

A Tony no se le ocurría qué más decir.

—Bueno, que tenga un buen día.

—Lo mismo digo —respondió el hombre.

Intercambiaron un gesto de despedida. Tony se dio la vuelta y acababa de empezar a andar cuando algo le llamó la atención: en el techo de la caravana con la antena, aferrándose a la base de la torre de señales, había un periquito pequeño y esbelto, de color casi verde agua, con una corona amarilla y una distintiva banda naranja sobre el pico. Tony se paró de golpe.

—¡Hostia! —dijo girándose para señalar a la criatura y entonces se quedó parado porque en los breves segundos que se había dado la vuelta, el hombre se había bajado la cremallera del forro polar y tenía la mano derecha bajo la axila izquierda, como si estuviera a punto de sacar un arma.

Se quedaron mirándose el uno al otro.

—¿Sí? —dijo el hombre sin moverse.

A Tony se le había quedado la mente en blanco. El corazón le palpitaba con fuerza.

—¿Qué? —dijo el hombre aún inmóvil.

—El periquito —dijo Tony señalando al ave—. Está en serio peligro de extinción. Solo quedan unos sesenta.

El hombre no dijo nada. Su mirada se fijó en el pájaro. El ave giró la cabeza, saltó de la torre de señal y se perdió de vista. Cuando se fue, el hombre volvió a mirar a Tony. Todavía tenía la mano en la axila. Había entornado los ojos.

—Menuda suerte —dijo Tony—. Es que, madre mía… qué casualidad, ¿eh?

El hombre asintió ligeramente, con los ojos aún entornados.

—Bueno… hasta luego —dijo Tony y se dio la vuelta. Tras haber dado unos cuantos pasos, miró atrás y vio que el hombre había extraído un paquete de cigarrillos. Sacó uno y se lo puso en la comisura de la boca, y después devolvió el paquete al bolsillo del pecho y se subió la cremallera del forro polar. Tenía la cara metida en el encendedor cuando Tony desapareció entre los árboles.

¿Y si se lo había imaginado? Un resplandor de cuero marrón dentro del forro polar de aquel tipo, la insinuación de una funda de pistola, una extraña rigidez en la postura, los omoplatos juntos, los codos separados, el pecho hacia fuera, el peso de un objeto sólido que se golpeaba contra las costillas. Mientras más intentaba imaginárselo, más absurdo parecía. Había que tener en cuenta, se dijo, que probablemente en Korowai no existían depredadores más grandes que los hurones. A lo mejor había unos pocos ciervos en el parque o cerdos, pero en Nueva Zelanda no había rabia, nada que pudiera convertir a esos animales en una amenaza, y Tony nunca había escuchado a nadie decir que fuera a cazar con una pistola y, menos aún, con una que estuviera escondida. Y, además, ¿qué tipo de investigación, en mitad de un parque nacional, podría necesitar *seguridad armada* en un país donde incluso la policía solo llevaba armas en circunstancias especiales?

Claro que habían sido imaginaciones suyas. No había otra opción. Estaban en Nueva Zelanda, por Dios; la gente no llevaba armas. La imaginación le había jugado una mala pasada. Sintiéndose ridículo, Tony aceleró el paso y llevó a cabo un estudiado esfuerzo de pensar en otra cosa, se obligó a centrarse en el periquito de pecho anaranjado y después en uno de sus amigos del colegio, Nick Wiley, que tenía una cotorra llamada Luigi y, después en una fiesta veraniega en casa de los Wiley, en la que habían jugado a las sardinas, con linternas en el jardín, y después en la linterna generadora con una bomba de agua en el mango con la que adoraba jugar de pequeño. Apretaba el mecanismo hasta alcanzar una luz parpadeante y después contemplaba cómo desaparecía mientras la bomba se retraía bajo el peso de su mano. Se topó con un montón de helechos y subió la vista para descubrir que había llegado a una cerca de alambre que, supuso, marcaba los límites superiores de la propiedad de los Darvish. Continuó caminando junta a ella, con pisadas silenciosas mientras escudriñaba los árboles bajo sus pies, y pronto vislumbró una manga de viento con pinta de estar abandonada al final de una amplia terraza nivelada que solo podía ser la pista de aterrizaje. Se detuvo, decepcionado: el avión no estaba allí.

Era sábado y Tony sabía gracias al documento de Shelley que la noche anterior había llegado un coche lleno de miembros del Bosque Birnam para pasar el fin de semana trabajando en la granja. Los principales cultivos estaban todos cerca de la parte baja de la propiedad, en los rediles para el ganado aledaños a los cobertizos de esquila, junto a la cerca norte, y en algunos terrenos de malas hierbas justo encima de la casa. Probablemente se quedarían confinados en esas zonas, y la granja era lo suficientemente grande y boscosa para ofrecerle escondites si quería explorar... Pero sería demasiado estúpido aventurarse el día que más gente había por allí, pensó Tony, y no quería arriesgarse a que lo vieran antes de poder empezar la investigación propiamente dicha.

Dedicó el resto del día a hacer reconocimiento, recorriendo la colina sobre la cerca e investigando los riscos y peñascos. También volvió a subir por sobre la hilera de árboles para triangular su posición entre las montañas y el lago. Encontró una elevación que ofrecía unas vistas decentes de la cabaña de esquila, pero, aunque podía discernir las caras de los trabajadores con los binoculares, era difícil saber qué estaban haciendo a medida que se movían por los rediles del ganado, se doblaban y estiraban y guardaban cosas mientras entraban y salían de su ángulo de visión, y Tony descubrió que le dolía la cabeza si miraba demasiado tiempo por los binoculares. Aquella noche acampó cerca de la pista de aterrizaje y el domingo por la mañana volvió al camino que recorría el risco e hizo un montículo para marcar el giro, en caso de que volviera a acercarse por esa dirección bajo la lluvia.

Cuando terminó el montículo, comió un almuerzo frío de manzanas y queso en un lugar resguardado bajo el risco y lo regó con lo que le quedaba del agua que había traído del coche. Estaba valorando cuál sería el lugar más cercano para rellenar las botellas de agua cuando una avioneta rugió justo por encima de su cabeza. Volaba bajo y estaba claro que se preparaba para aterrizar; se inclinó sobre la granja Darvish y luego se ocultó entre los árboles. Tony volvió a guardar la botella de agua en la mochila y corrió tras ella. Llegó a la cerca unos quince minutos más tarde, un poco sofocado, para descubrir que el avión había aterrizado —las hélices estaban quietas— y no había rastro del piloto; pero Tony estaba henchido de felicidad, ya que la matrícula de la cola podía leerse con claridad desde donde estaba. Se sacó la pluma estilográfica del bolsillo y se copió las letras en el reverso de la mano. «Zulú Kilo Charlie Uniforme Oscar», murmuró con cierto deleite, pues había aprendido el alfabeto fonético en el colegio y siempre disfrutaba de tener ocasión de recordarlo.

Observó el avión durante casi una hora sin detectar movimientos y estuvo tentado de saltarse la valla para verlo más de cerca; pero su paciencia se vio recompensada cuando un hombre de negro trajeado subió por la colina y se puso a la vista. Solo podía ser Lemoine; Mira iba a su lado y parecían imbuidos en una profunda conversación. Lemoine estaba señalando la ladera de la colina y Mira asentía, y también hacía gestos en esa dirección; después de unos diez minutos, parecieron alcanzar un acuerdo, pues se dieron la mano y se despidieron. Mira fue colina abajo y Lemoine regresó al avión y se subió a la cabina, mientras Tony formaba una pistola con el dedo índice y el pulgar, dirigida hacia el milmillonario, y apretaba el gatillo. «Pum», susurró. Las hélices volvieron a la vida. Lemoine dio marcha atrás con el avión en un semicírculo perfecto hasta que se colocó frente al sur, y después abrió la válvula reguladora, aulló mientras se precipitaba por la pista y despegó.

Tony no se quedó para verlo marchar. Para cuando el avión desapareció sobre las cimas de la cordillera de Korowai, ya estaba de camino a Thorndike para rellenar las botellas de agua, recuperar el portátil del maletero del coche de Veronica y perseguir la primera pista auténtica —lo susurró— de su carrera.

Una vez en el aparcamiento del centro de visitantes, enchufó un adaptador de wifi por USB en el portátil y se sentó en el asiento de pasajero del coche de Veronica para explorar durante casi dos horas la página web de la Autoridad de Aviación Civil de Nueva Zelanda. Acababa de descubrir que el avión en el que volaba Lemoine, matrícula ZK-CUO, pertenecía a un club aeronáutico cercano a Queenstown cuando le salió la notificación de que la batería estaba a punto de agotarse. El centro de visitantes había cerrado, pero vio una freiduría en la vía de servicio que parecía seguir abierta, y se dirigió allí para preguntarle al dueño si podía cargar el portátil detrás del mostrador si consumía algo. Acordaron una tarifa de dos dólares por la electricidad. Tony ya le había dado el aparato y estaba contando moneditas para pedir una hamburguesa y un perrito caliente medio destrozado cuando el tipo dijo de pronto:

—¿Vienes a ver los aviones?

Tony tardó un momento en darse cuenta de que el tipo había visto la matrícula escrita en el reverso de la mano.

—Ah, en realidad no —respondió—. Estoy más interesado en el piloto que en el avión. ¿Robert Lemoine?

El tipo adoptó una expresión neutra.

—¿Milmillonario? —preguntó Tony—. ¿Estadounidense? Estoy escribiendo un artículo sobre él.

—¿Ah, sí?

—Pues sí —dijo Tony, mientras le daba el dinero—. De hecho, te iba a preguntar si lo habías visto.

El tipo se encogió de hombros.

—No tengo ni idea.

—¿Un hidroavión pequeño que va y viene de la pista de aterrizaje junto al paso?

—¿Te refieres a las tierras de los Taranow?

—Creo que son de los Darvish, ¿no?

Pero el tipo estaba asintiendo.

—Sí —dijo—. Antes era Jill Taranow. Como su padre.

—Ah, claro —dijo Tony al recordar que los Darvish habían heredado la propiedad—. Es cierto.

—Iban a subdividirla.

—Esa es.

—No pudieron —siguió el tipo—. La han retirado del mercado. Nadie la ha comprado.

—¿Seguro? Creía que la habían vendido —dijo Tony—. ¿O no?

—Qué va, amigo. No después de que cerraran la carretera. No le iban a sacar nada.

—¿Eh? —dijo Tony con interés—. Me he equivocado entonces. —Se quedó mirando cómo el tipo retiraba el papel encerado de una hamburguesa precocinada y la aplastaba contra la plancha—. O sea que no has visto el avión.

—Siempre hay aviones —dijo el hombre—. Vuelan por todos lados, son del club aéreo. Bueno, al menos antes era así.

—Vaya —dijo Tony sin seguirlo del todo—. ¿A ti también te gusta mirar aviones?

—Qué va, amigo —repitió el tipo. Puso el perrito caliente de Tony en la freidora y lo remojó en la tina, y después añadió—. A él sí le gustaba. Al padre de Jill.

—¿Te refieres a Taranow?

—Sí. La pista de aterrizaje, el equipo de rescate… todo eso lo hizo él. No Darvish. A *ese* no le podía dar más igual.

Tony detectó cierto resquemor.

—Acaban de nombrarlo caballero, ¿verdad? A Darvish.

El tipo dejó escapar un gruñido.

—Menuda patraña.

Tony asintió para mostrar que estaba de acuerdo.

—¿O sea que no se lo merecía?

—Todo depende de los contactos —dijo el tipo—. ¿O no? Se lo dan a sus amiguitos. No tiene ningún significado. No es más que un montón de mierda.

—Entonces, ¿tiene amigos en el gobierno?

—Probablemente.

Tony esperó, pero el tipo no dijo nada más.

—A la mujer sí la conoces bien, ¿no?

—Jill —respondió—. Es buena gente.

—¿Y él no?

—Ni siquiera es *de aquí* —protestó él tipo, sombrío. De pronto, pareció caer en la cuenta de que Tony también era de fuera—. ¿Y qué? —dijo mirando a Tony de arriba abajo—. ¿Eres reportero o algo?

—Todavía no —respondió Tony—. Pregúntamelo de nuevo la próxima vez que nos veamos.

Al tipo pareció complacerle esta respuesta ya que no dijo nada más y cuando la comida de Tony estuvo lista se la tendió con un asentimiento cargado de respeto. Tony comió mientras hojeaba una pila de desgastadas revistas de moda y después pidió un batido de chocolate de postre; para cuando terminó de bebérselo y tiró todos los envoltorios a la papelera, se había convertido en un experto en los matrimonios y divorcios de los famosos y las dietas de moda en 2014 y su portátil ya había terminado de cargarse. El tipo lo desenchufó y se lo dio por encima del mostrador y, mientras lo guardaba en la funda acolchada, a Tony se le ocurrió otra pregunta.

—Por cierto —dijo—, ¿sabes algo de una investigación cerca del paso, por encima del desprendimiento? ¿Una prospección radiométrica?

—No me suena —dijo el tipo—. ¿Qué es eso?

—No importa —respondió Tony—. Gracias por la comida.

Buscar el apellido «Taranow» junto a «pista de aterrizaje» y «Thorndike» devolvió bastantes resultados, todos de varios años atrás. Confirmaban lo que había dicho el tipo de la freiduría: Nigel Taranow, el padre de Jill, había construido una pista de aterrizaje en sus tierras para el club aéreo local y, de vez en cuando, el equipo de rescate lo había usado como campo de entrenamiento. El propio Taranow había sido voluntario del equipo de rescate; había muerto a los 79 años de un infarto, haría como unos cinco años, y parecía que desde que su hija y el marido de ella habían heredado la granja, habían cortado casi por entero la relación con el club aéreo. Por lo que vio Tony, el aeroplano ZK-CUO era el único que había usado la pista desde la muerte de Taranow. Los registros de acceso libre mostraban que había aterrizado más de una docena de veces solo en los últimos meses.

Se estaba haciendo tarde y la batería estaba a punto de agotarse de nuevo. Cerró el portátil y condujo hasta el *camping* del Departamento de Conservación junto al lago, preguntándose mientras estiraba el saco de dormir si merecería la pena invertir en un generador de energía solar portátil, si es que encontraba algo así a la venta. Mira se habría reído de semejante idea, pensó. Habría ido a investigar de inmediato los garajes y patios traseros de Thorndike y habría vuelto triunfante, armada con una lista de direcciones con enchufes desatendidos al aire libre para las luces de jardín y los cortacéspedes y lavafaros, o una lista de los vecinos de buen corazón a los que se había ganado y estaban dispuestos a intercambiar el uso de una regleta por una hora o así por pequeñas tareas domésticas. «No malgastes el dinero», le habría dicho, fingiendo la magnanimidad de un soberano, «guarda las monedillas. Te traigo electricidad gratuita». Pero esa era la antigua Mira, pensó Tony con amargura mientras se metía en el saco de dormir. ¿Quién sabía lo que haría la nueva Mira con su gran financiación, valor maximizado y actitud de «si no puedes con ellos, únete a ellos»?

Despertó el lunes por la mañana para descubrir un e-mail esperándolo en la bandeja de entrada; era el certificado de propiedad del 1606 de la Carretera del Paso de Korowai que había solicitado, y abrió el documento adjunto para descubrir que la propiedad seguía en manos de Jill y Owen Darvish, y que había sido así desde mayo de 2012, y que, aunque habían solicitado un permiso de subdivisión, no se habían producido aún cambios materiales en la propiedad.

Tony se sentó en el saco de dormir con el ceño fruncido. En el *hui*, Mira había dicho explícitamente que Lemoine había adquirido la granja. Seguro que era verdad, ya le había pagado diez mil dólares. ¿Por qué iba a pagarle para que cultivara un terreno que no era suyo? ¿Y qué pasaba con el búnker? Mira había dicho lo del búnker. ¿Qué tipo de survivalista construiría algo así en una propiedad que no le pertenecía? Eso iría en contra de la finalidad del asunto, sin duda. Tony releyó el certificado de propiedad, con una creciente irritación, ya que, si el terreno no había cambiado de manos legalmente, no tenía ninguna historia; o más bien, *tenía* una historia, solo que consistía en que un milmillonario extranjero había donado diez mil dólares a una iniciativa activista sin ánimo de lucro que se declaraba de izquierdas sin que esto lo beneficiara en absoluto, y Tony preferiría beberse su propia orina a escribir *eso*.

Decidió escribir directamente a Owen Darvish. Quizás había una explicación perfectamente lógica que se le estaba escapando; y, de todas formas, formaba parte de las buenas prácticas periodísticas otorgar a todos los involucrados la oportunidad de dar su versión. Con la vista puesta en el siete por ciento de batería que le quedaba al portátil, encontró una dirección de correo en la página web de Control de Plagas Darvish y tecleó una breve petición. Lo envió y luego fue a darse un baño gélido en el lago antes de vestirse y preparar el desayuno con la estufa de butano. Comió despacio, disfrutando de las vistas. Acababa de encender el móvil para buscar la ferretería más cercana, en la que tal vez vendieran generadores portátiles de energía solar, cuando este empezó a sonar, y Tony dio un respingo. Respondió la llamada.

—¿Hola?

—¿Anthony? Soy Owen Darvish —le gritó a la oreja un vozarrón con un fuerte acento.

—Guau, hola —respondió Tony poniéndose en pie como pudo mientras registraba el bolsillo en busca de las llaves del coche—. Muchas gracias por contactar conmigo tan rápido.

—Solo quería responder a su mensaje —dijo sir Owen—. Una llamadita de cortesía. ¿Dice que está escribiendo un artículo?

—Sí, espere un momento. Tengo que buscar el... —Se deslizó al interior del coche y rebuscó hasta encontrar el dictáfono—. Sí, estoy escribiendo un artículo sobre Robert Lemoine. —Puso el móvil en altavoz y le dio a «Grabar».

—¿Y qué es lo que quiere de mí?

—Bueno —dijo Tony y decidió ir a por todas—. Supongo que quiero preguntarle si le ha vendido su hacienda en Thorndike.

Hubo un breve silencio. Entonces sir Owen dijo:

—Anthony, estoy seguro de que sabe que mi empresa está colaborando con Autonomo; es una relación estable, y no voy a arriesgarla hablando con los medios.

—Le ha pagado una suma de... diez millones de dólares por la casa, ¿verdad?

Tony no tenía ni idea de si era una cifra plausible; tenía la esperanza de que Darvish lo corrigiera, pero sir Owen se limitó a contestar:

—No sé qué es lo que intenta rascar, amigo.

—Solo intento hacerme una idea —dijo Tony, desbordante de emoción, ya que, si no hubiera estado en lo cierto, sir Owen lo habría negado todo—. ¿Entonces me confirma que la venta ha tenido lugar?

—No, no lo confirmo. Yo no confirmo nada.

—¿Me puede explicar el motivo?

—Mire, Anthony, antes de seguir me gustaría saber con quién ha estado hablando, si no le importa. ¿De dónde ha sacado todo esto?

—No puedo revelar mis fuentes, me temo —dijo Tony.

—Entonces no me interesa conceder entrevistas. Lo siento.

—Ha concedido varias entrevistas recientemente —se apresuró a responder Tony, antes de que a sir Owen le diera tiempo de colgar— y me he dado cuenta de que no ha mencionado a Robert Lemoine en ninguna de ellas. ¿Podría explicarme el motivo? Perdón si suena una pregunta muy tonta. En mi campo, a veces es fácil confundir una omisión inocente con una tapadera.

Otro breve silencio. Tony se percató de que estaba conteniendo la respiración, casi asombrado ante su propia temeridad. Entonces sir Owen preguntó más suavemente:

—¿Dónde vive, Anthony?

—Pues ahora mismo estoy en Thorndike —dijo Tony.

—Vaya, qué casualidad —dijo sir Owen.

—Es un lugar muy bonito —comentó Tony—. Estoy en el risco sobre su granja y las vistas son espectaculares. Una localización maravillosa. Seguro que vale todo lo que Lemoine le ha pagado.

Sir Owen soltó una exhalación.

—Está equivocado, amigo.

—¡Ayúdeme a entenderlo, entonces! —dijo Tony—. ¿Qué ha acordado con Robert Lemoine?

—Anthony, estamos hablando de una relación profesional; no puedo...

—¿Una relación? ¿Se conocen personalmente?

—No puedo responder a eso.

—¿Cuándo se conocieron? ¿Puede contarme eso?

—Me temo que no —dijo sir Owen.

—Bueno, quizá pueda refrescarle la memoria —replicó Tony—. He estado mirando los registros de vuelo de un avión que ha hecho unos pocos viajes a Thorndike últimamente. Matrícula Zulú Kilo Charlie Uniforme Oscar. ¿Le suena?

—Mire, Anthony —respondió sir Owen con firmeza—. Me ha escrito y he tenido el detalle de llamarle como había solicitado, pero no tengo interés en hablar con la prensa, ¿me entiende? Buena suerte con su...

—Solo una pregunta más —se apresuró a decir Tony antes de que el otro colgara—. ¿Señor Darvish?

Sir Owen emitió un sonido irritado.

—No tengo nada que contarle, Anthony. Está perdiendo el tiempo.

—En realidad, es sobre otro asunto —improvisó Tony, eligiendo un tema casi al azar: solo quería mantener a Owen Darvish al teléfono—. Es sobre... uhm... ¿la prospección radiométrica? Como he dicho, estaba en el...

—No estamos involucrados en eso de la radiometría —lo interrumpió sir Owen, con impaciencia—. Solo nos encargamos del control de plagas. Es una tecnología completamente distinta. Un dron distinto.

—¿Qué? —preguntó Tony—. ¿Ha dicho «dron»?

Sir Owen dejó escapar de nuevo un sonido irritado.

—Lo siento, Anthony. Tendrá que hablar con alguien de Autonomo. No tiene nada que ver con nosotros.

—¿Autonomo? —insistió Tony—. Espere. ¿A qué se refiere con lo de un tipo distinto de dron?

Había cierto tipo de hombres incapaces de resistirse a ofrecer una explicación científica cuando se presentaba la oportunidad; al parecer, Owen Darvish era uno de ellos.

—Se llama «prospección magnética y radiométrica aérea» —dijo, aún tenso—. Y se lleva a cabo desde mucho mucho más alto. Miles de metros más alto. Aviones de alto vuelo. Mapeado geofísico. Es una cosa totalmente distinta a nuestro proyecto. Una tecnología diferente, un dron diferente, todo es diferente.

—Lo siento —se excusó Tony—. No lo estoy siguiendo.

—Prospección radiométrica —repitió sir Owen—. Lo acaba de decir.

—No —lo corrigió Tony—. Me refería a la investigación en el Parque Nacional de Korowai. Por encima del desprendimiento.

Se hizo silencio al otro lado del teléfono. Entonces, sir Owen volvió a hablar:

—¿Qué?

—La zona de prospección radiométrica. Cerca del paso, por encima del desprendimiento.

—Creo que nos hemos hecho un lío en algún momento —dijo sir Owen.

—He hablado con el guardia de seguridad —explicó Tony—. Me ha dicho que estaba relacionada con la prospección…

—¿Dónde había un guardia de seguridad?

—En el parque nacional —dijo Tony—. Justo detrás de vuestra cerca.

—Lo siento, amigo, pero lo que dice no tiene sentido.

—Había una antena para móviles y un guardia de seguridad y una valla en torno…

—Lo siento, amigo. Ni idea.

—Ha mencionado a Autonomo —empezó Tony.

—Muchas gracias, hasta luego —lo interrumpió sir Owen en voz muy alta y, antes de que Tony pudiera decir nada más, colgó.

Tony apagó el dictáfono y se sentó en el asiento del conductor con la frente arrugada mientras contemplaba la nublada superficie del lago a través del parabrisas. El móvil vibró en su mano sacándolo de su ensimismamiento y vio que había recibido un mensaje: era de Rosie, quería saber si estaba ganando.

«Bueno, acabo de recibir el primer "sin comentarios"», le respondió, «lo que significa que no voy desencaminado».

«Seguro que no», respondió ella, y Tony se zambulló de inmediato en las dudas. ¿De verdad era tan sospechoso? Sí, Darvish se había negado a hablar con él. ¿Y qué? No le debía nada a los medios. No había jurado ningún cargo público. No lo habían destituido. Era un ciudadano de a pie. Sus negocios no tenían nada que ver con Tony. Se había negado a confirmar que le hubiera vendido su propiedad a Lemoine porque *no* le había vendido su propiedad a Lemoine. Tony estaba seguro de ello: tenía allí mismo el certificado de propiedad. Claro que Lemoine le había dicho otra cosa a Mira, pero quizás iba a colocar el búnker en un terreno que había alquilado. O a lo mejor Darvish y él tenían un pacto de caballeros. O a lo mejor la venta *estaba* en el horizonte, pero todavía se encontraban negociando los términos; en cuyo caso Darvish tendría motivos para rehuir de contestar sus preguntas, sobre todo de parte de alguien como Tony, un periodista de investigación amateur, un reportero fingido, un heredero diletante que en realidad no había publicado nada y tenía tan poca experiencia que ni siquiera podía denominarse un escritorzuelo.

—¡Por Dios, Tony! —dijo en voz alta—. Concéntrate.

El móvil se encendió de nuevo. Rosie le había mandado dos emoticonos: un preso seguido de una pistola. Después escribió: «Ay, espera» y los envió en el orden inverso, primero la pistola y luego el preso. «El arma del crimen», escribió, como explicación. «¡¡¡¡¡¡¡Ojalá la encuentres!!!!!!».

Tony no sonrió. «Curioso que lo menciones», escribió, con la expresión agriada, pensando en su encuentro con el guardia el sábado por la mañana, pero entonces se sintió estúpido y lo borró. «Es posible que no esté localizable durante unos días», contestó. «Tengo una corazonada...». Evaluó el mensaje durante varios segundos antes de pulsar el botón de enviar. «Qué guay», respondió Rosie, y después, «misterioso», y más tarde «ten cuidado». El pulgar de Tony se quedó colgado sobre el teclado. Rosie no sabía nada de la oferta de Lemoine al Bosque Birnam. Solo le había contado que estaba investigando a los survivalistas superricos, ya que no se había sentido predispuesto a mencionar a Mira, por poco importante que fuera. Ahora no quería pensar en Mira y, por tanto, en parte por la culpa y el rencor, en parte para engañarse a sí mismo y, en parte, para acabar la conversación, respondió con un «besos».

—¿Crees que el tipo de persona que nunca se disculpa es *también* el tipo de persona que nunca da las gracias o son categorías diferentes de persona? —preguntó Mira, apoyándose en la pala.

—Ah, esa es difícil —contestó Shelley, meditando sobre la cuestión.

—Porque hace tiempo leí un blog —siguió Mira— de una mujer que había decidido dejar de disculparse, en plan, del todo, y en cada ocasión en la que tendría que haberse disculpado encontraba la manera de dar las gracias. Por ejemplo, en vez de decir «perdón por llegar tarde», decía «gracias por esperarme», y en lugar de decir «perdón por ser un desastre» decía «gracias por entenderme», y así hasta el infinito. Y escribió en su blog cómo un cambio tan pequeño había transformado de inmediato sus relaciones del todo; sus amistades se volvieron más sanas, maduras y honestas, porque apreciaba más a todas las personas de su vida y, por el mismo motivo, a ella también la apreciaban más. Era una especie de retroalimentación.

—Guau —dijo Shelley—. Gracias por contarme esa historia.

—Gracias por escucharla.

—Gracias por asumir que la estaba escuchando.

—Gracias por no ignorarla de manera descarada.

Cavaron en silencio durante un rato, ambas sonrientes. Entonces Shelley dijo:

—Apuntan en direcciones opuestas. Dar las gracias reconoce el valor de lo que ha hecho una persona mientras que disculparse es aceptar la culpa.

—Claro —dijo Mira—. El blog iba de eso: decía que eran dos caras de la misma moneda.

—Pero no en todas las situaciones, ¿verdad? —respondió Shelley.

—Pues ahora que lo dices —comentó Mira—. Me hizo pensar sobre el privilegio, y la culpa que genera, y como ahora tenemos la necesidad de pedir perdón todo el tiempo, si estás en una situación de privilegio, claro, y quizá (no estoy segura) se nos esté escapando algo importante como sociedad, a lo mejor sería mejor si diéramos las gracias en esas mismas situaciones y, tal vez, todo sería más sano y estaríamos más contentos.

Shelley seguía frunciendo el ceño.

—Pero ¿cómo le das las gracias a alguien que sufre opresión sistémica?

—No me refiero a decir algo en plan «gracias por estar oprimido», sino a buscar formas de apreciar la existencia de los demás en lugar de disculparte por existir. ¿Sabes? Y tampoco digo de hacer eso y *ya está*, obvio que no, no es en plan «vale, ya he dado las gracias, guay, buen trabajo, hemos alcanzado la justicia social». Pienso que es un primer paso, para ver si funciona y continuar a partir de ahí.

»Y, por cierto —añadió—. ¿Cómo te disculpas con alguien que sufre opresión sistémica? Es que… ¿en serio? Es el mismo problema.

—Sí —dijo Shelley, pero con una nota dubitativa en la voz.

—Creo que esto podría ser una idea radical —dijo Mira, sintiéndose cada vez más animada con el asunto—. Que alguien valore algo bueno que has hecho o se dé cuenta de una verdad tuya como persona es un sentimiento genial, ¿verdad? Y te hace sentir orgullosa de ti misma, es una sensación de honor y dignidad y, a lo mejor, los efectos colaterales de ese cambio podrían, no sé, transformar la sociedad entera.

Shelley seguía sin convencerse del todo.

—Aun así, a veces la gente tiene que pedir disculpas.

—Claro, sin duda, por las cosas que ha hecho mal, pero no por existir, ¿no crees? Si lo piensas bien, ¿a quién ayuda eso?

—Puede ser —dijo Shelley y se sumió en el silencio.

Estaban preparando un parterre para las zanahorias, después de mezclar las semillas de zanahoria buenas con las de rábanos, que crecían más rápido y servirían para marcar las filas en cuanto se asomaran; en las próximas semanas, irían despejando el parterre hasta que solo quedaran las plantas más fuertes y se comerían a los rábanos junto a las remolachas y puerros y lechugas débiles que ya habían sembrado con los semilleros trasplantados del cobertizo de jardín que tenían en casa. Después vendrían la berza, los guisantes, las cebollas y las patatas en bolsas de cultivo —con tanta piedra caliza en los alrededores, Mira había pensado que los tubérculos no prosperarían de plantarse directamente en la tierra— y después los brócolis, y los repollos y las hierbas en los bordes, y los pepinos en los pasamanos… y eso los llevaría a septiembre, y la primavera. Los rediles de ganado junto a los cobertizos de esquila se habían transformado en una especie de invernadero improvisado, con un surtido de paneles de cristal y metacrilato apilado en los rieles, y varias láminas plásticas grapadas a los postes para protegerlos del viento. El equipo del fin de semana había traído un cargamento de composta de la ciudad, y habían pasado todo el sábado y el domingo enterrándolo; la tierra ya no se veía gris y compacta, sino oscura y rica y húmeda y ventilada. «Suelo friable», solían decir, exagerando el acento, y riéndose de los sonidos: «Sí, señor, tiene usted aquí mismo un excelente terreno de suelo friable»; «¡Yuju, me encanta un buen suelo friable!». Normalmente, Mira habría inspeccionado los campos vecinos en busca de plasta de vaca, pero casi todas las granjas por las que habían pasado vendían bolsas de abono al contado en la puerta principal y, gracias al dinero que Lemoine había depositado en su cuenta, ya no necesitaban rebuscar nada entre los desperdicios y, menos aún, excrementos literales. De momento, habían comprado dos docenas de bolsas (de cuatro granjas diferentes, para no llamar la atención) y Mira había pasado la mañana colando un semillero de germinación en la parte soleada del cobertizo, para lo que había tenido que cubrir la escarcha de gran cantidad de composta, ya que el tiempo en Thorndike era más subalpino de lo que estaban acostumbrados los miembros del grupo y se había hecho a la idea de que parte de lo que sembrasen no sobreviviría.

—Pero no has contestado a la pregunta —dijo Mira tras un rato—. ¿Crees que existen dos tipos diferentes de personas o solo uno?

—Bueno, es obvio que se solapan —contestó Shelley—. Los imbéciles nunca dan las gracias y tampoco se disculpan nunca… Pero en mi opinión, prefiero disculparme por algo de lo que no tengo la culpa a que me obliguen a dar las gracias cuando no es de verdad.

—Claro, eso es así.

—Lo digo en serio —dijo Shelley—. Bueno, disculparme no es lo que más me gusta en el mundo, pero si ayuda a que los demás se sientan mejor, ya sabes, tampoco me importa tanto. Puedo soportarlo, o lo que sea, sé que tiene que ver más con ellos que conmigo. Pero *odio* que me obliguen a dar las gracias.

—¿De verdad? —dijo Mira—. Es muy raro eso.

—Ya ves, incluso de pequeña odiaba muchísimo mi cumpleaños y la Navidad, porque me horrorizaba recibir regalos que no me gustaban y tener que fingir que estaba contenta y agradecida. No se me ocurre nada peor que eso. No sé por qué. Por eso fingía que me interesaban cosas que me daban igual, así sabía de antemano lo que me iban a regalar y no tenía que sorprenderme. Como las bolsas de chuches de un dólar. Creo que te lo he contado, ¿no?

—Qué va —dijo Mira.

—Vaya, pues creía que sí —dijo Shelley—. Bueno, el caso es que durante años le dije a todo el mundo que los dulces me volvían loca y me inventé que estaba buscando la bolsa de chuches de un dólar perfecta y que era el único regalo que quería: una bolsita blanca de chupachups con un lacito, que no me importaba nada más, lo era todo para mí; me convertí en la chica de la bolsa de chuches, era una especie de experta, pero en realidad todo era un embuste que había creado porque odiaba la idea de tener que dar las gracias por algo que no me gustaba.

—Es muy gracioso —opinó Mira—. Sobre todo, porque escogiste algo superbarato.

—Lo sé —respondió Shelley—. Es imposible gastar más de un dólar en una bolsita de chuches de un dólar.

—Es demasiado modesto. Me siento mal por la Shelley niña.

—Y ni siquiera me comía los chupachups —dijo Shelley—. Los guardaba hasta que se ponían duros y después los tiraba.

—¡Eso es todavía más triste!

—No me creo que no te lo haya contado nunca —dijo Shelley.

—Ahora estoy intentando repasar todos los regalos de cumple que te he hecho —dijo Mira.

—No te preocupes, tú nunca me pones nerviosa —dijo Shelley—. Solo me pasaba con mis tías, tíos y demás. Y los amigos de mamá y papá. La gente que en realidad no me conocía. —Desenterró un trozo de hormigón y lo echó a un lado.

—Aun así, seguro que la rara eres tú —dijo Mira—. Seguro que a la mayoría de la gente le cuesta más trabajo disculparse.

—Claro —contestó Shelley—. Como a Amber.

—Verdad —coincidió Mira—. Por Dios, ¿alguna vez se ha disculpado por algo?

—Al menos da las gracias.

—Sí, claro, pero solo si puede aprovecharlo para ponerse puntillosa. En plan: «Gracias por hacer una mierda de trabajo».

—Gracias por arruinarme la vida.

—Gracias por arruinarme la puta vida entera con tu e-mail de mierda, Shelley.

—La *puta vida entera* —repitió Shelley, entre risas—. *Arruinada*.

—Qué malas somos —dijo Mira, pero estaba contenta.

—Muy malas —dijo Shelley. Tras unos instantes, añadió, más calmada—: Pobre Tony.

Mira se la quedó mirando.

—¿Por qué dices eso?

—No lo sé —dijo Shelley sin devolverle la mirada—. Pensaba en Amber y todo lo que pasó.

—¿No me habías dicho que había sido culpa de Tony? —preguntó Mira.

—Sí —dijo Shelley y de nuevo dejó entrever ciertas dudas. Después, más decidida, continuó—: No, si no hay duda, fue culpa de Tony. Toda suya.

Mira sintió un aguijón de impaciencia.

—¿Pero?

Había pocas cosas que Mira odiara más que perderse una discusión interesante y que luego se la resumieran mal o con demasiada brevedad. Odiaba tener que fiarse de la interpretación de otra persona sobre lo sucedido, pues se enorgullecía demasiado de su propio criterio para aceptar las impresiones de otra persona sobre cuáles ideas habían sido válidas y quién había empleado una lógica convincente o una retórica bella; la idea de que una discusión interesante hubiera podido tener lugar sin su presencia la enfadaba aún más, ya que hacía tiempo que se había acostumbrado a que todos la consideraran la pensadora más vivaz y original de cualquier grupo en el que se encontrase, y pocas veces había conocido otras personas a quienes admirara con honestidad por sus cualidades en el arte —los numerosos artes— de la conversación. Tony Gallo era una de ellas; lo había añorado cuando se marchó y, durante los últimos cuatro años, había fantaseado tan a menudo con su regreso que le fastidiaba en extremo que se le hubiera pasado por alto, sobre todo ya que, por lo poco que había captado de la discusión entre Tony y Amber, parecía que él había resultado el perdedor del debate. Mira le había dado la brasa a Shelley sin cesar sobre qué se había dicho exactamente aquella noche, y en qué tono, y qué efecto había tenido, pero la narración de su amiga sobre los hechos había sido poco informativa por algún extraño motivo: Tony había «venido buscando pelea», había sido un «imbécil integral», se había expresado de una manera que era «increíblemente ofensiva»; pero también había admitido que «nadie se puso de parte de Amber hasta el final», y que «Tony le había echado bastante valor a la situación» y que «Amber también era imbécil» y, cuando Mira había inquirido sobre la esencia de la postura de Tony, Shelley se había sonrojado y había balbuceado que tenía que ver con la lógica del mercado de las relaciones, pero que, para ser sincera, no recordaba dónde residía el meollo de su argumento.

—Oye, ¿sabes qué me gustaría hacer cuando nos constituyamos como organización sin ánimo de lucro? —preguntó Shelley—. Ya sabes, después de Navidad, con los diez mil dólares...

—¡Estás cambiando de tema!

—No, está relacionado. Es que hay algo que quiero hacer cuando seamos una organización sin ánimo de lucro.

—Claro, en caso de que llegue a suceder.

—¿Qué te parecería cambiar de nombre?

—¿Qué problema tienes con el Bosque Birnam? —preguntó Mira alzando la vista.

—Estaba pensando que tendría más sentido si fuera algo maorí —dijo Shelley.

—¿Y eso? —preguntó Mira—. ¿Por qué?

—Bueno, tú misma lo dijiste, podría ser un bombazo, ¿verdad? Y a lo mejor, no sé, se expande más allá de Nueva Zelanda...

—Pero no crees que es un poco... A ver, no somos maoríes.

—Ya, claro que no, pero somos kiwi y es algo kiwi...

—¿Entonces no sería apropiación?

—¿Cómo? —preguntó Shelley—. Solo usaríamos la lengua.

—Pero la horticultura maorí es su propio mundo —dijo Mira—. Y, a ver, la relación con la tierra para ellos es superimportante y sagrada, hay muchas cosas de las que no...

—Pero si nos convertimos en una empresa de verdad, tendremos que pensar en el Tratado y el biculturalismo y todas esas cosas —dijo Shelley, un poco a la defensiva—. O sea, tendremos una junta y todo, ¿verdad? Y tendremos que pensar sobre contratación diversa, enviar un mensaje y asegurarnos de que…

—Supongo que no había anticipado nada de eso —contestó Mira.

—¿No fue el nombre de Bosque Birnam idea de Tony? Y si ya no es parte…

—No fue idea de Tony —replicó Mira—. Se me ocurrió a mí.

—Ah, lo siento —dijo Shelley.

—Los Principios de Unidad fueron cosa suya. Por el movimiento Occupy Wall Street. Era muy de su rollo.

—Ah, cierto —dijo Shelley—. Vale, sí, tiene mucho más sentido, supongo.

—O sea, fue hace mil años. No importa ya.

—No, qué va —repuso Shelley—. Claro que importa. Debería…

—No, no pasa nada —dijo Mira—. Deberías poner la sugerencia sobre la mesa, de verdad.

Dejó la pala clavada en el suelo y fue a rellenar el cubo en el abrevadero. Se entretuvo más tiempo del necesario y después, en el camino de vuelta, tomó un desvío más allá del túnel de cultivo para rehacer un nudo de una de las lonas que se había deshecho por el viento.

Le molestaba que Shelley dijera con tanta ligereza que Tony ya no formaba parte del Bosque Birnam; aunque, por supuesto, él mismo casi lo había confirmado la noche del *hui*, cuando votaron y resultó que «quienes estén a favor» eran todos menos él. «Me largo», había dijo mientras se levantaba y buscaba la chaqueta, con la mirada fija en Mira y el rostro enrojecido. «Y solo quiero decir que esto es una gran decepción. Estoy decepcionado, Mira, joder». Y después se dirigió a Amber: «Gracias por la comida, la sopa era deliciosa». Mientras la puerta se cerraba tras él de un golpe, alguien había preguntado: «¿Quién diablos era ese *tipo*?» y todo el mundo se había echado a reír. Mira se había sentido fatal; se había levantado para salir a la calle tras Tony, pero Shelley le había agarrado la mano con la intención de detenerla: «Vino a casa hace unas tres semanas», dijo en un intenso susurro mientras le regalaba una mirada de extraña súplica. «Vino al piso, no sé por qué no te llamó», y Mira había fruncido el ceño antes de asentir, soltarse de la mano de su amiga y deslizarse hacia la calle solo para ver que Tony estaba corriendo —*corriendo*— a una manzana del café. Lo había llamado un par de veces por su nombre, pero no se había girado, y entonces Shelley había aparecido a su espalda en el umbral, exhibiendo un nerviosismo inusual. «No sé qué ha pasado esta noche», le dijo. «Parecía una persona diferente».

A Mira no le había dado esa impresión. Quizá tenía la barba más espesa, la mirada más adusta y los rasgos un poquito más maduros, pero poseía la misma energía beligerante, la misma indignación justiciera, el mismo fervor revolucionario; en el instante en el que sus ojos se habían posado en él, de hecho, se le había hundido el corazón en el pecho, pues era muy consciente de que, de todas las personas del mundo, él era el peor público posible para lo que había venido a comunicar aquella noche; había estado absolutamente convencida, sin la más mínima duda, de que Tony se sentiría asqueado con su anuncio, asqueado ante la perspectiva de colaborar con Lemoine, asqueado ante la misma idea de Lemoine; y había acertado de pleno. No, seguía siendo el Tony de siempre, pensaba Mira ahora, en una protesta amarga. No era una persona diferente. La que había cambiado era ella.

De todos los errores e indiscreciones que Mira había cometido en la vida, de todas las meteduras de pata sociales que revivía cuando estaba cansada pero no podía conciliar el sueño, los rencores mezquinos a los que se había aferrado, los actos de egoísmo y cobardía, los terribles momentos en los que se había exhibido su vanidad, las vergonzosas ocasiones en las que no había logrado acudir al rescate de alguien, o poner la otra mejilla, u olvidar un insulto, de todos esos recuerdos, la noche de la fiesta de despedida de Tony se llevaba el primer puesto. Hubo una época, durante las semanas siguientes a que él se marchara al extranjero, en la que pensaba casi constantemente en su último encuentro —al menos la parte de la que se acordaba— con un autodesprecio imposible de soportar.

¿Qué esperaba? ¿Que si se acostaba con él no se iría? ¿Que cambiaría de idea, rompería los billetes, renunciaría a su sueño de ver el mundo por ella? Se ruborizaba al admitirlo, se ruborizaba al recordar lo estupefacto que se había quedado cuando Mira lo tomó del brazo y lo guio por aquella ladera alfombrada de hierba en dirección a la oscuridad; lo vulnerable que le había parecido, casi desconcertado, cómo la respiración se le quedaba atorada en la garganta —y, después, cuando todo hubo terminado, cómo ella se había levantado para dejarlo allí—; no, cómo ella había *deseado* dejarlo allí, cómo se había acostado con él precisamente para concederse la *oportunidad* de dejarlo, precisamente para que fuera *él* a quien *ella* dejaba atrás. Había vuelto al interior de la casa y se había servido otra bebida, y luego otra, y otra, y otra, y otra, y otra a la vez que bailaba para no tener que hablar con nadie, y asentía para no tener que escuchar, mientras evitaba a Tony, sonreía, se giraba, se mecía, dejaba pasar el tiempo consciente de que, si decía algo a alguien, si volvía a abrir la boca para hablar, se le quebraría la voz y empezaría a llorar. Se había despertado al día siguiente con temblores incontrolables, palpitaciones de cabeza, el corazón acelerado, con tanta resaca que apenas podía moverse, y por supuesto, Shelley se había encargado de cuidarla. Había sido Shelley quien había limpiado su vómito junto a la cama y le había preparado té con leche y azúcar, y el baño, y Mira se había sentido tan avergonzada, tan débil, y tan triste y tan desesperada porque el avión de Tony ya hubiera despegado, porque no la hubiera llamado, porque se hubiera marchado, que se consoló contándole a Shelley una versión contorsionada de la historia, exagerando su embriaguez y diciendo que apenas recordaba nada mientras se fingía desconcertada de que Tony hubiera elegido *esa* noche, la noche antes de marcharse lejos, para expresar sus sentimientos; claro, esto venía de largo, como todo el mundo sabía, pero ¿acaso no volvía incluso más cobarde la decisión de Tony de elegir justo ese momento? Y, si lo pensabas con calma, ¿hasta más cruel? Pero entonces negó con la cabeza como si desdeñara todo el asunto y lo tachó de desventura juvenil, un incidente estúpido pero inofensivo, y enterró la conciencia de que su mayor miedo era que cuando Tony volviera a casa, si es que volvía, la vería por lo que ella siempre había temido ser: un pez vulgar en una pecera pequeña y bastante estancada.

—En realidad tengo un par de ideas —dijo Shelley cuando volvió—. Para el nombre.

—Ah, ¿sí? —Mira juntó las asas del cubo de silicona para que el extremo formara un pitorro y el agua se deslizara hacia el suelo.

—Sí. Al principio, pensé, vale, una traducción directa de Bosque Birnam, algo como «el bosque en movimiento». Que es *Te Ngahere Neke* o *Te Ngahere e Neke Ana*. Que, bueno, está muy guay, pero es difícil de pronunciar si no hablas maorí. Entonces llegué a la conclusión de que en realidad no expresa a lo que nos dedicamos (la cuestión de la jardinería), así que se me ocurrió: *Te Māra Neke*, «el jardín en movimiento».

—*Te Māra Neke* —repitió Mira. Volcó del todo el cubo y se quedó mirando cómo se filtraban las últimas gotas de agua.

—Eso es. *Te Māra Neke* —dijo Shelley—. ¿Qué te parece?

—No lo sé —respondió Mira—. Creo que me hace falta meditarlo un poco más.

—Guay —dijo Shelley—. Oye, pero, una cosa más importante: ¿te parece que este suelo es lo suficientemente friable?

—Es lo más friable que he visto en mi vida —dijo Mira—. Vale, me parece que vamos genial.

Mira dejó a Shelley a cargo de plantar las semillas de zanahoria y fue a actualizar el calendario de siembra. De pronto, se sentía tan culpable que temía que se le escaparan las lágrimas.

Mira no había sido del todo honesta cuando le vendió su propuesta al Bosque Birnam. Le habría gustado decir que fue por culpa de Tony, que su presencia en el *hui* la había tomado por sorpresa y que, ante la hostilidad de sus ademanes y su manera tan combativa de expresarse, se había visto obligada a ponerse a la defensiva; pero lo cierto era que antes de llegar a la cafetería aquella noche ya había decidido callarse algunos detalles. Los Darvish, por ejemplo, que, por lo que ella sabía, no tenían ni idea de lo que estaba sucediendo en la granja a sus espaldas; Lemoine le había dicho que la tierra no le pertenecía aún, y que, de momento, solo había pagado la fianza. Había llegado a la conclusión de que, puesto que muchos miembros desconocían por completo que el Bosque Birnam tenía una historia de allanamientos, contar la verdad no habría hecho más que dar pie a un largo y tedioso debate sobre cuándo y cómo era apropiado infringir la ley, y le daba tanta ansiedad que Shelley estuviera a punto de marcharse —y nunca había soñado con una oportunidad como esa— y, después de todo, no era más que un engaño parcial, puesto que los Darvish habían dado permiso a Lemoine para disponer de la granja en su ausencia, incluida la casa, y lo habían animado a ponerse cómodo. Por supuesto, no había garantías de que su hospitalidad se extendiera al Bosque Birnam, pero cuando le había planteado la cuestión a Lemoine, se había limitado a encogerse de hombros y sonreír mientras decía que pensaba que Mira se definía a sí misma como anarquista, ¿acaso el peligro no constituía un atractivo adicional?

Mira sabía que una gran proporción de los milmillonarios del mundo eran psicópatas, y también sabía que una de las principales características de la psicopatía era la tendencia al engaño. Era posible que Lemoine ni siquiera hubiera conocido a los Darvish. Quizá también estaba allanando su morada. Quizá quería adquirir el Bosque Birnam para destruirlo, o estaba buscando pérdidas para desgravarse impuestos; a lo mejor su plan consistía en agotarlos hasta que se destruyeran solos. O, quizá, nunca había tenido la intención de invertir en ellos. Tal vez había usado la oferta como un cebo —o se estaba intentando acercar a ella por un motivo distinto— o quería tenderle una trampa o jugar con ella por mera diversión. Quizás estaba mal de la cabeza. O tenía planes de asesinarla. O puede que de asesinar a todo el grupo. Mira intentó regañarse a sí misma, pero incluso en sus momentos más severos no lograba reprimir la certeza de que la única persona que había mentido al Bosque Birnam sobre la granja Darvish con certeza era ella.

Les había dicho a los demás que no podían acercarse a la casa y les había explicado que estaban sometiendo a evaluación al Bosque de Birnam como iniciativa completamente nómada y autosuficiente, y que Lemoine quería que trabajaran de manera autónoma; también les había pedido que intentaran pasar desapercibidos cuando fueran a la ciudad, añadió Mira, para no desaprovechar la oportunidad de causar una primera impresión como negocio. «Es para tener controlada la narrativa», les dijo Mira; «no quiere que nos demos a conocer antes de tiempo y de que todo esté preparado». Y, un poco para su sorpresa, nadie puso objeciones. Le había preocupado que alguien se preguntara por qué la casa estaba completamente amueblada, por qué seguía habiendo botas en el porche, de varias tallas, por no mencionar la enorme foto de la familia Darvish sobre la repisa de la chimenea del salón; pero era evidente que nadie se había acercado tanto como para curiosear por las ventanas y no había surgido el tema. Montaban las tiendas dentro del cobertizo de esquila y cocinaban con gas embotellado detrás de los aleros, y, después de varios días de apañárselas como podían, votaron a favor de alquilar un baño ecológico y una ducha de agua fría de acampada, para ahorrarse tener que zambullirse en el lago; incluso con un descuento mensual constituiría el gasto más grande en la historia del Bosque Birnam y Mira sintió un aguijonazo al pensar en el cuarto de baño de los Darvish, vacío y sin usar, justo arriba de la colina… Pero votó igual que la mayoría y se mordió la lengua. Shelley había gestionado el alquiler. Le había preguntado si debía poner el nombre de Lemoine en la factura, puesto que los servicios se usarían en su dirección; Mira había fingido pensárselo y después respondió con un aire casual que sería mejor que no, ya que todavía no se había anunciado oficialmente que Lemoine había adquirido la granja, y sería una situación peliaguda si alguien de la empresa de alquileres reconocía el nombre y se expandían los rumores. Shelley aceptó esto con naturalidad; tenía tan pocas sospechas, de hecho, que contrató el envío con la tarjeta de crédito de Mira y su información de contacto, lo que causó cierta ansiedad a Mira, hasta que varios días después llegaron dos cubículos a la puerta principal y Mira le preguntó con discreción al conductor si podía olvidarse de la factura y pagar en metálico, lo que puso de tan buen humor al hombre que

Mira supo que pretendía eliminar la transacción de su registro y quedarse con el porcentaje de los impuestos.

Solo quedaban tres mil dólares de los diez mil que le había regalado el milmillonario. Mil se habían empleado en cupones de gasolina para el grupo de los fines de semana y otros dos mil en comida: sobre todo, alimentos no perecederos, aunque además de las interminables bolsas de arroz y pasta de marca blanca, las latas de garbanzos y frijoles, los sacos al por mayor de avena y leche en polvo, los tarros gigantes de mantequilla de cacahuete y los bidones tamaño restaurante de vinagre y aceite de oliva, Shelley también había comprado aceitunas rellenas, y kimchi, y anchoas y tomates semisecos, y conservas exóticas y galletas de las buenas y chocolates y mezcla de tortitas y salsas y patatas fritas y gominolas de nubes para asar en la hoguera y carnes curadas y quesos duros, un café decente y cultivos de kombucha y fruta confitada; años de coordinar a los voluntarios de Birnam le habían inculcado la firme creencia de que no había nada más beneficioso para la armonía grupal que asegurarse de que hubiera comida buena en abundancia y, siguiendo el mismo principio, había hecho un pedido de mil dólares a una licorería. Era obvio que Shelley se lo estaba pasando bomba disponiendo de dinero que quemar, pero Mira jamás había gastado una cantidad semejante en una sola semana y, en secreto, la horrorizaba lo rápido que se estaba agotando la financiación. Según la tradición del Bosque Birnam, organizaban todas las tardes una reunión horizontal para ponerse al día y se aseguraban de que todas las decisiones importantes estuvieran sometidas a voto, pero los debates eran mucho menos participativos ahora que tenían dinero a mano y, de momento, todas las mociones propuestas por el grupo habían sido aprobadas. Hasta la fecha habían comprado un frigorífico de acampada, una barbacoa de seis fuegos y un enrutador portátil equipado con una suscripción temporal a internet y un generador de energía solar para cargar los móviles, y un cargamento de madera para la hoguera que habían encendido a sotavento del cobertizo. Y con cada adquisición, su campamento se volvía un poco más estable, y un poco más sospechoso, y un poco más incriminatorio en caso de que —Mira rezaba para que no sucediera— los Darvish volvieran a casa.

En aquel momento había siete miembros del grupo viviendo en la granja, aunque nadie aparte de Mira y Shelley se había comprometido a permanecer en Thorndike más allá de finales de mes. El trabajo y los compromisos familiares habían impedido que la mayoría del Bosque Birnam viniera allí; los que habían podido permitirse el viaje eran autónomos, desempleados temporales o de una familia rica o —como solía suceder— las tres cosas. Hayden Michie y Katrina Hunt, ambos actores, habían hecho un tour por las prisiones nacionales para enseñar teatro a los presos y pronto tendrían que regresar a casa para empezar los ensayos de una producción veraniega de *Cabaret*; Aaron Chang era dramaturgo y amigo de la universidad de Hayden; Natalie Ormison acababa de terminar un doctorado en antropología y estaba solicitando becas posdoctorales en el extranjero; y Jessica Barratt, una artista visual, iba a mudarse a Wellington en octubre para cubrir una baja de maternidad en el museo nacional; mientras tanto, trabajaba como redactora publicitaria, lo que podía hacer en remoto desde la granja. Mira no conocía demasiado bien a ninguno de ellos y, quizá nunca hubieran llegado a romper el hielo colectivo, por llamarlo de alguna forma, si no hubiera sido por la incipiente atracción entre Aaron y Jessica, que habían estado sonriéndose como tontos el uno al otro casi desde la primera vez que se vieron. Habían empezado a inventarse excusas cada vez más vagas para pasar tiempo a solas, y sus largas ausencias se habían convertido de inmediato en una broma compartida, que otorgaba a los demás una sensación parental, una tierna oportunidad de recordar romances pasados y un drama en directo en el que involucrarse, más o menos irónicamente, como grupo.

Aquella tarde —era lunes— los dos habían ido a comprar huevos en el coche de Aaron. Hayden y Katrina estaban en el cobertizo poniéndose al día con los e-mails, mientras que Natalie se echaba la siesta. Mira fue a por la bolsa de irrigación y la azada de mango largo, con la intención de caminar hasta la valla norte para echarles un vistazo a los cultivos que había plantado hacía un mes, cuando estuvo acampando sola, aunque era sobre todo un pretexto: la conversación con Shelley la había dejado de un humor sinuoso, de autodescubrimiento, y quería pasar un rato sola con sus pensamientos.

Cuando llegó a la explanada, descubrió que solo unas pocas de las lechugas sembradas al voleo habían echado raíz. Contó seis cálices, a una semana de estar listos para la recogida, con las arrugadas hojas color pastel tornándose marrones, pero las remolachas y espinacas estaban prosperando y teñían el borde de hierba amarilla del prado con intermitentes burdeos y verdes. Siguió avanzando por la hilera con la varita de irrigación en una mano, mientras con la otra escardaba y, según trabajaba, sus pensamientos vagaron al día que había cavado el surco; el día posterior a su primer encuentro con Lemoine, de hecho, cuando, a última hora de la mañana, había oído el ruido de un motor y alzado la vista para ver su avión sobrevolando la cordillera de Korowai y, después, hundir un ala para trazar un círculo sobre ellas. El avión había desaparecido entre las copas de los árboles y, un rato más tarde, Lemoine había aparecido en persona sobre la cima de la colina y había bajado a pie por el campo en dirección a ella. Vestía, igual que antes, un traje simple y una gorra de beisbol sin marca, y Mira vislumbró la imagen de un armario empotrado con docenas y docenas de trajes idénticos en perchas de madera colocadas de manera uniforme en los rieles, todo sosegado e inmaculado, con iluminación en cada estantería como las vitrinas en los museos. Movió la cabeza y siguió cavando, obligándose a no reaccionar, a no ser la primera en hablar, a no delatarse en esta ocasión, pero caminó hasta ella y se sentó en el suelo, para luego cruzar las piernas y ponerse las manos en las rodillas y, cada vez que se movía, Mira captaba el leve aroma de su loción de afeitado, con toques de hinojo y pimienta que flotaban en el espacio entre ellos, y no fue capaz de contenerse; se dio la vuelta y lo miró.

—Bueno, el Bosque Birnam —dijo cuando sus miradas se cruzaron—. Cuéntame todo lo que haya que contar. Empieza por el principio y no te calles nada.

Mira no había respondido de inmediato.

—Es curioso —dijo, con cautela, desviando la mirada al espacio entre las rodillas—. Sé que te comenté que era parte de un colectivo, pero juraría que no mencioné el nombre.

—¿No?

Mira se lo quedó mirando de nuevo.

—No —respondió—. De hecho, estoy segura. Nunca dije el nombre. Me acordaría.

—¿Y eso qué te sugiere?

—Supongo… que los dos hemos buscado al otro en Google.

Lemoine sonrió ante aquella admisión tácita.

—Bueno, sin duda es mejor que buscarse a uno mismo.

Mira se sintió avergonzada; para esconderlo, endureció la mandíbula y lo miró de reojo para distanciarse de él.

—¿Qué quieres saber sobre el Bosque Birnam?

—Supongo que has descubierto quién soy.

—He descubierto *lo que* eres —corrigió Mira con cierto desprecio—. No quién.

—Es una distinción interesante. Quizá pueda ayudarte a rellenar los huecos. —Seguía sonriendo—. Tengo mucho dinero.

—Ah, sí —dijo ella—. Me ha quedado claro.

—Y me gustaría daros una parte.

Mira lo escudriñó con la mirada.

—Cuéntame sobre el Bosque Birnam —dijo Lemoine—. Véndemelo. El concepto entero. Lo que es, lo que podría ser. Lo que quieres conseguir con él. Todo lo que siempre has deseado. Cuéntamelo.

Pero ella tenía el ceño fruncido.

—No lo entiendo.

—Creo que estoy siendo muy claro. He estado investigando tu colectivo, como has dicho, y he descubierto algunas cosas; me intriga, y te estoy pidiendo que me lo desarrolles como concepto.

—Te habrás dado cuenta de que nuestros estatutos son explícitamente anticapitalistas —dijo Mira.

—Ah, ¿sí?

—Y tú eres un inversor *de capital de riesgo*. Lo dice literalmente en el título.

—Aliados inusuales —contestó Lemoine—. Despierta interés. ¿No crees?

—No —dijo ella—. Claro que no. Para nada.

—Así que tenéis estatutos —dijo complacido exhibiendo una sonrisa.

Mira se alejó de él.

—¿Qué pretendes conseguir? —preguntó—. ¿Qué es todo esto?

—Es una invitación —respondió Lemoine.

—Pero ¿es una especie de estrategia de control de reputación? ¿Ha venido un grupo de discusión y te ha dicho que te hicieras colega de los socialistas para distraer de alguna mierda ilegal que hayas hecho?

—Ningún grupo de discusión me ha dicho nunca lo que tengo que hacer —dijo entre risas—. Y si a alguno se le ocurriera, te aseguro que haría lo contrario.

Mira no dijo nada. Estaba escudriñando el rostro de su interlocutor, intentando comprenderlo.

—Así que no os hace falta dinero —dijo tras una pausa.

—De ti, no.

—Oh, pero soy muy consciente de que el mundo se va a la mierda —dijo moviendo la mano en un gesto de desdén—. Sé que el mundo está ardiendo. Y es porque somos increíblemente egoístas y avariciosos y contaminantes. Lo sé. —Se quedó mirando el campo durante un instante, con una sonrisa meditativa antes de añadir—: De hecho, tengo planes de pasar la peor parte en esta granja. Cuando llegue el apocalipsis, si es que viene algún día. Voy a poner un búnker. Justo ahí.

Mira no siguió la dirección que estaba señalando.

—Felicidades —contestó.

—Muchas gracias —dijo él—. Háblame sobre el Bosque Birnam.

Mira lo observó con suspicacia.

—¿Por qué?

—Bueno —empezó él—, suelo apostar a largo plazo por la economía colaborativa, y nunca había visto una organización parecida a la tuya, y por lo que he podido encontrar en Google —hizo una pausa, exhibiendo una sonrisa traviesa—, creo que tiene potencial. Y, a nivel personal, me gustan vuestras agallas. Lo encuentro atractivo.

—¿Y?

—¿Y qué?

—¿Y cuál es el motivo real?

La observó divertido.

—¿Qué te hace pensar que hay otro motivo?

—No sé —contestó Mira—. Supongo que pareces el tipo de persona con motivaciones ocultas.

—¿Por lo que soy? ¿O te estás empezando a figurar quién soy?

—Empiezo a hacerme una idea.

—Que Dios me ampare.

—Eres milmillonario —dijo Mira—. Estoy bastante segura de que está de tu lado.

Lemoine soltó una carcajada.

—Vale, tienes razón —dijo en un tono alegre—. *Tengo* un motivo real. Ahí lo llevas. Creo que Owen Darvish es un imbécil redomado y eso me predispone favorablemente hacia la gente que pretende robarle. Eso es todo.

—¿Y por qué haces negocios con gente que te parece imbécil?

—Bueno, *esa* pregunta es mucho más estimulante —dijo riendo de nuevo.

Mira desvió la mirada. Estaba decidida a no dejarle ver cuánto la tranquilizaba que se riera. ¿Acaso no significaba eso que no era un psicópata? Su padre le había regalado un ejemplar de *El test de psicopatía* unas Navidades (ya lo había leído y se había divertido diagnosticando por turnos a todos sus familiares) y le sonaba que uno de los puntos de la lista era ser incapaz de reírse. ¿Lo recordaba bien? ¿O se estaba equivocando? En fin, en cualquier caso, pensó, con más severidad, ser encantador era una señal inequívoca —una de las malas— y Lemoine era puro encanto. Se daba cuenta de que se la estaba metiendo en el bolsillo.

Seguía mirándola.

—Muy bien —dijo tras un rato—. Esta es toda la verdad. Hace unos meses le presenté a Owen Darvish una oferta por la granja. Era una cifra bastante grande y decidió que probablemente podría sacarme un poco más y me dijo que solo me la vendería si aceptaba financiar un proyecto secundario que tenía en marcha. Algo relacionado con la conservación. No me importaba el proyecto, pero quería el terreno, así que le contesté que me parecía bien, que llegaríamos a un acuerdo, y empezamos a negociar. Durante este proceso, les pedí a él y a su mujer que firmaran un acuerdo de confidencialidad. La privacidad es una cuestión vital para mí, por varias razones, y les dejé claro que no quería que ninguno de ellos hablara sobre nuestro acuerdo con nadie hasta mucho después de que cerráramos el asunto. Owen Darvish decidió interpretar esta petición de manera selectiva, por el tipo de imbécil engreído que es. Pensó que mientras no mencionara mi nombre podía hablar de su proyectito todo lo que quisiera sin quebrantar los términos del acuerdo de confidencialidad. Quiso reírse de mí en mi cara. Eso me ha cabreado bastante y estaba buscando una forma de devolvérsela. Uno de los principales motivos por los que quiero financiar vuestra iniciativa es porque sé lo muchísimo que lo destrozaría si el Bosque Birnam se convirtiera en el próximo bombazo, que lo *será*, y tú, Mira Bunting, pasaras a ser una celebridad en este país, lo que va a *suceder*, y, después, saliera a la luz que todo empezó aquí, en sus narices, pero no tiene nada que ver con él y que ni siquiera estaba enterado. Nada irritaría más a un tipo como él que verse condenado a la irrelevancia por una veinteañera anarquista plantando vegetales a sus espaldas, por lo que encuentro la perspectiva increíblemente deliciosa.

Mira había dejado de fingirse indiferente y poco impresionada; ahora lo observaba con fascinación.

—Así que soy tu venganza —resumió.

Lemoine volvió a sonreírle.

—Exacto —respondió—. En caso de que quieras serlo.

—¿Eres un psicópata? —preguntó.

Fingió pensar al respecto.

—Bueno —dijo, meditativo, golpeándose la barbilla con el dedo—. ¿Cómo respondería un psicópata?

Las conversaciones entre ellos nunca duraban demasiado tiempo. Una vez que Mira lo conoció mejor, se volvió capaz de anticipar el momento exacto en el que su intenso embelesamiento con lo que ella le contaba se evaporaría de pronto, y se volvería inquieto y cortante. A menudo la interrumpía a mitad de una oración para anunciar que iba a marcharse y se levantaba de inmediato y se iba. «Menudos modales de mierda, oye», le gritó la primera vez que lo hizo, pero no dio muestras de haberla escuchado y a Mira le dio demasiada vergüenza sacarlo a relucir en su siguiente encuentro; como a todos los que se enorgullecían de sus habilidades para el debate —o, quizá, como todos los que se enorgullecían de sus habilidades de seducción—, Mira sentía un horror instintivo ante la posibilidad de que la consideraran un fastidio y, a pesar de lo que fingía, él todavía la asustaba bastante. Lo compensaba adoptando una actitud dura y desdeñosa, negándose a reír cuando decía algo un poco divertido, y adaptando su estilo conversacional para que se pareciera más al de Lemoine: disparando una pregunta afilada en lugar de un saludo y dando respuestas de manera elíptica cuando él contrarrestaba con su propia pregunta. Estaba tan decidida a demostrarle que había encontrado la horma de su zapato (pues así era como ella lo había expresado para sí misma, nunca decía que era *ella* la que había encontrado la horma de su zapato en *él*) que, aunque no hubiera desaparecido la corazonada de que él le escondía algo, tenía una sensación aún más fuerte de que sería ella —*tenía* que ser ella— quien lo descubriera.

—¿Por qué estáis tan obsesionados los milmillonarios con el survivalismo? —le preguntó la tercera o cuarta vez que se vieron—. ¿Es solo una carrera armamentística? ¿Es una competición para ver quién la tiene más grande? ¿O es que sabéis algo que los demás no?

—Ambas cosas —respondió con calma—. Por supuesto que es para ver quién la tiene más grande. Dime algo que no lo sea.

Intentó que se le ocurriera algo, pero después decidió que sería demasiado predecible.

—¿Y qué es lo que sabéis que el resto del mundo desconoce? —preguntó en su lugar.

—Sé lo fácil que es —dijo Lemoine.

Mira no lo seguía.

—¿Qué es lo que es fácil?

—Todo —dijo encogiéndose de hombros—. Enriquecerse. Seguir siendo rico. Ganar. Todo fue muy fácil. Solo he tenido que tomar lo que quería y era mío. Decía lo que quería y la gente me lo proporcionaba. Hice lo que quería y nadie me lo impidió. Muy simple. Y si ha sido fácil para mí, puede serlo para cualquiera, y ese es un pensamiento espeluznante. Aparte de todo lo demás, sería imposible. No todo el mundo puede estar en la cima o ya no sería la cima, ¿verdad? Es un hecho.

»He estado en las ciudadelas del poder —añadió—. He comido en las mesas altas; he visto lo que hay detrás de las puertas que nunca se abren. Todo el mundo es igual. Alcanzas cierto nivel y todo es igual: todo va de suerte y vacíos y estar en el lugar adecuado en el momento adecuado, y la tasa de crecimiento se encarga del resto. Por eso todos estamos construyendo barricadas. Es por si el resto de vosotros os dais cuenta de lo increíblemente fácil que ha sido para nosotros llegar hasta donde estamos.

—Joder —respondió Mira—. Eso es muy turbio.

—Bueno, si te resulta demasiado deprimente recuerda que no es más que una competición para ver quién la tiene más grande.

—Todo eso me resulta increíblemente repugnante —dijo Mira—. Y tan *infantil*. Al final todo se reduce a querer poner el planeta patas arriba, pero sin asumir la responsabilidad de arreglar el desastre, así que, en lugar de eso, os construís pequeñas fortalezas para que cuando caiga la mierda, podáis huir y esconderos y nadie pueda responsabilizaros por vuestros actos. ¿Verdad? O sea, la gente se caga en lo del «Estado niñera», pero ¿qué tipo de persona monta un pedazo de desastre y tiene que ir a buscar a otra persona para que limpie? Un bebé. Alguien que tiene una niñera.

—No me gusta el término «Estado niñera» —dijo Lemoine—. Me parece misógino.

Mira lo fulminó con la mirada.

—¿Me estás troleando?

—Solo quería encontrar cosas en común entre nosotros.

—¿De verdad crees que va a suceder un apocalipsis? —preguntó Mira—. ¿Mientras sigas vivo?

—Tengo intenciones de vivir una vida muy larga —dijo Lemoine con una sonrisa.

—Pero estás haciendo planes para ello. Tienes un plan y todo.

—Hago muchos planes —repuso.

—Esto es lo que no entiendo —dijo Mira—. Está claro que has dedicado un montón de tiempo y energía a la idea de una futura catástrofe global. Pero cuando empleas tanto tiempo preparándote para este tipo de escenario tan particular, a cierto nivel estás deseando que suceda, ¿verdad? Es decir, le estás dedicando mucho esfuerzo, estás construyéndote un búnker y almacenando muchas armas y comida de astronauta y medicina y todo lo demás y, después de hacer todo eso, debe de haber una parte de ti que no *desee* que las cosas salgan bien. Quieres que llegue el apocalipsis porque eso demostraría que tenías razón al no confiar nunca en nadie. Mientras que, si las cosas *mejoran*, en vez de empeorar, si la gente comienza a *colaborar* y *olvidar* las diferencias por el bien común y todo eso, si *eso* sucede, vas a parecer un imbécil paranoico con pocas luces, ¿verdad?

—Nunca me he parado a pensarlo —dijo Lemoine, encogiéndose de hombros.

—Y lo *peor* de todo es que probablemente esté en tu mano *mejorar* las cosas. En toda la historia, nunca ha existido un grupo de personas mejor equipado para evitar la catástrofe que los milmillonarios de hoy en día. La tecnología a la que tenéis acceso, los recursos, el dinero, la influencia, los contactos. Literalmente nadie en *toda la historia* ha tenido más poder. *Nunca.*

—Sí, somos como dioses —coincidió sin mostrar expresión alguna—. Pero los dioses son caprichosos, Mira. No hacen siempre lo que quieres de ellos. Actúan de manera misteriosa.

Mira se quedó tan sorprendida que se echó a reír.

—¿De verdad me estás diciendo que piensas que eres un *dios*? ¿Sin ironía ni nada?

La miró sin parpadear siquiera.

—Lo capto —respondió—. Quieres que pida perdón por mi existencia. Quieres que me arrodille ante ti, suplicante, y te ruegue perdón por todo lo malo y avaricioso que he hecho y quieres que diga que me arrepiento y quieres que done todo mi dinero, porque, al fin, tras todos estos años, *al fin*, te he conocido y he visto la luz. ¿Es lo que quieres?

—Suena muy bien —dijo Mira—. Para empezar.

—En otras palabras, *tú* también quieres ser una diosa.

Mira bufó.

—Oye, yo no soy la que pretende vivir para siempre. No soy una survivalista —protestó Mira—. No soy una puta tecnofuturista. Sé que me voy a morir. He hecho las paces con ello.

—Has hecho las paces con ello porque piensas que no tienes otra opción —dijo Lemoine.

—*No* tengo otra opción. Se llama ser humano.

—Y si descubrieras que *hay* otra opción, cambiarías de idea. Eso también es humano.

La siguiente vez que lo había visto, lo había saludado diciéndole:

—¿Te das cuenta de que, en teoría, somos enemigos mortales?

—¿En la teoría de quién? —había replicado él.

Solo había volado allí una vez desde que regresó a Thorndike, para presentarse al resto del grupo y dar su bendición no oficial al proyecto, y, aunque había causado una buena impresión general, al repetir los nombres de todo el mundo, mostrar un interés profesional en sus operaciones, hacer preguntas breves e inteligentes y desearles buena suerte a todos, para cuando Mira se despidió de él una hora más tarde, tenía las ropas empapadas de sudor; y no un sudor rutinario, de cansancio rutinario, sino un sudor extraño, agudo y animal que rezumaba terror y excitación. Después, se había sentido tan agitada y exhausta que se había metido dentro del saco de dormir y conciliado el sueño enseguida. Había sido tan extraño, después de tantos encuentros cara a cara, verlo en un contexto social; quizás él se había sentido igual, ya que cuando se despidieron, le dijo con franqueza que no iba a pasarse tan a menudo ahora que no estaba sola. Había despertado un par de horas más tarde envuelta en el hedor a plástico y repollo de la tienda de campaña con la certeza mortal de que había fracasado de algún modo, que él había esperado que algo sucediera entre ellos y, ahora no pasaría —o no podía pasar—, porque ya no estaba sola.

En las semanas desde que había conocido a Lemoine, Mira había albergado la fantasía recurrente de que él le imploraba que le permitiera acostarse con ella, solo para recibir un rechazo asqueado. Mira era consciente de que era un escenario imaginado muy presuntuoso. Tan presuntuoso que le daba vergüenza. Era excesivamente pueril. Ni siquiera era sexi. Apenas había interacción entre sus cuerpos. Pero, aunque aquella fantasía la avergonzaba, cada vez que su imaginación volvía a sobrevolarla, nunca impedía que la escena se desarrollara en su cabeza. Había imaginado incontables versiones: a veces Lemoine intentaba besarla, a veces le decía que la amaba, a veces intentaba negociar con ella, a veces sucedía una eyaculación precoz, a veces le ofrecía dinero, a veces lloraba. Lo único que permanecía inalterable era su reacción. Siempre se mostraba avasalladora, siempre altiva, siempre fría. Sabía que probablemente significara que padecía de una represión sexual incorregible o algo peor —sin duda decía algo malo de ella que su fantasía sexual recurrente apenas fuera sexual— y, por tanto, había tomado la decisión de que, si Lemoine se le *insinuaba*, *no* lo rechazaría, solo para demostrar a su subconsciente que *no era* narcisista, *no era* ingenua y *no era* una mojigata.

Mira cortó las hierbas de raíz y las hizo girar, cortar y girar, cortar y girar, cortar y girar. Casi había llegado al final de la hilera cuando oyó el ruido de un motor y miró entusiasmada hacia arriba, pero el cielo estaba vacío; un instante después, volvió a sonar aquel ruido a su espalda y se dio la vuelta para ver que se trataba de Aaron y Jessica, que volvían de hacer la compra, el coche aceleraba con dificultad mientras se bamboleaba por la carretera en dirección al cobertizo y desaparecía de la vista. Lo observó desaparecer con remordimientos y, entonces, avergonzándose de sí misma, alzó la vista de nuevo más allá del risco, escudriñando el cielo con atención esta vez, como para dar la impresión, para cualquiera que los estuviera observando —lo que era ridículo, nadie la observaba—, de que la había alertado el sonido de una cosa distinta. Entonces dio un brinco, porque frente al cielo se alzaba la silueta de un solo hombre con una chaqueta roja; llevaba una mochila grande y caminaba a gran velocidad hacia el sur por el risco, y aunque estaba demasiado lejos para discernirlo, había algo en su andar y en sus proporciones que le resultó extrañamente familiar. Mira se hizo una visera con la mano para ver mejor. La distancia entre ambos era demasiado grande y sería absurdo decir que lo había reconocido —en realidad, habría podido ser cualquiera—, pero durante un momento raro, fugaz e inexplicable habría apostado cada dólar que había tocado en su vida a que se trataba de Tony.

—¿Diez millones? —se indignó Lady Darvish—. Era una cifra un poquito más *alta*, muchas gracias. —Puso un par de platos de fetuccini en la mesa y volvió a la cocina a por el molinillo de pimienta.

—No dio ni una —dijo sir Owen—. Primero se equivocó de precio. Y luego empezó a desvariar sobre una investigación de alto secreto en Korowai…

—No sabemos si es de alto secreto.

—Yo sí —dijo sir Owen, echándose para atrás mientras ella le molía pimienta negra en el plato—. En cuanto dejé de hablar contigo, llamé a Jenny Scobee del Departamento de Conservación y le pregunté directamente. Solo para asegurarme.

Lady Darvish se sentó y agitó la servilleta.

—¿Cómo se lo preguntaste?

—¿Te refieres a lo que le dije?

—Sí.

Sir Owen miró hacia su plato sin dar muestras de haberlo visto.

—Le dije: «Oye, Jenny, perdón, sé que esto es un poco repentino, pero ¿podrías decirme si hay alguna prospección geológica del tipo que sea ahora mismo en Korowai? ¿Por encima del desprendimiento?».

—¿Y dijo que no?

—Se rio —dijo sir Owen—. Se puso en plan: «Por supuesto». Como si hubiera dinero para algo así en algún lado. Me dijo que se había quedado esperando a que siguiera con el chiste.

—Hay parmesano en ese cuenco —dijo lady Darvish.

Automáticamente, él alzó el cuenco y se sirvió un poco de queso.

—No tiene sentido —dijo.

—Bueno, quizá no lo sepa —dijo lady Darvish—. Al fin y al cabo, es una mera ¿qué?, ¿analista de políticas? No es como si fuera a saber todo lo que…

—No —la interrumpió sir Owen—. No me refería a eso. Es que Anthony usó la palabra «radiométrica». Eso es lo que no tiene sentido. No habría una zona de investigación en el terreno para eso, porque hoy en día se hace por el aire. Usan drones de largo alcance para eso. Eso es lo que te digo.

—Owen, este no es tu campo —le recordó lady Darvish—. Tal vez no entiendas…

—*Lo* entiendo, porque fue así como Autonomo llegó a Nueva Zelanda. Hicieron un estudio de todo el país en 2010. Incluso le pregunté a Robert por eso, la primera vez que lo vi. Era un contrato gubernamental muy jugoso. Una prospección geofísica por aire. Tanto magnética como radiométrica. El informe está en internet; al alcance de cualquiera. No hay motivos para hacer otro. Es gratis. Está disponible. Y es *geología*. No es como si los datos fueran a expirar.

—¿Me puedes pasar el parmesano, por favor?

Sir Owen se lo pasó.

—He mirado el informe —dijo—. Esta tarde. Pensé que a lo mejor habían encontrado un depósito de uranio, de litio, o incluso de oro… o no sé, *algo* que les hiciera querer volver para mirarlo de cerca.

—No estás comiendo —dijo lady Darvish.

—Es un informe largo y denso —dijo, mientras tomaba el tenedor para agitarlo en el aire—. Muy denso, al estilo de una auténtica publicación científica, con mapas de todo el país que muestran la coyuntura geológica, acre por acre. Así que he mirado Korowai y nunca adivinarías lo que hay bajo nuestros pies.

—Diamantes —dijo lady Darvish.

Sir Owen no sonrió.

—Solo rocas —anunció—. Tres tipos de roca. Eso es todo. La más corriente…

—Caliza —dijo ella.

—Exacto.

—Granito.

—Aciertas de nuevo. Y…

—No me lo digas —repuso lady Darvish, meditabunda—. Seguro que mi padre lo sabía. ¿Pizarra?

—Esquisto —dijo sir Owen—. Caliza, granito y esquisto.

—Muy bien, ¿y entonces?

—Entonces, nada. A eso me refiero. Es muy *corriente*. No hay nada allí. —Volvió a dejar caer el tenedor.

—¿Te gusta? —preguntó lady Darvish, señalando el plato de su marido con el tenedor.

—Está delicioso —dijo sir Owen—. Muy bueno, Jill, gracias.

—Owen, no lo has probado siquiera.

—Lo siento —dijo sir Owen, apartando el plato con un suspiro—. Es que estoy muy nervioso. Desde la llamada.

—Te estás comiendo la cabeza. Probablemente solo fue un error.

—Sabía que nos habían hecho una oferta por la granja. *Eso* no fue un error. ¿Quién diablos se lo había contado?

Lady Darvish soltó los utensilios y colocó las manos en la mesa con las palmas para abajo en el espacio entre ambos.

—Owen, piénsalo con calma durante un segundo. Quien quiera que sea este tipo, y no tenemos motivos para creer que sea *alguien*, es un periodista bastante malucho. ¿O no? Ya se ha equivocado con tres cosas. El precio estaba mal; dijo que había una zona de investigación en el parque, y no hay tal cosa; y la parte radiométrica, como dijiste, la ciencia del asunto, tampoco tiene pies ni cabeza.

Sir Owen agitó la cabeza.

—Pero me ha llamado *desde Thorndike*. Me contó que había estado en el risco y en el parque y dijo, explícitamente, que había hablado con un guardia de seguridad en la zona de investigación. En el parque nacional.

—Por encima del desprendimiento —dijo lady Darvish.

—Eso es.

—Muy bien, a lo mejor *hay* algo ahí, pero está relacionado con el desprendimiento —repuso ella—. Fortalecimiento contra terremotos, ¿verdad? ¿Quizá? O algún tipo de prueba, para que no vuelva a pasar nada igual. Ingeniería estructural o algo así. ¿Cuál es la diferencia entre la ingeniería estructural y la civil, por cierto? Creo que no lo sé.

—Pero entonces ¿por qué dijo que era radiométrica? —dijo sir Owen, ignorando la pregunta.

—Bueno, está escribiendo un artículo —dijo lady Darvish—. A lo mejor ha leído lo de ese estudio tan grande, en la web, igual que tú, y no lo recordaba del todo bien. ¿Verdad? Eso es plausible. Solo se ha confundido. Recuerda que este tipo no tiene credenciales, Owen. Podría ser tonto como un botijo.

—A mí me pareció bastante sagaz —dijo sir Owen.

—Y si la zona de investigación del parque *tiene que ver* con lo de la ingeniería civil —continuó su mujer, con más confianza— o estructural o lo que sea, algo relacionado con los desprendimientos, explicaría que no lo supieran en el Departamento de Conservación. ¿Ves? Problema resuelto.

—Pero es un terreno protegido. Necesitarían...

—A lo mejor se aplican reglas distintas en una emergencia. Van a reconstruir el viaducto, ¿no es verdad? ¿Y la carretera del paso?

—Creo que sí —dijo sir Owen.

—Ahí lo llevas —dijo lady Darvish—. Un departamento diferente. Me juego lo que sea a que es del todo plausible y legítimo, y Anthony se ha equivocado.

Sir Owen se mostró dubitativo.

—Pero ¿cómo se enteraron de que habíamos vendido la granja?

—Eso no te lo puedo decir —respondió la otra con firmeza—, pero esto es lo que sé. Si publica algo que no sea completa y absolutamente cierto al cien por cien, no importa dónde lo publique, aunque sea un blog diminuto sin lectores del que nadie haya oído hablar jamás, si no nos gusta, lo denunciamos. Nos abalanzamos sobre él por difamación como una lluvia de ladrillos y arrastramos su reputación por el barro, y nos aseguramos de que nadie crea una palabra de lo que escriba en su vida. ¿Verdad? Ahora come.

Sir Owen dio un bocado.

—Qué rico —dijo.

—A mi carbonara con salmón no le pasa nada.

—No, señora —dijo sir Owen.

El hecho de que lady Darvish conocía a su marido mejor que él mismo era una broma añeja entre ellos. En los restaurantes, siempre sabía lo que sir Owen iba a pedir antes de que él viera el menú y, cuando se iban de vacaciones, siempre adivinaba de antemano las cosas que se le iban a olvidar guardar en la maleta. Se sabía todas sus historias, todas sus teorías, todas sus bromas favoritas, y a menudo, cuando tenían compañía, había descubierto que podía predecir con tanta facilidad lo que estaba a punto de decir que, para divertirse, solía adelantársele por una fracción de segundo, y ponerse a narrar la misma anécdota, con la misma manera de expresarse, el mismo vocabulario y hasta el mismo énfasis. Él nunca se ofendía; simplemente empezaba a asentir entre risas y decía «ay, esa es buena» y «tenéis que escuchar esto». Parecía aceptar como un hecho consumado que Jill poseía una mayor comprensión de su vida interior que él mismo, y una memoria mucho más prodigiosa que la suya, y mejor instinto respecto a lo que le convenía a su marido, tanto sobre qué le convenía exactamente como la mejor manera de conseguirlo. Sir Owen se sometía a su mujer con entusiasmo y nunca se sentía más feliz, según parecía, que cuando ella le decía, a menudo con un ligero tono de regañina, lo que él recordaba, imaginaba y creía.

—¿Un baño? —le preguntó cuando terminó de comer.

—Baño y *whisky*, creo.

—Yo me encargo de los platos —respondió lady Darvish—. Vamos. Largo.

—¿Seguro? —preguntó, pero ya estaba recogiendo la silla.

Lady Darvish pensaba, sobre todo en los últimos años, que a sir Owen le enorgullecía un poco ser tan predecible para ella: lo exageraba, de hecho, caricaturizándose deliberadamente como un bruto tontito que era esclavo de sus instintos y de la fuerza de sus hábitos, que se habían ido limitando cada vez más con la edad; por el simple hecho de que sir Owen adoraba que lady Darvish le demostrara lo bien que lo entendía, adoraba ver cómo ella tomaba la caricatura para refinarla: mejorando el parecido, añadiendo profundidad y sutilezas, dándole sombras. Durante un tiempo, cuando sus hijos eran adolescentes, lo habían integrado en una suerte de dúo adorable: «Hemos llegado a esa fase del matrimonio», solía decir él, «en la que nos conocemos tan bien que Jill puede terminar mis…». «¡Cerveza!», lo interrumpía ella, o «¡cigarrillos!» o «¡pudín!», y él fingía exasperarse («¡Frases, mujer!») y todo el mundo se reía, ya que por supuesto, ahí estaba el meollo: ella siempre iba un paso por delante y aquel era el lugar que él quería que ocupara.

Lady Darvish se enorgullecía, y sabía que su marido también, de ser el tipo de pareja de la que la gente siempre hablaba como un juego indivisible. En sus momentos de vanidad, veía su matrimonio como una especie de servicio al bien público, una relación que los demás consideraban un ejemplo y, si alguna vez se separaban, estaba segura de que el terror y la desesperación se expandirían entre su familia y amigos, porque si *ellos* no lo lograban, el resto no tenía esperanza. Habían celebrado las bodas de plata en febrero del año pasado. Todos sus hijos eran gente de bien y tenían un buen trabajo. La mayor estaba casada y los pequeños prácticamente era como si lo estuvieran; los tres llevaban varios años en relaciones estables y llenas de amor. Respecto al dinero, les iba bastante bien y así había sido mucho antes del nombramiento de caballero o de que conocieran a Lemoine. Tenían un portafolio decente de activos, junto a dos amplios fondos de pensiones KiwiSaver, lo suficientemente grandes para que ambos se jubilaran a los sesenta si querían, pero no era el caso, porque los dos amaban sus trabajos, y adoraban ver al otro enfrentarse a desafíos y sentirse a gusto con lo que hacían. Todavía tenían salud, toca madera. Tenían buen aspecto, «o presentable, al menos», había dicho sir Owen; le gustaba asquear a sus hijos pasándose la mano por el rastrojo plateado que era su pelo mientras decía que cada vez que a lo largo de la vida un hombre hacía el amor con pasión una hebra de pelo se le tornaba gris. Y *eso*, pensó lady Darvish se quedaba corto, sin duda. Se querían el uno al otro. Se hacían reír. Eran buenos el uno para el otro. Eran felices.

Y, sin embargo —a veces a lady Darvish le daba la impresión de que había llegado a un punto de la vida en el que detrás de cada afirmación se escondía un obstinado «y sin embargo»—, la mediana edad los había cambiado de manera distinta; en los últimos años se había descubierto más permisiva y de mente abierta mientras que su marido poco a poco se volvía más convencional y adverso al riesgo. Era incuestionable que se estaban distanciando, pero no de la manera en la que solía usarse esa expresión, como preludio a una separación, que evidenciaba un alejamiento mutuo, una ceguera y una sordera creciente a las necesidades y deseos del otro, una mayor independencia e indiferencia, quizás una pila de agravios antiguos, una sensación anticipada de liberación, una obsesión por tomar la delantera y devolver las ofensas, ya que lady Darvish no había experimentado ninguna de esas cosas; si acaso, sentía que entendía a sir Owen de una manera más íntima, más tierna que en toda su vida. Simplemente podía ver con claridad el creciente abismo que se abría entre ellos. Se sentía igual que cuando veían una película o una serie de televisión que nunca habían visto antes y se descubría formándose dos impresiones paralelas en su mente: la suya propia y la que sin duda pertenecería a su marido, y entonces las comparaba para sí, en su interior, examinando las diferencias, e incluso hacía que ambas charlaran, así que lo que compartía con él en voz alta al final de la película o el episodio a menudo era una versión resumida de la mucho más inquisitiva y especulativa conversación que había sucedido en su cabeza. Aunque era raro que encontraran el tiempo de ver algo nuevo; sir Owen prefería revisitar sus favoritos, y lo único que lo tentaba a ir al cine era una película de acción de Liam Neeson o de James Bond.

La puerta del baño se cerró y el ventilador siguió girando. Un segundo más tarde oyó el sonido del agua, después el golpe de la tapadera del inodoro cuando la bajaban, y después un suspiro; ahora sir Owen estaría sentado, desabrochándose la camisa desde arriba sin prisa y contemplando cómo se llenaba la bañera. Lady Darvish mantuvo esa imagen de su marido mientras recogía los platos y llenaba el lavavajillas reflexionando que era natural, después de todo, que, de ellos dos, él fuera el más conservador hasta rozar lo mojigato. Llevaba en el mismo trabajo desde que era adolescente; la carrera de lady Darvish había sido mucho más variada y la había puesto a prueba en diversos ámbitos. Había recibido entrenamiento paramédico cuando acabó el colegio —conoció a sir Owen en una visita a domicilio— pero lo había dejado cuando tuvieron a Rachel, y poco después vino Liam, y luego Jesse, inquietos muchachos que habían nacido con once meses de diferencia. Cuando volvió a trabajar una década después, no había sido capaz de afrontar la idea de noches interminables de servicio y turnos consecutivos los fines de semana, así que había renunciado a sus estudios iniciales y empezado a trabajar en logística y operaciones, por casualidad, para una empresa de transporte, lo que a su vez le había abierto la puerta a una serie de puestos de representante de ventas, recursos humanos y, al cabo de un tiempo, incluso puestos directivos en los siguientes quince años o así. Había logrado salarios de seis cifras para cuando cumplió cincuenta, pero tenía la molesta sensación de haberle dado la espalda a su vocación demasiado pronto, así que lo dejó todo atrás para empezar su propio negocio. Desempolvó los libros médicos y volvió al lugar en el que había empezado, hipotecando la casa para pedir un préstamo, que había devuelto, gracias por preguntar; su empresa quizá no hubiera alcanzado el estrellato de Control de Plagas Darvish, que no había hecho más que crecer, pero se enorgullecía de que había conseguido que la suya diera beneficios, sin ayuda de nadie, en dos años. Ella era la única trabajadora de su empresa, que ofrecía cursos acreditados en primeros auxilios para profesores, cuidadores, entrenadores deportivos, clases prenatales, grupos de trabajadores y la policía; las clases variaban entre un entrenamiento básico sobre cómo usar un desfibrilador a lo que ahora se denominaba «primeros auxilios psicológicos». Era un trabajo flexible que le permitía dedicarle más o menos tiempo según le conviniese, así que cuando su padre murió y se mudaron a la antigua casa familiar de Thorndike había podido encontrar una nueva base de clientes al sur y seguir sin demasiadas molestias, aunque, como ya había previsto, había sido complicado convencer a sir Owen. Habían discutido durante meses todas las posibilidades sobre la mudanza, la perspectiva de desplazarse cada día para el trabajo y sobre el plan de subdivisión, hasta que una noche le dijo, con una súbita sinceridad que la había desarmado, que en realidad creía que se estaba resistiendo porque, en cierta manera, todavía no había aceptado que el padre de lady Darvish hubiera fallecido de veras.

Sí, pensó, dándose la razón a sí misma, mientras colocaba la botella de *whisky* en su sitio en la estantería junto al microondas y tomaba la esponja para limpiar la encimera, sí, tenía todo el sentido del mundo que sir Owen fuera más recalcitrante que ella. Sir Owen siempre había sido su propio jefe, siempre había estado en la misma empresa y en el mismo tipo de trabajo, mientras que ella sabía lo que era tener que trabajar con otros y rendir cuentas ante los jefes, y trabajar para empresas cuyos productos no le importaban demasiado, además de formar parte de un equipo; y, por si fuera poco, ahora tenía experiencia de autónoma. También había pasado una década dedicada a la maternidad a tiempo completo, lo que había afilado su perspectiva sobre sí misma, la había vuelto más eficiente y hecho que valorara más lo novedoso y estimulante, por no hablar de más dispuesta a arriesgarse siempre que pudiera. Y no solo *eso*, pensó, con la intención de echar a un lado las demás reflexiones sin compasión, y no solo *eso*, sino que lo cierto era que su marido era un hombre y ella, una mujer. Lady Darvish asintió para sí misma con aires de sabia. Creía, sin lugar a dudas ni complejos, que las mujeres eran superiores a los hombres; parecía más que obvio que las mentes femeninas eran más sutiles que las masculinas, más flexibles, capaces, resilientes, astutas tanto en lo social como lo circunstancial, y, a quienes dudaban de la existencia de la disparidad entre los sexos, o incluso de que se pudiera hablar de dos categorías, les haría énfasis, con un leve movimiento de cabeza y una risita, sobre lo distinto que había sido criar a su hija en comparación con los dos chicos: «Eran de dos *especies distintas*», solía decir, «o sea, te lo digo en serio. No veas con lo de que los "¡Los hombres son de Marte!"». Pero, a consecuencia de su creencia en la supremacía de su propio sexo, exigía mucho menos de los hombres que de las mujeres, y tendía a mostrarse más suave con ellos; con sir Owen, igual que con sus hijos y su padre antes de que muriera, su actitud condescendiente adoptaba la forma de una indulgencia consentidora y hasta servil.

Oyó una salpicadura y un golpe seco cuando sir Owen se metió en el baño y, luego, un gritito en el momento en que se deslizó hasta quedar prácticamente sumergido. Después se estiró hasta el borde de la bañera para tomar el *whisky*, que mantuvo en equilibrio sobre el esternón y colocó las manos a los lados, mientras dejaba caer la boquilla del vaso sobre la barbilla. Entonces el silencio: solo el silbido del ventilador y un crujido de vez en cuando si su marido cambiaba el peso de lado para levantar el vaso y dar un trago.

—¿Estás a gusto? —le preguntó Jill.

—Muy a gusto —le respondió una voz amortiguada.

Lady Darvish apagó la luz de la cocina y se encaminó hacia un recoveco del estudio sin hacer ruido para echarle un vistazo a una subasta *online* que estaba a punto de terminar. Era una de los tres postores en disputa por la escultura de pared de un pez de aluminio forjado y, aunque no encajaba mucho con su decoración, ni tampoco sabía dónde ponerlo, y la subasta hacía ya rato que había superado el límite de lo que le parecía que valía aquel objeto, lady Darvish había percibido en sí misma un sentimiento errante y distante que significaba que tenía ganas de comprar algo, sobre todo algo muy caro y que fuera consciente de no necesitar. Al entrar en su cuenta, vio que habían emitido una puja superior a la suya y puso otra cinco dólares mayor que la anterior.

—Jill —la llamó sir Owen desde el baño.

—Dime —respondió ella.

—¿Me traes el cepillo bueno? Está en la otra ducha.

Para cuando regresó al ordenador, habían vuelto a pujar por encima de ella. Aumentó la apuesta por segunda vez, preguntándose, mientras la subasta entraba en la recta final de diez minutos y la cuenta atrás empezaba a sonar, si su amor por su marido se estaría volviendo más maternal según se aproximaban a la vejez. Aunque era un sentimiento maternal de un tipo que no le habían inspirado sus propios hijos; quizá se asemejaba más a un amor de abuela: sabio, afectuoso, paciente, amable, pero también un poco cansado, un poco en retrospectiva, un poco distante… Con un punto fraternal. Conocía a sir Owen de cabo a rabo. Estaba orgullosa de él; quería lo mejor para él. No sentía deseos de abandonarlo ni temía o le preocupaba que él quisiera dejarla, o que alguna vez hubiera querido o quisiera o incluso que pudiera hacerlo. Le había confesado la noche antes de su investidura, con muchísima dulzura, que sentía que su nombramiento como caballero era un tributo a ambos, una justa recompensa por haber permanecido juntos pasara lo que pasara; por haber mantenido una actitud positiva y una disposición honesta todos aquellos años; por haberse amado con decencia y bondad. «Nos lo merecemos, Jill», le había dicho, en la oscuridad, en la cama. «Los dos. Nos lo merecemos de verdad».

Y, sin embargo…

Pues ahí residía la peculiaridad, pensó lady Darvish, mientras hacía clic para echar un vistazo a los otros anuncios del vendedor y esperaba que se resolviera la subasta: desde el nombramiento de caballero —no, incluso antes, desde que habían conocido a

Lemoine— sir Owen hablaba sin cesar de lo que «se merecían», y le parecía que mientras más profundizaba en la cuestión, más se desvanecía la satisfacción con la vida que tenía. Ahora casi parecía una persona diferente. Aquel ser de costumbres se había marchado, con su confiada complacencia y sus principios firmes y trillados; en su lugar había aparecido alguien más joven, que era ansioso e imprudente, e inquieto e inseguro. El nombramiento de caballero, que debería haberlo ilusionado, debería haberlo hecho encogerse de hombros y reír y hacer bromas sobre baratijas, parecía haberlo insultado; lo mencionaba al menos una vez al día para preguntarse quién era el responsable de que se hubiera propuesto su nombre y cómo funcionarían las nominaciones, y si él había sido uno de los candidatos otras veces —solo para dudar de sí mismo de inmediato y meditar con cinismo que solo le habían concedido el honor por el desprendimiento o por algún otro motivo político que no tenía nada que ver con él— o (y esta era la sospecha que más amargura le causaba) por su relación con Lemoine.

Su comportamiento respecto al milmillonario había estado caracterizado por una extraña contradicción. En un instante estaba manejando las negociaciones, haciéndose el duro y regateando hasta el más mínimo detalle solo para no dejarse amedrentar; y, al siguiente, le permitía a Lemoine instalarse en su casa y lo animaba a hacer uso de la pista de aterrizaje como se le antojase, y lo invitaba a cenar, y le proponía ir juntos de caza, y hasta le preguntó —de una manera muy estrambótica, pensó lady Darvish— si disfrutaría de la experiencia de sacrificar y despiezar un cordero (Robert no lo disfrutaría). En presencia del milmillonario, se volvía tanto adulador como pomposo, adoptaba tanto una masculinidad como un servilismo poco naturales y, aunque era raro que lady Darvish sintiera vergüenza de su marido, había habido ocasiones en los últimos meses en las que le había tenido lástima. Por ejemplo, estaba el asunto de la prospección radiométrica: sir Owen debería haber sentido alivio al descubrir que aquel periodista de tres al cuarto —un bloguero donnadie, por Dios— había comenzado sus pesquisas mucho antes de que recibieran a los Mulloy en casa, lo que significaba que no eran responsables de lo que pudiera o no haber descubierto sobre su acuerdo con Lemoine. Con aquella certeza, sir Owen debería haberse sentido libre de seguir hablando con el periodista, darle la vuelta a su interrogatorio, preguntarle sobre aquella supuesta zona de investigación en el parque nacional y descubrir qué era lo que *él* pensaba que ocurría allí; y *entonces*, si sir Owen *seguía* teniendo dudas, debería haber llamado a Lemoine directamente, contarle que había un periodista olisqueando en sus asuntos privados, y plantearle la cuestión radiométrica —si es que *existía* tal cuestión siquiera— al milmillonario. Pero la mente de sir Owen se había desviado del tirón a las conspiraciones. La llamada lo había hecho desmoronarse, agitarse, lo había herido; se había convencido de que había pasado algo por alto, que lo habían engañado de algún modo, eclipsado, avergonzado e incluso embaucado. Y no era cosa de Anthony; a su marido Anthony le importaba una mierda. Era cosa de Lemoine. Si no hubiera conocido perfectamente a su marido, pensó lady Darvish con ironía, mientras volvía a mirar la subasta treinta segundos antes de que acabara la cuenta atrás, sospecharía que sir Owen Patrick Darvish se estaba enamorando.

La subasta terminó: había vencido. Lady Darvish se conectó a su plataforma bancaria *online* para hacer el pago, escribió un e-mail al vendedor para confirmar los detalles del envío y volvió a pasar las fotos de la escultura por última vez, consciente de que valdría, tal vez, cincuenta dólares menos de lo que había pagado, pero aun así se sentía satisfecha con su adquisición. Entonces se abrió la puerta del baño, de la que surgió una ráfaga de albaricoque y coco, y sir Owen salió junto al aroma turboso y silvestre del *whisky*, que armonizaba con los olores afrutados del jabón. Le había dejado el agua preparada. Lady Darvish entró, encendió una vela y apagó la luz superior —no entendía por qué su marido prefería bañarse con aquel resplandor cegador— y después abrió el grifo del agua caliente para renovar el agua. Mientras se desabotonaba la camisa y los pantalones y se quitaba el sujetador, apreció su reflejo en el espejo de cuerpo entero de la puerta trasera con el tipo de mirada fría y satírica que comparten dos amigas cuyos gustos y expectativas se alinean a la perfección y transmiten un veredicto en el que se entremezclan la diversión, la resignación y el horror. Se agachó para remover el agua, después se metió dentro, se tumbó e hizo un esfuerzo consciente para sacarse de la cabeza todas sus reflexiones.

Cuando salió del baño media hora más tarde, esperaba que sir Owen estuviera acostado; sabía que iría a Northland a primera hora de la mañana para supervisar la inauguración de su proyecto de conservación, que iba a grabarse para la emisión de un resumen en el telediario de las seis. Pero, para su sorpresa, estaba en el salón, encorvado sobre el portátil, y con la tarjeta de crédito inclinada mientras verificaba algo en la pantalla.

—¿Qué estás haciendo? —le preguntó ajustándose el camisón en torno a la cintura.

La miró con ojos culpables a través de las gafas de lectura.

—Estoy reservando un vuelo para ir a Christchurch —respondió.

Aquello carecía de precedentes: nunca hacía planes de ningún tipo sin consultarlo primero con ella.

—¿Christchurch? —inquirió en el mismo tono en el que podría haber dicho «¿la Antártida?».

Seguía consultando el número y no respondió.

—¿Para qué? —preguntó lady Darvish después de un rato.

—Quiero ver con mis propios ojos esa zona de investigación —respondió.

—¿Qué? ¿Vas a *Korowai*? —exclamó con la boca abierta.

—Eso es —respondió—. Alquilaré un coche en el aeropuerto e iré para allá.

—¡Owen! —exclamó con expresión de reproche—. ¡Vamos a hablarlo por lo menos!

Le dio la vuelta a la tarjeta de crédito para mirar el código de autenticación.

—Tienes un curso el sábado —le dijo, mientras tecleaba el código—. Estás ocupada.

—¿Cómo? ¿Te refieres a *este* sábado? No. Owen, detente. Vamos a hablarlo.

—Solo será de la noche del viernes a la del sábado —dijo—. Será entrar y salir. Vendrá bien echarle un vistazo a la casa, de todas formas.

Hizo clic en el panel táctil y el ordenador emitió un zumbido.

—Pero vas a tener que conducir una barbaridad —protestó—. Estarás todo el tiempo en el coche.

—Bueno, ya lo he reservado —dijo y señaló el portátil—. Acabo de hacerlo.

Lo contempló con una irritación impotente.

—¿Y qué pasa con Robert? —preguntó.

—¿Qué pasa con él?

—Le dijimos que le avisaríamos si volvíamos —le recordó—. A lo mejor está allí.

Sir Owen bufó.

—No va a *estar* allí —dijo—. Venga ya, Jill.

—«Venga ya, Jill» —repitió, ofendida—. Venga, Jill, ¿qué?

—No te enfades. Nunca tuvo intenciones de *quedarse* en nuestra *casa*.

—Tú lo invitaste.

—Sí, no lo he olvidado, gracias. Solo digo que probablemente tenga mejores sitios para quedarse.

Lady Darvish detectó el resquemor.

—¿Y qué piensas que vas a encontrar ahí exactamente?

Pero cuando lady Darvish se sentó en el reposabrazos del sofá, lista para hablar, sir Owen se levantó, cerró el portátil y plegó las gafas.

—Si lo supiera, no tendría que ir al sur —dijo—. ¿O no?

—Owen, ¿es por la inauguración de mañana?

—¿Y por qué iba a ser sobre eso?

—No sé, es solo que… es un día importante. Hay mucho en juego. A lo mejor estás nervioso.

—Pues resulta que no.

—Sé que te decepcionó que…

—No es por la inauguración, Jill. Ya he dicho el motivo.

—Owen, ya te lo dije. Probablemente Anthony se equivoque.

—Sí, ya lo he oído. —No la estaba mirando—. Me voy a la cama. ¿Puedes apagar las luces?

—*Owen* —dijo ella, anonadada, pero él ya se había marchado.

Desde que se anunció la Lista de Honores del Cumpleaños de la Reina, y se publicaron las distinciones, y la prensa agasajó a todos los homenajeados, la oficina de publicidad de Autonomo no hacía más que recibir llamadas de los medios neozelandeses en busca de comentarios sobre la supuesta colaboración con Control de Plagas Darvish. Como ninguno había nombrado específicamente a Lemoine, o mencionado Thorndike, o los desprendimientos o la granja, daba la impresión de que los Darvish se habían mantenido fieles al acuerdo de confidencialidad que ambos habían firmado, pero no al espíritu de este y, con cada llamada inoportuna, Lemoine se iba sintiendo más y más irritado. Uno de sus preceptos consistía en que cualquiera que intentara jugársela se arrepentiría, y cuando descubrió que Darvish planeaba inaugurar su proyecto de conservación con un poco de fanfarria: invitaciones, discursos, un hueco en el telediario de las seis, consideró brevemente la posibilidad de plantarse allí para vengarse. Podía hacer su llegada en helicóptero, robar el protagonismo, causar una conmoción y después negarse a que lo entrevistaran («No, no, este es el gran día de sir Owen», se imaginó diciendo con ligereza, «ha sido todo idea suya, yo solo estoy aquí por los pájaros»), mientras los periodistas allí reunidos no podrían más que girarse hacia Darvish y preguntarle, con los micrófonos candentes y la cámara encendida, cómo se había conocido tal extraña pareja. ¿Y por qué Darvish no había mencionado que el milmillonario estaba involucrado personalmente en el proyecto? ¿*Estaba* involucrado personalmente? ¿Qué tipo de relación había entre ellos? O, sin pelos en la lengua, ¿qué ganaba Lemoine con todo esto? ¿Acaso iba detrás de la ciudadanía? ¿Le había comentado algo a Darvish al respecto? ¿Había dicho algo de adquirir una propiedad en Nueva Zelanda? ¿Instalarse aquí? ¿Invertir aquí? ¿Había más en esa supuesta colaboración que lo que Darvish había compartido con ellos? Sin importar la respuesta, Darvish habría quebrantado el acuerdo de confidencialidad de una manera o de otra y, entonces, Lemoine intervendría, pondría fin a su acuerdo y le plantaría una denuncia a aquel capullo que tendría que darle todo su dinero. Era una fantasía muy tentadora, y una que Lemoine nunca pondría en marcha; puesto que, aunque nada le gustaría más que ver cómo a Owen Darvish le salía el tiro por la culata, la verdad era que, al menos durante los próximos meses, lo necesitaba.

Cuando Darvish propuso una colaboración entre Autonomo y Control de Plagas Darvish como condición para la venta del área de Thorndike, Lemoine pensó durante varios minutos que el hombre debía de haber descubierto de alguna forma su operación en el parque nacional y estaba a punto de exponer los términos de un chantaje. En retrospectiva, Lemoine se daba cuenta de que se había pasado un poco hablando de las posibilidades defensivas de la granja y otorgándole al desprendimiento la categoría de un regalo que ofrecía una oportunidad única. Había disfrutado un poquitín demasiado con su interpretación del survivalista maniático; había exagerado la historia, hasta el punto de haberla convertido, en cierta manera, en una especie de confesión. «Así que te mueres de ganas de adquirir este lugar», había observado Darvish, correctamente. «En ese caso, amigo, hay algo que *yo* también me muero de ganas de hacer».

No era un chantaje, solo una propuesta de negocios bastante aburrida para un proyecto de conservación que pretendía monitorizar por dron las aves nativas en peligro de extinción; lo que Darvish quería, en definitiva, era usar gratis la tecnología de Autonomo. Lemoine podría habérselo dado con los ojos cerrados, pero no le gustaba que lo manipularan, ni tampoco la santurronería medioambiental; ¿cuándo se darían cuenta los defensores del medioambiente de que no podías suplicarle ayuda a alguien mientras le echabas la bronca?, pensó. Interrumpió a Darvish para rechazar su propuesta sin pensarlo dos veces y, en lugar de eso, aumentó medio millón su oferta por la granja señalando que era la última oportunidad y amenazando con marcharse. «Ahora mismo no tengo ninguna influencia en Autonomo», le había dicho a Darvish sin emoción, «así que no podría hacerlo realidad, aunque quisiera. Esta es una compra privada. No tiene nada que ver con Autonomo». Se había quedado de piedra cuando Darvish se había girado y lo había acusado de marcarse un farol, porque era cierto que se *había* marcado un farol. Autonomo no solo estaba a su entera disposición, para lo que él quisiera, sino que el valor de su operación en el parque nacional era tan grande que podría haberle pagado a los Darvish cien veces lo que les había ofrecido y aún salir ganando. Los Darvish no podían saberlo, pero en lo que se refería a las negociaciones, la posición de Lemoine no podría haber sido más débil. La zona de extracción del parque aún no se había enfriado; sus hombres seguían allí; el proceso de lixiviación todavía necesitaba de algunos meses más, y no tenía un plan B. De hecho, aquel *era* su plan B.

Lemoine se había cubierto las espaldas exagerando la psicología del milmillonario. Había actuado de manera consentida y terca, le había dicho a Darvish que no estaba acostumbrado a que intentaran tomarle el pelo y declarado, con un exagerado sentido de su importancia, que siempre encontraba la manera de poseer lo que deseaba. Había insistido en el acuerdo de confidencialidad antes de seguir negociando, y solo después de que se firmara y sellara, había accedido, de muy mala gana, a proveer a Control de Plagas Darvish un pequeño número de drones y sistemas operativos, sujetos a una serie de restricciones que Autonomo tendría derecho a modificar. Había redactado un contrato oficial entre ambos, y Darvish había acudido a la prensa para pavonearse, pero entonces había llegado el tema del periquito de pecho anaranjado. Para la gran irritación de Lemoine, resultó que las últimas poblaciones de esta especie en grave peligro de extinción solo podían encontrarse casi exclusivamente en el Parque Nacional de Korowai, que era el último lugar sobre la Tierra donde quería que hubiera vigilancia. Se le había ocurrido una objeción perfectamente plausible («Va a estar detrás de mi valla trasera; no quiero drones sobrevolando mi valla trasera»), pero Darvish se había resistido tanto que Lemoine había empezado a preguntarse, por segunda vez, si aquel tipo sabría algo. Había estado considerando un cambio radical en sus planes cuando, en las semanas posteriores al anuncio del Cumpleaños de la Reina, los Darvish lo invitaron a cenar en su casa, y muy avanzada la velada, cuando Darvish se excusó para ir al servicio, la mujer se había inclinado, un poco borracha, desde el otro lado de la mesa y le había confiado que no existía ningún motivo decente para aquella pelea: su marido había empezado a considerarse un vecino de Korowai, le explicó, y no quería parecer desleal a su región. Eso era todo. Los neozelandeses podían ser muy duros con sus conciudadanos, le había dicho, y el nombramiento de caballero significaba que la cabeza de su pobre marido estaba en lo alto de un parapeto; tenía que demostrar que iba a hacer algo por la patria, que esto no era solo para él, que no había olvidado quién era ni de dónde venía. Era muy propio de los kiwis. En realidad, continuó, su marido nunca había visto un periquito de pecho anaranjado. Su padre lo había visto, había una fotografía en algún lado, y eso era todo, porque lo cierto era que Owen había querido a su suegro más que a su propio padre, lo que era de una dulzura increíble, pero a veces lo hacía volverse demasiado terco, y no veía lo que tenía delante, y esa vena sentimental suya se había tornado mucho más pronunciada después del desprendimiento —qué terrible daño le había hecho a la economía— y creía que su marido probablemente pensaba que a Korowai le vendría bien una buena noticia. Oyeron el sonido de la cadena del inodoro, y la mujer tocó el brazo de Lemoine y le susurró que no se preocupara, que hablaría con Owen, que lo persuadiría; y Lemoine solo podía pensar en que si hubiera descubierto a *su* mujer hablando de él de esa forma a sus espaldas la habría matado.

Jill Darvish había cumplido con su palabra; varios días más tarde Lemoine había recibido una versión actualizada del contrato con varias cláusulas corregidas con discreción y se habían eliminado todas las menciones al periquito de pecho anaranjado. Se sugirió y aceptó al charrán de Nueva Zelanda como especie en peligro de extinción sustituta para lanzar el proyecto; era una frágil ave marítima que ponía huevos en la arena y por cuya supervivencia Lemoine era casi incapaz de interesarse, pero contaba con una virtud: en concreto, solo se lo encontraba en la provincia de Northland, a la segura distancia de novecientos kilómetros. Al fin habían llegado a un acuerdo, pero de algún modo a lo largo de las negociaciones, Darvish se había convencido de que Lemoine y él eran socios de verdad o incluso —y esto escapaba a cualquier comprensión— amigos. Empezó a mantener a Lemoine al tanto del proyecto de conservación por e-mail y, más de una vez, mientras pasaba la vista por las listas mal formateadas, las fotografías desenfocadas y los fluctuantes tamaños de fuente, Lemoine había fantaseado con responder simplemente: «Cancelar la suscripción» y fingir que no se había percatado de que cada actualización semanal había sido escrita específica y concienzudamente para él.

La noche previa a la inauguración del proyecto, Lemoine embarcó en un vuelo comercial a San Francisco y voló a casa. A menudo actuaba por impulsos para poder dedicar sus horas libres a meditar sobre sus motivos; adoraba autoanalizarse, aunque nunca había hecho ningún tipo de terapia en su vida, y nunca lo haría. Lo que lo maravillaba era la sensación de que nadie más que él mismo podía entenderlo. Le encantaba plantearse lo que había detrás de sus propias motivaciones, maravillarse de la excentricidad de su mente, evaluarse en segunda persona y, después, lo que era aún más delicioso, en tercera. En cierta manera, era una forma de jugar al ajedrez contra sí mismo, que de niño le había gustado más que jugar contra un ordenador. Se sentaba solo con el tablero, descalzo, con las piernas cruzadas, la barbilla sobre el puño; nunca había intentado simular las condiciones habituales de una partida obligándose, cada vez que le daba la vuelta al tablero, a adoptar un estado artificial de ignorancia sobre el siguiente movimiento de su oponente —él mismo—. En lugar de eso, se entrenó para hacer lo contrario: mover las piezas con la completa certeza del siguiente movimiento del contrario; planear una estrategia sabiendo con exactitud la estrategia del otro. Su objetivo había sido volverse ambidiestro en lo que se refería a acción y reacción, movimiento y contraataque, llegar al punto en el que la mitad de las partidas que jugara la ganaran las blancas y la otra las negras: solo entonces, se dijo a sí mismo, podría denominarse «maestro». Aquel objetivo lo había consumido de tal manera que con el tiempo perdió las ganas de jugar contra un adversario viviente, y si alguna vez alguien lo desafiaba, mentía y decía que no se sabía las reglas. ¡Era incluso mejor si esa persona lo había visto jugar solo, sobre todo si la invitación le llegaba *mientras* jugaba! Lemoine adoraba presentarse como un enigma. Saberse inescrutable para los demás volvía las disecciones de su persona mucho más dulces, un puzle del que solo él conocía la clave.

Porque había una clave. Su naturaleza tenía un secreto, una pista que lo explicaba todo sobre él, un período de ocho semanas en su adolescencia temprana que había forjado, de todas las maneras posibles, al hombre en el que se había convertido; y era una de sus satisfacciones más profundas saber que a pesar de dos biografías no autorizadas, incontables perfiles, la especulación constante de los medios y al menos media docena de intentos de artículos de investigación, nadie había descubierto de qué se trataba. Lemoine se reclinó en el asiento tapizado del avión, enlazó las manos detrás del cuello y cerró los ojos.

Se había criado con sus abuelos en California. Su padre había trabajado como técnico informático al servicio de las embajadas y misiones diplomáticas de los Estados Unidos en todo el mundo, y así había conocido a la madre de Lemoine, una intérprete que, cuando se vieron por primera vez, estaba trabajando en el consulado de Estados Unidos en Shenyang. Nunca se habían casado y Lemoine solo había conocido a su padre cuando era muy pequeño; poco después de separarse, su madre había aceptado un puesto de nivel más alto en el Departamento de Estado en Camboya y decidió mandar a Lemoine de vuelta a Estados Unidos. Su familia —los Roper— tenían lazos desde hacía años con el ejército estadounidense, así que Lemoine creció cerca de la base de Fort Irwin, donde su abuelo, el capitán Roper, formaba parte del Cuerpo de la Magistratura Militar como abogado médico y contractual. Perdió completamente el contacto con su padre y a su madre solo la veía de vez en cuando, a veces solo en una o dos ocasiones al año; después de Phnom Penh llegaron los puestos en Dhaka, Islamabad, Colombo y Ulán Bator, lugares que para Lemoine apenas existían como sílabas y colores en un mapa. De niño, le interesaba mucho más la idea de su padre que la idea de su madre, que se mostraba tensa y poco comunicativa cada vez que volvía. Empezó a jugar al ajedrez, el juego de su padre; desarrolló un interés por la criptografía, la pasión de su padre; y, con la ambición de seguir algún día los pasos de su padre, aprendió de manera autodidacta a programar con BASIS en el Commodore 64 del capitán Roper.

Cuando Lemoine tenía nueve años, el capitán Roper falleció y, prácticamente de un día para otro, su abuela empaquetó todo lo que había en la casa y se mudó con Lemoine a la ciudad fronteriza de Calexico, donde había crecido. Más tarde, comprendió que su abuela había sufrido una crisis nerviosa a causa de la intensidad de su duelo; sin embargo, tardó en darse cuenta de esto, ya que poco después de la mudanza, Lemoine comenzó a percatarse de que lo estaban siguiendo.

Un hombre de cuello grueso con la cara hundida empezó a deambular por el vecindario al que se habían mudado. Lemoine lo vio por primera vez en un autobús urbano y después en el restaurante en el que su abuela y él cenaban los viernes por la noche, y luego de nuevo en el cine del centro, sentado en un extremo cercano a la salida, aunque el cine estaba medio vacío y había asientos libres mucho mejores. Vio al hombre apoyado en las gradas del parque, y curioseando en el bazar, y leyendo el periódico detrás del volante de un Chevrolet Celebrity con paneles de madera que, de pronto, estaba allá donde Lemoine mirara: al final de la calle; en las puertas del colegio; en la entrada del hospital, cuando su abuela tenía cita; y, después, detrás de ellos, en el acceso del coche, con la ventana del conductor abierta, un hombro carnoso sobre el alféizar. Lemoine no se lo dijo a nadie, pero cargó la pistola del capitán Roper y la guardó en la mochila del colegio, por si acaso.

La abuela de Lemoine estaba experimentando delirios paranoicos; su madre estaba en la otra parte del mundo, inalcanzable; y no tenía manera de contactar con su padre. Tenía nueve años, estaba en una ciudad desconocida, no tenía amigos y lo seguía un hombre que, no le cabía duda, era un asesino. Lemoine estaba convencido de que aquel hombre había venido a matarlo. Desde que tenía memoria era consciente de ser especial, de ser mejor que los otros niños, de que había algo que lo separaba del resto, y se le antojaba obvio que si era valioso —lo que era cierto— debía de ser también peligroso. Durante ocho semanas, Lemoine aguardó que el hombre con el rostro hundido lo encontrara; durante ocho semanas se acostaba en la cama por la noche con la pistola del capitán Roper en la mano.

Y entonces, un día, el Chevrolet Celebrity desapareció. El hombre había desaparecido. Lemoine se fijaba en las caras allá donde iba, contaba los coches en los aparcamientos, se daba la vuelta para mirar a sus espaldas constantemente, sacudía las cortinas de su cuarto, se doblaba sobre sí mismo, se comportaba de manera errática, se comportaba de manera predecible, mentía sobre su paradero, le contaba a todo el mundo su paradero, preparaba pequeñas trampas, escaneaba con la mirada todas las habitaciones en las que entraba y ambos lados de las calles por las que caminaba, pero no halló nada. Jamás volvió a ver al hombre del rostro hundido.

La salud de su abuela siguió deteriorándose, pero no fue hasta tres años más tarde, cuando Lemoine tenía doce, que su madre se mudó a casa. Tenía tres cosas que contarle: la primera era que nunca había trabajado para el Departamento de Estado, como fingía; desde antes de que naciera Lemoine, había sido agente en activo de la CIA. Lo segundo que le contó fue que el padre de Lemoine también había sido espía; de hecho, el trabajo que hacían juntos había sido tan sensible y peligroso que en una o dos ocasiones habían proporcionado protección a Lemoine desde lejos —sin que él pudiera darse cuenta— y que, por supuesto, nunca le había pasado nada malo, pero en ocasiones había tenido a un guardaespaldas secreto para protegerlo. Lo dijo con un aire de confidencia, amigable, tan ajena al terror que Lemoine había experimentado, o a la certidumbre de que el hombre del rostro hundido iba a matarlo y de que él, Lemoine, iba a morir, que apenas la escuchó cuando le comunicó la tercera y última noticia: que le habían diagnosticado cáncer de mama en estadio 4 y solo le quedaban pocos meses de vida.

En el funeral, Lemoine se sentó en silencio absoluto mientras los falsos compañeros de trabajo de su madre recitaban elegías falsas sobre sus falsos logros en su carrera falsa y cuando un hombre de rostro gris con bolsas bajo los ojos y nariz roja e hinchada le tocó el hombro después y le dijo: «¿Rob? ¿Robbie? Soy David Lemoine, soy tu padre», no dio muestra alguna de emoción; le apartó la mano y contestó con educación: «En realidad, todos me llaman Robert, pero me alegro de conocerte». Estaba decidido a no revelar jamás lo que le había contado su madre; y, al ver que su padre parecía querer abordar el tema, actuó como si fuese estúpido y egocéntrico, y fingió una ausencia de interés tan estudiada por la vida y el trabajo de su padre que se perdió cualquier oportunidad de establecer una relación. David volvió a perder el contacto con él y, años más tarde, cuando Autonomo alcanzó los 900 millones de dólares de valorización privada y empezó a despertar interés público para una OVP, Lemoine tuvo la satisfacción de rechazar su llamada.

Su soberanía era su venganza, pensó Lemoine, mientras el avión alcanzaba una altitud constante y le traían un agua con gas y un vaso con hielo. Su riqueza era su venganza. Su mística, su opacidad, su curiosidad proteica y su impenetrable encanto, que no eran aspectos intrínsecos de su carácter, sino bien planificados actos de venganza contra todos los que lo habían engañado: sus padres, sus abuelos, el ejército, el gobierno, la CIA. Había ascendido al poder por resentimiento hacia ellos. Se había convertido en un hombre brillante por resentimiento hacia ellos. Había sobrevivido por resentimiento hacia ellos. Ahora todos habían muerto: su padre, de un infarto; su abuela, de una neumonía seguida de una gripe; y, por supuesto, Gizela. Lemoine trató de conjurar su imagen, pero por algún motivo no pudo, así que en su lugar pensó en Mira. Pensó en la manera en la que lo fulminaba con la mirada. Pensó en la tierra bajo sus uñas.

Catorce horas más tarde estaba de vuelta en su oficina de Palo Alto, recibiendo una rehidratación intravenosa mientras miraba por encima el tedioso montón de correspondencia atrasada con la mano libre. Eran casi las nueve de la noche de la hora local. Todos sus asistentes estaban frente al escritorio, trabajando en silencio con un aire de autoconciencia tan escrupuloso que Lemoine no albergaba dudas de que habían montado un teatrillo para él, y que todos se habrían ido a casa hacía varias horas si no hubiera regresado de manera inesperada. Lemoine detestaba que le hicieran la pelota más que casi cualquier cosa, así que cuando llegó, pidió un cortado doble, no para bebérselo —no había ni tocado una taza de café desde que empezó con las microdosis de ácido semanales— sino para ver cómo se les caía el alma a los pies al percatarse de que debía de tener planeado quedarse en la oficina hasta primera hora de la mañana, o incluso la noche entera. El cortado se había enfriado mientras que la espuma se había hundido y llenado de agujeros, y Lemoine acababa de mover la taza del escritorio al aparador, donde quedara fuera de su vista, cuando oyó una vibración familiar procedente de su maletín. Tenía ambos móviles frente a él en el escritorio y, durante un momento de demencia, aún afectado por el *jet lag,* se preguntó si alguien le podría haber introducido algo en el equipaje… hasta que recuperó la cordura y recordó lo que era. Se quitó el suero, abrió el maletín y sacó un tercer móvil, que seguía vibrando, para contestar la llamada.

—¿Sí? —dijo, mientras cerraba con la otra mano las persianas venecianas.

—¿Hola? —contestó una voz distante desde el otro lado—. ¿Señor Weschler?

—Al habla Weschler —dijo Lemoine—. ¿Qué ocurre?

—Señor, acabamos de experimentar la segunda vulneración de seguridad de esta semana. Ya no estamos hablando de supuestos. Necesitamos más hombres.

Lemoine ya se había encajado el móvil entre la oreja y el hombro; desplazó ambas manos por el teclado para desconectarse del servidor local y entrar en el sistema operativo de Korowai como usuario remoto.

—¿Qué tipo de vulneración?

—Parece que ha sido el mismo individuo. Un hombre blanco que viaja solo. No creemos que se trate de una amenaza, pero el problema es que el sensor térmico no lo detectó hasta que estuvo encima de nosotros, las dos veces. Queda demostrado lo que le he dicho en otras ocasiones: necesitamos refuerzos. Si una sola persona logra atravesar nuestras defensas, ya estamos fallando.

—¿Dónde está ahora? —Lemoine había accedido a todas las cámaras: la pantalla que tenía enfrente se había dividido en cuatro, después en ocho, después en doce.

—Señor, se lo repito, no creemos que el tipo sea una amenaza. El problema…

—¿Dónde se encuentra ahora, soldado?

Hubo una pausa y entonces la voz respondió:

—No lo sabemos, señor.

—Lo habéis perdido.

—Señor, con el debido respeto…

—Métete el debido respeto por el culo —explotó Lemoine—. El debido respeto sería que hicieras tu trabajo. Nunca ha habido aquí nada de respeto.

La voz se mantuvo firme.

—Señor, ya se lo he comentado antes: la tecnología no es adecuada para las condiciones de este lugar. Es muy simple de entender. Los drones no pueden adentrarse en la espesura y son prácticamente inútiles cuando llueve. El sensor térmico no deja de fallar. Coincido en que esto no debería haber ocurrido…

—Oh, estupendo —dijo Lemoine—. Así que coincidimos.

—Esto no se debe a un error de liderazgo o de desempeño, señor. El problema es que no tenemos suficientes hombres en el terreno y un exceso de dependencia en la tecnología no va a…

—Cállate —dijo Lemoine—. Cierra la puta boca. —Estaba encorvado hacia delante, examinando cada panel—. ¿Cómo es el tipo que estoy buscando? Dame una descripción.

Hubo una breve pausa y la voz respondió:

—El objetivo es un hombre blanco, con el pelo castaño, barba, ojos azules y estatura media. Unos treinta años de edad. Chaqueta roja, pantalones cortos negros, botas con polainas, todo muy gastado.

Quizá se trataba de alguien del Bosque Birnam, pensó Lemoine. Seleccionó la cámara sobre el cobertizo de esquila y la amplió, mientras contaba cabezas a toda velocidad.

—¿Y qué más?

—Lo avistamos por primera vez la mañana del sábado a las 1000 —dijo la voz—. Se presentó como un vecino. Llevaba una mochila. Pasó la noche en el exterior. Habló un poco con nosotros; siguió su camino. Nada despertaba sospechas.

Lemoine había contado siete personas: no faltaba nadie.

—Pero entonces volvió —dijo.

—Sí, señor, se lo ha avistado de nuevo a las 1440 cerca del punto de extracción NE4. Llevaba…

—Así que sí *había* motivos para sospechar —dijo Lemoine—. Simplemente no os disteis cuenta.

—Señor, llevaba binoculares y, a raíz de la conversación del sábado por la mañana, teníamos motivos para creer que había venido a mirar los pájaros. Estamos seguros de que…

—No os disteis cuenta —repitió Lemoine.

Hubo otra pausa y entonces la voz dijo:

—Eso es, señor. Es correcto. No nos dimos cuenta.

—¿Por qué hablas en plural? —preguntó Lemoine—. ¿Hablasteis *todos* con él? ¿Todos y cada uno de vosotros?

La voz se volvió mecánica.

—Todos asumimos la responsabilidad de cada acción individual, señor. Actuamos como uno solo, pensamos como uno solo y nos movemos como uno solo.

—Bueno, entonces moved el culo como uno solo para encontrarlo —dijo Lemoine y colgó.

El problema de las empresas militares privadas era que estaban demasiado acostumbradas a disponer de bolsillos muy generosos, pensó, mientras se sentaba a ver las retransmisiones y se daba golpecitos compulsivos con el índice en el labio. Se volvían perezosos. Significaba que perdían agilidad, perdían la capacidad de ser creativos con lo que tenían. Llevaban pidiendo refuerzos desde que habían llegado a Korowai, y los habrían recibido, por supuesto, si Lemoine hubiera sido el teniente coronel James Weschler, oficial de mando paramilitar del Grupo de Operaciones Especiales de la CIA, y si la operación en el parque nacional hubiera estado financiada de verdad por una alianza de gobiernos colaborando en secreto para poner freno al creciente dominio de China en el mercado, y si las tierras raras que estaban extrayendo hubieran estado destinadas, como creía la empresa militar privada, a programas de defensa de alto secreto. Pero nada de eso era verdad. La verdad era que no había refuerzos. No había más hombres. Nadie podía ayudar en una misión que nadie sabía que estaba en marcha.

Y los drones no eran inútiles. El soldado solo le había dicho eso para intentar obtener más hombres; se habría cagado de saber que estaba hablando con el fundador de la compañía que los fabricaba. Sí, tenían sus limitaciones, igual que todas las tecnologías, pero por cómo hablaba aquel tipo uno creería que le habían dado un par de latas de café y un trozo de cuerda, no una flota de aparatos de última tecnología con una interfaz que era la envidia de todas las empresas de Silicon Valley, sin excepciones. Lemoine sintió que empezaba a enfadarse. Era un puto incordio, pensó, que todavía no hubiera llegado el día que no le recordaran, en algún momento, que la única manera de que un trabajo estuviera bien hecho era que él mismo se encargara de cada una de las partes.

Minimizó la retransmisión y revisó los datos de la antena móvil para ver si podía acceder al teléfono del intruso. Tecleó un comando y una hoja de cálculo se abrió en la pantalla frente a él; pero, o bien el tipo viajaba sin móvil o lo tenía apagado, porque la antena no había establecido ninguna conexión nueva aquel día, o el anterior, o durante el fin de semana. Lemoine continuó para abajo y entonces vio que la noche del viernes, un número desconocido se había conectado a poca distancia de la antena, había recibido un mensaje de texto, enviado una respuesta y se había desconectado de inmediato. El tipo había pasado la noche a la intemperie; si lo habían visto el sábado por la mañana, resultaba plausible que hubiera usado el móvil el viernes por la noche. Lemoine no tenía manera de leer ninguno de los dos mensajes, al menos sin involucrar a otras personas, que era algo que no sentía deseos de hacer, pero extrajo ambos números de teléfono y, solo para asegurarse, los buscó en la lista de contactos del móvil de Mira. No había ninguna coincidencia. Podía descartar que estuviera conectado con el Bosque Birnam. Entonces metió los números, uno a uno, en su motor de búsqueda. El primero no devolvió resultados, pero el segundo aparecía en la página web de un bufete como contacto de una abogada llamada Rosie Demarney. Lo de la abogada no pintaba bien, pero a lo mejor solo era una novia o una esposa.

Su cuenta de Facebook era privada y tenía de foto de perfil a un osito de peluche al que le faltaba un ojo y se estaba quedando calvo; nada que confirmara si tenía una relación o no. Lemoine abrió la aplicación Burner, tecleó el número del tipo y le dio a llamar. Tras varios segundos de silencio susurrante, mientras la aplicación redirigía la llamada a través de *proxies* en diferentes países en todo el mundo, para que fuera imposible de localizar, oyó un clic y después una grabación le dijo al oído: «Hola, has llamado a Tony, ya sabes lo que sigue. ¡Hasta luego!».

Lemoine colgó antes que sonara la señal. Volvió a mirar la página de contactos del bufete de abogados para asegurarse de que no apareciera ningún Tony, que no era el caso, y marcó el número de Rosie. En esta ocasión, se efectuó la llamada. Respondió al segundo toque.

—Hola, al habla Rosie.

—Sí, hola, estoy intentando contactar con Tony —dijo Lemoine.

—¿Qué? —preguntó—. ¿Tony?

—Sí, he intentado llamarlo. Me preguntaba si tú sabrías dónde estaba.

—¿Con quién estoy hablando?

—Ah, perdón —dijo Lemoine—. Soy John, del trabajo.

Se la estaba jugando porque no tenía ni idea de dónde trabajaba Tony en realidad —no tenía ni idea de quién era Tony— pero pensó que si Rosie le hacía una pregunta para la que no tuviera respuesta se limitaría a colgar.

Su interlocutora permaneció en silencio.

—¿Cómo has conseguido este número? —preguntó tras unos instantes.

—Estaba en su escritorio —dijo Lemoine—. Mira, siento mucho molestarte. He intentado llamarlo al móvil, pero no contesta. ¿Está de vacaciones o algo así?

Hubo otra pequeña pausa, tras lo que respondió:

—Sí, está de vacaciones.

Lemoine decidió probar suerte.

—¿Sabes cuándo va a volver?

—Está... —empezó, pero luego dudó—. Perdón, pero es que no...

—No importa —dijo Lemoine—. Seguiré intentando llamarlo al móvil. Gracias de todos modos.

Estaba a punto de colgar, pero entonces ella siguió hablando.

—Espera.

—¿Sí? —inquirió Lemoine.

—Está por el monte —le informó—. Haciendo senderismo.

—Ah, es cierto —respondió Lemoine—. ¿Para ver los pájaros?

—Hum, sí —dijo ella—. Eso es.

—¿Cuándo esperas que vuelva? —preguntó Lemoine.

—Creo que en los próximos días —respondió—. Hum, perdón, ¿cuál era tu nombre?

—No pasa nada, mira, voy a seguir llamándolo al móvil.

—¿Para qué lo estás buscando? —preguntó Rosie—. Le puedo escribir un mensaje, si...

—No hace falta —dijo Lemoine—. Ya lo encontraré. Adiós.

Y colgó.

Estaba perdiendo el tiempo, pensó, mientras borraba su historial de búsqueda, cambiaba su contraseña y volvía a guardar el móvil limpio en la bolsa. Ese tipo no era una amenaza. Los de la empresa militar lo encontrarían. Actuarían de acuerdo al guion, lo animarían a abandonar el área y ahí se acabaría todo. Quizás en los próximos días la chica se pondría en contacto con él para decirle que la habían llamado desde un número oculto —un tal John del trabajo—, ambos se preguntarían quién sería, coincidirían en que era bastante raro y luego se encogerían de hombros para no mencionarlo jamás. Lemoine se desconectó del servidor remoto y volvió con su usuario al de la red local. Abrió de nuevo las persianas venecianas e hizo contacto visual con varios asistentes asustados al otro lado del cristal, que pronto se escondieron detrás de sus pantallas en una pantomima de escrupulosa productividad. Sonriente, se sentó frente a su ordenador, y vio que acababa de llegarle un e-mail de Owen Darvish. «¡¡El charrán alza el vuelo!!», decía el asunto. Tras un largo resumen de la inauguración del proyecto de conservación, que Lemoine no leyó, había un vídeo adjunto, que Lemoine no abrió. Seguía sonriendo cuando hizo clic en el icono de mandarlo a la papelera.

Tony oyó el dron antes de verlo: un distante sonido torrencial, entre un silbido y un siseo, como el sonido del interior de una caracola. Era el mismo que había escuchado en su primera noche a la intemperie y había interpretado como una cascada, que parecía volverse más fuerte y nítido mientras descendía por la ladera de la montaña, donde se había convertido en algo similar a un zumbido, casi particulado, una especie de retumbar que se tornaba un chirrido. Había vuelto al parque nacional con la intención de desandar la ruta que había hecho el fin de semana, pero habían transcurrido más de tres horas desde que había abandonado el camino junto al risco, y todavía no había hallado ningún punto de referencia que reconociera; el sonido torrentoso era la única señal de que se encontraba más o menos cerca del lugar en el que había acampado la noche del viernes, y comenzó, de una forma no del todo consciente, a dirigir sus pasos en esa dirección, con la expectativa de pisar un tronco caído o empujar una cortina de enredaderas y llegar a un repentino estanque, con rápidos níveos sobre rocas mohosas, o tal vez, con un desfiladero al que la cascada hubiera dado forma durante décadas, un torrente que brotara a borbotones y formara una piscina en medio del ruido. El arbusto que lo rodeaba era demasiado denso para ver más de lo que había en unos cincuenta metros en cualquier dirección, y estaba empezando a preguntarse si debería sacar el móvil e intentar ver si había cobertura cuando salió a un pequeño acantilado con vistas a la Cuenca de Korowai y, entonces vio, batiéndose entre las copas de los árboles, un elegante dron multirrotor.

Lo observó volar casi durante un minuto entero, mientras oía la voz de Owen Darvish en su cabeza: «Se llama prospección magnética y radiométrica aérea», le había dicho, «y se lleva a cabo desde mucho mucho más alto. Miles de metros más alto». Este dron apenas había ascendido cincuenta metros, pero, por lo que Tony sabía, quizá desempeñaba algún tipo de tarea que solo podía realizarse a poca distancia del suelo. Se movía de un modo demasiado metódico para pensar que lo estuvieran usando de manera recreativa; parecía como estuviera peinando el área en busca de algo. Tony echó una ojeada a su alrededor y descubrió, para su gran alivio, que podía orientarse con la forma de la cordillera al otro extremo de la cuenca. No estaba perdido. Simplemente había vuelto a caminar demasiado. La zona de investigación quedaba a su derecha, no enfrente de él, como había imaginado, sino un poquito al norte y al oeste de donde estaba patrullando el dron.

Aquella mañana, antes de encaminarse al parque nacional, Tony había ido a Thorndike con el coche para recargar sus aparatos electrónicos y sus provisiones. La freiría no abriría hasta por la tarde, pero cuando compró una cesta entera de comestibles en la gasolinera, el dependiente accedió a dejarle usar una toma de corriente en una de las esquinas de la tienda. En la polvorienta lona junto al estante de las bebidas, con el teléfono enchufado al portátil, y el portátil enchufado a la pared, Tony había buscado los términos: «prospección radiométrica», «Autonomo» y «dron», tecleando con una mano, mientras con la otra se acercaba el dictáfono a la oreja para reproducir bajito su conversación con Darvish, quien, según parecía, estaba en lo cierto: las prospecciones geológicas se llevaban a cabo desde el aire y era uno de los servicios que Autonomo ofrecía a sus clientes en todo el mundo. Además, Autonomo había llevado a cabo una prospección completa de Nueva Zelanda en 2010, como parte de una dudosa «evaluación» exploratoria de los recursos minerales del país que había encargado el gobierno, y su objetivo, según leyó Tony, había sido identificar «depósitos minerales de interés económico» y calcular el posible coste de la extracción.

En aquella época, el gobierno había valorado modificar una ley que permitiría la minería en los parques nacionales de Nueva Zelanda. Tony recordaba muy bien aquella propuesta, no solo porque había formado parte de las miles de personas que se manifestaron en contra (se había vestido como un deshollinador tiznado de carbón con una pancarta en la que aparecía tachado TU MINA y en la línea siguiente, justo debajo, NUESTRO HOGAR), sino también porque su derrota suponía una de las pocas victorias decisivas de los actos de protesta que recordaba: ante la voz del pueblo, se había acabado por rechazar la propuesta. Sonreía mientras se descargaba el informe para leer la introducción por encima, contento de que la conexión de Lemoine con Nueva Zelanda tuviera unos antecedentes tan desagradables y de tener motivos para mencionar y celebrar en su ensayo un triunfo reciente de la democracia y de la izquierda. Por una vez en la vida de Tony, los obsesos de la privatización que ostentaban el poder habían perdido; ¡por una vez en su vida, la codicia y la degradación de aquel dogma avasallador del libre mercado habían quedado expuestas como lo que eran! Era tan delicioso recordar aquella victoria que Tony se sintió casi decepcionado cuando llegó a la parte del informe que hablaba de Korowai y descubrió que no se habían encontrado depósitos de interés económico en ningún lugar cercano a Thorndike o al Paso de Korowai.

Con el ceño fruncido, había vuelto a Google para inquirir qué tipo de investigación científica estaba teniendo lugar en el parque nacional, con la idea de hallar la relación entre el encargo que había recibido Autonomo y lo que el guardia le había dicho el sábado por la mañana, pero, por mucho que probara a buscar todos los términos con todas las combinaciones que se le ocurrieron, siguió con las manos vacías. No dio con nada que sugiriera que se estaba llevando a cabo ningún tipo de investigación en Korowai. Eso era muy raro. Korowai era un terreno público. Debería haber *algo* publicado para el dominio público; *algo* que debería poder consultarse en línea. Porque estaba claro que en Korowai estaba sucediendo algo. Lo había visto con sus propios ojos.

Tomó aire y aguantó la respiración.

¿Habrían falsificado el informe que estaba leyendo?

Tony no albergaba dudas de que el gobierno de Nueva Zelanda fuera capaz de participar en una alta conspiración. ¿Qué era el Consejo de Ministros, sino una camarilla de magnates con propiedades millonarias que habían gastado su legislatura engordando sus carteras personales de valores y desanimando al populacho para que no votara?, pensó con creciente indignación. La mayoría de ellos no era capaz de respirar sin mentir. Desde luego ninguno albergaba el mínimo respeto hacia el principio de la propiedad pública. ¿Acaso no habían ignorado flagrantemente el resultado de un referéndum sobre aquel mismo asunto hacía solo unos años y vendido una porción de bienes públicos a pesar de que la gente de Nueva Zelanda —*a quienes pertenecían aquellos bienes por derecho*— había votado a favor de conservarlos? Sacar a la luz las vergüenzas de un milmillonario habría estado muy bien, pensó Tony, mientras su imaginación corría libre y sin control; pero sacar a la luz las vergüenzas de su gobierno, del *gobierno de Nueva Zelanda*, ¡que supuestamente era tan verde, tan limpio, famoso por resultar inofensivo! Eso sería muchísimo mejor.

Sonrió de nuevo mientras desconectaba los aparatos y guardaba los cargadores. Se olvidaría del Bosque Birnam, pensó, mientras se despedía con un asentimiento del dependiente de la gasolinera y salía para abrir el coche de Veronica. Se olvidaría del búnker, se olvidaría de todo lo que tenía planeado escribir sobre survivalismo, y estrategia de posicionamiento, y tecnofuturismo, y el deterioro de la fase imperial del capitalismo, y la patética manera en la que Nueva Zelanda cortejaba servilmente a los superricos. Se olvidaría de todo eso. *Esa* era su historia. Todavía no lo tenía todo claro en su cabeza, pero sin duda empezaba a formarse una imagen. Lo que fuera que estuviera ocurriendo en Korowai se estaba desarrollando en secreto y él, Tony Gallo, *Anthony* Gallo, iba a ser quien lo sacara a la luz.

Seguía mirando el dron, disfrutando de su trayectoria mientras se balanceaba de un lado para otro y navegaba en su dirección para después alejarse, se acercaba, se alejaba. Cuando parpadeó vio otro, que volaba más bajo y más rápido que el primero, y, al volver a parpadear, se dio cuenta, de repente, de que la cuenca estaba infestada de ellos; todos se movían de manera independiente, como si cada uno dispusiera de su propio cerebro: algunos se zambullían entre los árboles y volvían a ascender, otros daban vueltas en círculos, otros permanecían en suspensión. Tony sintió una curiosidad creciente. Puso la mochila en el suelo y sacó los binoculares para verlos más de cerca. Al recordar la antena telefónica sobre la caravana que había encontrado el sábado por la mañana, se preguntó si su propósito sería proveer de recarga inalámbrica a los drones.

Algo justo en el centro de su campo de visión captó su atención, y se llevó las lentes a los ojos para ver a un dron que se había quedado suspendido justo frente a él, ampliado hasta niveles extraordinarios, brillante por el calor, con las hélices rasgando el aire; y, aunque la bóveda negra que albergaba la cámara que pendía entre los patines de aterrizaje era opaca, con el cristal tan pulido que casi daba la impresión de estar mojado, Tony no albergaba ninguna duda de que la máquina lo había visto; de que lo estaba *viendo*, evaluando, en tiempo real. El corazón se le aceleró, pero no apartó los binoculares y, con serenidad, los movió en otra dirección muy lentamente para disimular que se hubiera percatado de algo inusual. Se concentró en un montículo cubierto de árboles a media distancia, los contempló de un lado a otro por un rato, y después bostezó, se levantó y guardó los binoculares en la mochila. Hizo un par de estiramientos lánguidos, se puso la mochila y se adentró en el arbusto por donde había venido.

Pronto se lo tragaron los árboles, pero continuó caminando en lo que esperaba que pareciera un ritmo alegre hasta que el sonido de los drones a sus espaldas comenzó a desvanecerse. Entonces, sin atreverse aún a mirar atrás, echó a correr, moviéndose todo lo rápido que pudo a través de la frondosa maleza, peleándose con las raíces y los árboles caídos, abriéndose paso a través de las enredaderas y las ramas, mientras evitaba, en la medida de lo posible, los rayos que se colaban por las copas de los árboles en forma de una luz olivácea y verde mar. Tras más o menos un kilómetro, se giró hacia la izquierda con brusquedad y varió el rumbo colina abajo, doblándose sobre sí mismo, hasta que alcanzó el fondo del acantilado sobre el que había estado y, después, volvió a cambiar el rumbo, encaminándose a la derecha, al corazón de la Cuenca de Korowai.

Según avanzaba, examinaba los alrededores en busca de refugio hasta que se encontró con un gigantesco árbol totara que se había precipitado contra la horcadura de su vecino, lo que había levantado un enorme cúmulo de raíces y tierra que creaba una especie de anfiteatro terráqueo en el suelo del bosque. Se introdujo en el hueco, se puso bocabajo y miró desde el suelo, con la respiración agitada y los latidos del corazón resonándole en las orejas. Podía ver la valla: estaba a unos cincuenta pasos de su escondrijo, lo suficientemente cerca para leer los carteles de plástico que advertían a intervalos regulares: INVESTIGACIÓN EN MARCHA – PROHIBIDA LA ENTRADA.

Yació inmóvil hasta recuperar el aliento y sentirse seguro de que no lo habían seguido. Entonces, moviéndose con toda la tranquilidad y la eficiencia que pudo, abrió la mochila para sacar el pasamontaña y un par de cubrepantalones. Se los puso y comprobó que los bajos estuvieran bien sujetos a las polainas, después sacó también un par de guantes de lana. Había acudido a un taller de ofuscación digital que organizaba un grupo de sensibilización sobre las libertades ciudadanas, y sabía que la tecnología de imagen térmica de los drones tendría dificultades para detectarlo si llevaba ropa aislante. Y los árboles ayudarían a dispersar su huella térmica. Y era de día, lo que ayudaría aún más; las imágenes térmicas funcionaban mucho mejor de noche, cuando el aire estaba más frío y el contraste con el cuerpo humano era mucho más pronunciado. Recordó que había llovido la primera vez que entró en el parque nacional; quizás ese fuera el motivo por el que el guardia se había sorprendido tanto al verlo la mañana siguiente. Se miró de arriba abajo, con la certeza de que ya se había cubierto las espaldas todo lo que podía, pero, pensándoselo mejor, se quitó la chaqueta roja y la sustituyó por un forro polar de color más oscuro y se remetió el borde del forro por debajo de los pantalones. Ahora había cubierto cada centímetro de su cuerpo a excepción del agujero para los ojos.

Se estaba preguntando si se atrevería a salir del agujero para investigar la valla cuando oyó unas pisadas fuertes acercándose a través de la espesura cercana y vio aproximarse a dos hombres, ambos vestidos con camperas negras infladas: uno de ellos jugueteaba con un aparato plano con manivelas, algún tipo de panel de control, y el otro inspeccionaba los árboles a su alrededor con un ensayado movimiento de barrido. Ambos montaban guardia mientras andaban. Tony volvió a hundirse en las sombras, pero el segundo guardia mantenía la vista al frente, en lugar de investigar el suelo del bosque; su mirada paseó por el hueco en el que se escondía Tony.

—¿Has encontrado algo? —le preguntó al hombre con el panel de control, que agitó la cabeza.

—Es una pérdida de tiempo. Iba en la otra dirección —respondió.

El primer hombre asintió y varios segundos más tarde, se fueron.

Lo estaban buscando. En su cabeza, Tony ya estaba viendo la firma de autor, se imaginó en medio de una entrevista, oyó la intro musical de un pódcast, un osado xilófono, un resplandeciente oleaje de cuerdas. Lo estaban buscando. Estaban en alerta. De momento, había visto a tres tipos; quizás hubiera más. No tendría sentido acercarse a la valla en aquel momento, y aunque sería fácil saltar por encima, también tenía que pensar en la manera de salir. Sería mejor esperar uno o dos días, se dijo, para que pensaran que había abandonado la zona, y buscar su propio puesto de vigilancia. Aquel agujero era tan buen lugar para acampar como cualquier otro; quizás abundaban en exceso las arañas, pero era seguro. Permanecería alerta, vigilaría la valla, se aprendería los ritmos y rutinas, llevaría un diario, comenzaría a trazar un plan. Tony sonreía debajo del pasamontaña. Todo lo que estaba haciendo: escapar de los drones, esconderse en un agujero, cubrirse de ropa, emplear tácticas de ofuscación, *era* el tipo de detalles que convertirían su trabajo en una gran historia. Se movía por instinto, seguía sus corazonadas, vivía el momento, usaba cualquier cosa de la que dispusiera para buscar la verdad. Estaba arriesgando su vida por la investigación. Formaba parte de la historia; ¡él *era* la historia! Sin dejar de sonreír, Tony se permitió una última fantasía: se vio a sí mismo en el escenario, en un podio, recogiendo un premio.

Probablemente sería mejor no usar el móvil durante un tiempo. Era una lástima. Habría estado bien ponerse en contacto con Rosie para informarle de que iba detrás de algo gordo y ponerla al día… pero ya estaba sacudiendo la cabeza. Rosie era un encanto, pero… bueno, la cosa acababa ahí, en realidad. Era un *encanto*. Era el tipo de chica que confiaba en el gobierno, una ciudadana ejemplar que cumplía las normas e interpretaba de manera literal lo que le decían y se enorgullecía de darle a todo el mundo que conocía el beneficio de la duda. No era *radical*. Si le contara lo que sospechaba que sucedía allí, pensó Tony, se limitaría a seguirle la corriente. Coincidiría en que sonaba loquísimo, y muy turbio y superraro, pero no lo diría en serio. No creería que una conspiración gubernamental fuera posible: ¡no en Nueva Zelanda! ¡No en 2017! No comprendería el peligro que corría, no apreciaría la manera en que se estaba arriesgando, ni la magnitud del asunto. Tony no tenía paciencia para la condescendencia.

En todo caso, pensó, mientras sacaba la libreta y le quitaba el capuchón a la pluma, le había dicho que no podría localizarlo durante algunos días. No estaría esperando que le escribiera. Y ni siquiera era su novia ni nada.

Abrió la libreta por una página vacía.

«Oí los drones antes de verlos», escribió y luego se recostó, sostuvo la libreta en alto como un libro de himnos y, en un susurro, dijo las palabras en voz alta.

—¿Te acuerdas de esa parte de *Harry Potter* en la que Dumbledore dice algo en plan que hay un momento en el que todos debemos decidir entre lo correcto y lo que es fácil?

—Creo que sí —respondió Mira. Levantó los zarcillos de un fresal para verter una disolución de fertilizante de tomate en la tierra.

—Creo que lo entendió del revés —dijo Shelley—. Justo estaba pensando en eso. En realidad, nadie puede saber qué es lo correcto. O sea, quizá *crees* saber qué es lo correcto, y puedes *convencerte* de que lo sabes, pero en el momento en el que tomas la decisión, en ese instante, no lo puedes saber con seguridad. Solo te queda esperar que sea así. Solo se puede actuar y esperar que hayas hecho bien, y tal vez resulte que tenías razón o a lo mejor no, en cualquier caso, siempre puedes decir que lo has intentado. Pero, si lo piensas, lo que está *mal* se ve con mucha más facilidad. El mal se distingue con más claridad que el bien, muchas veces. Es algo más definitivo, es decir: esta es la línea que *sé* que no voy a cruzar, esto es lo que no haré *de ninguna de las maneras*.

—Pues sí —dijo Mira—. Lo entiendo.

—En cualquier caso —siguió Shelley—. Esto es lo se me ha ocurrido: las verdaderas elecciones de la vida, las que son muy difíciles, las que lo cambian todo, nunca se dividen entre lo que está bien y lo que es fácil. Son entre lo que está mal y lo que es duro.

—Ja —dijo Mira—. Es una teoría muy buena.

Shelley esperó, pero su amiga no dijo nada más.

—O sea, ubícate, Dumbledore —añadió Shelley tras unos instantes, pero Mira ya había recogido la regadera y se encaminaba a otra parte del campo. Decepcionada, Shelley se giró hacia el fardo de paja que había estado desmontando con las manos y puso un exagerado mohín de disgusto y, de inmediato, se sintió desleal. Adoptó una expresión neutra, agarró el fardo de paja firmemente con las dos manos y siguió trabajando.

Durante su época universitaria, Shelley había contribuido regularmente a la sección de reseñas de la revista estudiantil del departamento de literatura y, siempre que se acercaba la fecha de entrega y no tenía tiempo, o el libro en cuestión era demasiado difícil o controvertido desde el punto de vista político como para escribir una respuesta personal que no solo fuera honesta sino también responsable, se refugiaba en un exceso de halagos. La gente criticaba de inmediato las acciones críticas y cualquiera tacharía de pereza una reacción tibia, pero nadie solía hacer preguntas sobre la efusividad. Incluso quienes despreciaban el libro que estuviera alabando, nunca le discutían nada si se esforzaba en cantar sus alabanzas; simplemente la categorizaban como persona de mal gusto y dejaban de mantener conversaciones críticas con ella, y ahí acababa la cosa. Las expectativas no eran muy altas, por supuesto; pero, aun así, todavía se ponía a veces un poco triste cuando hojeaba los números viejos de la revista y se percataba de que sus reseñas más elogiosas eran de libros cuyos autores la habían asustado, libros que nunca había terminado o libros que era demasiado cobarde para admitir no haber entendido nunca. Debido a su costumbre de menospreciarse a sí misma, había estado segura de que nadie más daba rienda suelta a aquel tipo particular de deshonestidad intelectual, y por tanto le había sorprendido descubrir, tras varios años en el Bosque Birnam, que una de las señales más claras de que Mira también practicaba ese tipo de engaños fue cuando empezó a estar de acuerdo con todo lo que decía Shelley.

La observación sobre Dumbledore, por ejemplo, era justo el tipo de cuestión retórica que, en circunstancias normales, Mira habría adorado examinar poquito a poco y reflexionar al respecto. A Shelley se le había ocurrido hacía dos días y llevaba desde entonces ensayando y redefiniéndolo en su mente mientras esperaba la oportunidad de presentárselo a Mira de improviso. Albergaba la esperanza de que iniciara un debate filosófico sobre decisiones duras, que quizá fluiría de forma natural para convertirse en una discusión sobre la gestión futura del Bosque Birnam. *Te Māra Neke*, susurró desafiante, aunque ni Mira ni ella habían vuelto a sacar el tema y Shelley había decidido no ponerlo sobre la mesa de momento, como había sugerido Mira, para la valoración grupal; al menos no hasta el próximo *hui* general, para el que todavía faltaban dos meses y medio. Shelley era consciente de que no había motivos para revivir el tema hasta entonces ya que, desde esa conversación, Mira solo le había mostrado afabilidad, y se había esforzado por expresar cuánto la apreciaba y quería, reculando de inmediato cada vez que tenían puntos de vista diferentes, y alejándose de los temas en los que Shelley y ella no coincidían. En las reuniones nocturnas, se había mostrado poco sociable, lo que era raro en ella, nunca descortés, pero poco curiosa, distante hasta aparentar desaprobación, y varias veces Shelley la había sorprendido paseando la vista por el grupo allí reunido con genuina confusión, como si viera al Bosque Birnam en acción por primera vez; quizá no los miraba con sus ojos, sino con los de Lemoine.

El polvo del fardo de paja hizo que Shelley estornudara una, dos, tres veces, y escuchó a Mira decir «Jesús» de manera ausente desde el otro extremo del campo. Shelley no le respondió. Se frotó la cara con saña en la manga.

Una de las historias con moraleja que a la madre de Shelley le gustaba contar en sus seminarios sobre contratación de personal iba de una aficionada a las acuarelas a la que había descubierto mientras pintaba en una colina en el puerto de Akaroa una importante figura del mundo del arte —la señora Noakes nunca decía su nombre— que había venido desde Nueva York al país de luna de miel. Aquel pez gordo, según narraba la señora Noakes, había quedado tan impresionado con el modesto boceto del caballete de la pintora aficionada que había jurado organizar una exposición de su trabajo; le había puesto su tarjeta de visita en la mano y le había hecho prometerle que lo llamaría en cuanto pudiera. Que exhibieran su trabajo era el sueño de la pintora aficionada, pero por algún motivo la perspectiva la llenaba de un terror abyecto y, aunque guardó la tarjeta en su cartera para no perderla y la sacaba de vez en cuando para mirarla, por alguna razón nunca reunía valor suficiente para llamar. Pasaron los meses, después los años, hasta que en una ocasión se topó con una mención a aquel hombre en un artículo que estaba leyendo y descubrió que había fallecido; que, de hecho, llevaba tiempo fallecido, varios años, y fue la prueba definitiva de que había perdido su oportunidad, que había socavado su ambición y, de una forma perversa, contraria, ajena a sus intereses, en contra de los deseos más profundos y secretos de su corazón había huido de lo que más deseaba; y, entonces, la señora Noakes hacía una pausa y anunciaba, con un tono de voz solemne, que la pintora aficionada era ella. «Es mentira», había dicho Mira cuando lo escuchó por primera vez; «no ha pasado, te apuesto mil dólares», pero ahora, años más tarde, mientras Shelley se agachaba para dispersar la paja suelta por el suelo, se le ocurrió que Mira no había entendido el meollo, ya que si su madre se *había* inventado la historia, en cierta manera, solo la volvía más pertinente: pues ¿acaso no demostraba lo mucho que la señora Noakes había deseado aquello hasta pervertirlo y contradecirlo al inventarlo desde cero?

Shelley Noakes comprendía el autosabotaje. Nada tendría más sentido para ella que si Mira le confesara que, igual que la señora Noakes, igual que Shelley, igual que los seres humanos de todas partes, lo que le ocultaba a Shelley también era algo que ni siquiera se había confesado a sí misma: que le daba miedo que el Bosque Birnam se volviera famoso, que le daba miedo el dinero que Lemoine les había ofrecido, le daba miedo exponerse, le daba miedo la oportunidad, le daba miedo el futuro, le daba miedo el éxito... Excepto que no era cierto, pensó Shelley, con resentimiento. Eso no era lo que pasaba en realidad. El motivo por el Mira le mentía era aún más básico que el autosabotaje, y Shelley lo sabía perfectamente.

Shelley solo había visto una vez a Robert Lemoine y la opinión que se había formado era que rezumaba una cortesía serena e impenetrable; «un hombre capaz de dominarse a sí mismo», había sido la expresión que se le vino a la cabeza, un poco inesperadamente, porque nunca había pensado en describir a nadie de esa manera con anterioridad. Lemoine había estudiado los rasgos de Shelley con mucha atención cuando se dieron la mano, antes de pasar a escudriñar por turnos al resto de los miembros del grupo, examinando sus rostros de uno en uno, mientras terminaba de presentarse e intercambiaban cumplidos en los corrales junto al cobertizo de esquila, y Shelley había recordado lo que Mira había dicho sobre él en el *hui*: «Es como si nos estuviera retando, ¿o nosotros a él?». Sí, había pensado Shelley, evaluándolo, había un aire de desafío contumaz en su manera de moverse, una provocación tácita en la forma en la que se mantenía tan distante, y en cómo parecía pasárselo bien perpetuamente, pero solo un poco. Para ser sincera, no habría dicho que le caía mal: rebosaba confianza, hablaba bien, poseía un humor seco, incluso diabólico, pero lo que la inquietaba era que hubiera cautivado a Mira completamente y sin remedio, y lo poco consciente que era esta de que su enamoramiento resultaba evidente a todos, en especial a Lemoine. Shelley había empezado a preguntarse, con creciente agitación, lo que aquella problemática cuestión podría significar para los otros miembros del Bosque Birnam cuando, de pronto, Lemoine se giró y la miró a los ojos, alzó las cejas en burlona expectación y esbozó una sonrisa resplandeciente. Shelley se había quedado tan sorprendida que se descubrió incapaz de devolverle la mirada; lo observó fijamente y el pensamiento que se le ocurrió no fue *es como si supiera lo que estaba pensando* sino *quería que creyera que sabía lo que estaba pensando*, lo que se le antojó mucho más siniestro y, extrañamente, mucho más impresionante.

—No os habéis acostado, ¿verdad? —le preguntó a Mira cuando se hubo marchado.

—¿Qué? —preguntó Mira con una perplejidad exagerada—. ¡No! ¡Ni va a pasar!

—Da la impresión de que está en el aire.

—¿De verdad? —Mira se había vuelto remilgada—. Nunca me ha dado esa sensación.

—Venga ya. No es verdad.

—En serio. Nunca ha surgido.

—Vale, pero si pasara… ¿te gustaría?

—Estaría *asustadísima* —replicó Mira y se rio—. ¡Shelley! ¿A ti no te ha dado *miedo*? O sea, ¿no pensaste: ese tipo es el *puto ser humano más terrorífico* que he conocido en *toda mi vida*?, ni ¿cómo es *posible* que nos haya tocado estar *a menos* de un millón de kilómetros de él?, ni ¿quiénes *somos*?, ni ¿qué significa *todo esto*?

Para entonces, Shelley también se había echado a reír y entonces uno de los otros le preguntó dónde estaba el chiste, lo que por algún motivo lo hizo aún más gracioso y enseguida todos empezaron a reírse de la profunda absurdidad de su extraordinaria situación, y hasta varias horas más tarde, mientras se acomodaba en el saco de dormir e iniciaba su habitual repaso mental de todas las conversaciones del día, no se percató de la pericia con la que Mira había esquivado la pregunta.

Pero no era solo una pregunta. No era retórica, pensó Shelley, rastrillando el suelo con la horca, arañándolo, aporreándolo y dándoles la vuelta a las piedras. Era un problema existencial serio para todo el Bosque Birnam y, mientras más pensaba al respecto, menos ganas tenía de reírse. Lemoine tenía el poder de retirar la oferta por capricho. No había firmado ningún contrato en condiciones. Si se aburría de su acuerdo, podía echarse atrás cuando quisiera y ordenarle al Bosque Birnam que se fuera; y entonces, ¿qué podrían hacer?, ¿a quién podrían recurrir? La tierra le pertenecía, tenía el poder; la ley estaría de su parte. Shelley golpeó el suelo. ¿Mira no se daba cuenta de que, si se acostaba con él, los pondría a todos en riesgo? Estaría haciendo peligrar todo su arduo trabajo, todos los sacrificios que habían hecho para llegar hasta ahí, todo en lo que creían, ¿a cambio de qué? ¡Era imposible que creyera tener un futuro con ese tipo! Sabía el tipo de persona que era. Sabía que estaba jugando con ella, igual que sabía que *jugaba* con él. Estaba haciendo el tonto. Hacía lo que se le antojaba, igual que siempre; daba a todo el mundo por sentado, igual que siempre; y actuaba como si las reglas que regían a la gente pequeña fueran demasiado tediosas y vulgares para aplicárselas.

Y tampoco era una novedad, pensó Shelley, con auténtico resentimiento. Siempre había habido partes de la gestión diaria del Bosque Birnam que Mira había despreciado; siempre actuaba como si las cuestiones administrativas y los protocolos democráticos no merecieran su tiempo o su atención. Era uno de los motivos por los que ambas amigas se complementaban a la perfección, ya que, como Mira solía comentar, Shelley adoraba la burocracia; le gustaba de verdad tachar las tareas de una lista y organizar y hacer planes para el futuro y establecer procesos de evaluación y métodos para llamar la atención. Mira carecía de paciencia para nada de eso. Adoraba especular, adoraba sentir el alcance y la flexibilidad de su audacia imaginativa; adoraba ponerse a prueba y contradecirse; seguir aumentando, constantemente, su sentido de lo que era posible hipotetizar y conjurar e imaginar; y, aunque aquella arrebatadora energía especulativa era algo que Shelley admiraba y envidiaba de ella con sinceridad, también veía que a veces se convertía en una especie de actitud caprichosa, incluso insensible, en lo que se refería a los aspectos de la existencia cotidiana que no podían resolverse con el pensamiento ni desaparecían por desearlo muy fuerte. Shelley sentía que la abstracción ofrecía cierto tipo de seguridad, a través de visiones que nunca dejaban de ser visiones; ideas que siempre serían ideas; en los últimos días se le había ocurrido que quizá lo que había retenido el interés de Mira durante tanto tiempo fuera el hecho de que el Bosque Birnam careciera de una forma concreta, y que se tratara en cambio de una reunión de amigos, no declarada, no regulada, a veces criminal, a veces filantrópica. Imaginaba que a su amiga le iba a resultar muy difícil, una vez que el grupo se convirtiera en una empresa de verdad, abandonar el reino de las posibilidades abstractas.

Si es que alguna vez llegaban ahí. Todavía seguían perdidos en el bosque, pensó Shelley, anotándose la broma. Ni se había aproximado a la solvencia. Seguía siendo una mera posibilidad y, mientras tanto, la actitud de Mira comenzaba a ser un problema. Ya que, por mucho que el Bosque Birnam se hubiera diseñado para ser horizontal y, pese a que las reuniones variasen de mediador por un sistema de turnos, y aunque las tareas de liderazgo se dividieran y compartieran escrupulosamente, a nadie se le acababa de olvidar —nadie *se olvidaba* nunca— de que Mira era la fundadora. En primer lugar, se le daba mal seguir a los demás y, además, poseía una autoridad que no era fácil ceder o rotar dentro del grupo, y era la autoridad de ser una experta. Cuando se negaba a dar constancia de su opinión y se sometía sin comentarios a la decisión de la mayoría para luego retirarse en silencio en cuanto finalizaba la reunión, Shelley se percataba de que los demás se sentían nerviosos; empezaban a dudar de ellos mismos, a apartarse los unos de los otros y su trabajo comenzaba a resentirse; y de alguna manera, siempre le tocaba a Shelley, como segunda veterana del grupo, reunir una energía que no le sobraba y adentrarse en la brecha, llenar los huecos, hacerse cargo e inventarse excusas en beneficio de una amiga que ni siquiera le mostraba la decencia de admitir lo que era obvio para toda la gente que la rodeaba, sobre todo para Shelly. Al echarle un vistazo, Shelly la descubrió enfrascada en la contemplación del cielo sobre el risco, lo que había ocurrido al menos cien veces esa tarde, y sintió una ráfaga de furia. *Yo lo he dado todo por el Bosque Birnam*, pensó, *y tú solo querías hacer el tonto.*

Shelley se había acostumbrado hacía mucho tiempo a que su destino fuera pertenecer siempre al bando de los perdedores. Nueva Zelanda había estado gobernada por la centroderecha desde antes de que tuviera edad de votar y no encontraba nada que la emocionara en los supuestos partidos de la oposición. Un feo y sofocante sentimiento de derrota la invadía cada vez que escuchaba a una persona de la generación de sus padres hablar animadamente de tener una vivienda en propiedad, vacaciones en el extranjero o seguridad financiera, o del valor intrínseco de la educación o de segundas oportunidades en un gremio abarrotado; a veces se sentía así solo con que alguien hablara del futuro —incluso si era el futuro cercano— en términos optimistas. Pero era consciente de que existía cierta satisfacción en la desesperación, un poco de piedad, un toque de martirio en sentir que una y toda su generación había sido víctima de los poderosos, y que no solo los habían engañado, robado, demonizado y desalentado de la participación ciudadana sino que los habían convertido en un chiste; y, cuando el sonido del motor del avión partió el aire y miró arriba para ver que Mira había dejado las herramientas en el suelo y ascendía la colina en dirección a la pista de aterrizaje, sonriente, Shelley sintió un arrebato de asco ante su propia complacencia. Vio cómo el avión se inclinaba y daba una vuelta antes de aterrizar. Y entonces escuchó a su madre diciéndole: «Acércate».

—¡Espérame! —la llamó, quitándose los guantes y subiendo también por la colina a toda velocidad. Fingió no percatarse de la manera en la que Mira había dudado, confundida; su sonrisa titubeó y se volvió falsa cuando Shelley cubrió la distancia que las separaba; parecía, pensó Shelley, casi avergonzada, casi acobardada, como si acabara de demostrar que su amiga había mentido. Pero no dijo nada. Se limitó a asentir, aun sonriente, y caminaron juntas sin una palabra más.

Para cuando llegaron a la pista, el avión ya había aterrizado y permanecía inmóvil, mientras Lemoine desembarcaba. No pareció sorprendido de verlas acercarse, aunque a lo mejor, pensó Shelley, nunca mostraba sorpresa; por algún motivo, no podía imaginarse esa emoción en su rostro.

—He estado en California —les anunció como saludo—. Os he traído algo.

Sacó una bolsa de plástico sellada del bolsillo y la sostuvo en alto para que vieran lo que contenía: un papelito color acuarela, apenas más grande que un billete de autobús, dividido en cuadraditos como una tarjeta de puntos en miniatura. Cada cuadradito tenía el tamaño de una uña y llevaba el sello de una estrella turquesa de cinco puntas.

Shelley no sabía lo que era. Observó a Mira en busca de ayuda.

Mira ya estaba negando con la cabeza mientras levantaba ambas manos.

—No, gracias —dijo—. Yo no quiero.

Lemoine se lo pasó.

—Es un regalo de bienvenida a la casa.

—Al cobertizo —lo corrigió Mira. Se cruzó de brazos.

Lemoine le sonrió.

—Cobertizo y casa —dijo, pasándole la bolsita a Shelley—. Voy a quedarme. He pensado que podíamos probar esto todos juntos.

Mira lo fulminó con la mirada.

—¿Cómo? ¿No bebes, pero tomas *LSD*?

Así que era eso. Shelley examinó la bolsa con renovado interés.

—¿Lo has probado alguna vez? —preguntó Lemoine.

Se estaba dirigiendo a Shelley, pero fue Mira quien respondió.

—No.

Lemoine seguía aguardando la respuesta de Shelley.

—Leí un artículo al respecto —respondió.

El milmillonario se echó a reír.

—¿Y cómo era? —preguntó—. ¿Mucho lenguaje colorido? ¿Muchas palabras inventadas y nuevos tipos de gramática?

—No recuerdo las palabras específicas —dijo Shelley.

—Magnífico —respondió él riéndose de nuevo. Shelley sintió una repentina ráfaga de satisfacción.

—Me hizo querer probarlo, por cierto.

—Todo el mundo debería probarlo alguna vez —dijo él, volviendo a la cabina para sacar una bolsa de lona—. Lo usamos todo el tiempo con las empresas emergentes para fomentar la confianza en el grupo. Es un buen ejercicio para afianzar vínculos.

—Guay —dijo Shelley, todavía emocionada.

—Es increíble lo que hace con la imaginación —dijo Lemoine—. Incluso solo un poquito. No hace falta el viaje entero. Te deja vivir el momento, ya sabes, te vuelve más receptivo, más presente, más conectado, más creativo. Te va a encantar.

Mira volvió a fruncir el ceño.

—Cualquiera diría que te han pagado para decirnos eso.

—Qué va —respondió él—. Es la belleza de las sustancias ilícitas: no hay publicidad. Por una vez en la vida puedes tomar una decisión pura. No hay envases, ni algoritmos, ni las grandes farmacéuticas te los intentan meter por el gaznate.

—Solo un tipo trajeado que nos asegura que nos va a encantar —dijo Mira.

A Shelley le pareció que la expresión de Lemoine se volvía un poco rígida. Mira debió de sentir que había cruzado una línea, pues se apresuró a darse la vuelta, entornó los ojos y miró en dirección al valle, como si escuchara algo en la distancia y no pudiera distinguir bien lo que era. Shelley reconoció aquel gesto: era algo que Mira hacía cuando había quedado en evidencia. Intentaba esconder la cara.

—Bueno —dijo Lemoine a Shelley—. No puedes contentar a todo el mundo.

Mira seguía dándoles la espalda.

—El artículo que leí era sobre personas daltónicas que lo probaron —dijo Shelley—. Y vieron los colores por primera vez en su vida. En realidad, era bastante bonito.

Intentó devolverle la bolsita de plástico, pero él negó con la cabeza.

—Es para vosotros —le dijo, mirándola—. Shelley, ¿verdad?

—Sí —dijo ella, maravillada.

—Es para todo el mundo —dijo Lemoine—. Socialismo. ¿Verdad? Lo capto.

Dejó la bolsa de lona en el suelo y volvió a la cabina para recoger una nevera portátil de aluminio guardada detrás del asiento del piloto. Shelley se quedó mirando a Mira, que se estaba inspeccionando un corte en uno de los dedos.

—He traído cena —dijo Lemoine cuando volvió a salir—. Había pensado que podíamos celebrar esta noche. Nos relajamos y nos conocemos un poco mejor.

Puso la nevera en el suelo, le colocó encima la bolsa de lona y después la recogió.

—¿Necesitas ayuda? —preguntó Shelley.

—¿Qué has traído para la cena? —preguntó Mira al mismo tiempo.

Se estaba esforzando demasiado en ser mordaz, pensó Shelley, pero estaba quedando como una maleducada.

—Qué detalle —respondió Lemoine a Shelley, volviendo a colocarse la bolsa en el hombro y pasándole la nevera—. ¿Por qué no la llevas al campamento y reúnes a los demás? Diles que bajaremos en un momento.

La estaba mandando de paseo, pero le tocó el brazo mientras hablaba y le sonrió, y Shelley supo que había ganado. Con una última mirada a Mira, que estaba mirando el suelo, comenzó a descender por la colina hacia el cobertizo de esquila y, una vez que quedó fuera de la vista del avión, puso la nevera en el suelo para inspeccionarla. Dentro había tubos de plástico apilados; cado una de ellos contenía un preparado de diversos ingredientes: fideos gordos y sedosos, cubitos de cacahuetes, rodajas de lima, judías mungo, cebolla cortada en aceite, dados de chili, bastones de tofu. Había dos tarros: uno relleno de una salsa espesa entre marrón y dorada, y el otro con lo que parecía un huevo batido. Era un *pad thai*, pensó Shelley, con una extraña sensación entrañable: era una buena opción para un grupo. El preferido del público. Y vegetariano. Por supuesto, no existía la posibilidad de que él mismo hubiera preparado los ingredientes —sin duda, dispondría de un cocinero privado— pero, aun así, a Shelley le dio ternura. Volvió a colocarlo todo en la nevera y cambió la tapa.

Encontró a los otros en los corrales, construyendo una estructura para una malla de protección contra pájaros.

—¿Cómo le va a nuestro ricachón? —le preguntó Hayden cuando se acercó.

—Va a cenar con nosotros —dijo Shelley, alzando la nevera—. *Pad thai*.

—Ay, ¿nos ha cocinado? —dijo Natalie—. Qué detalle.

—También nos ha traído un regalo de bienvenida —dijo Shelley, metiendo la mano en el bolsillo para extraer la bolsa de plástico.

—¿Un regalo?

—Sí —dijo Shelley, alzándolo en el aire—. Un montón de drogas de alta calidad.

Todos empezaron a reírse y, tras una pausa, Shelley también se unió.

—Genial —dijo Hayden.

Mira ya se estaba arrepintiendo de haber adoptado una postura tan extrema con el LSD, pero había dado su opinión con tanto desdén que no sentía que pudiera cambiarla sin quedar mal. Le avergonzaba que, al actuar con ese aire distante y combativo que siempre adoptaba cerca de Lemoine, hubiera dado la impresión de ser una aguafiestas mojigata; y estaba decepcionada, porque había tomado setas varias veces y disfrutado muchísimo de la experiencia, y sabía que habría aceptado la bolsita de plástico con genuina curiosidad e interés si la oferta hubiera provenido de casi cualquier otra persona. Mientras Shelley desaparecía de la vista entre el rompevientos de pinos, frunció el ceño y se cruzó de brazos, preparándose, con una resignación sombría, a comprometerse con una postura en la que nunca había creído.

Lemoine le sonreía.

—He de decir que no te había tomado por una puritana —le dijo—. Estoy sorprendido.

—Bueno, supongo que no todo el mundo es un cliché con patas —explotó Mira.

Él sonrió aún más.

—No te gusta perder el control —dijo—. ¿No es así?

—Oye, que te jodan, no tengo que darte explicaciones —le dijo—. Estamos en medio de ninguna parte. Como a mil horas del hospital más cercano. Perdón si no quiero embarcarme en un puto viaje psicodélico con un tipo que habla mucho pero que todavía no ha soltado la pasta, lo que, por cierto, significa que estamos allanando este lugar. Y estoy segura de que para ti no existe la ley ni nada de eso, pero también sé muy bien que para nosotros es muy real y que, si algo sale mal, estamos jodidos. Así que, claro que no, gracias.

—Es una explicación bastante buena viniendo de alguien que no tiene por qué darme explicaciones.

—No soy una puritana —dijo Mira—. Pero tampoco soy ninguna idiota.

—Ni un cliché —añadió Lemoine.

Lo fulminó con la mirada.

—Y ahora vas a explicarme que sí *soy* un cliché y no me doy cuenta, ¿verdad?

—En absoluto —contestó—. Solo iba a decir que a veces ser un cliché puede resultar muy útil. Deberías pensártelo.

—¿Ah, sí?

—Pues sí —respondió él—. Significa que la gente va a subestimarte. Piensan que ya han visto todo lo que hay. Bajan la guardia. Se vuelven perezosos. Revelan quiénes son en realidad.

—Gracias por el consejo —dijo Mira—, pero soy una mujer. Me subestiman prácticamente todos los días de mi vida.

—Buena respuesta —dijo él entre risas—, pero no me lo trago.

—¿Sabes? Estamos trabajando muy duro —dijo Mira—. Nos lo hemos tomado muy en serio. No estamos aquí de vacaciones. Nos estamos deslomando.

—No me cabe duda.

—Así que, quizás, esta noche, antes de sacar la tableta de ácido podríamos poner las cosas por escrito. Ya sabes, redactar un contrato o algo. Solo para asegurarnos de que no nos estés estafando.

No dijo nada, sino que la examinó con aire meditativo.

—¿Ves? Eso es lo que me preocupa —dijo Mira—. Me preocupa que para ti esto no sea más que una manera de pasar el rato, que no signifique nada, mientras que nosotros nos jugamos el sustento. Ya sé que probablemente estés ganando miles de dólares de plusvalía mientras te paseas por aquí, pero…

—Tienes razón —la interrumpió—. He estado estafándoos.

Mira vaciló, confusa.

—Esta es una experiencia poco usual para mí —dijo Lemoine—. Todo esto… —Señaló el espacio que había entre ellos—. He querido disfrutarlo. Aprovecharlo al máximo.

—Claro —dijo Mira, dubitativa—. Por supuesto.

—Pero es cierto —continuó—. Vamos a poner algo por escrito. Es buena idea.

Mira volvía a sentirse avergonzada de nuevo.

—Es solo para quedarnos tranquilos —aseguró—. O sea, no creo que vayas a quedar decepcionado con nuestro trabajo.

—Oh, no —se apresuró a responder—. No creo que vayáis a decepcionarme.

Pero ahora Mira se había ruborizado. Sentía que lo había juzgado mal y que no había sido capaz de confiar en él, que se estaba equivocando; él había mantenido abierta una ventana de posibilidades entre ellos, pero Mira no la había visto y la había cerrado de un golpe.

De pronto, Lemoine dijo:

—He cambiado el código del portón principal.

—¿Cómo? —preguntó—. ¿Cuándo?

—Esta mañana —respondió—. Ahora es 7172. Le he sumado uno a cada dígito.

Mira retrocedió.

—Oye —le dijo con un tono ofendido—. Menos mal que no nos ha hecho falta el monovolumen hoy. Nos habríamos quedado fuera.

—Siete, uno, siete, dos —repitió—. No es muy difícil de recordar.

Mira volvió a sentir cómo su vergüenza se transformaba en repulsa.

—Es un poco raro que lo cambies antes de avisarnos —le dijo—. Somos nosotros los que vivimos aquí. Es realidad, es una puta locura.

La miró por un momento sin pestañear.

—Cuando murió mi mujer, Mira —le dijo—. Tuve *paparazzi* en la puerta durante un año entero. Si salía de casa, incluso si abría una ventana, empezaban a gritarme: «Sabías lo del helicóptero, ¿verdad? Por eso no te subiste. La dejaste ir sola porque querías deshacerte de ella». Me decían: «¿Ha sido un asesinato?», «¿Fue un sabotaje?» o, no sé, «¿Es cierto que le pegabas?». Claro que no. Todas sus alegaciones eran falsas y completamente obscenas. Pero eso era lo que buscaban. Querían que me enfadara. Porque si reaccionaba, tenían una historia. Y no estaban quebrantando la ley. Solo hacían preguntas. Era su trabajo. Incluso solían decirme: «¿Es verdad que sigue viva?». ¿Sabes lo cruel que es decirle eso a un hombre que ha perdido a su mujer? Y no tenían base alguna. Ninguna justificación. Nada. Solo era una pregunta. Y no puedes impedir que alguien te haga preguntas, ¿verdad?

Mira estaba horrorizada.

—Dios mío —dijo—. Lo siento mucho. Es horrible.

—Así que no les tengo mucho cariño a los periodistas —le explicó—. Aunque no hace falta que lo diga.

—No puedo ni imaginarlo. Dios.

—Tengo que tomar ciertas precauciones.

Mira había vuelto a ruborizarse.

—Claro —dijo—. Por supuesto.

—Y cuando el Bosque Birnam salga a la luz… —Se encogió de hombros—. Bueno, qué remedio. Ya lo he dicho. Os *he* estado estafando. Me lo *estoy* pasando muy bien con esto. El tira y afloja entre nosotros. Y la privacidad. La calma que precede a la tormenta. Pero tienes razón. Lo importante es el trabajo. —Le sonrió con un poco de tristeza y señaló la ladera de la colina—. ¿Nos vamos?

Nunca antes le había hablado de su mujer. Tampoco había dicho nada de su familia ni, ahora que lo pensaba, de ninguno de sus socios o de sus amigos. Quizás estaba empezando a confiar en ella, pensó Mira, con una especie de gratitud temerosa mientras descendían por la cuesta y cambiaban de tema para volver a discutir sobre el Bosque Birnam. Él inquirió por el estado de los cultivos, y el calendario de siembra y el tiempo. Y Mira se percató de que examinaba los campos con mucho cuidado mientras andaban y le sobrevino una sensación de lástima y luego de vergüenza, porque ella no había pasado por nada que pudiera compararse con la experiencia de él.

El sol se estaba poniendo para cuando llegaron al cobertizo de esquila, donde encontraron a Aaron y a Jessica encendiendo lámparas de queroseno mientras que Hayden cortaba leña para una hoguera. Los ingredientes que Lemoine había traído para la cena estaban en fila en sus contenedores cerca de la barbacoa, listos para que los mezclaran y frieran, y, en el interior del cobertizo, Shelley, Katrina y Natalie estaban poniendo la mesa para cenar, aunque no era una mesa de verdad; era una puerta vieja que habían encontrado apoyada en el cobertizo de esquila y la habían puesto sobre un par de bidones de aceite tras rellenarlos con un poco de grava para que la tabla no se moviera. El conjunto parecía encantador a la luz de las velas —una vajilla desigual y utensilios de cocina de camping rodeaban un centro de mesa casero hecho con ramas de toetoe y harakeke, y cuando Mira le echó una mirada a Lemoine para intentar adivinar lo que pensaba, se sintió aliviada al ver que sonreía.

—Me gusta lo que habéis hecho con este sitio —les dijo.

—Probablemente sea mucho más pijo de lo que estás acostumbrado —dijo Shelley—, pero no pasa nada.

—Solo espero no parecer demasiado informal —respondió Lemoine.

—Un poco sí —respondió Shelley—, pero no te lo tendremos en cuenta.

Mira pensó que estaba tonteando con él. Paseó la mirada en busca de la botella de vino abierta que explicaría el color sonrosado de las mejillas de Shelley. Estaba en la mesa. Medio vacía. Volvió a mirar a Shelley y comprobó, con un pequeño sobresalto, que su amiga le estaba devolviendo la mirada. Estaba claro que había descubierto a Mira examinando la botella. Mira trató de sonreírle, pero Shelley desvió la mirada.

—Estábamos hablando de tus fiestas de disfraces —dijo Natalie.

—Ah, sí —dijo Lemoine—. Son muy famosas.

—Hemos visto una foto tuya vestido de payaso —dijo Katrina—. ¿Con un gorro de graduación?

—¿Cuál era la idea? ¿Una especie de universidad de payasos? —preguntó Natalie.

—No hemos conseguido adivinarlo.

Mira no entendía nada.

—¿De qué estáis hablando?

—Es una tradición en Autonomo —explicó Lemoine—. Celebramos cada año una fiesta de disfraces en Halloween. En realidad, es una cosa muy tonta, pero ahora la gente se lo toma en serio. Cada año es más grande. —Se giró hacia los otros—. Ese año teníamos una temática muy buena, la verdad. Era «Estaciones del metro de Londres». Yo era Oxford Circus.

—¡Ah! —dijo el resto a coro entre risas.

—Es una temática muy chula para una fiesta —dijo Shelley.

—King's Cross —dijo Natalie—. Paddington. Hammersmith. Hay muchísimas que son geniales.

—Elephant and Castle —añadió Lemoine—. Creo recordar que esa fue la que ganó.

—El ganador se lleva unas vacaciones de cinco estrellas o algo así, ¿verdad? —preguntó Shelley—. Es un acontecimiento.

—Es excesivo —dijo Lemoine—. De hecho, para decir la verdad, la cosa se ha descontrolado demasiado.

—¡No! ¡No digas eso! —exclamó Shelley—. Es genial.

Sí que *estaba* tonteando con él. Y ahora evitaba la mirada de Mira.

—Aquel año hubo muchas Victorias —dijo Lemoine—. Y un estupendo Napoleón por Waterloo.

—¿Qué otras temáticas habéis hecho? —preguntó Katrina.

—Ah, déjame pensar —dijo Lemoine—. ¿Qué fue el año pasado? Ah, sí. «Letras de Bob Dylan». Llevé el colgante más grande del mundo. Excepto que un par de personas tuvieron la misma idea y resultó que *no era* el más grande del mundo. Los suyos eran más grandes que el mío. Me dio un poquito de vergüenza.

—Seguro que había muchos sombreros de piel de leopardo —dijo Katrina.

—La verdad es que sí —respondió Lemoine.

—Yo hubiera ido de... ¿cómo era el verso ese de la niebla? ¿Niebla, anfetaminas y perlas?

—La niebla es un disfraz maravilloso. No es más que... niebla.

—Claro, ya ves. «¿De qué vas disfrazada». «Ay, ¿me preguntas a mí?». De niebla.

—«El cubo de Rubik» —dijo Lemoine—. Eso fue otro año. Había que llevar seis prendas, de todos los colores de las caras del cubo de Rubik. Y la regla era que, para el final de la noche, tenías que ir vestido de un solo color.

—Ay, Dios —dijo Shelley mientras se rellenaba la taza de acampada de plástico que estaba usando como copa de vino—. ¡Esa *también* es muy buena! ¡Te las voy a robar!

Lemoine estaba mirando a Mira.

—Ahora me ves de otra manera —observó.

Le sorprendió que lo dijera con tanta franqueza.

—Supongo que sí —admitió—. Un poquito.

—¿No tengo pinta de aficionado a las fiestas de disfraces? No te preocupes. Me lo han dicho antes.

Pero no era solo eso: sino lo *normal* que parecía, tan relajado, tan cómodo, tan vulgar. Casi le daba vergüenza admitir que se asemejaba por primera vez a un ser humano desde que lo conocía, como un hombre con preferencias, hábitos, alguien a quien habían dado forma sus experiencias, que había tenido tanta mala como buena suerte, que tenía una familia, recuerdos y un pasado. Alguien con quien la gente tonteaba, pensó, que existía para los demás, que vivía en los pensamientos de otros, a quien se imaginaban, en privado, otras mentes.

Estaba aguardando su respuesta.

—Me pasa esa cosa rara —contestó al fin Mira— cuando te das cuenta de que el buscador te ha llevado, porque le ha dado la gana, a un lugar superespecífico basándose en lo que ha decidido sobre tu persona, y hay cosas que el resto encuentra con facilidad, pero son invisibles del todo para ti. Porque yo nunca he visto esa foto tuya de Oxford Circus y te he investigado *muchísimo* en Google.

Sonrió y le guiñó el ojo. Su visión periférica le informó que Shelley se había percatado del guiño y Mira le devolvió la mirada con la intención de sonreír e incluirla en la broma, pero Shelley volvió a desviar los ojos.

—Ojalá Halloween se celebrara aquí a lo grande —dijo Katrina—. No tiene mucho sentido. No pega con la estación. No oscurece hasta las nueve de la noche y no hay calabazas, ni se caen las hojas ni nada.

—No, la verdad es que no da mucho miedo —dijo Natalie—. Es primavera.

—Además la gente no lo entiende —dijo Jessica, que acababa de entrar—. Una vez hice «truco o trato» en el colegio y nadie sabía en qué consistía. Daba mucha vergüenza decirles a los vecinos: «Oye, este es el trato, tienes que darme caramelos porque he decidido disfrazarme, y si no me los das, te lleno la casa de mierda».

—Es como si los estuvieras extorsionando —intervino Aaron.

—Y nadie tenía caramelos en la despensa. Iban, miraban, y volvían con una fruta o una galleta. Fue un puto desastre.

—Oye, amigo —le dijo Aaron a Lemoine—. Gracias por el LSD, por cierto. *Tu meke*.

—¿*Tu meke*? —preguntó Lemoine.

—Sí, es como «vas muy duro».

Jessica se echó a reír.

—Acabas de usar jerga kiwi para describir otra jerga kiwi —le dijo a Aaron.

—*Tu meke* es como dar las gracias. En plan: no hacía falta. Qué detalle.

—Y «vas muy duro» quiere decir que es impresionante —explicó Jessica—. Como «guau, me he quedado de piedra».

—Es un auténtico intercambio cultural —dijo Lemoine y todos se echaron a reír.

—Mira no quiere —dijo Shelley de pronto con una voz chillona y crispada—. ¿Todos los demás queréis?

Parecía que todo el mundo quería.

—No le diría que no a un poco de vino —dijo Mira, intentando que Shelley la mirara por tercera vez, pero fue Katrina quien tomó la botella y se la pasó.

—Bien, esta noche nos vamos de fiesta —dijo Lemoine—. Y mañana hablaremos de negocios. ¿Vale?

—Pero ¿no dijiste que el LSD también está relacionado con los negocios? —intervino Shelley—. Nos has dicho que era como un ejercicio para afianzar vínculos.

—Sí, me temo que es un cliché de Silicon Valley —dijo Lemoine y volvió a guiñarle el ojo a Mira—. Pero puede ser una herramienta alucinante. Pienso que es un poco como cuando hace cincuenta años los cigarrillos estaban en las estanterías y los condones detrás del mostrador, y ahora es todo lo contrario. Pasará lo mismo con las sustancias psicodélicas y el alcohol, estoy seguro. Acabarán intercambiándose.

Como para dejar patente su disconformidad, Mira dio un largo trago a su jarra de vino. Sentía que Shelley la estaba mirando, pero en esta ocasión fue ella la que esquivó su mirada. La conversación se desvió hacia los beneficios de las microdosis, y dijo que se marchaba para encender la barbacoa.

La voz que le hablaba en la cabeza pertenecía a Tony. «Todo ese rollo de optimizarse a uno mismo, esa mierda de la autorrealización», le imaginó decir mientras se agachaba para abrir la válvula del tanque de gas y pulsaba el botón de encendido hasta que hizo clic, «es imposible escapar de ella. Hasta el más mínimo detalle tiene que ser una manera de maximizar tu potencial y perfeccionarte, y ponerte a punto, sacarle todo el partido a tu vida, a tu cuerpo e incluso a tu puto tiempo, que es valiosísimo. El mundo entero es ahora un resort corporativo. Todo tiene su *utilidad*. ¿Quieres ponerte hasta el culo y escapar de tu existencia de vez en cuando, solo dejar atrás tu vida un ratito, como todo ser humano que haya habitado la Tierra? No. Incluso un viaje lisérgico tiene que tener un propósito. Es para fomentar el espíritu de grupo. Va de confianza, bienestar y creatividad. Tiene que formar parte de tu auténtico viaje hacia la perfección física y psicológica. Tiene que centrarse en afirmar la integridad de tu elección de tomar drogas. No puede ser un lapsus mental. No hay lapsus mentales. No puede estar *mal*. No existe el mal. Solo existen las elecciones, y las elecciones son neutrales y *nosotros* somos neutrales, y todo es neutral y todo es un juego y, si quieres ganar, vas a tener que optimizarte, realizarte y sacarte partido, y llevar la ventaja y que ni se te ocurra pasar por una auténtica experiencia humana como la fragilidad, la mortalidad, las limitaciones, o la humanidad o el puto paso del tiempo. Solo son distracciones, son los obstáculos, los defectos, son *inconvenientes* en la faz de nuestra auténtica existencia a medida tan bien organizada, elegida en libertad y, por supuesto, nunca nos decidimos si somos los consumidores de nuestras vidas o el producto de ellas, pero hay algo de lo que sí estamos más que seguros y es que no hay una persona en la Tierra con el *mínimo* derecho a *juzgarnos*, sea cual fuere. ¡La libertad es el mercado! ¡Es lo único que importa! ¡Es lo único que *existe*!».

Cuando volvió, estaban hablando sobre las redes sociales.

—Yo creo que pronto vamos a empezar a rechazarlas —decía Jessica a Lemoine—. Es como lo que has dicho antes de los condones y los cigarrillos. Se va a convertir en una cosa similar a fumar durante el embarazo o algo así; o sea, llegará el día en el que no nos podremos creer que pasáramos tanto tiempo en las redes y no supiéramos lo terrible que era para nosotros.

—Ni lo sueñes —repuso Natalie—. Va a ser al revés. *Esto* es lo que no se va a creer nadie. —Gesticuló alrededor del grupo—. Verse en persona. Conversar cara a cara.

—En otras palabras, que esto acaba de empezar —dijo Aaron.

—Más redes sociales —dijo Natalie, asintiendo—. Más internet, más virtualidad, más digital. Solo va a crecer. Ahora es parte de nuestra cultura. Es la manera en la que piensa la gente. Es decir…

Señaló a Hayden, que estaba encendiendo un altavoz inalámbrico con una mano mientras seleccionaba una lista de reproducción en el móvil con la otra.

—Vaya, Hayden —dijo Katrina—. Te están usando de ejemplo.

—*Biohacking* —dijo Hayden, levantando la vista de los aparatos—. Eso va a ser lo siguiente. Como la gente que se inserta un microchip en las manos para abrir los coches o lo que sea con un movimiento. Ya está sucediendo.

—Y podremos hacer cosas como subir nuestros recuerdos a la nube.

—No solo subirlos. Modificarlos.

—Ponerles filtros.

—Sí, nos fusionaremos con los móviles.

—Como en un episodio de *Black Mirror*.

—Ya hay que asumir que esa serie es prácticamente un documental —dijo Natalie.

Shelley estaba observando a Lemoine.

—¿Y tú qué opinas? —preguntó.

Hubo una pausa susurrante mientras todos se giraban para mirarlo.

—Bueno —empezó rascándose la barbilla—. La primera Reforma siguió a la invención de la imprenta. Podríamos esperar que algo similar sucediera con la invención de los teléfonos inteligentes.

—¿Una especie de revolución? —dijo Shelley con el ceño fruncido.

—Decidme vosotros, que sois los activistas —contestó encogiéndose de hombros.

—Bueh —protestó Hayden—. Venga ya. Haz una predicción.

—Eso es lo que quiere que haga todo el mundo —dijo Lemoine—. Predicciones.

Sonrió a Mira desde el otro lado del centro de mesa.

—Pero es que… ¿una segunda Reforma? ¿Cómo sería siquiera? O sea…

—En realidad tampoco importa —interrumpió Jessica—. Hablamos del futuro como si fuéramos a estar allí para verlo. Habremos muerto todos. Todo estará en llamas.

—O bajo el agua. Los niveles del mar…

—O muertos en una pandemia.

—Me estoy deprimiendo con esta conversación —dijo Hayden—. ¿Nos ponemos con las drogas, porfi?

Shelley sacó la bolsita de plástico y empezaron a discutir sobre las dosis y el tiempo y el tipo de efectos que podían esperar. Mira volvió a salir para vigilar la barbacoa. Se tomó su tiempo para la tarea, mientras intentaba encontrar un lugar llano para equilibrar la parrilla, y entonces sintió un movimiento a sus espaldas y se dio la vuelta para ver que Lemoine había salido del cobertizo y que estaba allí, en la sombra de la pared, con las manos en los bolsillos.

—Voy a pasar —dijo—. Te haré compañía.

—No hace falta —respondió Mira.

—No te preocupes —le dijo—. Créeme, sé lo que es ser la única persona sobria en una fiesta.

—¿Así que es una fiesta? —Mira no pudo resistirse.

Lemoine sonrió y se llevó la mano al corazón.

—Querida, no lo sería sin ti.

De pronto, se enfadó con él.

—No tienes por qué privarte —le dijo—. Puedo cuidar de mí misma. De verdad, ve. Ve y fomenta el espíritu de grupo. No me importa, de verdad.

—Preferiría estar contigo —dijo.

Ambos permanecieron en silencio durante un segundo y entonces Mira le dijo:

—¿Puedo preguntarte una cosa? Si es demasiado personal, mándame a… —Lo miró intentando descifrar su expresión bajo la tenue luminosidad—. Supongo que tengo un poco de curiosidad por el motivo por el que decidiste aprender a volar.

No se movió.

—Supongo que lo preguntas por la manera en la que murió Gizela.

—Sí —dijo Mira. Sonaba extraño oírlo pronunciar el nombre de su mujer—. Me preguntaba si era tu manera de lidiar con… —Perdió la confianza—. Bueno, la verdad es que no es asunto mío.

Lemoine había vuelto a quedarse callado. Alguien gritó en el interior y otra persona estalló en una carcajada y hubo una repentina explosión de *Bad and Boujee* cuando subieron el volumen demasiado alto. Los contenedores de comida junto a la barbacoa vibraban con el ritmo.

Al final, Lemoine respondió:

—Mi abuela, que fue la mujer que me crio, no gozaba de una buena salud mental. Era alcohólica, muy voluble, muy engañosa. Una criatura de forma cambiante. Nunca sabías lo que te ibas a encontrar, si iba a estar alegre o deprimida. Con el tiempo, empezaron a ingresarla de vez en cuando y una de las actividades del psiquiátrico era construir dioramas en miniatura. Porque todo se veía muy pequeño, ya sabes. Manejable. Tienes las figuras en la palma de la mano. Puedes ver todo lo que hay. Tienes perspectiva. Es un tipo de terapia.

—Claro —dijo Mira—. Tiene sentido.

—Pues bien —continuó—, al volar también parece que todo lo demás se vuelve pequeño.

Mira asintió en dirección al contenedor de tofu. Abrió el cierre de plástico con los dedos y lo cerró al ritmo de la música. Tuvo la extraña premonición de que Lemoine estaba a punto de cruzar el espacio que los separaba para besarla, pero cuando transcurrieron varios segundos y no dijo nada, miró arriba y se decepcionó al descubrir que había vuelto al interior.

Se sintió muy tonta y empezó a abrir los contenedores, lista para cocinar. Los oía dividir las tabletas de LSD, y alguien debió de ofrecerle una a Lemoine porque lo escuchó decir:

—No, yo no quiero. Voy a hacerle compañía a Mira.

Y entonces Shelley dijo en aquella voz chillona y crispada:

—Oh, ¿así es como se le dice ahora?

Se oyó un susurro por debajo de la música; Mira imaginó que todos se habrían girado para mirar a Shelley, ya que después de un segundo se rio de una forma muy poco natural en ella y dijo:

—Perdón, ¿acaso estábamos fingiendo que no nos damos cuenta de lo que pasa?

—Vale —dijo Jessica con firmeza—. Creo que es hora de cenar.

Lemoine dijo con una voz fría y cristalina:

—¿Hay algo que quieras decir?

Solo podía estar dirigiéndose a Shelley. Hubo otro susurro. Mira permaneció en la oscuridad, asombrada, con la boca abierta, aguardando la respuesta de Shelley.

—Supongo que me preocupa un poco que estemos haciendo esto por motivos diferentes —contestó Shelley tras un rato.

—Pero así es la vida, ¿no? —dijo Lemoine con ligereza—. Cada uno tiene sus propios motivos para actuar. No se puede controlar la motivación de cada cual.

—Sí, lo sé —se apresuró a contestar Shelley—. Lo sé bien.

—¿Seguro? —dijo Lemoine.

—Shelley, no es asunto tuyo —intervino alguien.

Shelley volvió a reír de aquella manera tan poco natural. Seguro que se había ruborizado, como cada vez que bebía; habría una luz peligrosa en sus ojos.

—En realidad un poco sí —protestó—. Quiero decir, está bastante claro que los dos os morís por pasaros al otro por la piedra…

Varias personas hablaron a la vez.

—Shelley.

—Para.

—Venga ya, déjalo en paz.

—Y supongo que me preocupa un poco —siguió Shelley, hablando por encima de ellos—. ¿Dónde nos deja al resto?

Mira ansiaba escuchar la respuesta de Lemoine, pero parecía evidente que no vio la necesidad de dignarse a hablar; ya que no oyó nada, lo imaginó encogiéndose de hombros y vio su expresión, burlona, serena, divertida e indolente. Shelley intentaría recurrir a los otros, con una media sonrisa, o levantaría las palmas para sugerir una pregunta abierta, pero Mira los oyó cambiar de tema, intentar disculparse, intentar tomárselo a broma, y de pronto Natalie dijo:

—Oye, ¿dónde está Mira?

—Cocinando, deberíamos ir a ayudarla —respondió Jessica.

Unos segundos más tarde salieron del cobertizo con rostros felices y sonrientes y ojos cargados de ansiedad, y Mira les devolvió la sonrisa, fingiendo que no había escuchado nada, que había estado abstraída con sus cosas, que no se había enterado, y aunque se dio cuenta de que las otras se percataron de que fingía, le resultaba evidente que eran conscientes de que lo sabía.

Durante la cena, Shelley permaneció en silencio. Mira y ella estaban sentadas en extremos opuestos de la mesa, pero en el mismo lado, así que Mira solo veía su perfil cuando se inclinaba sobre el plato para comer. El resto parecía consciente de la necesidad de mantenerlas separadas, ya que ninguno se esforzó por incluir a ninguna de ellas en la discusión, que se centraba, por lo que Mira entendía, en las diferencias entre las generaciones. Mientras comían, Natalie le tomó el pelo a Lemoine diciéndole que la Generación X les ponía a las mascotas nombres de niños y a los niños nombres de mascotas, y entonces escuchó a Katrina decir que nunca había sentido que la definición de *millennial* se adaptara a ella, y Jessica replicó que era *la* cosa más *millennial* que se podía decir, y cuando la conversación se desvió, como solía a ocurrir, a las múltiples formas en las que habían timado a la generación *millennial*, oyó a Lemoine decir que no entendía por qué la gente de su edad sentía tanta nostalgia del Estado del bienestar, cuando sus padres, los *baby boomers*, eran un argumento tan bueno en su contra. Mira lo que pasa cuando ayudas demasiado a la gente: ¡primero lo dan por sentado y luego se lo quitan a los demás! Mira se escuchó a sí misma reír y protestar y discrepar y posicionarse, pero era como si estuviera viéndolo desde lejos, partícipe solo a través de un velo, y solo cuando alguien dijo «ay, mierda» y todos empezaron a reírse, uno a uno, por toda la mesa, recordó que habían tomado LSD y que les estaría empezando a hacer efecto, y entonces Lemoine la miró a través de las ramas de harakeke e hizo un gesto con la cabeza que significaba «vámonos de aquí» y Mira sintió un nudo en el estómago. Se levantó de la mesa, como anestesiada, para comprobar que Shelley la observaba con una expresión extrañamente adolescente que era una mezcla de desdén dolido y estar a la defensiva. Lemoine se estaba despidiendo por ella; Mira le sostuvo a Shelley un poco más la mirada, con una expresión fría, después le dio la espalda y se marchó. Lemoine se adentró con ella en la oscuridad hasta alcanzar el monovolumen, que estaba aparcado de manera que sirviera de cortavientos para la barbacoa, y ninguno de ellos habló cuando él la siguió, así que más tarde no podría recordar si ella lo había tomado de la mano o si él había tomado la de ella.

Les llevó casi veinte minutos ascender la colina y llegar a la casa, que estaba oscura y fría, y tenía el aroma jabonoso e indescriptiblemente foráneo de una familia ajena.

—Maldita sea —dijo Lemoine mientras abría con la llave para que pudieran entrar—. Me había olvidado de que nadie tiene calefacción central en este puto país.

Se adelantó para buscar el mando de la bomba de calor. Mira se desabrochó la chaqueta para mostrar patriotismo y después cambió de idea y volvió a abrochársela. Llegó al umbral del salón, justo cuando se abrieron las portezuelas de la bomba de calor y empezaron a arrojar aire caliente a la habitación.

—¡Jesús! —dijo Mira—. Admito que hace más frío aquí que fuera.

—Cierto —dijo él—. Tendría que haber encendido este cacharro antes de la cena.

Mira no dijo nada, pero se preguntó si eso significaba que siempre había esperado que la velada terminara de aquella manera. Entonces se preguntó si *ella* también había esperado siempre que la velada terminara de esa manera y se sonrojó al descubrir que sí que lo había esperado. El corazón le latía con fuerza. Se sentía de pronto muy consciente de su cuerpo, de pronto animal, de pronto hecha de carne; sentía el pulso en cada una de las partes de su cuerpo, en la ingle, en el estómago, en la boca.

—Tiene que haber otra bomba de calor —dijo Lemoine—. Esto es ridículo.

Se fue a buscarla y Mira se quedó mirando el oscurecido salón de los Darvish y suspiró. Encendió una lámpara, pero todas las cortinas estaban abiertas y la luna no había ascendido aún; el ventanal le devolvió su reflejo con una claridad perfecta. Hizo una mueca y apagó la lámpara; se movió junto a la ventana y obvió su reflejo para mirar a la oscuridad. Entonces se quedó paralizada.

Había un coche en el portón. Las luces estaban apagadas y no podía ver si había alguien dentro, pero por la manera en la que estaba aparcado, con el asiento del conductor junto al teclado del porterillo, parecía como si el conductor hubiera tenido la intención de introducir el código y entrar.

—Robert —lo llamó.

No hubo respuesta.

—Robert —repitió Mira, en voz más alta.

Reapareció en el umbral.

—¿Qué? —dijo.

Señaló al cristal.

—Hay alguien en el portón.

Al instante, estuvo a su lado mirando a través del cristal.

—No reconozco el coche —dijo—. ¿Y tú?

—Has cambiado el código —dijo ella.

Sacó el móvil.

—Mierda —dijo Lemoine—. Alguien ha llamado al porterillo. Hace veinte minutos.

—A lo mejor es un vecino —dijo Mira—. A lo mejor alguien ha oído la música.

Estaba escribiendo en el móvil.

—Pero ¿dónde está? —dijo casi para sí mismo—. ¿Se ha saltado el portón?

Había colocado el móvil de forma que Mira no pudiera ver la pantalla, pero la vio en el reflejo del cristal y se dio cuenta de que había abierto una aplicación que le daba una perspectiva de pájaro de la granja. Parecía una retransmisión en vivo. Por algún motivo, nunca se le había ocurrido que estuviera vigilando la granja; abrió la boca para hablar, pero se distrajo cuando algo que se movía apareció en la pantalla… y al instante siguiente oyó el rugido de un motor acelerando con dificultad en marcha corta. En un momento de estupidez, miró al deportivo junto al portón, pero seguía aparcado, con las ventanas oscurecidas y, entonces, antes de que le diera tiempo a decir nada, el monovolumen entró en su campo de visión a la carrera, pasó por delante de la casa y descendió por la colina.

—¿Qué cojones? —dijo Mira mientras desaparecía—. ¿Quién lo está conduciendo?

Lemoine ya había salido corriendo de la habitación. Mira oyó un golpe y un chirrido de neumáticos y después un choque. Se giró y siguió a Lemoine hasta el exterior y corrió a la cima de la colina para ver que el monovolumen se había apartado del camino de grava de un volantazo y estrellado contra un árbol. Mira patinó por la cuesta y sus pies se deslizaron por la hierba mojada de rocío, e incluso desde lejos veía que el capó emanaba humo y escuchaba el pitido del intermitente y el silbido de los limpiaparabrisas, aunque no estaba lloviendo y no había llovido en toda la semana, y entonces vio a Shelley salir del asiento del conductor con una expresión de absoluto desconcierto, e imbuido en el rojo oleaje de las luces traseras vio un cuerpo en la carretera: un hombre, inmóvil, con la pelvis torcida, un brazo estirado y el otro doblado sobre el pecho, y entonces echó a correr; pero antes de que se acercara lo suficiente para reconocerlo, antes de que viera el color del pelo, la forma del cráneo y la boca que colgaba abierta y oscura y la mirada apagada y blanca, antes de que Lemoine la agarrara por la espalda de la chaqueta y la empujara con fuerza para atrás, arrojándola contra su pecho —era lo más cerca que había estado de él, la primera vez que la rodeaba con los brazos—, antes de que Shelley cayera de rodillas y emitiera un sonido ahogado, antes de asegurarse de que el hombre estuviera muerto de verdad, supo con una convicción enfermiza, culpable y terrible que se trataba de Owen Darvish. Que Owen Darvish los había sorprendido; que Owen Darvish había regresado inesperadamente.

III

Jill Darvish había hablado por última vez con su marido cuando este aterrizó en el aeropuerto de Christchurch y alquiló un coche para viajar al sur. Le había asegurado que la llamaría de nuevo cuando llegara, para darle las buenas noches, pero ella le había escrito un poco después de las ocho para anunciarle que iba a acostarse; una semana de dirigir en paralelo talleres de salud mental y bienestar la había dejado demasiado hecha polvo hasta para ver telebasura y pedir comida a domicilio, que era lo que solía hacer en las escasas ocasiones que pasaban la noche separados. Le había pedido que no la llamara al final, que esperaba que estuviera siendo precavido con el coche y que bebiera mucha agua y se detuviera cada hora para estirar las piernas y que dejara que le adelantaran en los desvíos, y se despidió diciéndole que lo echaba de menos, que no era verdad del todo, pero sabía que él adoraba escucharlo. Ya no se sentía molesta de que hubiera planeado el viaje sin consultarla. Había estado tan nervioso por la inauguración del proyecto de conservación, se dijo, mientras se lavaba la cara, se echaba el tónico, la crema hidratante y depositaba tres gotas diminutas de *serum* debajo de cada ojo; y se había sentido tan decepcionado de que Lemoine no se presentara en la inauguración, aunque se había esforzado por esconderlo. Quizás el largo viaje a Thorndike le haría sentirse mejor; siempre decía que se le ocurrían sus mejores ideas cuando conducía. Apagó la luz y durmió profundamente durante casi trece horas. Cuando se despertó al día siguiente, se sintió un poco disgustada de que no le hubiera escrito para avisarla de que había llegado bien, pero en realidad, reflexionó, ajustándose la bata, le había pedido que no la despertara y estaría agotado de tanto conducir; probablemente se habría acostado en cuanto llegó.

Después de ducharse y vestirse, bajó la colina para pedir un capuchino de su cafetería favorita de Wellington y lo bebió mientras contemplaba el escaparate de artículos de papelería de la oficina de correos, disfrutando de la sensación de permitir que su mente vagara como deseara, formarse impresiones y dejarse llevar por las asociaciones que, por una vez, no estaba obligada a compartir en una conversación. Tenía que dirigir un último taller de salud mental aquella tarde, y se estaba preguntando si le daría tiempo a ir al centro después de la clase y comprar algo de ropa —algo para su propia salud mental— cuando le vibró el móvil en el bolsillo y lo sacó para ver que su padre la estaba llamando. Eso significaba que se trataba del teléfono fijo de la casa de Thorndike; sabía que debería actualizar el contacto, pero incluso después de tanto tiempo, no lograba hacerse a la idea de borrar su nombre. Arrojó el vaso de café vacío a la basura y contestó la llamada.

—Hola, cariño —dijo—. ¿Cómo ha ido el viaje?

Pero no era sir Owen; era Lemoine.

—¿Jill? —dijo—. Soy Robert. Perdona por molestarte. Estoy intentando contactar con tu marido.

Lady Darvish sintió que el corazón se le hundía en el pecho.

—Está ahí —dijo como una tonta—. Está en la casa.

—Ah, estaba esperándolo —dijo Lemoine—. Me escribió hace unos días para decirme que venía y le respondí que me parecía estupendo y que nos veríamos aquí, pero supongo que mi mensaje se quedó en borradores por algún motivo y no me he dado cuenta hasta esta mañana. Perdón por molestarte, he pensado que a lo mejor había cambiado de planes porque no le respondí al e-mail. He intentado ahora mismo llamarlo al móvil, pero está apagado.

Lady Darvish apenas seguía el hilo.

—Pero está en la casa —repitió—. Está en Thorndike. Fue allí anoche en el coche.

Hubo una pausa y entonces Lemoine dijo:

—No, Jill. No está aquí.

—Fue en avión a Christchurch —dijo, sintiendo un pánico creciente—. Ayer. Después del trabajo. Alquiló un coche en el aeropuerto. Iba a ir directamente a la casa.

—A mí también me dijo eso —respondió Lemoine, que sonaba extrañado—. ¿Estás segura de que no ha cambiado de planes?

—Hablamos por teléfono cuando aterrizó. Quizás a las tres o tres y cuarto.

—Vaya —dijo Lemoine—. Bueno, yo llegué en avión cerca de las cinco. Lo he esperado hasta...

—No pensaba que fueras a estar ahí —dijo.

—Claro —respondió—. Ha sido muy tonto lo del e-mail. Se quedó en borradores.

—Pero no entiendo —dijo lady Darvish—. ¿Dónde estará?

—Mira, seguro que está bien —dijo Lemoine—. A lo mejor se cansó y se quedó a dormir en algún lado.

—No, me lo habría dicho —dijo ella. Su voz estaba volviéndose alta y clara—. Me habría escrito. Ha pasado algo.

—Será mejor no sacar conclusiones precipitadas —dijo Lemoine—. Oye, quizá se ha quedado sin batería. Quizá...

—Carga el móvil en el coche —replicó.

—¿Pero no me has dicho que era alquilado?

—Ah, cierto —respondió, permitiéndose cierta esperanza—. Claro. Vale.

—Puede haber un millón de explicaciones —dijo Lemoine.

—Cierto —repitió—. Vale.

—Vamos a averiguarlo —le aseguró—. ¿Hay algún sitio en el que pueda haberse detenido? ¿Algún amigo al que podría haber visitado de camino?

—No —dijo ella—. No, te lo he dicho. Iba directo a casa.

—Vale —dijo Lemoine—. Vale.

—Y alguien me habría llamado —dijo—. Si hubiera...

Hubo una pausa y entonces Lemoine dijo:

—Perdón por preguntar, pero ¿ha recogido alguna vez gente haciendo autostop?

—Ay, Dios mío —dijo ella, horrorizada—. No. O sea, a lo mejor una o dos veces... Pero no. Hace años que no. Y menos de noche. No.

—Perdón por ponerte nerviosa —dijo Lemoine—. Se me acaba de ocurrir.

Ambos guardaron silencio.

—Me has dicho que acabas de llamarlo, ¿no? —dijo.

—Sí, pero no ha contestado.

Ambos se quedaron de nuevo en silencio.

—Podemos intentar localizar el móvil —dijo Lemoine—. Ah, pero necesitaríamos su contraseña de Gmail.

—Yo la tengo —dijo ella.

—¿Ah, sí? —dijo Lemoine con sorpresa—. Perfecto. Entonces podemos encontrarlo. Será fácil.

—¿De verdad? —preguntó lady Darvish—. ¿Podemos hacerlo?

—Claro, si tiene el móvil encima —dijo Lemoine—. ¿No has usado nunca *Find My Device*?

—No —respondió ella—. Es la primera vez que pasa esto. No es propio de él.

—¿Tienes delante el ordenador? —le preguntó—. Ve al ordenador y busca en Google *Find My Device*.

Ya había empezado a subir la colina corriendo.

—Espera —le dijo—. Estoy volviendo a casa.

—Jill —le dijo con firmeza—. No perdamos la cabeza, ¿vale? Probablemente no sea nada.

Le prometió que lo volvería a llamar en un minuto, después colgó e intentó llamar al móvil de sir Owen, por si acaso, pero como Lemoine le había dicho, estaba apagado. «Has llamado a Owen Darvish, deja tu mensaje», le dijo la voz al oído, más familiar para ella que ninguna otra, e intentó mantenerse firme mientras decía: «Hola, cariño, soy Jill. Quería saber dónde estás, llámame en cuanto oigas esto». Dudó durante un segundo y después dijo, con la voz ronca: «Te quiero». Parpadeó para contener las lágrimas mientras colgaba, sintiendo la enormidad de su amor por él, lo crucial que era para ella, de todas las formas posibles, lo precaria, aburrida e insustancial que sería su vida sin él; ni siquiera era su vida; sino la de *los dos*, ambos habían compartido una sola vida, la existencia que habían forjado y construido juntos, que habitaban juntos, y ella era inextricable de él, y él de ella, y si hubieran podido volver atrás en el tiempo, pensó, en un momento feral, corriendo colina arriba, no haría nada distinto, ni por un segundo, no haría desaparecer las malas épocas, ni las discusiones, ni los errores; si pudiera volver a empezar lo mantendría todo exactamente igual.

De vuelta al piso, encendió el ordenador y llamó al teléfono de la granja. Lemoine esperó mientras ella buscaba en Google *Find My Device*, tecleaba el e-mail y la contraseña de sir Owen y después le daba a buscar. Solo tardó siete segundos en devolver un resultado: en la pantalla apareció un mapa y después un icono gris con forma de teléfono con la etiqueta «Móvil de Owen» y, debajo, «Visto por última vez 18/08/17 23:32».

—Oh —dijo, inclinándose para acercarse a la pantalla.

—¿Qué sucede? —preguntó Lemoine.

—Está en Thorndike.

—¿De verdad? —preguntó Lemoine—. Eso es bueno. ¿Cuál es la *última hora de conexión?*

—Once y treinta y dos —contestó ella—. Anoche. No, esto no puede ser cierto.

—¿Qué?

—Dice que estaba en el mirador —le informó.

—¿A qué te refieres?

—En la carretera que conduce al paso. Hay un mirador al lago.

—¿No está cerrado?

—Sí —le dijo—. Pero la barrera está más lejos. Puedes llegar al mirador.

—La localización puede ser aproximada —dijo Lemoine.

—¿Y si es un error? ¿Una especie de fallo técnico? ¿Y si me está mostrando información antigua o algo así?

—¿Por qué lo dices?

—Es que… ¿para qué habría subido hasta allí de noche? No podría ver nada.

Lemoine pareció reticente. Después dijo:

—Retrocede un poco la hora. ¿Ves la función temporal?

—Sí —le contestó.

—¿A qué hora me dijiste que había dejado el aeropuerto?

—Sobre las tres y media —dijo.

—Compruébalo —le dijo Lemoine y ella lo hizo. Unos segundos más tarde el icono apareció de nuevo y les mostró que el móvil de Owen estaba en un aparcamiento de Christchurch con la etiqueta «18/08/17 15:31».

—¿Qué ves? —preguntó Lemoine.

—Sí, lo veo —dijo—. A las tres y media estaba recogiendo el coche de alquiler.

—Muy bien. Dale hacia delante, mira por dónde fue.

Le dio hacia delante y vio cómo el icono avanzaba hacia el sur.

—Sí —dijo enseguida—. Llegó a Thorndike a las nueve menos veinte.

—¿Y entonces qué?

—Hay un vacío —respondió.

—La cobertura es un poco inestable por esa zona —dijo él—. ¿Cuál es la siguiente localización después de las 8:40?

—En el mirador —dijo lady Darvish—. A las 11:32. Esa es la última.

Ninguno de los dos habló durante un rato.

—Ya lo has dicho, puede que sea un fallo técnico. ¿Quieres que me acerque y lo mire? —dijo Lemoine.

—¿Lo harías? —preguntó, mientras la inundaba el alivio—. Oh, muchas gracias. Gracias.

—Voy a salir ya. Llámame si se pone en contacto contigo mientras tanto.

—Robert, muchas gracias, de verdad —respondió—. Es muy amable que te tomes la molestia.

—Vamos a encontrarlo, antes de nada —dijo Lemoine.

Tras colgar la llamada, miró el correo de sir Owen y vio un mensaje no leído de Robert Lemoine, enviado apenas una hora antes. El asunto rezaba: «re: ¡¡El charrán alza el vuelo!!», y Lemoine había escrito: «Owen, lo siento, creía que había respondido hace unos días. R!» Hola, Owen, felicidades por la inauguración, me gustaría haber estado allí. Como sabes, estoy esta semana en California, pero podemos vernos en tu casa el fin de semana. Me gusta lo que he visto de la gente de Birnam y creo que deberíamos dar los siguientes pasos. Espero que estés de acuerdo. Hablamos pronto, me muero de ganas, Robert».

Lady Darvish frunció el ceño. ¿De qué estaba hablando? ¿Quién era la gente de Birnam? Siguió avanzando hacia abajo para leer el e-mail original de sir Owen, enviado la tarde del martes, pero no era más que una larga narración de la inauguración del proyecto de conservación en Northland; había añadido un fragmento del segmento de vídeo que había salido en el telediario de las seis, el cual lady Darvish ya había visto. Estaba a punto de salir con un clic, cuando vio una posdata debajo del vídeo: «Por cierto, voy a ir a Thorndike este fin de semana, para ver cómo va todo. Llegaré el viernes por la noche. Podemos vernos si estás ahí. Que tengas un buen día, Owen». Por costumbre, lady Darvish chasqueó la lengua. Sir Owen no había alcanzado el siglo XXI en lo que se refería al formato de los e-mails. ¿Por qué había añadido la posdata después del vídeo, donde podía pasar desapercibido, en lugar de arriba, en el cuerpo del mensaje?

Sin dejar de agitar la cabeza, tecleó la palabra «Birnam» en el buscador, pero todo lo que apareció fue un mapa de un pueblo de Escocia, varias preguntas de exámenes de institutos sobre *Macbeth* de Shakespeare y, más cerca de casa, una página de Facebook de una especie de grupo de jardinería llamado Bosque Birnam. «Somos un movimiento político comunitario», afirmaba la página. «Plantamos jardines orgánicos y sostenibles en lugares abandonados y tenemos un compromiso con los principios de solidaridad y ayuda mutua». Las fotos mostraban exuberantes jardines residenciales, cuencos de ensalada preparados de forma artística y cajas de productos estacionales; jóvenes sonrientes que trabajaban duro cavando, y podando y regando los cultivos... No podía tratarse de eso. Lady Darvish volvió a fruncir el ceño mientras regresaba al correo de sir Owen y buscaba «Birnam» entre sus mensajes. La búsqueda devolvió un único resultado: un intercambio por e-mail entre sir Owen y Lemoine con el asunto «Bosque Birnam». Tenía la fecha de hacía tres semanas.

Owen había escrito: «Hola, Robert. Me parece bien lo que hablamos antes. Quería decirte que no estoy seguro de lo que Jill podría pensar de todo esto, así que tal vez sea mejor que quede entre nosotros de momento. No es que vaya a mentirle, solo quiero causar una buena impresión si al final todo esto sale bien... Que tengas un buen día, Owen».

Unas horas más tarde Lemoine había escrito una breve réplica: «Me parece bien». Aquel era el final del hilo.

Lady Darvish se recostó en la silla de puro anonadamiento. ¡Sir Owen tenía un secreto! El hombre que no había logrado sorprenderla en treinta años de cumpleaños y Navidades, a quien podía leer mejor que a sí misma —que mentía con tan mala pata, tal ineptitud y de forma tan poco convincente, que esta deficiencia se había convertido desde hacía tiempo en una broma familiar—, ¡tenía un *secreto*! ¡Con *Robert Lemoine*! Leyó de nuevo las palabras: «No es que vaya a mentirle», y sintió cómo se ruborizaba. Bien, pues le había mentido. Lo había hecho. Le había mentido. Pero ¿por qué? ¿Por qué le escondería algo? ¿Por qué le escondería *lo que fuera*? ¿Qué tenía que esconder? Volvió a la página de Facebook del Bosque Birnam y abrió la galería de fotografías, haciendo clic por las imágenes más lentamente. Los miembros del grupo eran todos veinteañeros y treintañeros; no había nadie que se acercara a su edad. Se quedó mirando la foto de una chica sonriente que sostenía con orgullo un calabacín gigantesco para la cámara y recordó un dicho antiguo que decía que había dos cosas que siempre podían creerse de cualquier hombre, y una de ellas era que se hubiera dado a la bebida. Pero no de *Owen*, pensó, ruborizándose de nuevo. ¡De otros hombres, claro que sí, pero no de *Owen*!

Entonces recordó la manera tan extraña en la que se había comportado a principios de la semana, tras hablar con ese supuesto periodista, Anthony —lo agitado que había estado—, y después había reservado un vuelo al sur sin consultarlo con ella. ¿Había sido eso otra mentira? De pronto se preguntó, en un momento de locura, si Anthony existiría siquiera. Pero claro que existía. Estaba siendo una estúpida. Sir Owen le había reenviado el correo inicial de Anthony y lo habían discutido por teléfono y ella había visitado la página web de aquel tipo, por Dios; había leído sus escritos, o al menos había empezado. Claro que Anthony era real. Lady Darvish martilleó el borde del escritorio con las uñas para intentar suprimir la sensación de horror que se le había instalado en el estómago y le trepaba por la garganta. Sir Owen había dicho que Anthony estaba en Thorndike. Muy bien: bueno, quizás estaban juntos. Eso tendría sentido, ya que Anthony era el motivo por el que su marido había ido al sur. (¿O acaso había otro?). Quizás habían ido juntos al mirador por algún motivo —para hablar de lo de la radiometría— y entonces sir Owen se había dejado el móvil ahí por error, y luego se había quedado sin batería y no se había dado cuenta o se le había caído y se había alejado y en cualquier momento iba a llamar y decirle: «Lo siento, cariño, seguro que te has preocupado mucho, mira, no vas a creer lo que pasó anoche…».

Podía llamar a Anthony, pensó; por lo menos, le daría una manera de pasar el rato mientras aguardaba a que Lemoine volviera a llamarla. Buscó su dirección de correo en la bandeja de entrada de sir Owen, pero no apareció nada. Sir Owen debía de haberlo borrado. Probablemente en un momento de paranoia, en caso de que saliera a la luz de algún modo que se lo habían contado todo a los Mulloy. No importaba: seguía teniendo la copia que le había reenviado en su móvil. Lo sacó y recuperó el número de Anthony, sintiéndose un poco mejor por haber tomado la iniciativa y convenciéndose, con valor, de que en caso de que al final *no* fuera nada, sería una buena historia para compartir en el taller de salud mental de aquella tarde. Podía usarla para romper el hielo, para ilustrar lo fácil que era entrar en pánico, perder la perspectiva y asumir lo peor. «Por supuesto, al final no le había pasado nada», se imaginó diciéndole al público con una risilla, «pero durante un rato, creí de verdad que me había vuelto loca».

Marcó el número.

«Hola, has llamado a Tony, ya sabes lo que sigue. ¡Hasta luego!», le dijo al oído la grabación. Decepcionada, colgó antes de que sonara el pitido, pero después se lo pensó mejor y llamó otra vez.

—Tony, hola, soy Jill Darvish —dijo con más calma—. Creo que has hablado con mi marido Owen sobre un artículo que estabas escribiendo, ¿verdad? Ha bajado a Thorndike para hablar contigo y estoy intentando contactar con él. He pensado que a lo mejor estaba contigo. ¿O tal vez sepas dónde está? En cualquier caso, llámame —pidió y luego le dio su número y colgó.

El teléfono fijo chilló en la cocina, haciéndola sobresaltarse. Corrió a responderlo, con la idea de que si Lemoine tenía razón y el móvil de sir Owen se había quedado sin batería —y desde luego ya iba necesitando un cambio; lo había tenido más de un año—, a lo mejor no había podido recordar el número de su móvil —lo que sería muy típico, en realidad, ya que *ella* se sabía todos los números de *su marido* de memoria— y que estaba llamando a la casa para contactar con ella, para asegurarle que todo iba bien. Y no solo eso; para contarle todo sobre el Bosque Birnam, para explicarle lo que era y por qué se lo había ocultado, y entonces reirían juntos ya que, después de tantos años, al fin había conseguido darle una sorpresa; así ella no tendría que confesar que había leído su correo ni dudar de él; no tendría que preguntarse si la habría traicionado y no tendría que pasar un duelo…

—Hola —dijo con voz ahogada.

Era Lemoine.

—Jill, soy Robert —le dijo, con la voz más grave y mucho más distante—. No sé cómo decirte esto.

Y eso fue lo último que escuchó.

Lemoine había empezado a planear estrategias desde el mismo momento en el que había visto el cadáver. No había rodeado a Mira con los brazos para consolarla sino para que se quedara quieta mientras valoraba diversas jugadas y contraataques en su mente, barajando sus opciones, separando lo que no se podía cambiar (Darvish estaba muerto, y Shelley, en un viaje de LSD que él, Lemoine, le había proporcionado) de lo que se podía alterar o manipular (el monovolumen había atropellado a Darvish; Shelley lo conducía) y cuando, tras un par de segundos, Mira había intentado separarse de él, empujándole el pecho con los antebrazos y girando el cuello para volver a mirar el cadáver que yacía con la mirada fija en la carretera, Lemoine la había abrazado aún más fuerte mientras le murmuraba:

—No mires, confía en mí.

Hasta que ella dejó de forcejear y se puso a llorar.

Era una situación bastante mala. Darvish continuaba siendo el propietario legal de la hacienda. Había muerto en su propia entrada, en su propia tierra, enfrente de su propia casa a manos de una intrusa extremadamente intoxicada con una droga ilegal que el mismísimo Lemoine había ingresado al país, y el único motivo por el que había estado recorriendo el acceso para automóviles, solo y en la oscuridad, había sido porque Lemoine había cambiado el código de su portón principal sin decírselo. Y no se acababa ahí: en el cobertizo de esquila, un poco más abajo, había otros cinco intrusos igual de intoxicados, y cualquiera de ellos podría haber visto a Shelley adentrarse con el monovolumen en la oscuridad; cualquiera de ellos podría haber oído la colisión del vehículo contra Darvish y el posterior volantazo y choque contra el álamo en el extremo del acceso, y quizás uno de ellos estaba a punto de aparecer, en cualquier momento, para inquirir qué cojones había pasado en medio de una estupefacción psicodélica. Incluso si había una manera de esperar a que se pasaran los efectos colectivos del viaje, incluso si Lemoine se inventara un motivo para retrasar la llamada a la policía hasta que desaparecieran los efectos de la droga, incluso si pudieran simular que Darvish había muerto por accidente, una desgracia de la que no se les podía culpar, ni a Shelley, ni al Bosque Birnam y, desde luego, no a Lemoine, incluso así, no había manera de disimular el allanamiento; no había manera de disimular que el grupo de Birnam se había instalado en la granja sin conocimiento ni permiso de Darvish ni de su mujer. Era obvio que el campamento en el cobertizo de esquila llevaba establecido una temporada. Los numerosos parterres y cultivos eran una prueba en sí misma del tiempo que llevaban viviendo allí, porque Lemoine los había invitado, los había animado e incluso pagado, como demostrarían los registros bancarios de Mira. Y, una vez que todo saliera a la luz, pensó Lemoine, con la mente acelerada, una vez que Jill Darvish descubriera las circunstancias de la muerte de su marido, una vez que descubriera que Lemoine la había engañado, había engañado a su marido, provocado su muerte, a fin de cuentas, sin más motivo que la malicia y la diversión, Lemoine no podía esperar que quisiera seguir adelante con el acuerdo: llevar a cabo la venta y la subdivisión, lo que lo convertiría en su futuro vecino, por Dios, en caso de que le vendiera la mayor parte de la amada tierra en la que había crecido. No, los millones que Lemoine había agitado sobre sus cabezas le parecerían ahora ofensivos y obscenos, una falta de respeto a la memoria de su marido, un insulto hacia ella. No solo se echaría atrás con la venta, que estaba en su derecho, sino que era muy probable que quisiera una batalla legal. El caso estaría en todos los telediarios. Pasaría años envuelto en juicios. Sería muy público, ponzoñoso e increíblemente ruidoso. Y ¿qué pasaría entretanto con la zona de extracción en Korowai, y los mercenarios a la espera de instrucciones, y todo el equipo de procesamiento y la veta principal de tierras raras? No, pensó Lemoine, agitando la cabeza de manera casi imperceptible, con la barbilla sobre el cabello de Mira. No: no podía arriesgarse a que Jill Darvish descubriera la verdad, lo que significaba que la verdad iba a tener que cambiar.

Posó la mirada en el cadáver. Hacerlo desaparecer no era una opción. No podía permitirse una búsqueda de los equipos de rescate, que podría sacar a la luz sus operaciones en el parque nacional. Tenían que encontrar a Darvish y rápido; pero esto presentaba un problema, ya que mientras más rápido hallaran el cadáver, más herramientas tendría un forense a su disposición para establecer la hora y la causa de la muerte. Lemoine ya sabía que la televigilancia de la gasolinera cubría la carretera principal en ambas direcciones. La cámara habría cronometrado el deportivo que conducía Darvish cuando pasó por delante, probablemente hacía una media hora, y por supuesto la carretera que conducía al paso estaba cerrada. Llevarse el cadáver y preparar el escenario de su muerte en otro lugar crearía una discrepancia temporal; también plantearía la pregunta de por qué Darvish había abandonado su hacienda nada más llegar, lo que podría levantar sospechas. Lemoine desconocía cuántos de los residentes que quedaban en Thorndike habrían visto el aterrizaje de su avión aquella tarde, pero incluso si la cifra fuera cero, el avión seguía aparcado en la pista a plena vista y una búsqueda sencilla del tráfico en la salida de Thorndike en las últimas horas demostraría que no había abandonado la hacienda en coche. Además, era un avión alquilado y había registrado el aterrizaje; el registro de vuelo lo ubicaba en la granja sin lugar a dudas. Despegar crearía una nueva discrepancia temporal: una bastante notable, ya que los aviones pequeños no solían volar de noche.

Así que sus opciones estaban muy limitadas.

Lemoine intentó visualizar los últimos movimientos de Darvish. Había conducido hasta el portón principal, bajado la ventanilla, probado el código, seguramente varias veces, sin éxito. ¿Habría visto un brillo distante en el cobertizo de esquila? ¿Habría escuchado una música lejana proveniente del campo? Lemoine tomó una nota mental para comprobar si el cobertizo se veía desde el portón. Bien, en cualquier caso, pensó, Darvish había intentado llamar al porterillo y, cuando no respondió nadie, había salido del coche y trepado por el portón para dirigirse a pie a la casa, sin duda muy frustrado, y posiblemente incluso enfadado de que el código hubiera cambiado de manera inexplicable. ¿Habría llamado a alguien? Su mujer —para preguntarle si había tenido algún problema introduciendo el código—, quizás, o a un vecino, o ¿a un cerrajero? ¿La empresa de seguridad que les había instalado el teclado del porterillo? Si lo había hecho, la ayuda podría estar de camino.

Lemoine soltó a Mira sin previo aviso y se acercó al cadáver. Vio un rectángulo plano en el bolsillo trasero de Darvish: su móvil. Se arrodilló y lo sacó con cuidado y, después, sin mirar el rostro del fallecido, deslizó el móvil con delicadeza bajo la mano sin vida y presionó el pulgar de Darvish contra el sensor para desbloquear la pantalla con la huella dactilar.

Shelley lo estaba mirando.

—¿Quién es ese hombre? —preguntó.

Lemoine la ignoró. Primero revisó el historial para descubrir que la última llamada de Darvish —a su mujer— había sido aquella tarde a las 15:30; había durado un minuto y treinta y nueve segundos. Aliviado, Lemoine abrió sus mensajes. El último mensaje que Darvish había recibido era de las 17:20. Lo había escrito su hijo, Jesse, y decía: «Oye, papá, ¿os han invitado al tío Mac y a ti a la despedida de soltero de Kieran?». A las 18:33, Darvish había respondido: «Creo que no, ¿cuándo es?», y ahí terminaba el hilo.

—¿Quién es ese hombre? —volvió a preguntar Shelley.

Y entonces Mira dijo, a sus espaldas:

—No lo sabe.

Lemoine alzó la cabeza, primero hacia Shelley, cuya expresión era quejumbrosa, con ambas manos aferrándose el cuello por algún motivo, y luego a Mira.

—¿Qué? —dijo.

—No lo sabe —repitió Mira. Su voz sonaba sofocada—. Ninguno lo sabe.

—¿A qué te refieres? —preguntó—. ¿Qué es lo que no saben?

Mira lloraba de nuevo. Se había cubierto la cara.

—¿Quién es? —preguntó Shelley, acariciándose la garganta en un extraño movimiento compulsivo—. ¿Qué está haciendo aquí?

Lemoine se levantó, caminó hacia el monovolumen y abrió la puerta trasera.

—¿De dónde ha salido? —preguntó Shelley, todavía tocándose la garganta—. ¿Está muerto?

—No te preocupes —le dijo Lemoine—. No es real.

—¿Ah, no? —preguntó Shelley. Miró dubitativa el cuerpo.

—No —le dijo Lemoine—. Nada de esto es real. Es una simulación.

—Ah —dijo sin comprender—. ¿Para qué?

Le metió la mano por debajo de las axilas y la impulsó para que se pusiera de pie.

—Entra en el monovolumen —le dijo.

Ella obedeció, sumisa.

—Necesito que cuentes hasta cinco mil —le dijo—. Pero tienes que decir todos los números. No puedes saltarte ni uno. ¿Vale? Es importante. Forma parte del ejercicio.

—¿Qué ejercicio? —preguntó ella.

—Lo explicaré al final —respondió—. Venga, que te oiga. Uno.

—Uno —dijo Shelley, obediente—. Dos. Tres. Cuatro.

—Bien —respondió él—. Continúa. No pares.

Cerró la puerta y contempló a Mira.

—¿Qué les has dicho?

Estaba justo detrás de la luminosidad rojiza que arrojaban las luces traseras del monovolumen. El intermitente seguía sonando —*piii-piii-piii*— y a Lemoine se le ocurrió que sería buena idea no agotar la batería: el capó estaba abollado y echaba humo, y el parabrisas roto, pero quizá todavía podían conducir esa cosa. Fue al asiento del conductor y apagó el motor, lo que hizo que se desvanecieran la luz y el ruido.

Cuando volvió, Mira no se había movido.

—No mentí —le explicó—. No me he inventado nada. Solo... dejé fuera algunas cosas.

—¿Qué cosas? ¿El dinero?

—No —respondió, aparentemente sorprendida—. Claro que no.

—¿Entonces?

—A él —señaló el cadáver sin mirarlo—. Y a su mujer.

—¿Por qué? —preguntó Lemoine.

Tomó aire entre temblores.

—Porque...

Quería abofetearla.

—¿Por qué? —repitió gritando—. Espabila.

—Porque si no a lo mejor no hubieran venido —explotó—. Quizá no hubieran querido. Lo sometimos a una votación. No quería perderla.

Lemoine mantuvo una expresión pétrea, pero sintió un gran alivio en su interior. Así que ella también tenía algo que esconder. Estaba engañando al Bosque Birnam, igual que él. Era información útil.

Las lágrimas le corrían por las mejillas.

—Deberíamos llamar a una ambulancia —dijo.

—No necesita una ambulancia —dijo Lemoine—. Está muerto.

Inclinó el móvil de Darvish para ver la pantalla, pero se había bloqueado otra vez, así que caminó hasta el cadáver y se agachó en la grava una segunda vez para presionar el pulgar del fallecido contra el sensor.

Pronto entraría en *rigor mortis*, pensó; la sangre de Darvish ya se estaría amontonando en su trasero y su espalda y a lo mejor la grava le estaba dejando también una marca. Tenían que volver a colocarlo en el asiento del conductor del deportivo lo más pronto posible.

—¿Qué haces? —preguntó Mira.

Lemoine no contestó. Abrió la aplicación de e-mail de Darvish en busca de una pista que le indicara por qué había vuelto a casa de manera inesperada. Al revisar su bandeja de entrada, encontró una tarjeta de embarque de Air New Zealand, comprada el lunes por la noche, para un vuelo de regreso de Wellington a Christchurch. Era un solo asiento para un vuelo que saldría el viernes por la tarde con la vuelta el domingo por la noche; la reserva incluía un coche de alquiler. Así que el deportivo era alquilado. Eso significaba que el motor estaría en buenas condiciones, pensó Lemoine, que seguía barajando las opciones; también significaba que el cuentakilómetros registraría la hora en la que Darvish lo había recogido.

No encontró nada en la bandeja de entrada que explicara el motivo del viaje, así que hizo clic en la carpeta de enviados. Mientras la revisaba se encontró con su propia dirección: era el correo que Darvish le había mandado sobre la inauguración del proyecto de conservación el martes y que él había borrado sin leer. Lo abrió y vio por primera vez la posdata al final: «Por cierto, voy a ir a Thorndike este fin de semana, para ver cómo va todo. Llegaré el viernes por la noche. Podemos vernos si estás ahí. Que tengas un buen día, Owen».

—Joder —dijo en voz alta.

—¿Qué? —preguntó Mira, pero él no respondió.

Darvish le había avisado de que volvía a casa y él lo había pasado por alto.

Se giró hacia Mira.

—Necesito que vayas a la casa —le dijo—. Hay un vehículo agrícola junto a la puerta de la cocina. Quiero que lo traigas aquí. Lentamente. Intenta no hacer ruido. Y no enciendas las luces.

—No —le contestó.

—Mira —le ordenó—. Hazlo de una puta vez.

—No —repitió. Se apartó de él—. Tenemos que llamar a la policía. Devuélvele el móvil. No deberías tocarlo. Deberías ponérselo en el bolsillo.

Lemoine apretó la mandíbula para evitar perder el control.

—Muy bien —dijo—. ¿Eso es lo quieres? ¿Que lo devuelva y llamemos a la policía?

—Sí —dijo Mira, pero su voz sonaba aguda y extraña.

—Entonces vendrá la policía —dijo Lemoine— y querrán saber qué ha pasado. ¿Verdad? En primer lugar, estamos ante un homicidio, ¿verdad? Queda bastante claro. Es asesinato. Eso es muy malo para Shelley. Ha matado a un hombre inocente en su propia hacienda, frente a su propia puerta. Tenemos un proceso judicial, la meterán directa en la cárcel. Y entonces descubren que estaba puestísima de LSD, eso es una imprudencia temeraria, conducir bajo influencia de sustancias. Empezamos a plantearnos una sentencia de varios años de cárcel. Y después resulta que no es la única que había por aquí en medio de un viaje. Sino un grupo entero. Así que ahora todos formáis parte de esto y habéis allanado una propiedad, y robado y destruido una propiedad, y también la habéis vandalizado, porque este hombre *no sabía que estabais aquí*, Mira, y su viuda tampoco. ¿Qué crees que va a pensar *ella*? ¿Y sus hijos? Ahora tenemos una bomba enorme, que saldrá en todos los telediarios y por todo el país la gente empezará a pensar, oye, pues una vez volví a casa y tenía el patio trasero lleno de agujeros, *eso* me dio una barbaridad de miedo, o dirán, ya sabes, que la factura del agua llevaba un tiempo demasiado elevada y no tenía sentido, y todo empieza a salir a la luz, que lleváis haciendo esto durante años: moviéndoos a espaldas de la gente, robando, mintiendo, engañando a los contribuyentes, quebrando la ley. Esto es el final del Bosque Birnam, Mira. Estás acabada. *Shelley* está acabada. Mucho más que acabada. No hay dudas de que irá a la cárcel. Y la culpa será tuya.

Mira estaba sollozando.

—Pero fuiste tú quien le dio las drogas —repuso—. Y tú cambiaste el código del portón. Y tampoco oíste el porterillo.

—Tú y yo —dijo Lemoine—. Hemos hecho esto juntos. Es culpa nuestra. Un hombre ha muerto por nuestra culpa, Mira. Pero podemos arreglarlo.

—Es imposible —dijo ella—. Todo se ha ido a la mierda. Estamos jodidos.

—No —repuso Lemoine—. Podemos hacernos cargo.

—Dios —dijo ella, cayendo de rodillas—. Madre mía, joder.

Lemoine se agachó junto a ella y la agarró de los hombros con ambas manos.

—Ha sido un accidente —le dijo—. ¿Me oyes? Ha sido un accidente. No podemos devolverle la vida a este hombre. Es imposible cambiar el hecho de que ha muerto. Pero podemos cambiar el destino de Shelley. Podemos salvarla de pasar el resto de su vida en la cárcel. Y podemos salvar el Bosque Birnam.

—No —dijo ella—. Cállate. No sigas.

La sostuvo aún con más fuerza.

—Mírame, Mira. No vamos a matar a nadie. Ya está muerto. Ha fallecido en un accidente, un accidente terrible, y lo único que vamos a hacer es cambiar las circunstancias de dicho accidente. Eso es todo. Y después llamaremos a la policía. Claro que sí. Pero tenemos que prepararnos primero, ¿vale? Todavía no. Mira, necesito que confíes en mí. Me encargaré de todo. Sé lo que hay que hacer. Pero tenemos que permanecer unidos. ¿Lo entiendes? Solo podemos tomar la decisión juntos.

Tomó aire y lo retuvo, con los ojos cerrados con fuerza. En el monovolumen, Shelley seguía contando:

—Ciento veintiuno, ciento veintidós, ciento veintitrés...

—Por ella —dijo Lemoine—. *Nosotros* la hemos metido en este lío. Y vamos a sacarla.

Mira abrió de nuevo los ojos, pero no lo miró. Asintió con la vista puesta en el suelo.

La ayudó a levantarse.

—Ve y trae el vehículo agrícola sin hacer ruido —le dijo—. Asegúrate de que nadie te vea.

Cualquier limitación podía convertirse en una ventaja, pensó, mientras observaba a Mira adentrarse en la oscuridad; cada debilidad, si se la miraba desde otra perspectiva, podía tornarse una ventaja. Darvish le había avisado de que volvía a casa. Bien, entonces, Lemoine había estado aguardándolo. Tenían planes de discutir lo que esperaban que fuera un negocio conjunto, una aventura que habían preparado entre ambos, una idea que Lemoine había planteado hacía unas semanas a Darvish, que este no había compartido con su mujer, quizá, por motivos privados... excepto que Darvish nunca llegó a la casa. Había pasado de largo de su propia puerta principal —nadie sabría nunca el motivo— y continuado hasta el mirador, hasta la barrera en la que, misteriosamente, había perdido el control del coche y se había precipitado por el acantilado, lo que, quizás, había dañado la línea de combustible y quemado el cuerpo. Lemoine asintió. Sin testigos, nadie a quien culpar, y era plausible que Lemoine esperara a la mañana antes de empezar a preguntarse si le había pasado algo muy malo, para cuando los otros volvieran a estar sobrios habría tenido ocasión de limpiar el acceso de automóviles y hacer desaparecer el monovolumen.

Volvió junto al cuerpo de Darvish y presionó la huella dactilar del pulgar contra el sensor por tercera vez, adivinando que Darvish no era el tipo de persona que desconectaba los servicios de localización por miedo a que la información se almacenara y se usara en su contra. Por supuesto, en cuanto Lemoine accedió al mapa, vio que la ubicación actual del móvil aparecía marcada con precisión. Estaba a punto de desconectar la función y borrar por completo la historia de ubicaciones cuando se le ocurrió que a lo mejor Darvish y su mujer lo usaban para saber dónde estaba el otro; muchas parejas lo hacían y podría resultar sospechoso, pensó, si Darvish desconectaba la ubicación justo la noche de su muerte. Lemoine sabía que ambos tenían la contraseña del otro; Darvish lo había mencionado una vez en medio de uno de esos alardes improvisados que hacen las parejas casadas, fingiendo que se estaban dejando mal a sí mismos y poniendo los ojos en blanco. Lemoine comprobó si había otros aparatos conectados al móvil, pero no encontró ninguno; al final, eliminó los movimientos de Darvish durante la última media hora y apagó el servicio temporalmente. Después se sacó su propio teléfono del bolsillo, mientras mantenía el pulgar de la otra mano en la pantalla de inicio del de Darvish para impedir que volviera a bloquearse.

Era bastante simple fabricar un e-mail que apareciera como enviado y recibido desde hacía tiempo: solo era necesario cambiar el reloj a una hora y una fecha que ya hubieran pasado, mandar el mensaje y después resetear el dispositivo al presente. El aparato receptor archivaría el correo como si lo hubiera recibido en la fecha anterior. Aparecería como no leído, por supuesto; pero eso se podía arreglar cuando se tenía acceso a ambos aparatos. De hecho, si se tenía acceso a ambos aparatos se podía insertar toda una conversación en el pasado. Con unos pocos golpecitos en la pantalla, Lemoine podría hacer que pareciera que Darvish hubiera sabido de la existencia del Bosque Birnam desde el principio. Pero no lo exageraría. Menos es más. Empezó a teclear, con su móvil en una mano y el del cadáver en la otra.

Desde la casa, oyó la tos distante de un motor que volvía a la vida y unos pocos segundos más tarde el vehículo agrícola apareció rodando por la ladera. El motor sonaba mucho más suave de lo que Lemoine había esperado; se percató de que Mira debía de haber cambiado la palanca a punto muerto para atravesar la colina y aquello bastó para convencerlo de que Mira estaba de su parte, se había decidido y era parte de su plan.

—¿Has visto a alguien? —le preguntó, guardando los dos móviles.

Negó con la cabeza.

—Lo siguiente va a ser horrible —le advirtió—. Pero es lo único que tienes que hacer, ¿vale? Y una vez que hayas terminado, me ocuparé de lo demás.

Mira asintió.

—Tienes que llevarlo al portón y volver a colocarlo en su coche —dijo Lemoine—. En el asiento del conductor. ¿Crees que podrás hacerlo?

Volvió a asentir.

—No puede tener restos de gravilla —dijo Lemoine—. Tendremos que sacudirlo.

Pero Mira ya se había bajado del vehículo para acercarse al cadáver y agacharse. Lucía una expresión acerada, vacía, como una sonámbula.

Lemoine no dijo nada más. Se arrodillaron a ambos lados de Darvish y levantaron el torso hasta que quedó recto, y después lo movieron al vehículo de cuatro ruedas; Lemoine lo levantaba por la cabeza y los hombros, Mira por los pies. Tambaleándose un poco, lo doblaron en el asiento trasero y Lemoine se sentó junto a él para asegurarse de que no se volcara. Mira volvió a ocupar el asiento del conductor y encendió el motor. Con la palanca en punto muerto, liberó el freno de mano y rodó por la colina hacia el portón, y solo cambió la marcha a segunda cuando se acercaron al teclado numérico interior, para inclinarse y presionar los botones que abrían el portón desde dentro.

Solo contaban con unos pocos segundos para salir antes de que volvieran a cerrarse los portones. Mira condujo con elegancia a través del hueco y se detuvo detrás del deportivo. Estaba cerrado y Lemoine tuvo que rebuscar un momento en los pantalones de Darvish para encontrar la llave. Abrieron la puerta del conductor y movieron el cuerpo del vehículo agrario al deportivo, después de limpiarlo para eliminar cualquier rastro de grava que pudiera haber quedado en la ropa y comprobar las suelas de los zapatos. Lemoine acababa de colocarle el cinturón y se estaba retirando del deportivo para cerrar la puerta, cuando le dio con el codo a la bocina, que sonó en medio de la noche, haciendo que ambos se sobresaltaran.

—Lo siento —dijo.

Mira no respondió. Su mandíbula hacía un extraño movimiento de lado a lado, como si se estuviera mordiendo el interior de las mejillas.

—Me encargo del resto —dijo Lemoine—. Vuelve y quédate con Shelley.

—¿Y qué pasa con el monovolumen?

—Primero ocúpate de eso —le dijo—. Vete.

—Todavía tienes su móvil.

—Lo volveré a poner en su sitio.

—Lo has tocado con las manos desnudas. Las huellas dactilares...

—Las borraré —le aseguró—. No te preocupes. Vete.

Pero no se movió. Se lo quedó mirando, apenas un contorno, su rostro un pozo de oscuridad.

—¿Qué vas a hacer con él? —preguntó.

—Es mejor que no lo sepas —le dijo—. Estamos perdiendo el tiempo. Necesito que te des la vuelta y te quedes con Shelley.

—A lo mejor necesitas ayuda —le dijo.

Tengo ayuda, casi contestó Lemoine, pero se resistió. En voz alta dijo:

—Mira, esta es la historia. Tú y yo nos íbamos a reunir con Owen Darvish mañana por la mañana e íbamos a hablar sobre una futura financiación. Y Shelley también. Los tres. Estás emocionada. Va a ser la primera vez que veas a este tipo en persona, este tipo *que sabe quién eres y lo ha sabido todo el tiempo*. Tienes ganas de mostrarle lo que has hecho en su hacienda las últimas semanas. ¿Verdad? Ve y practica. Dilo una y otra vez hasta que te lo creas. Mañana vas a reunirte con Owen Darvish para hablar sobre la financiación del Bosque Birnam.

—¿Y qué pasa con el resto?

—No te preocupes por ellos ahora. Podemos encargarnos luego. Vete.

Caminó hasta el teclado numérico para volver a entrar, lo que le recordó a Lemoine que tenía que cambiar el código para dejarlo como estaba antes de que se hiciera de día. Pero entonces Mira dudó, con la mano estirada y el dedo *índice* en posición de señalar.

—Mira —le dijo—. No tenemos tiempo.

Se dio la vuelta para mirarlo.

—Ese es el motivo por el que nos peleamos —dijo—. Shelley y yo. Quería contarle al resto que nos íbamos a reunir con Darvish mañana, pero yo no. Yo quería guardar el secreto.

—Bien —dijo Lemoine—. Cuadra.

—Por eso vino a buscarme —dijo Mira con una expresión de alivio supremo—, sí, cuadra.

Lemoine asintió. Contempló, con las manos en las caderas, cómo Mira aporreaba los números en el teclado y los portones de hierro se abrían para dejarla pasar.

Los números eran antropoides y marchaban en una sola fila, cada dígito surgía de la oscuridad y colisionaba con ella físicamente en el instante en el que los pronunciaba en voz alta. Una y otra vez, Shelley sentía las sacudidas y los bultos bajo las ruedas, se sentía virar con brusquedad, sentía el monovolumen chocándose contra el árbol, oía el intermitente, escuchaba las sacudidas y la fricción de los limpiaparabrisas, la goma enganchándose en la hendidura; una y otra vez, vio, demasiado tarde, la expresión anonadada del extraño, las palmas de sus manos, la flexión de su torso cuando tarde, demasiado tarde, había intentado apartarse del camino de un salto. Y después apareció el siguiente número entero, y el siguiente y el siguiente, no había nada que hacer, tenía que seguir contando, tenía que seguir matando, tenía que seguir chocándose contra el árbol una y otra vez; se imaginó que seguía sentada en el asiento del conductor, con los pies en los pedales, las manos en las doce posiciones del volante.

Y entonces, de pronto, perdió la cuenta. Olvidó qué número acababa de entonar en voz alta en la oscuridad. Olvidó si se suponía que iba sumando o restando los números. Olvidó con qué número había empezado y cuánto tiempo llevaba contando y por qué lo hacía. Y además ya no se encontraba en el asiento del conductor. Estaba en la parte de atrás, y no había más que silencio, y todo estaba en calma y sintió un alivio profundo e inenarrable, porque el silencio y la calma solo podían significar que lo del extraño en la entrada no había sucedido todavía, que lo del árbol y el volante y el parabrisas roto no había pasado aún, y se tumbó en el suelo del monovolumen en perfecta gratitud, sintiendo cómo la noche fermentaba a su alrededor, unas corrientes negras la inundaban, revolviéndole el pelo y la ropa, y durante un rato que pareció doblarse sobre sí mismo, de manera que cada instante prefiguraba el posterior, Shelley supo que si se movía un milímetro, si cambiaba de postura o se mojaba los labios o incluso si alteraba el ritmo de la respiración, la simulación terminaría y el futuro se convertiría en pasado. Cuando se percató de la presencia de una luz constante, un gris creciente que se comía la negrura, cerró los ojos para intentar mantenerlo a raya, y entonces oyó unas pisadas crujiendo sobre la grava y susurros, y se propuso no escucharlos, negarse a aceptar que existieran otras personas, un extraño, un extraño solitario, que era real, que era de carne y hueso, que vivía, que había vivido y podía morir.

La puerta del conductor se abrió y entró alguien, lo que hizo que se balanceara la suspensión. Shelley oyó cómo la llave se introducía en el arranque: un *tic-tic-tic* y, a continuación, el motor tosió y se encendió. Después vino el sonido raspado de la palanca de cambios en marcha atrás, y el monovolumen retrocedió, y oyó un susurro proveniente de más allá del capó, luego un crujido, luego un chasquido y luego quien fuera que estuviera conduciendo puso el freno, apagó el motor y salió, lo que hizo que la suspensión se balanceara para el otro lado. Shelley todavía tenía los ojos bien cerrados. Oyó a Mira decir: «Entiendo». Luego pisadas, y luego no oyó nada durante mucho tiempo.

Debía de haberse quedado dormida, porque lo siguiente que supo fue que estaba amaneciendo y que el monovolumen estaba en movimiento. Abrió los ojos para ver postes telegráficos pasar junto a ella, y más allá, tejados de chapa ondulada que sugerían la presencia de cabañas ordenadas en grupos de mil metros cuadrados, con elevaciones de alfarjía y piedra Oamaru, y respetuosos jardines frontales, y cocheras y vallas metálicas de poca altura pintadas de blanco y rosa y celeste. El monovolumen se detuvo en una intersección de cuatro caminos y después giró a la izquierda, y Shelley vio el risco de la cordillera de Korowai allá en lo alto y se percató de que estaban en las afueras de Thorndike. Quien estuviera conduciendo debía de haber abandonado la autopista antes de llegar a «la cagada principal», que era como Shelley había empezado a denominar al fragmento que comprendía la gasolinera, una serie de tiendas de regalos y dos cafeterías de carretera cerradas. El monovolumen volvió a girar a la izquierda y después a la derecha y se adentró en un acceso para automóviles antes de detenerse junto a lo que parecía una casa de estuco de una sola planta: a través de la ventana lateral del monovolumen, Shelley apreció una cañería mohosa y una ventana de cuarto de baño congelada y salpicada de hongos negros. El conductor apagó el motor, salió del vehículo y echó a andar, y en un minuto, Shelley oyó pisadas que volvían hacia allí y entonces se abrieron las puertas traseras del monovolumen, y allí estaba Mira, todavía con los vaqueros y el jersey de lana remendado que había llevado el día anterior.

Se quedaron mirándose.

—¿Dónde estamos? —preguntó al fin Shelley.

Mira no contestó de inmediato.

—En un lugar seguro para hablar —dijo tras un rato.

Shelley se sentó y contempló la calle residencial vacía por encima del hombro de Mira, todos los colores suaves y líquidos de la primera hora de aquella mañana invernal, y, durante un breve segundo, se permitió la esperanza de que el extraño en la entrada hubiera formado parte de una simulación después de todo. Se giró sobre el hombro para mirar el parabrisas, pero estaba roto por todas partes.

—Sal —dijo Mira.

Shelley salió del monovolumen y Mira cerró las puertas traseras en silencio y las bloqueó con la llave. La casa estaba pintada de amarillo, con cortinas de encaje en las ventanas, y tres paneles ascendentes de cristal en la puerta principal. Mira abrió la puerta con una llave y se quedó esperando a que Shelley entrara. Antes de seguirla, miró a un lado y otro de la calle.

Por dentro, el lugar transmitía una sensación de abandono. Un sofá de vinilo destrozado estaba frente a una televisión vieja. Los rincones a cada lado de la chimenea eléctrica estaban llenos de cajas de puzles y libros de bolsillo con los lomos rotos que se caían a trozos. Detrás de un arco de medio punto había una cocina pequeña con un hornillo y un microondas; había una cortina cubriendo el arco de medio punto en la pared adyacente. Sobre el sofá pendía una reproducción enmarcada de los *Girasoles* de Van Gogh y, enfrente, sobre la chimenea, colgaba un lienzo rectangular en el que se leía CASA DE VACACIONES con una tipografía roja en cursiva. La habitación estaba fría y olía a lejía y ambientador.

—Es de un amigo de Robert —explicó Mira; la mera idea sonaba tan estrambótica, el hecho de que Lemoine tuviera un amigo con una casa como esa, que Shelley se echó a reír.

—Perdón —dijo—. Es que suena muy... raro.

Mira fue hacia ella hecha una furia.

—¿Qué hacías con el monovolumen? —preguntó—. ¿Se te ocurrió *darte un paseíto* después de haber tomado LSD? ¿En mitad de la noche? ¿*Sola*? ¿Qué cojones te pasa? ¿A dónde ibas?

Shelley abrió la boca para responder, pero descubrió que era incapaz de hablar. Veía al extraño en la oscuridad, sus ojos, su boca, sus manos...

Mira se rindió y empezó a inspeccionar la cocina. Sacó tazas y llenó la tetera, todavía furiosa, mientras abría los armarios a tirones y cerraba con fuerza los cajones. Shelley la observó, sintiéndose muy triste mientras su amiga abría el armario sobre la encimera y sacaba un tetrabrik de leche UHT y un tarro de café instantáneo.

—Tengo una entrevista —anunció Shelley.

Mira se dio la vuelta.

—Me presenté a un empleo de los Servicios de Beneficencia —explicó Shelley—. El mes pasado, cuando te fuiste. Me presenté a un montón de trabajos, prácticamente a todo para lo que tuviera una mínima preparación. Pero este me gustaba mucho. Me escribieron ayer para decirme que estaba entre las finalistas. Lo vi justo antes de que nos sentáramos a cenar. Me llamaron cuando estábamos en la pista de aterrizaje con Robert, pero no lo escuché porque tenía el móvil en silencio, pero no pasa nada, porque me han enviado toda la información por e-mail. La entrevista es la semana que viene. El jueves.

El rostro de Mira se volvió tirante de la ira.

—¿De qué mierda hablas, Shelley?

—Estoy respondiendo la pregunta —dijo Shelley—. No me estaba dando un paseíto. Anoche. Me estaba marchando. Bueno, voy a irme. Ya lo creo que me voy. Voy a dejar el Bosque Birnam. ¿Vale? Te estoy diciendo que me voy.

—¿Te has vuelto loca? —preguntó Mira.

Shelley intentó reírse otra vez.

—O sea, tienes razón —admitió—. Fue muy estúpido y peligroso lo de conducir en ese estado y, obviamente, voy a pagar los daños. El monovolumen es tuyo. No tenía derecho a llevármelo y siento mucho haberlo conducido mientras estaba en la mierda, pero, si soy sincera, quizá lo mejor ha sido que se estrellara. ¿Sabes? Ni siquiera llegué a abandonar la hacienda. Quizás era lo mejor que podía pasar. Podría haberle hecho daño a alguien. Y está bien, ¿verdad? Todavía anda. Es obvio que nos ha traído hasta aquí. Así que tampoco la he jodido del todo. ¿Sabes? —Su voz sonaba cada vez más y más alta. Sentía que estaba al borde de la histeria.

»Y, mira, puedo enseñarte el e-mail sobre la entrevista —añadió de repente mientras sacaba el teléfono y se lo ponía a Mira en la cara—. Venga, deja que te lo enseñe. Es un trabajo muy chulo, ya verás. Tiene un salario inicial decente y pondré un pie en la puerta para muchas otras cosas que quiero hacer. Es un trabajo de oficina, en un cubículo o lo que sea, pero trabajaré en el sector de las asociaciones sin ánimo de lucro, que es justo lo que...

El móvil se había quedado sin batería. Presionó el botón de encendido y lo agitó un poco para despertar la pantalla, pero no pasó nada.

—Déjalo —pidió Mira—. No puedo más. Tienes que parar.

—¿Has traído un cargador? —preguntó Shelley—. Iré a por el del monovolumen. ¿Me das las llaves?

—No, Shelley —dijo Mira—. No voy a darte las llaves.

Otra vez, el extraño apareciendo de repente; otra vez el parabrisas; otra vez las sacudidas y el bulto bajo las ruedas...

—Oye, Mira, lo he intentado, ¿vale? —dijo Shelley, hablando en voz muy alta—. Vine aquí y lo intenté. Quería de verdad que esto funcionara, te lo prometo, pero lo siento, es como lo que te dije anoche: creo que quizás estemos en esto por motivos distintos. Y a lo mejor siempre ha sido así, o a lo mejor es por Robert, y tienes que explorar a dónde te lleva todo eso... y lo entiendo, o sea, también soy humana, pero yo tengo que pensar en mi futuro, ¿sabes? Eso es lo que pasa. Pienso en mi futuro y de verdad quiero este trabajo. Sin malos rollos, oye. De verdad. Ha llegado el momento de seguir con mi vida. —Volvió a agitar el móvil con desesperación—. Si lo cargo, te podré enseñar el e-mail. Solo necesito cargar el móvil.

Hubo una pausa y luego Mira preguntó en voz muy baja:

—¿De verdad no lo recuerdas?

—Claro que me *acuerdo* —dijo Shelley, riendo de nuevo—. ¿Cómo me voy a olvidar? Han sido cuatro años increíbles. Claro que me acuerdo. Siempre lo recordaré. He adorado la experiencia del Bosque Birnam. Me ha enseñado mucho sobre mí misma y sobre el mundo, y sobre todo. Y hemos marcado la diferencia, ¿sabes? Me siento orgullosa de eso.

—Ay, Dios mío —dijo Mira—. Ay, Dios mío.

Se dio la vuelta y agarró la encimera con ambas manos.

Shelley miró el móvil y la pantalla le devolvió su reflejo ennegrecido. Lo inclinó hacia el otro lado.

Entonces Mira dijo con voz ronca:

—Tengo que decirte una cosa.

—Vale —contestó Shelley, aliviada. Volvió a guardarse el móvil en el bolsillo—. Dispara.

Mira había inclinado la cabeza.

—Robert no ha comprado la granja todavía.

—Vale —repitió Shelley. Empezó a asentir.

—Solo ha dado una señal. Le han aceptado la oferta. Va a pasar. Pero todavía no han terminado de cerrar los detalles del contrato. Había un proyecto secundario, uno de conservación… Bueno, no importa. El propietario. —Mira exhaló con aire cansado, mirando a la encimera—. El propietario se llama Owen Darvish.

Shelley seguía asintiendo. Vio el cadáver del hombre bañado en la luminosidad de los faros traseros del monovolumen.

—Iba a decírtelo —dijo Mira, sin girarse—. En el *hui*. Pero entonces vino Tony, y supongo que me puso nerviosa y se me olvidó mencionarlo y después… no sé. Sentía que era demasiado tarde.

—No pasa nada —dijo Shelley—. De verdad, no te preocupes.

Y en su mente escuchó a Lemoine decir: «No te preocupes. No es real».

Mira se giró al fin para mirarla.

—No sabía que iba a volver a casa —dijo—. Ni Robert tampoco. Y el portón. Robert cambió el… Quiero decir, había un problema con el portón. Así que imagino que trepó por él.

Shelley seguía asintiendo.

—No pasa nada —repitió—. No me importa.

—Shelley —la llamó Mira—. Para.

Ambas se quedaron calladas. Shelly concentró la mirada en el armario sobre la encimera, que seguía abierto. Repasó las marcas de todos los tarros y latas. Todos estaban perfectamente ordenados y le pareció extraño observar que no había nada. No había ninguna bolsa de pasta cerrada con una goma, ninguna pinza gastada en las cajas de cereales, ningún manchurrón en las botellas; no había nada de desorden, ningún residuo, ninguna fiambrera.

—¿Qué estamos haciendo aquí, por cierto? —preguntó.

—Robert va a decirles a los demás que ha preparado una intervención —dijo Mira—. Va a contarles que nos ha dicho que nos fuéramos unos cuantos días las dos solas para desfogarnos. O sea, para resolver los problemas entre nosotras, cara a cara. Por el bien del grupo.

—Por el bien del Bosque Birnam —repitió Shelley en una voz falsa y afable que no reconoció.

Mira cerró los ojos.

—Supongo que tiene sentido —dijo—. Por la manera en la que actuaste anoche en la cena. Todo el mundo sabe que pasa algo.

—Claro —dijo Shelley—. Pero no sé si puedo quedarme varios días. Te lo he dicho, tengo la entrevista…

—Madre mía, Shelley —explotó Mira—. ¡No vas a ir a una puta entrevista! ¡Has matado a una persona! ¿Vale? Has matado a un hombre y Robert está ahí fuera ocupándose de este desastre, así que por favor sal de ese puto mundo de yupi que te has montado. Estás *así* de cerca de pasar el resto de tu vida en la cárcel. ¿Lo entiendes?

Shelley abrió la boca para replicar y después la cerró de nuevo. Se sentó en el sofá de vinilo y Mira regresó a la cocina para preparar café para las dos.

—Entonces, ¿dónde está Robert? —preguntó Shelley, con prudencia, cuando Mira volvió.

—Ha dicho que es mejor que no lo supiéramos —respondió Mira, también con prudencia. Se sentó en el suelo con las piernas cruzadas—. Tenemos que esperar aquí y creo que va a venir alguien a reparar el monovolumen. Ha dicho que nos quedásemos en la casa y que él lo arreglará todo. Y supongo que en unos días volveremos a la granja y bueno… seguiremos con nuestras vidas.

Shelley no dijo nada durante un instante. Contempló la taza de café en silencio.

—¿De quién es esta casa? —preguntó.

—¡Dios mío, Shelley, no lo sé! ¡Me ha dicho que era de un amigo!

—Es un poco raro —dijo Shelley—. ¿No crees? Lo más probable es que no sean ni las siete. Ha sido súper de improviso. ¿Estamos en una situación loquísima y de pronto aparece esta casa, completamente disponible, y hay comida en la despensa y es el lugar perfecto para que nos escondamos? ¿Y tiene todo lo que necesitamos? Me pregunto quién es ese *amigo*.

—Te lo he dicho: no tengo ni idea.

—Y ni siquiera es un sitio *agradable* —dijo Shelley—. No es donde se quedaría él. ¿Te imaginas a Robert viniendo a este lugar para...?

—¡Cállate! —gritó Mira—. ¡Deja de quejarte de la puta casa! Es lo que tenemos, ¿vale? O esto o el asiento trasero de un coche de policía, Shelley. ¡La casa o una puta cárcel de cemento con un váter de metal en la esquina, sin ventanas y una pederasta psicótica en la litera de arriba haciéndose un pincho con una cuchara! ¿Vale? Esta es tu vida ahora. *Nuestra vida.*

—Tengo que cargar el móvil —dijo Shelley.

—Ni lo sueñes —respondió Mira y esta vez fue ella la que se echó a reír—. Ni lo puto sueñes.

—¿Sabes? Por estas cosas quería irme —dijo Shelley.

—¿Por qué?

—Por esto —dijo Shelley, señalando el espacio entre ellas—. ¿Te das cuenta de que nunca tomo decisiones de verdad? ¿Nunca? Sé que no me respetas. Quizá ni siquiera te caigo bien. O sea, me has dejado muy claro que solo me aguantas porque soy útil. Hago todas las cositas con las que no te quieres manchar las manos, todas las tareas, todas las cuestiones administrativas, toda la parte aburrida, pero cuando hablamos de las auténticas decisiones importantes, lo que determina el futuro, haces como si no existiera. Actúas como si el Bosque Birnam fuera de tu propiedad, Mira, como si fuera hijo tuyo, como si todos los demás tuvieran que sentirse agradecidos de que los dejaras involucrarse. Excepto Robert, ¿verdad? Él nunca hace nada mal, *es* fascinante, *es* tan misterioso, *da* tanto miedo, oh, ¿a qué vendrá todo eso? Bueno, resulta bastante obvio por qué dices esas cosas. Él se da cuenta. Así es como ha logrado tenerte en la palma de su mano. Sabe que en realidad los demás te importamos una mierda, lo que viene de perlas, ¿verdad? No me extraña que os tengáis tantas ganas. Sois el uno para el otro.

Mira permaneció en silencio, antes de decir con frialdad:

—Supongo que todo el rollo de la intervención ya no es una mentira: vamos a *desfogarnos* de verdad.

De pronto, Shelley no podía soportarla. Se levantó y retiró las cortinas que conducían al resto de la casa. Tras el arco, un corto pasillo llevaba a dos dormitorios diminutos y un cuarto de baño. Entró en el dormitorio más pequeño, cerró la puerta, se metió en la cama y se tumbó, deseando tener valor suficiente para suicidarse, mientras el sol atravesaba el cielo por encima de las montañas y llenaba la habitación de perpendiculares rayos de luz amarilla.

Mira tenía miedo de encender la tele y toparse por accidente con una serie policial y no disponía de la voluntad ni de la fuerza mental para leer. Después de que Shelley se encerrara en el dormitorio, se sentó durante cuatro horas y media sin moverse, con la espalda contra el sofá, las rodillas elevadas hasta el pecho, y después, de repente, se levantó y agarró uno de los puzles de los estantes detrás de la chimenea. La imagen de la caja mostraba a tres cachorros de *golden retriever* jugando en una cesta de mimbre y las piezas seguían plastificadas, junto con un folleto que anunciaba docenas de otros puzles de la gama de productos. Abrió la bolsa de un tirón y volcó las piezas sobre la mesita. Después les dio la vuelta una a una y limpió el fino polvillo gris que dejaba la máquina que cortaba las lengüetas y los conectores convergentes, y separó los grupos de dos o tres piezas que no se habían cortado bien al romper y embolsar el puzle. Cuando todas las piezas estuvieron boca arriba, empezó a dividirlas en categorías y descubrió, para su gran contento, que la textura del pelaje de los cachorros y el repetitivo tejido del mimbre convertían al puzle en un reto mucho mayor de lo que se podía esperar de mil piezas. Había encontrado todos los extremos y las caras de los cachorros para cuando, a sus espaldas, la puerta del dormitorio se abrió sin hacer ruido y luego hubo pisadas y un chirrido al descorrerse las cortinas del pasillo.

No se dio la vuelta. Transcurrieron varios segundos en silencio y entonces sintió un movimiento en el aire cuando Shelley volvió a correr las cortinas. Se abrió y cerró una puerta y, un minuto después, Mira oyó el sonido del agua. Siguió con el puzle y se concentró en el asa de la cesta, que tenía atado un lazo de cuadros. Al rato, el grifo se cerró y Shelley volvió a salir, con el pelo húmedo recogido con una toalla y oliendo a jabón y pasta de dientes. Rodeó el sofá y entró en la cocina, dándole la espalda a Mira mientras abría todos los armarios y cajones. Al final sacó un paquete de risotto, una lata de setas, un tarro de hierbas secas y una botella de aceite. Tras terminar la comida, la dividió en dos porciones idénticas, llevó los platos al salón y los colocó entre las piezas del puzle en la mesita.

—Gracias —dijo Mira.

Shelley no contestó. Se sentó con las piernas cruzadas en el suelo y tomó su plato para comer, con los ojos en el puzle mientras masticaba y, al rato, dejó el tenedor y estiró los brazos para intentar una conexión que Mira ya había probado antes. Mira no dijo nada. Desvió la mirada hasta que Shelley se percató de que las piezas no encajaban y las puso donde las había encontrado. Pero las siguientes que probó encajaron a la perfección y cuando terminó de comer, permaneció sentada, jugando con el puzle en silencio hasta que completaron el asa de la cesta entre las dos y los fragmentos terminados adquirieron un brillo adoquinado que parecía exigir que lo acariciaran y alisaran con la palma de la mano. La tarde empezó a decaer. Shelley encendió la lámpara de pie y la acercó a donde estaban sentadas. Mira se llevó los platos a la cocina para lavarlos. Preparó tazas de té y abrió un paquete de frutos secos de jengibre. Mientras seguían con el puzle bajo la desvaída penumbra, se sintió agradecida de que la lámpara del salón no tuviera más que una bombilla de baja potencia. Para medianoche, habían terminado. Shelley colocó la última pieza y se levantó de inmediato, esquivando la mirada de Mira, y se fue a la cama, tras cerrar la puerta del dormitorio sin hacer ruido. Mira pasó la mano por última vez por el puzle completo, presionándolo para sentirlo flexionarse y cambiar bajo las yemas de los dedos y los huesos de la palma, y después se sacó el móvil del bolsillo y lo encendió.

Había dos mensajes aguardándola: uno de Natalie y otro de Katrina, las dos decían más o menos lo mismo: nos acordamos de vosotras, cuidaros, hacéis bien en tomaros un tiempo para vuestra relación, tenemos ganas de que volváis, besos. Pensó en responder, pero al final decidió no hacerlo. En vez de eso, abrió el navegador y miró las noticias locales, consciente de que se le había secado la boca y su respiración se había vuelto superficial. El móvil tardó largo rato en cargar la página, las últimas semanas había ido ralentizándose más y más; debería buscar un contrato mejor, pensó, mirar lo que le ofrecían, o pedir presupuesto de otra compañía para ver si la que tenía ahora podía igualarlo, y también sería buena idea borrar los archivos que ya no necesitaba, borrar las aplicaciones que no usaba y no hacían más que ocupar espacio y memoria, la que monitoreaba las mareas, por ejemplo, que no había abierto desde el día que la descargó, y la que publicaba progresiones armónicas diarias para practicar con la guitarra y, si era honesta consigo misma, nunca iba a aprender a tocarla. Se limpió la palma sudorosa en los vaqueros y trató de tragar saliva, pero fue incapaz.

Al fin, se cargó la página web. *Colisión mortal en el mirador del Paso de Korowai* era el titular, encima de una foto tomada aquella misma tarde: mostraba de cerca una cinta policial en la que rezaba: NO PASAR y más allá, con un enfoque suave, un coche de policía y unos seis o siete hombres. Siguió pasando el dedo por la pantalla para leer el artículo. Era breve. Un deportivo alquilado había sufrido un accidente cerca del mirador del Paso de Korowai el viernes por la noche. El conductor no había sobrevivido y todavía no lo habían identificado de manera oficial. No había pasajeros. Al parecer el deportivo había atravesado un hueco de la barandilla y rodado colina abajo. Se había pedido a los vecinos que ayudaran a los servicios de emergencia manteniéndose lejos del área mientras se extraían los restos del vehículo. Y eso era todo. Mira había esperado que el artículo terminara con una petición de posibles testigos para proveer más información, pero la última oración solo repetía que la carretera del paso había estado cerrada desde marzo, después de unos desprendimientos en los que habían muerto cinco personas.

El móvil le empezó a vibrar en la mano, lo que la hizo sobresaltarse. La notificación de una llamada entrante desde un número oculto había sustituido al artículo en la pantalla. Pasó el dedo para aceptar la llamada y se llevó el aparato a la oreja.

—Soy Robert —dijo Lemoine—. ¿Cómo estás?

—Estoy bien —dijo Mira, sintiendo de repente como si algo se le hubiera quedado atorado en la garganta.

—¿Shelley se ha acostado ya?

—Sí.

—¿Cómo está?

—No muy bien. Se le ha ido un poco la olla. —Para tranquilizarse, Mira extendió la mano libre por el puzle completo, estirando los dedos todo lo que pudo—. Tenía una entrevista para un trabajo. La semana que viene, en los Servicios de Beneficencia. Era un trabajo de oficina. Iba a dejar el Bosque Birnam. Al menos, esos eran sus planes.

—¿Por qué?

—Hacía tiempo que lo tenía en mente. Supongo que se ha hartado de todo esto. Se ha hartado de mí.

Hubo una pausa y entonces Lemoine dijo:

—Vale, está bien saberlo.

—¿Y tú qué? ¿Cómo están los demás?

—Bien. Están preocupados por vosotras y les ha aliviado saber que estáis resolviendo vuestros problemas. También se sienten un poco avergonzados. Creo que no se dieron cuenta de que Shelley se había ido anoche.

—Bueno, supongo que eso nos viene mejor.

—Y has visto las noticias —le dijo. Era una afirmación, no una pregunta.

Por algún motivo, no quería admitir que las había mirado.

—Aún no —mintió—. Me daba demasiado miedo.

Otra pausa.

—¿El qué?

—No lo sé —dijo Mira—. ¡No lo sé! La verdad es que no sé si puedo hacer esto, Robert.

—No tienes que hacer nada —le dijo—. Ya está hecho.

Ambos permanecieron en silencio un momento. Entonces Mira preguntó:

—¿Lo sabe ya su mujer?

—Sí. Hemos estado todo el día hablando —dijo Lemoine—. Quería volar hasta aquí, pero la he convencido de que no lo hiciera.

—¿En serio? —preguntó Mira—. ¿Cómo lo has conseguido?

—Le recordé que yo había pasado por lo mismo que ella. Le dije: «Sé que es un infierno y hay una parte de ti que solo desea torturarse, pero, hazme caso, no quieres ver el escenario del accidente. No quieres tener esas imágenes en la cabeza». Le insistí: «Escúchame. Quédate con tu familia. Quédate con tus hijos. Aquí lo único que vas a hacer es castigarte a ti misma. No lo hagas».

—¿Y te hizo caso?

—Sí.

—¿No va a haber un funeral?

—Creo que será en Wellington.

Mira volvió a quedarse en silencio mientras pensaba en el retrato del salón de la familia Darvish: dos padres orgullosos, tres niños felices, todos con la frente ancha de su padre, los pómulos de su padre, la boca amplia de su padre, la sonrisa de su padre.

Mira cerró los ojos con fuerza.

—¿Robert?

—¿Sí?

—¿Cómo murió?

Lemoine tomó aire y después lo expulsó muy lentamente.

—Condujo hasta la barrera —dijo—. Después salió del coche, dio un paseo y volvió a entrar en el vehículo. A juzgar por las huellas de los neumáticos parece que intentó dar una vuelta de ciento ochenta grados para volver a la casa, pero no calculó bien y el coche atravesó la barandilla y cayó por el precipicio. Dio un par de vueltas por el camino y se dañó la línea de combustible, así que

310

para cuando lo descubrieron, que no ha sido hasta esta mañana, todo había ardido. Tenía el teléfono en el bolsillo; entre eso, el cuentakilómetros y la cámara de la autopista de Thorndike podrán hacerse una idea de sus últimos movimientos. Por supuesto, le harán una autopsia, pero dudo que vayan a encontrar alcohol en su organismo. Y sin duda, ningún signo de que se haya trucado el coche. Claro, quedarán un par de incógnitas. No sabemos por qué fue hasta allí. No sabemos por qué perdió el control del coche. Pero anoche no había nadie allí. No hay signos de forcejeos. Y no tenía ningún enemigo. Así que no verán motivos para investigar.

Mira seguía con los ojos cerrados.

—¿Y qué pasa con el Bosque Birnam?

—No veo que sea relevante. El sistema de navegación por satélite demostrará que nunca llegó a la casa. No ha tenido contacto previo con vosotros. No hay papeles que muestren que pensaba reunirse con vosotros esta mañana, pero nosotros estábamos anoche en la granja y él no. Me parece que no hay cabos sueltos.

—Pero su mujer —dijo Mira, sin abrir los ojos—. Ella lo sabrá.

Lemoine se tomó su tiempo para responder. Después, con parsimonia y claridad, dijo:

—Lo único que sé, Mira, es que su marido quería prepararle una sorpresa. Sé que estaba emocionado ante la perspectiva de conoceros. Sé que él y yo habíamos discutido para proveeros de financiación inicial. Sé que os habíamos dado la oportunidad de demostrar lo que valíais y que ibais a quedaros en la granja hasta Navidad, y tendríamos una conversación seria todos juntos después de eso. No sé por qué no le habló a su mujer de vosotros, igual que no sé por qué fue hasta la barrera esa noche. Sus motivos, fueran cuales fueren, han muerto con él. ¿Vale?

—Vale —dio Mira. Abrió los ojos y casi chilló: Shelley había entrado en la habitación y estaba en un extremo del sofá, mirándola.

—¿Es Robert? —preguntó.

Mira asintió, horrorizada.

—Dile que queremos un millón —dijo Shelley—. Diez mil dólares no es suficiente.

Se hizo el silencio.

—¿Lo has oído? —susurró Mira.

—Sí —dijo Lemoine, y entonces el móvil empezó a comunicar.

Había descubierto tres cosas que lo habían complacido. En primer lugar, estaba claro que Mira no tenía ni idea de que estaba vigilando su móvil. Aunque Lemoine no hubiera ejercido todavía su poder para borrar o cambiar sus mensajes, sabía que su móvil tardaría más tiempo en realizar sus funciones básicas que de costumbre y que era cuestión de tiempo que Mira se percatara de que algo iba mal. Como era habitual, había recibido la alerta en el momento en el que Mira había encendido el móvil y había abierto la interfaz de usuario de la chica en tiempo real para contemplarla escribir el nombre de la web nacional de noticias en el buscador, seguido de un guion y después *southcanterbury* y después otro guion, por lo que había deducido, correctamente, que Shelley se había acostado y que Mira se había entregado a una búsqueda *online* oculta para aliviar, y también inflamar, su culpa. Mira era una persona orgullosa, y Lemoine estaba seguro de que no habría cedido a la tentación de manera tan vulgar si hubiera sabido que él la estaba espiando, no por encima del hombro, sino a través de sus propios ojos: juntos, habían leído el artículo dos veces, la primera vez muy rápido, y después a un cuarto de velocidad; juntos, habían revisado el apartado de comentarios al fondo de la página, sin encontrar nada, y después habían vuelto arriba para escudriñar la fotografía por segunda vez; juntos, habían aumentado los rostros de las figuras amontonadas al fondo para intentar distinguirlas en vano. En aquel momento, lo había sacudido una extraña oleada de afecto por ella y había marcado el número por impulso, medio esperando que inquiriese cómo había sabido que debía llamarla justo en ese momento, cuando llevaba todo el día con el teléfono apagado, y literalmente acababa de encenderlo. Pero su llamada no le había provocado ninguna suspicacia. Al contrario: parecía aliviada de saber de él. Eso era una buena noticia. Era incluso más crédula de lo que había supuesto.

Lo segundo que le complació fue el hecho de que le mintiera. Lemoine adoraba diseccionar los engaños, sin importar lo insignificantes o leves que pudieran parecer; de hecho, a menudo descubría que las falsedades de apariencia más inconsecuentes eran las que más revelaban sobre el carácter de una persona, ya que ponían al descubierto sus mezquinas vanidades, su soberbia, sus puntos ciegos y sus puntos débiles, y sus estilos individuales de mitología y excepcionalidad personales, y todo ello podía recabarse como información sensible que usaría en su propio provecho más adelante. En lo que respectaba a las mentiras, por supuesto, la de Mira había sido muy inocente; incluso se podía decir que más que una mentira era una exageración, ya que probablemente *había* estado aterrorizada de leer las noticias, solo que no *tan* asustada como para privarse, pero aun así decía mucho de ella. Parecía que quería presentarse ante Lemoine con más fuerza y debilidad de las que poseía en realidad. Su orgullo no le permitía admitir que se había entregado a una búsqueda furtiva en Google a altas horas de la noche sobre la muerte que había ayudado a encubrir; eso era bastante normal. Pero su orgullo tampoco le permitía una deshonestidad absoluta, así que no le había dicho que *no había* visto las noticias sobre el accidente, sino que no las había visto *aún*. Eso resultaba aún más revelador.

Mira tenía un lado parental y un lado infantil, pensó Lemoine, mientras se desconectaba de su interfaz y apartaba el móvil. A veces, cuando se hallaba bajo presión, aparecía la niña y se volvía asustadiza, desesperada e incluso autodestructiva, como cuando le había revelado su auténtica identidad cuando se conocieron; otras veces era el lado parental el que acudía al rescate y se tornaba altiva y proyectaba un aire a decepción e impunidad, como si comunicase que hubiera preferido que todo el mundo se atuviera al contrato social, pero como lo habían roto —o ya que nunca se había llegado a instaurar del todo en realidad— no iba a perder *su* tiempo cumpliéndolo y, si alguien tenía un problema con ello, bueno, no podían culparse más que ellos mismos. Ese era el lado severo de Mira, intimidatorio, distante, exigente desde el punto de vista moral, pero también tenía la capacidad de debilitarla. Si Mira se entregase a la policía, se percató Lemoine, no lo haría en un estado de indefensión y angustia desesperada, como una niña; lo haría con gravedad, hasta con severidad, después de haber decretado que era lo justo y lo único que podía hacer. La niña le había mentido, la niña anhelaba que pensara bien de ella, la niña no soportaba la idea de ser vulgar y decepcionante, incluso por un segundo, en un momento de estrés. Pero había sido la madre la que le había dicho que no había leído *aún* el artículo sobre sir Owen Darvish. Podía manipular a la niña. La niña quería que la manipularan. Tendría que mantener el ojo avizor con la madre.

Lo que lo llevaba a la tercera parte de su conversación que lo había complacido. Ahora Lemoine sonreía. Se había equivocado del todo con Shelley Noakes. La había tomado por un burro de carga, un pez beta, una dama de honor, una segundona; había pasado por su lado sin verla, lo que probablemente le sucedería a mucha gente. Incluso cuando se había enfrentado a él borracha durante la cena en el cobertizo, lo había interpretado como mera histeria, mera envidia sexual, un arrebato emocional de una subordinada que no sabía que era una subordinada y necesitaba que la pusieran en su lugar. Ahora se daba cuenta de lo equivocado que había estado. Shelley poseía una crueldad de la que Mira simplemente carecía; de la cual Mira parecía la única culpable. Shelley había cultivado aquel resentimiento, pensó Lemoine. Que la pasaran por alto continuamente la había mortificado, había pulido su determinación de demostrar a todos los que la rodeaban que no era una segundona mediocre, un mando intermedio, la sustituta de Mira en perpetua espera entre bastidores. La ambición de Mira tenía un límite. Deseaba sufrir por sus errores, en lugar de enterrarlos, beneficiarse de ellos, triunfar a pesar de ellos, y avergonzar al mundo con su éxito, como hacía él, y como Shelley. Shelley había visto la oportunidad de capitalizar la situación y la había aprovechado. Había transformado una desventaja en una fortaleza.

Shelley era el recurso más valioso. Shelley era en la que podía confiar. Shelley era a la que podía usar.

Era tarde, pero antes de desvestirse y meterse en la cama, Lemoine envió un correo con instrucciones a su asistente personal de Palo Alto para que enviara ciertos archivos a la granja Darvish tan pronto como fuera posible, con el sobre dirigido a Shelley Noakes. Comprobó las retransmisiones de vigilancia de Korowai una última vez antes de desenchufar el portátil y apagar las luces, calculando antes de conciliar el sueño que llevaba despierto casi cuarenta horas.

Lemoine no había permanecido en Thorndike un segundo más del necesario. Después de que Shelley y Mira se marcharan al refugio a primera hora de la mañana, había descendido por la colina hacia el cobertizo para ver el estado del resto del grupo. Todos seguían dormidos. Los despertó y les dijo con fingida solemnidad que se había visto obligado a llevar a cabo una intervención. Las conversaciones serias tendrían que esperar a que Mira y Shelley regresaran, con suerte en mejores términos, de su retiro forzoso. Las buenas noticias, les comunicó, era que una vez que *regresaran* estaría preparado para ponerlo todo en marcha: ya había trazado un plan de mecenazgo fiscal, y sus abogados habían empezado a redactar los artículos para que se constituyeran como empresa además de presentar la solicitud para registrar al grupo como exento de impuestos. Habían registrado el nombre oficialmente y comprado un dominio en internet; estaban preparando una página web y uno de sus diseñadores favoritos estaba trabajando en diversas opciones para el logo y la fuente. Las principales tareas ahora consistían en diseñar una declaración de principios, una declaración de objetivos y un plan a cinco años; decidir cómo se estructuraría y administraría la organización; abrir una cuenta bancaria, y nombrar una junta, pero como había dicho todo eso tendría que esperar al regreso de Mira y Shelley. Antes de dejar al grupo para que pasara por su resaca colectiva, les preguntó si les había gustado el viaje de LSD. ¿Había sido duro? Durísimo, le habían asegurado, entre risas, aún adormilados y con la cara llena de granos, y luego volvieron a agradecerle el regalo.

Volvió a la casa, le envió a Darvish un breve mensaje que fingió haber creído mandar antes, esperó una hora y llamó a su viuda. Justos establecieron la última localización conocida del móvil de su marido fallecido, tal y como Lemoine había planeado; después condujo hacia la barrera, como también había planeado, en busca de lo que ya sabía que encontraría allí. Aparcó en el mirador, salió del coche, inspeccionó las huellas de neumáticos en la gravilla y la rama rota en el borde del precipicio y dijo «ay, Dios», por si había alguien mirando, aunque estaba seguro de que no era el caso. Caminó muy despacio hacia la barandilla, miró por encima, vio el chasis quemado del deportivo, gritó «¿Owen?» con voz temerosa, agitó la cabeza, horrorizado, se llevó las manos a la cara para darle emoción y, por último —casi conmovido por el realismo de su interpretación—, sacó el móvil para llamar al 911.

Oyó un clic y después el sonido susurrante de la conexión cambió perceptiblemente de calidad, lo que señalaba que estaba redirigiendo la llamada a otro número. Lemoine se sentó y luego recordó que el número de los servicios de emergencia en Nueva Zelanda era en realidad el 111: debía de existir un servicio de redirección para los estadounidenses que no tenían ni idea o, más probable, para los kiwis que veían demasiada televisión estadounidense, pensó, mientras le respondían la llamada y una mujer con voz grave de acento neozelandés cerrado le preguntaba qué servicio de emergencia necesitaba.

Hizo varias llamadas más mientras esperaba a los servicios de emergencia: en primer lugar, a Jill Darvish y, después, cuando ella se desmayó y se desconectó la llamada, a los servicios de emergencia de Wellington para dirigir una ambulancia en su dirección. Después llamó a su asistente personal en Palo Alto y le pidió que encontrara alojamiento en algún lugar a menos de dos horas en coche, que hiciera el *check-out* en ambos hoteles de Queenstown y que le pidiera a su séquito que se encontrara con él en la nueva dirección; después llamó al club aéreo de Kingston para informarles de que iba a alquilar el avión por un poco más de tiempo del que había planeado. Lo dejaría aparcado en la pista de aterrizaje, decidió; no tenía ganas de adentrarse en el cielo mientras los bomberos rescataban los restos del precipicio y embolsaban y etiquetaban el cuerpo, y tampoco adoraba la idea de quedarse en la granja de los Darvish, aprovechándose de su hospitalidad mientras la familia del fallecido lo estaba llorando. Quince minutos más tarde, su asistente personal le escribió para decirle que había encontrado un lugar disponible cerca del lago Tekapo: una villa de ocho dormitorios con una bañera y una piscina interior climatizada, y acababa de mandarle la nota de confirmación cuando un coche de policía apareció en la autopista por la curva y giró en su dirección. Él se quedó apoyado en el parachoques, guardó el móvil en el bolsillo y levantó los hombros en señal de respeto.

—Perdónenme por preguntar —les dijo a los oficiales, después de que le tomaran declaración y comenzaran a evaluar con cautela los restos en el fondo del precipicio—, pero ¿saben ustedes quién soy? Me siento mal por hacerles esta pregunta. La cosa es que dispongo de mucho dinero y tal vez pueda ayudar de alguna forma.

Los guardias intercambiaron una mirada dubitativa.

—Oigan, voy a decírselo —dijo Lemoine—. Soy milmillonario. El dinero no es problema para mí. Así que, si necesitan equipo, cualquier tipo de soporte, que hable con alguien, lo que sea que les facilite su labor de cualquier forma, se lo ruego, sean sinceros. O sea, Dios mío, si de verdad es Owen quien está ahí abajo... era un amigo mío. Teníamos negocios juntos. Conozco a su mujer. Me he quedado en su casa, por Dios. Anoche había venido a verme. Así que... lo que haga falta. ¿Vale? Por favor, hablen conmigo. Haré lo que haga falta. Cualquier cosa.

Sus expresiones se habían suavizado. Le tomaron los datos de contacto, le dieron palmadas en el brazo, le concedieron privacidad cuando miró el reloj y dijo que tenía que llamar a Jill Darvish para ver cómo estaba. Para el mediodía, habían aparecido los bomberos, a quienes siguió una hora más tarde un vehículo de recuperación de transportes y una grúa sobre un camión y, mientras los hombres se paseaban debatiendo la mejor manera de escalar el precipicio y si sería mejor extraer el cuerpo de los restos del coche mientras estuviera en el fondo o esperar a que lo hubieran subido, Lemoine volvió a Thorndike para comprar refrescos de cola y hamburguesas de la fritería frente a la autopista. Todo el mundo se mostró encantado a su regreso; incluso más cuando vieron que también había pedido para él. ¡Un milmillonario en la fritería de Thorndike! ¡Un milmillonario al borde del arcén con ellos, hombro con hombro, comiendo un almuerzo de carne roja, pan blanco, con toda la grasa y el azúcar añadido! ¡Un almuerzo orgulloso, el almuerzo del obrero! Lemoine permaneció lúgubre y brindó en privado por Owen con su lata de refresco, y después de comer, les preguntó en voz baja a los oficiales si podía marcharse. Podría haberse quedado a identificar el cuerpo, pero le habían dicho que eso sería tarea de otra persona; y ya le habían tomado testimonio y tenían su número por si les hacía falta. Cuando les apretó la mano y les agradeció su trabajo, les reiteró la oferta de ayudarlos en la recuperación del vehículo, o en la autopsia, o en cualquier cosa que pudiera resultar de utilidad. «Llámenme a cualquier hora, día o noche», les dijo. «A lo mejor voy a Wellington a estar con la familia. Dependerá de lo que deseen. Pero podrán contactar conmigo». Puso la mano en la puerta del coche y fingió mostrarse dubitativo. «Ya saben», dijo, deslizando los ojos hacia la distancia, «es extraño porque no pertenezco a ninguna religión, nunca he formado parte de ninguna ni tampoco lo haré en el futuro, pero, ahora mismo, he pensado en Owen y he sentido la necesidad de hacer la señal de la cruz».

La mañana siguiente se levantó tarde y encendió de inmediato las retransmisiones de vigilancia. Estaba lloviendo en Thorndike, así que no tenía mucha visibilidad, pero bajó casi hasta el mirador y vio que habían retirado los restos del deportivo y que el arcén de grava junto a la barrera estaba vacío. Quizás eso significara que ya habían identificado oficialmente el cadáver; miró las noticias, pero todavía no habían actualizado la versión del artículo que Mira y él había leído, como uno solo, la noche anterior. Se movió a la retransmisión sobre el cobertizo de esquila: nada; la lluvia había obligado al Bosque Birnam a permanecer en el interior, y, después a la retransmisión del refugio, que tampoco le ofreció nada nuevo: podía distinguir el parachoques trasero del monovolumen de Mira, sobresaliendo por el techo de la cochera y nada más. Por costumbre, miró la retransmisión sobre los pozos de lixiviación en Korowai, pero ahí llovía todavía más fuerte y le costó varios minutos confirmar siquiera lo que estaba mirando. No distinguía movimiento humano en ninguna parte.

Fue a nadar, se hizo un batido y después llamó a Jill Darvish.

—Día dos —la saludó cuando respondió el teléfono—. Para algunas cosas, es un poco mejor; para otras, mucho mucho peor.

—Mis hijos han venido —le dijo—. Lo agradezco mucho. Siento que nada de esto es real.

—Lo sé.

—No hago más que pensar en cosas que quería decirle. —Sonaba hueca—. Cosas sin importancia. Algo que vi la semana pasada y le haría gracia. Algo que leí en el periódico. Las cosas que se me olvidaron decirle.

—Estás atravesando un infierno —le dijo.

—Sí que lo es —respondió y ninguno de ellos dijo nada por un rato.

—Jill —le dijo al fin—. Tengo que ser sincero contigo. No me gustan los funerales.

Contestó con un extraño estallido de risa.

—Dios mío, pero ¿hay alguien que los disfrute?

—Si voy, vendrá la prensa, se convertiría en un asunto periodístico… *yo* sería la historia. No quiero hacer eso. Y dudo que a Owen le hubiera gustado. Así que no acudiré al funeral. Solo quería que lo supieras.

—¿Dónde estás? —le dijo de pronto.

—¿A qué te refieres?

—Digo que en qué habitación. ¿En qué parte de la casa estás?

—No estoy en la casa —dijo Lemoine.

—Ah, pues creía que sí —le dijo.

—Solo fui allí a encontrarme con Owen —le explicó—. No consideré que fuera apropiado quedarme.

—¿Y cuándo te fuiste? ¿Hoy o ayer?

—Ayer.

—Ah —repitió.

Hubo otra pausa.

—¿Te gustaría que volviera? —le preguntó.

—No —le dijo—. Robert, ¿puedes explicarme una cosa?

—¿Qué?

—¿Qué es el Bosque Birnam?

Tomó aire. Pero había estado anticipándolo.

—Lo mencionabas en tu e-mail —le dijo—. El que mandaste ayer y pensabas que habías enviado antes.

—Lo sé —respondió—. Jill…

—Lo he buscado —le informó—. Lo único que he encontrado era un colectivo de jardinería.

—No deberías ponerte a leer sus correos. Te estás torturando.

—En Christchurch —siguió—. Owen nunca ha hecho una visita en condiciones a Christchurch. Bueno, menos el viernes, pero solo estaba de paso.

—No es el momento de hablar de esto —le dijo—, pero sí, son un grupo de jardinería. Owen y yo estuvimos hablando sobre proporcionarles una financiación inicial. Pero la verdad es que ahora no importa. Lo que importa es…

—¿Financiación? —preguntó—. ¿Como una inversión?

—No es el momento de hablar de esto —repitió, con más firmeza—. Solo era una idea, Jill. Una cosa que estábamos pensando. No habíamos…

—¿Qué tipo de inversión? —preguntó—. ¿De cuánto dinero?

—Bueno, es una organización sin ánimo de lucro, así que se trataba más bien de una donación. Un acto de filantropía. Después del proyecto del norte, parecía el paso más natural. La imagen es perfecta, los valores son perfectos. Imposible tener más credenciales verdes. Pero como he dicho…

—No lo entiendo —lo interrumpió por segunda vez—. Robert, tengo que confesar que no lo entiendo en absoluto.

Lemoine estaba perdiendo la paciencia.

—¿Qué es lo que no entiendes? —preguntó intentando no alzar la voz.

—Nada de esto —dijo, angustiada—. La etiqueta de conservacionista.

—¿Qué etiqueta de conservacionista?

—O sea, es que solíamos hacer bromas con el tema —le dijo, alzando la voz—. No en plan risa malvada, pero era divertido. Owen no es un *conservacionista*. Trabaja en control de plagas. Tiene clientes de todas partes. Es cazador. Su padre trabajaba en un matadero. Nunca ha sido un hippie en absoluto. No le importa el... bueno, claro que le importa, a mí también, pero no... El proyecto con los drones. No se le habría ocurrido de no haberte conocido. Porque era tu campo de trabajo, y había visto cómo... en otros países... Y se suponía que iba a ser en Korowai, ¿te acuerdas? No era más que un capricho, una manera de... No es que fuera toda su... Y entonces de repente le concedieron la orden de caballería por sus servicios a la *conservación*. ¡Y el proyecto ni siquiera se había inaugurado! Nos sorprendió muchísimo.

Lemoine había apretado la mano libre en un puño.

—Bueno, no sé nada de ese tema —dijo—. No hay caballeros en el lugar de donde vengo.

—Y ahora me hablas de credenciales verdes, y financiación, y filantropía... A él no le importan esas cosas. No lo entiendo.

Se dio cuenta de que iba a tener que retroceder.

—Jill —le dijo—. No es un asunto político. Es gestión de marca. Lo han encumbrado como conservacionista; forma parte de su marca. Es una cuestión de reputación. Lo hablamos en esos términos.

—Pero no conmigo —le dijo—. A mí nunca me ha dicho nada.

—Tampoco sé nada de eso. No sé por qué quería sorprenderte. Nunca le pregunté.

Jill tomó aire.

—¿Serías completamente sincero conmigo?

—¿Sobre qué?

—¿Había...? —La oyó tragar saliva. Entonces dijo, en voz alta—. ¿Había una chica involucrada?

Se sorprendió tanto que casi se echa a reír.

—Oh, Jill —le dijo—. Claro que no, no. Jill, escúchame: Owen no los había conocido todavía. Había venido para reunirse con ellos este fin de semana por primera vez. Por eso vine a esperarlo, para que pudiéramos conversar todos al día siguiente. De verdad. Ni siquiera ha hablado con ellos por teléfono. No hay nada de eso. Te lo prometo.

—Vale —respondió, pero no sonaba convencida.

—Jill —le dijo—. Comprendo ese impulso, de verdad, pero no puedes hacerte esto a ti misma. Y no puedes hacérselo a *él*. Créeme, solo lograrás que tu duelo sea más largo y doloroso.

Oyó un traqueteo distante al otro lado de la línea y después unas voces.

—Lo siento —le dijo—. Acaba de llegar alguien. Tengo que irme.

—Cuídate —le respondió—. Llámame si lo necesitas.

—Gracias, Robert —dijo—. Muchas gracias, de verdad. Gracias por llamar.

Lemoine colgó, con el ceño fruncido, y después empezó a soltar improperios en voz alta en la habitación vacía. Había cometido un error. De los gordos. Había juzgado a Owen Darvish por lo que aparentaba ser. Para ser más precisos, había interpretado la orden de caballería al pie de la letra. Le había aburrido tanto toda la charla de los periquitos de pecho anaranjado y el charrán que no se había percatado de que Darvish nunca había actuado movido por pasiones o ideales medioambientales. El proyecto de conservación solo había sido una manera de beneficiarse por asociación, para mejorar el perfil de su negocio, jugar con aparatitos y bañarse en el reflejo de la luz de un milmillonario. Darvish no había sido un conservacionista. Había sido un oportunista interesado del montón que había recibido una orden de caballería exclusivamente por intereses políticos y pura chiripa.

Y ahora Lemoine tenía un problema gordo. Jill Darvish no se creía el cuento que le había contado. No era que no le creyera a él —al menos seguía contando con su confianza— pero empezaba a sospechar del Bosque Birnam. Tenía la astilla bajo la piel; estaba en su torrente sanguíneo; viajaba. Más tarde o más temprano, iba a querer conocer al grupo, sobre todo a las chicas, aquellas atractivas y vitales jóvenes llenas de energía, en forma, y bronceadas por pasar tanto tiempo al sol, y, después, se enteraría de que Mira era la que llevaba más tiempo en la granja y que era la fundadora del grupo, y entonces querría hablar con Mira y empezaría a hacerle preguntas y Mira se desmoronaría.

En cuanto identificaran el cadáver, decidió, contactaría a Control de Plagas Darvish para darles las condolencias. Incidiría en que había sido una pérdida trágica, tan joven, con tanto que dar todavía, un gigante en su campo, un hombre de familia, una inspiración para todos, *bla-bla-bla*. Mencionaría que Darvish había viajado a casa el viernes para reunirse con él sobre otro proyecto que tenían en mente, otro proyecto medioambiental que ambos adoraban. Y podría mencionar al Bosque Birnam. Sin duda, se filtraría el e-mail, sería fácil asegurarse de ello, y, una vez que Jill Darvish comenzara a oír sobre el legado de su marido de otras fuentes, los escuchara repetir sus virtudes, una y otra vez, las leyera en la prensa y las viera emitidas en televisión, se empezaría a preguntar si no sería ella la que estaba equivocada. Los recuerdos eran maleables, sobre todo en tiempos de duelo. Usaría sus dudas contra ella. Era capaz de lograrlo. La haría cambiar de opinión.

¿Y el Bosque Birnam? Bueno, iban a tener que ganarse ese millón, pensó Lemoine. Iba a inundarlos en deberes. Entrenamiento de liderazgo, entrenamiento de imparcialidad, entrenamiento en los medios, talleres para recabar fondos: todos los cursos ridículos para perder el tiempo que se le ocurrieran. Los enviaría a todas partes del país en tours de reconocimiento. Organizaría reuniones con donantes potenciales, socios estratégicos, políticos, *influencers*, cualquier persona que se le ocurriera. Líderes comunitarios. Grupos en defensa de las minorías. Los mataría de tedio.

Su tercer móvil empezó a sonar en la bolsa de lona. Rebuscó hasta encontrarlo. «Al habla Weschler», dijo y después escuchó durante un minuto. La mano libre volvió a cerrarse en un puño y entonces dijo: «¿Dónde?» y después «¿Hace cuánto tiempo?». Y después colgó.

Accedió a la retransmisión de los pozos de lixiviación de Korowai otra vez, se descargó los archivos de las imágenes del viernes y esperó en tensión mientras se reproducían. Después abrió una ventana, arrastró el cursor a la derecha del todo del reproductor y le dio a rebobinar, para observar cómo la imagen se agitaba y temblaba a medida que la retransmisión se desenrollaba hacia atrás a cuatro veces la velocidad normal. Estuvo mirando casi quince minutos, sin apenas parpadear, hasta que vio un diminuto destello de movimiento en uno de los lados de la pantalla y entonces estiró el brazo y le dio a la tecla para detener la escena: había capturado a medio camino a un hombre, con guantes negros, un pasamontaña y una chaqueta abrochada hasta la garganta, con una pierna extendida y un rectángulo brillante en la mano. Lemoine rebobinó el vídeo un poco más y después le dio a reproducir, encorvándose para contemplar cómo la figura se movía entre los pozos de lixiviación, doblándose para alzar los extremos de lo que Lemoine sabía que eran capas de la red de camuflaje, pero que vistas desde fuera se asemejaban a meros contornos de la tierra; el efecto se asemejaba un poco al de una ilusión óptica, casi como si el tipo estuviera proyectando sombras con las manos. Se enderezó, sosteniendo el rectángulo brillante por encima de la cara con ambas manos, y entonces las bajó a la altura del pecho y pasó el pulgar derecho por el objeto en un gesto que Lemoine no había visto a nadie hacer desde hacía años. La sangre de Lemoine se congeló. El rectángulo brillante era una cámara. El tipo estaba haciendo fotos y después rebobinando el carrete.

Tony llevaba tiempo esperando la lluvia. Había aparecido de repente, un banco de nubes bajas, unas pocas gotas y después un chaparrón, pero incluso antes de que se despejaran los cielos se había abrochado la chaqueta, puesto la mochila y escabullido de su escondite detrás del árbol totara para abandonar la Cuenca de Korowai sin dejar de correr, agacharse, patinar y deslizarse, mientras hacía zigzag en torno a la espesura, con las manos en torno al valioso carrete que guardaba en el bolsillo, con la mochila rebotando contra su espalda, pendiente del sonido de una sirena, o un grito de advertencia, o un disparo o el ahora inconfundible sonido de un dron. Pero no apareció ninguno. Corrió durante horas, con las rodillas y los tobillos rugiendo de dolor, mientras la respiración le perforaba los pulmones, hasta volver al camino junto al risco, más allá del montículo que había construido sobre la granja, con las nubes envolviendo los valles de izquierda a derecha. La lluvia comenzó a aflojar hasta detenerse del todo según llegaba a Thorndike. Apretó la mandíbula y corrió más rápido, decidido a no detenerse hasta alcanzar el aparcamiento del centro de visitantes donde había dejado el coche de Veronica.

Tony había atravesado la valla de Korowai hacía dos días. No había sido capaz de identificar la mayor parte de lo que había encontrado ahí, pero reconocía la devastación medioambiental cuando la veía; vio con claridad los signos de una desgracia tóxica, voraz e inadmisible, típica de la industria de la etapa imperial del capitalismo. Le había hecho fotografías a todo: las enormes capas parecidas a redes de camuflaje expandidas sobre la tierra, que seguramente no tenían más propósito científico que esconder lo que había debajo, y las había levantado para ver docenas, quizá cientos, de tapas de pozos hundidas en el suelo en una enorme rejilla; y más allá, también escondidas con camuflaje, pilas de tubos de PVC, mangueras enrolladas, bidones vacíos, montones de escombros y equipamientos del tamaño de un tractor que no supo identificar: tal vez algún tipo de bomba; los flancos estaban adornados con válvulas y diales como el costado de un camión de bomberos. Por todas partes, las plantas estaban muertas o en proceso de morir; los árboles se marchitaban; había helechos muertos con las hojas negras y marchitas, ramas muertas cubiertas de un polvo blanco; los caparazones de insectos muertos crujían bajo sus pies; incluso había pájaros muertos: acantisitas verdosos, anteojitos dorsigrises, palomas colipavas, un kereru, algunos conservaban la redondez y el brillo, otros estaban secos y aplanados por la descomposición. Se había movido con rapidez para no quedarse ni un segundo más del necesario y, cuando gastó el carrete, lo último que hizo antes de dejar el área fue intentar mover una de las tapas de los pozos para ver lo que había dentro. Pesaba mucho, pero se movió cuando la agarró. La deslizó a un lado y vio una perforación cilíndrica, de poco menos de un metro de diámetro, horadada en el sustrato; Tony desconocía su profundidad, ya que el agujero rebosaba hasta el borde de una solución química hedionda que hizo que se le subiera el estómago a la garganta. Volvió a colocar la tapa casi de inmediato, pero el olor permaneció en el aire. Era una peste tóxica y maligna, y no la había sentido solo en la nariz y los pulmones, sino también en las venas, las entrañas y las puntas de los dedos. Lo recordó mientras buscaba a tientas las llaves del coche de Veronica, débil a causa del cansancio, y abría la puerta con gran estruendo, sintiendo una oleada de náuseas y el agudo inicio de un dolor de cabeza. Se sentó en el asiento del conductor y cerró la puerta, pero seguía oliéndolo. Insertó la llave en el encendido y bajó la ventana para ventilar.

Entonces se sentó, tembloroso, aún empapado y con la respiración agitada, y el pulso palpitándole en el cuello.

La propuesta del gobierno no se había descartado en absoluto. No se había desmoronado ante la presión de la opinión pública. No se había respetado la protesta pacífica. No habían capitulado ante las exigencias del público. Simplemente habían empezado a minar los parques nacionales en secreto, en contra de la voluntad del pueblo, sin que el pueblo lo *supiera*, de manera ilegal, inmoral, sin supervisión ambiental, o supervisión de cualquier tipo: *y*, si se consideraba la conexión con Autonomo, también para colmo en colaboración con una empresa extranjera. Era un robo de proporciones históricas; suponía el nivel más alto de conspiración y corrupción, era una ofensa en contra de la democracia; era la conspiración más grave, la mentira más impactante, la violación de la naturaleza y el abuso de poder más egregios, en toda la historia del país. Era traición. *Traición*, repitió Tony tontamente en su cabeza, mientras pensaba en lo arcaico e incluso rocambolesco que sonaba.

Estaba tan estupefacto que empezó a reírse, pero su risa terminó casi de inmediato, y en su lugar sintió una oleada de furia y desesperación ante la pura inexorabilidad de la degradación del capitalismo tardío no solo para el medioambiente, no solo para las instituciones, no solo para los ideales intelectuales y políticos, sino, aún peor, para sus propias expectativas, para lo que le parecía que era *posible;* una familiar oleada de tristeza y furia desamparada ante el insensato, derrochador, desalmado y estéril egoísmo del presente, y su propia irrelevancia política e impotencia, y la absoluta desvergüenza con la que la generación de sus padres había vendido o echado a perder su herencia natural, su *futuro,* lo que lo había atrapado en una adolescencia perpetua que la no-realidad infantiloide de internet no hacía más que acentuar mientras invadía y colonizaba la vida real, *la vida real,* pensó Tony, con un retintín cargado de resentimiento, ya que el capitalismo tardío no admitía ninguna realidad más allá de la lógica del propio capitalismo tardío, que había declarado que el interés personal era la única ley universal y los beneficios, el único absoluto, y ridiculizaba todo lo que no servía a sus propósitos como una debilidad digna de desprecio o una fantasía.

Después eso también fue apagándose, para dejarlo tembloroso, con el corazón acelerado y el pecho a rebosar de un sentimiento parecido a la euforia. Dijo en voz alta: «Dios mío» y luego otra vez «*Dios* mío» y luego en una voz callada, llena de fascinación, susurró: «Joder, voy a ser superfamoso».

De pronto, quiso poner cierta distancia entre él y Thorndike. Se ajustó el cinturón y giró la llave para encender el motor. La ciudad más cercana estaba a una hora de camino. Se concedería el capricho de una noche en un motel, pensó, uno con una conexión estable a internet, donde pudiera darse una ducha caliente, poner en orden sus pensamientos y planear el paso siguiente. Tenía el portátil debajo del asiento de pasajero —alargó la mano para comprobarlo, seguía allí— y el móvil al fondo de la mochila, no solo apagado, igual que el resto de la semana, sino envuelto en la manta de emergencia de papel aluminio que se había llevado a todas las excursiones de acampada desde la adolescencia y que —hasta ahora— no había tenido motivos para usar. Probablemente era una exageración, sobre todo porque las fotos que había tomado no estaban en digital, por lo que no era posible robarlas o localizarlas, y ni siquiera eran visibles, aún, para nadie más que para él. Pero sabía que no descansaría hasta que se las devolvieran impresas en el estudio de revelado —no, hasta que se las devolvieran, *e hiciera copias* y hubiera guardado los duplicados en un lugar seguro *y* hubiera escrito el artículo, *y* lo hubiera enviado a múltiples publicaciones en múltiples países: *The Guardian, Süddeutsche Zeitung, The New York Times.* No descansaría, se dijo, hasta que su firma estuviera en las portadas de los diarios de todo el mundo.

Encendió el intermitente y miró por encima del hombro para dirigirse a la autopista cuando algo chocó con fuerza contra el capó de su coche. Tony se giró rápidamente y vio al tipo de la fritería a la izquierda del foco delantero, exhibiendo una sonrisa estúpida mientras lo saludaba.

—¿Eres ya periodista? —le preguntó.

Tony se lo quedó mirando.

—Me dijiste que te lo preguntara —le recordó el tipo, caminando hasta la ventana del conductor—. Me dijiste: «La próxima vez, pregúntamelo de nuevo». Y te acabo de ver. Por eso lo he dicho.

—Ah —respondió Tony—. Sí.

Casi por acto reflejo, o quizá porque buscaba algo para distraer su nerviosismo, apagó el motor y le dio con fuerza al freno de mano, y después permaneció allí con las dos manos en el volante, como si aquel tipo fuera policía y lo hubiera hecho detenerse en una señal de Stop.

—Bueno —insistió el tipo—. ¿lo eres o no?

En el instante de silencio antes de contestar, Tony volvió a oírlo: un rugido distante, parecido al sonido del interior de una caracola, algo vago que se transformaba en un quejido.

—¿Me harías un favor? —le pidió al tipo—. Mira arriba y dime si hay un dron sobre nosotros, por favor.

—¿Ahora? —preguntó el tipo, ya que estaba echando la cabeza hacia atrás mientras daba una vuelta con los ojos puestos en el cielo. Entonces se detuvo y señaló hacia arriba—. Oye —dijo—. Sí, ¡pero míralo! Ahí, ahora se está alejando. —Se giró hacia Tony sonriente—. ¡Menuda pasada! ¿De quién es?

Tony sintió como si sus entrañas se hubieran vuelto líquidas. Quitó el freno de mano, volvió a encender el motor y pulsó el botón para cerrar la ventana del conductor.

—Estoy bastante seguro de que pertenece a un agente del gobierno —dijo, intentando que su voz sonara normal—. Y la respuesta a tu pregunta anterior es «sí».

Al abandonar Thorndike a toda velocidad, encorvándose sobre el volante para ver todo el cielo posible a través del parabrisas, se acordó de una vieja historia que a su madre le gustaba contar, sobre la primera vez que había invitado a cenar a los abuelos de Tony como recién casada. Había estado nerviosa por causar una buena impresión y, cuando se fue a la cocina para servir el primer plato, se dio cuenta, para su horror, de que la sopa se había cuajado. Tuvo la idea de pasarla por un colador y, debido al pánico, colocó el colador en el fregadero y vertió todo el contenido de la olla en su interior. Solo entonces se percató de su error: la sopa, por supuesto, se había ido por el desagüe, y solo le quedaban los grumos. Tony había escuchado la historia tantas veces que era como si fuera un recuerdo propio, y aunque la historia tenía un final ácido —algún comentario mordaz de la abuela de Tony—, nunca era capaz de acordarse; el detalle que lo fascinaba era el de los grumos en el colador y la sopa corriendo por el desagüe, y el horror de su madre al comprobar que había rescatado la parte equivocada de la comida.

Mira no lo sabía. Ese era el pensamiento que resonaba en su cabeza mientras la carretera iba desenrollándose más allá de la cima del lago y descendía por las colinas en dirección a las llanuras, sobre puentes de un solo carril, a través de piedra tallada y sobre pasos de raíles de ferrocarril abandonados, hasta adentrarse en las sombras, una y otra vez. Mira no lo sabía. Ninguno de ellos lo sabía. Tony estaba seguro. Lo habría estado incluso si no los hubiera visto trabajar con los binoculares desde el risco, incluso si no hubiera acudido al *hui* ni hubiera escuchado a Mira describir la oferta de Lemoine con una emoción y un deseo tan descarnados. Puede que Mira hubiera vendido su alma, pero al menos *tenía* un alma que ofrecer, pensó Tony. No sabía lo que estaba sucediendo en Korowai. Era imposible. Mira no lo sabía.

Tenía ganas de orinar, pero siguió conduciendo cinco minutos más, y después diez, y después quince, hasta que lo venció la desesperación; al final no pudo esperar más y se salió de la autopista hacia un área de descanso de gravilla que daba a un desfiladero. Como experimento, apagó el motor y abrió la ventana, aguzando los oídos, pero no oyó más que el canto de los pájaros y el viento en los árboles. Salió del coche, se colocó la mano de visera y miró arriba. El cielo era de un cian líquido, alto y limpio tras la lluvia, con nubes blancas desplazándose veloces por el norte y el oeste. Contempló el horizonte hasta que le gotearon los ojos y entonces fue a orinar lo más rápido que pudo y volvió al coche. Miró la hora en el salpicadero: había conducido por cuarenta y cinco minutos a una media de ochenta kilómetros por hora. Quizá sesenta kilómetros en línea recta —no volaba como un dron—, o un poco menos, si contaba las curvas de la carretera. Unos cincuenta. ¿Será capaz un dron de volar a esa velocidad? ¿Y hasta dónde podía llegar antes de tener que rellenar el combustible? Tony no lo sabía, pero estaba bastante seguro de que había dejado atrás a su perseguidor.

Estaba a punto de continuar con su viaje, cuando dos deportivos con los cristales tintados pasaron junto a él en la dirección opuesta, como si fueran para Thorndike. Apenas un instante después, oyó el chirrido de los neumáticos, y el segundo de los vehículos se dio la vuelta y pasó por la zona de descanso a toda velocidad y luego salió corriendo al lado opuesto para bloquear el puente sobre el desfiladero. El primero no estaba muy lejos, también se dio la vuelta; pasó junto a Tony y emitió un chirrido al girar con el freno de mano, quemando el asfalto, y se detuvo de bruces junto al otro. Entonces nada. Aguardaron, con los motores en punto muerto; la suspensión, temblorosa, y los cristales tintados, oscuros.

Tony creyó que estaba a punto de vomitar. Lo estaban encerrando. La carretera de vuelta a Thorndike era un callejón sin salida, si es que llegaba a Thorndike. Estaba claro que eran unos conductores defensivos expertos. Los habían enviado a buscarlo. Tal vez los habían enviado para hacerlo caerse de la carretera. Tenía el móvil en el fondo de la mochila —y aunque pudiera sacarlo y encenderlo, no habría cobertura— y, aun así, la ayuda tardaría un rato en llegar. No había visto a nadie en los últimos cuarenta y cinco minutos: ningún otro conductor, granjero, ciclistas u obreros. *Ningún testigo*, pensó, y se sintió aún peor.

Miró a la izquierda. Había una barandilla alrededor del borde de la zona de descanso, y al otro lado, una cuesta de gravilla, que descendía poco a poco por el desfiladero. Río abajo, el arroyo se diseminaba en aguas poco profundas rodeadas de rocas, y las colinas inferiores estaban cubiertas de espesura nativa. Si abandonaba el coche, derrapaba por el borde del desfiladero y saltaba, podía nadar con la corriente, bajo el puente, y adentrarse en los árboles. Les llevaría la delantera y probablemente no se esperarían que fuera a dejar el coche y mucho menos arrojarse al agua. ¿Podía arriesgarse? Tony le echó un vistazo a la mochila en el asiento de al lado y después, de nuevo a los deportivos. Con cuidado, se quitó el cinturón de seguridad, intentando moverse con toda la lentitud y la sutileza posibles, e ignorando la palpitante luz roja del salpicadero que le exigía que volviera a ponerse el cinturón. Giró la llave en el encendido, puso el coche en primera y condujo hasta la barandilla. Giró a la perfección en la gravilla como si se estuviera preparando para hacer un giro de tres puntos y volver a Thorndike. Oyó los motores de los otros acelerar un poco como respuesta. Fue marcha atrás y dio el segundo giro. Ahora estaba de frente al camino por el que había venido, aún en la zona de descanso, pero en el lado erróneo de la carretera; la puerta del conductor estaba junto a la barandilla. Sintió una extraña calma. Los deportivos se habían movido para mirar hacia delante, preparados para la persecución. No veía nada detrás del cristal tintado. Tony tocó el carrete que llevaba en el bolsillo para que le diera buena suerte. Contó hasta tres en voz baja y entonces agarró la mochila y abrió la puerta. No miró hacia atrás. Saltó sobre la barandilla y se tiró cuesta abajo en dirección al agua.

El domingo, a última hora de la tarde, Mira estaba en la cocina del refugio esperando a que la tetera empezara a hervir cuando un deportivo embarrado accedió a la entrada y salió un hombre. Entró en la cochera, saliendo del campo de visión de Mira, y un minuto después volvió al deportivo y sacó una enorme caja de herramientas y una pistola selladora del asiento trasero. Se llevó los instrumentos a la cochera y volvió a su vehículo, abrió el maletero y extrajo un paquete enorme envuelto en papel de burbuja y cinta de embalaje, que no podía ser más que el parabrisas para el monovolumen. Colocó el paquete con cuidado en el suelo, cerró el maletero y después recogió el paquete y volvió a desaparecer del campo de visión de Mira. Se ubicó de lado para pasar a través del estrecho hueco entre la camioneta y el lateral de la casa. Pronto escuchó el clic que se emite al abrir la hoja de un cúter y un ruido plástico cuando el hombre cortó el papel de burbuja, y luego los sonidos de los cierres de la caja de herramientas, y una especie de raspado y el tintineo del cristal roto. Lemoine le había advertido que no interviniera ni diera su nombre si podía evitarlo, así que se quedó quieta, en silencio, detrás de la cortina de encaje mucho después de que la tetera hubiera hervido, preguntándose quién sería ese hombre, y de dónde vendría, y cuánto dinero le habrían ofrecido y qué le habrían contado exactamente. Menos de media hora más tarde volvió a aparecer con su caja de herramientas, la pistola selladora —ahora vacía— y una bolsa de basura resistente cargada de cristales rotos. Lo guardó todo en el maletero del deportivo, lo cerró, se sentó en el asiento del conductor, dio marcha atrás para salir de la entrada y se fue sin mirar atrás.

Mira había leído una vez un artículo sobre un servicio especial de mayordomos para los ultrarricos, el cual podía satisfacer cualquier capricho, conceder cualquier deseo, proporcionar cualquier necesidad, en cualquier localización del mundo, a cualquier hora del día, sin hacer preguntas; todo lo que había que hacer era apretar un botón en un aparato especial de oro (¿se había inventado ella aquel detalle?), y al otro lado le respondería un dedicado conserje siempre a la espera. Se preguntó si Lemoine tendría algo parecido. «Necesito un refugio para dos fugitivas en Thorndike, Nueva Zelanda», lo imaginó diciendo a un *walkie-talkie* de oro, «tiene que ser accesible desde el 1606 del Paso de Korowai sin pasar por las cámaras de vigilancia de la autopista principal y tiene que disponer de comida para una semana y artículos de aseo personal, y también una cochera que no se vea desde la calle, y tiene que ser supersecreto y tiene que ser ahora». Sonaba loquísimo, pero la alternativa era que la casa ya había estado preparada y aguardándolas antes de que mataran a Owen Darvish, lo cual tampoco era mucho mejor.

Shelley tenía razón: sus circunstancias eran raras. La casa era rara. La comida en los armarios de la cocina era rara. Las pastas de dientes sin abrir en el armarito del baño, las pastillas de jabón nuevas, el montón de ropa limpia en el armario de la habitación, de varias tallas, sin etiquetas en el cuello o la cintura; todas las prendas eran de un verde militar o negras; y aquel hombre que había aparecido tras avisarlo hacía menos de cuarenta y ocho horas, con un parabrisas de recambio para una Nissan Vanette de 1994; todo rezumaba una rareza desesperada y horrible. Lemoine no podía haber organizado solo todo eso, pensó. Habría gente trabajando para él. Pero ¿qué tipo de gente? ¿Quiénes eran? ¿Y qué más estaban haciendo?

El agua en la tetera se había enfriado. Mira la puso a calentar otra vez y cuando hirvió por segunda vez, preparó dos tazas de Milo, a las que añadió una pegajosa cucharada de leche condensada y las batió hasta que los terroncitos de polvo malteado se rompieron y se hundieron debajo de la superficie y se disolvieron. Se llevó las tazas al salón, donde Shelley y ella habían pasado el día haciendo un segundo puzle —el Gran Canal de Venecia, esa vez— esperando encontrar a Shelley trabajando en el segmento final, que aún se les escapaba. Pero Shelley no estaba allí. Mira puso las tazas en la mesita. Miró por detrás de la cortina del pasillo. Ambas habitaciones estaban vacías. El baño también. El corazón se le hundió en las entrañas. Se le agitó la respiración y su visión periférica se volvió oscura y telescópica, y, un segundo más tarde, se abrió la puerta principal y Shelley volvió a entrar.

Se miraron a la cara la una a la otra por primera vez en todo el día.

—Han arreglado el monovolumen —le anunció Shelley—. Sin embargo, el cristal está demasiado limpio y brilla mucho. A lo mejor deberíamos pasear el monovolumen por una carretera de grava o algo antes de volver. Para que se llene de polvo.

—Buena idea —dijo Mira.

Hubo una pausa, pero ninguna de ellas desvió la mirada.

—No te he oído salir —dijo Mira.

—Ha sido ahora mismo —repuso Shelley—. Solo para mirar el monovolumen.

—Claro —dijo Mira—. No te he oído.

Otra pausa.

Shelley se adelantó y tomó una de las tazas.

—Bueno, gracias por el Milo.

—Shelley —dijo Mira.

—¿Sí?

—La intervención… por la que estamos aquí.

—Dime.

—¿Ha salido bien?

Shelley frunció el ceño.

—¿Qué?

—O sea, cuando volvamos mañana, ¿qué les diremos? ¿Ha salido bien?

—Sí —dijo Shelley—. Les diremos que ha salido bien. —Dudó durante un momento, como si estuviera a punto de añadir algo. Pero al final, no hizo más que alzar un poco la taza como una especie de brindis y dijo—: Buenas noches.

—Buenas noches —respondió Mira.

Shelley se llevó la taza al dormitorio y cerró la puerta, y Mira dirigió la vista hacia el Gran Canal sin terminar. Contempló el hueco dentado en mitad de la imagen durante un rato en silencio, y después suspiró, se sentó, y empezó a colocar las últimas piezas.

A la mañana siguiente, lavaron las sábanas y toallas y reciclaron la basura. Mira encontró un bote de lejía en espray en la cocina y fregó las superficies, entre las que se incluían los enchufes de la luz y las cajas de los puzles, y Shelley separó las botellas y los paquetes de comida abiertos para llevárselos a la granja. No había pedido cargar el móvil desde el día en que llegaron, pero en cuanto se subieron al monovolumen, alargó la mano automáticamente hacia el cargador que alimentaba el conversor de casete, sacó el teléfono del bolsillo y lo enchufó. Mira no dijo nada. Orientó el monovolumen y salió de la entrada en marcha atrás, y unos pocos segundos después, el móvil de Shelley se encendió y empezó a repasar los mensajes que la aguardaban.

—¡Ah, genial! —le dijo.

—¿Qué? —preguntó Mira.

Shelley giró el móvil y Mira apartó los ojos de la carretera para mirarlo con los ojos entrecerrados: en la pantalla aparecía la foto de un paquete de mensajería dirigido al número 1606 de la Carretera del Paso de Korowai, para Shelley Noakes.

—Ha llegado esta mañana a mi nombre —dijo Shelley—. Katrina me ha dicho que lo han abierto por si era importante. Es todo el papeleo para el Bosque Birnam.

—¿Qué papeleo?

—Supongo que los documentos para convertirnos en empresa y demás.

—Ah, claro.

—Lo ha mandado Robert —dijo Shelley.

Se concentró en el móvil y escribió una respuesta. Pronto alcanzaron la bifurcación que conducía a la autopista principal, y cuando se detuvieron, Mira echó un vistazo al salpicadero y se percató de que apenas tenían gasolina. Consideró durante unos segundos girar a la derecha, llenar el tanque en la gasolinera y volver a la granja, pero Lemoine había insistido mucho: sin rodeos, sin paradas, sin bajarse en ningún momento ni perder el tiempo. Tenían que volver directamente a la granja. Además, se dijo, probablemente al monovolumen le quedaba suficiente combustible para hacer otros cincuenta kilómetros —la luz naranja acababa de encenderse— y sería una buena excusa para quitarse de en medio en los próximos días; quizá le vendría bien la oportunidad de pasar tiempo a solas. Giró a la izquierda y cinco minutos más tarde, se detuvieron frente a los portones de hierro de la hacienda de los Darvish.

—Espera —le dijo Shelley, levantado la vista del móvil—. El parabrisas.

—Ah, sí, lo había olvidado. —Mira se dio la vuelta y siguió hasta la carretera de servicio de grava que estaba tras la valla sur—. Voy a conducir un poco por aquí y luego nos damos la vuelta.

—Genial —dijo Shelley. Tenía la vista en la autopista que llevaba al mirador y la barricada, que se curvaba a lo largo de la montaña y se perdía de vista. Aunque ninguna de las dos dijo nada, Mira se percató de que sus pensamientos habían vagado hacia Owen Darvish. Cambió a segunda marcha y el monovolumen tembló y traqueteó por las piedras mientras ascendían la colina.

Alcanzaron el portón de la granja por el camino que atravesaba la colina y el rompevientos de pinos hasta la pista de aterrizaje. El parabrisas ya empezaba a parecer algo usado, así que Mira trazó un arco tan amplio como pudo para dar la vuelta al monovolumen. Pero en cuanto se acercaron a la hondonada junto a la carretera y dio marcha atrás, la sobresaltó un movimiento repentino en el bosque que tenían delante, y pegó un brinco, y el motor se quedó calado. Había un hombre caminando entre los árboles en dirección a ellas. Llevaba un chaleco de comunicaciones rectangular y un rifle semiautomático, y todas las ropas que vestían eran verde militar o negras. Era evidente que había oído el motor ascender por la colina y las había confundido con otra persona, ya que se había dado prisa para recibirlas, pero cuando miró arriba y vio el monovolumen, se detuvo en seco y pareció nervioso. Dudó durante un momento, aparentemente sin saber si adelantarse para explicarse o salir corriendo. Se decidió por lo segundo, se dio la vuelta y desapareció entre los árboles.

Mira y Shelley se quedaron heladas.

—¿Quién cojones era ese tipo? —preguntó Shelley.

—No lo sé —dijo Mira.

—¿Hay una base del ejército por aquí?

—No me suena.

—Llevaba un arma, ¿verdad?

—Sí.

—Era literalmente *un tipo con una pistola*.

—A lo mejor era un cazador —dijo Mira sin mucha convicción.

—¿Estamos en una propiedad privada? —preguntó Shelley.

—No, por este lado está el parque nacional.

—Pero no se puede cazar en los parques nacionales, ¿verdad?

—Estoy bastante segura de que sí.

—¿De verdad?

—En ciertas zonas. —La visión de Mira se había vuelto telescópica de nuevo.

—Llama a Robert —le dijo Shelley.

Pero Mira no se movió. Tenía el corazón agarrotado en el pecho.

—Llámalo —le exigió Shelley—. Ahora.

—No puedo.

—¿A qué te refieres?

Mira estaba negando con la cabeza.

—¿A qué te refieres? —repitió, con más insistencia—. ¡Mira!

Era incapaz de mirarla.

—No tengo su número —le dijo.

—¡Mentira! Lo llamaste la otra noche.

—No. Fue él quien llamó.

—Pero tendrás en el móvil su…

—Estaba oculto.

—¿Qué?

—Era un número oculto.

—¿*Qué*?

—Era la primera vez que me llamaba —le dijo—. Las otras veces, simplemente… aparece.

—Hostia puta, Mira —explotó Shelley—. ¿No te parece que es una información crucial? O sea, mientras hacías todos estos planes y tomabas el tipo de decisiones que le dan un giro a tu vida…

—Lo sé —dijo Mira—. Lo siento.

—¿Qué pasa si algo sale mal? ¿Cómo cojones vamos a contactar con él?

—No lo sé. —Casi estaba gritando—. ¡No lo sé! ¡No lo sé! ¡No lo sé!

Le empezó a vibrar el móvil en el bolsillo. Puso el freno de mano y contestó la llamada. Miró la pantalla y lo inclinó hacia Shelley: era una llamada entrante de un número oculto.

—Qué puto mal rollo —dijo.

—Contesta —le dijo Shelley.

—¿Qué estáis haciendo? —le gritó Lemoine en la oreja—. ¿Qué pasa?

—Estamos volviendo a la granja —dijo Mira—. Acabamos de ver…

—No me mientas —respondió—. No te atrevas a mentir. Sé dónde estáis. Os estoy viendo ahora mismo. ¿Qué estáis haciendo?

En un segundo de estupidez, Mira miró a través del parabrisas a la espesura nativa.

—¿Qué? —le preguntó—. ¿Qué estás diciendo?

—Quedamos en que volveríais del tirón. Sin desvíos, sin nada. ¿Para qué cojones os habéis ido hacia Korowai?

—Estábamos ensuciando el parabrisas —dijo Mira—. Para que no pareciera nuevo. Fue idea de Shelley. —Hubo una pausa, y después siguió hablando—. Robert, acabamos de ver a un tipo, ahora mismo, un soldado, quizá, con un arma, como un rifle…

—Volved a la granja —dijo Lemoine. Sonaba furioso—. Ahora mismo. Volved, haced lo que hemos acordado, cerrad la puta boca y quedaros allí.

—Espera —dijo Mira—. Robert…

Pero ya había colgado.

Shelley y ella se miraron.

—Algo va mal —dijo Shelley.

—No parecía sorprendido con lo del soldado —dijo Mira.

—No sabemos si era un soldado.

—Bueno, lo que fuera.

—¿Por qué decía que nos estaba mirando?

—Creo que nos estaba vigilando con un dron —dijo Mira—. La noche en que… el viernes por la noche, lo vi mirando en el teléfono algo que parecía una retransmisión en vivo. Parecía una especie de vista de pájaro. Creo que ha estado observándonos todo el tiempo.

Se quedaron en silencio.

—Será mejor que hagamos lo que dice —dijo Shelley—. Volvamos.

—Vale —dijo Mira—. Supongo que será lo mejor.

Pero entonces volvió a sonar el teléfono. Respondió.

—Ponme en altavoz —dijo Lemoine.

Hizo lo que le había pedido.

—¿Está Shelley? —le preguntó.

—Estoy aquí —respondió.

—Vale —dijo. Ahora sonaba más calmado y controlado—. No quiero que os asustéis, así que voy a contaros lo que pasa. Me han notificado que hay una amenaza activa contra mi vida. Sucede a veces. Tengo seguridad. Se están ocupando de ello. No hace falta que os preocupéis. Es un tipo, que va a pie, y está en el parque nacional. Será un lunático con ínfulas de revolucionario hasta el culo de su propio veneno. No sé quién es y no me importa. Mis hombres lo encontrarán. Siempre lo hacen. Pero si veis a alguien,

339

a un hombre solo, llamadme de inmediato. No os acerquéis a él, no establezcáis contacto. A lo mejor va armado. Alejaos de él todo lo que podáis y llamadme de inmediato.

—Mira no tiene tu número —dijo Shelley.

Hubo una pausa, entonces Lemoine dijo:

—Vale. Os lo haré llegar. Ahora quiero que volváis a la granja y le contéis a los demás la historia que habíamos pactado. ¿Vale? Nada de esto. Que quede entre nosotros. No quiero que pierdan la cabeza.

—¿Desde dónde nos estás llamando? —preguntó Shelley.

—Desde un lugar seguro. Vosotras también estáis a salvo. No os preocupéis. Mis hombres lo encontrarán.

—El hombre que hemos visto —dijo Mira—. ¿Era él?

Lemoine dudó un momento.

—No —respondió al final—. Era uno de los míos.

—Robert —dijo Mira—. ¿Y si esto tiene algo que ver con...?

—No es el caso —dijo Lemoine.

—¿Cómo puedes estar tan seguro?

—Estoy seguro —le dijo—. Te lo prometo. No tiene nada que ver con Darvish ni con el Bosque Birnam ni con vosotras.

Tony había intentado aterrizar de pie, con los dedos de los pies hacia abajo para romper la tensión de la superficie del agua, con una mano sobre la nariz y la boca, por si la conmoción del frío lo hacía inhalar por acto reflejo, y, con la otra, se aferró al bolsillo en el que guardaba el carrete, pero el peso de la mochila le había dado la vuelta, y lo había propulsado hacia delante cuando cayó, por lo que una de sus rodillas había alcanzado primero el agua y le siguió el resto del cuerpo, casi como si llevara un flotador; la mochila giraba por debajo, haciéndolo hundirse y luego subir unos segundos más tarde a medida que la corriente lo llevaba río abajo. Se vio arrastrado por debajo del puente y por el recodo en el que el arroyo descendía por rápidos superficiales, soltó un grito ahogado cuando se golpeó las piernas al colisionar con las piedras y las ramas, y se aferró a lo que pudo, mientras el frío le congelaba los testículos, y el dolor le acribillaba las piernas y los brazos. Su cuerpo avanzó a trompicones mientras se chocaba contra las rocas y se adentraba en las zonas de agua poco profunda, donde logró arrastrarse fuera y llegar a los árboles, cayó de rodillas con las manos en el suelo, volvió a levantarse, cayó de nuevo. Las botas, las ropas y la mochila empapadas le pesaban. No se detuvo. Se tambaleó y cojeó a través de la espesura, sin atreverse a mirar atrás, sin saber a dónde iba o en qué dirección estaba caminando o si lo estaban persiguiendo, consciente de que se estaba apoyando demasiado en la pierna derecha, consciente de que la mandíbula le había empezado a temblar, consciente de que se estaba sosteniendo con fuerza el brazo izquierdo contra el esternón, consciente de que sentía el pulso en las muelas, y una extraña tensión en el cráneo y dolor en el coxis y, sobre todo, lo más insoportable, consciente del nauseabundo dolor que le recorría la muñeca y le aplastaba el tobillo a cada paso. Brazo roto, tobillo roto. Ambos en el mismo lado.

Para distraerse del dolor, hizo un inventario mental de sus pertenencias. El carrete seguía seguro en el bolsillo, y dio gracias a Dios de que hubiera tenido la precaución de sellar el cilindro en dos bolsitas plásticas antes de abandonar aquella mañana su escondite bajo la totara. La bolsa de basura que usaba como forro interior habría mantenido lo suficientemente seco el contenido de la mochila; lo poco que llevaba, en realidad: después de haber estado una semana entera apostado en Korowai casi había acabado con la comida, y se había terminado el agua que le quedaba aquella mañana en el largo camino hacia el coche de Veronica. Repaso mentalmente el kit de emergencia que siempre llevaba en el compartimento superior de la mochila, con su familiar cordoncillo y la enorme cremallera dentada. Contenía una caja de antihistamínicos, probablemente caducados desde hacía mucho tiempo; una caja de paracetamol, medio usada; un tubo de crema antiséptica; un rollo de vendas con olor a levadura; un acordeón de pegajosas tiritas; un saco o dos de electrolito en polvo; y un rollo de cinta médica adhesiva. ¿Qué más? Tony perdió el equilibrio y cayó de rodillas. La navaja suiza, pensó, mientras volvía a incorporarse, sin dejar de abrazarse la muñeca rota. El saco de dormir. Una lata de butano, a la que le quedaban aún tres cuartos. Un encendedor de barbacoa de plástico. El hornillo de *camping*. La cobertura del saco de dormir. Una muda de ropa. El pasamontaña; no, se lo había quitado cuando volvió al coche y lo había puesto en el asiento trasero. Sin pasamontaña entonces. Se le empezó a nublar la visión. Dos botellas de agua vacías. Su libreta de reportero y el dictáfono. La pluma. La cámara. Los binoculares. El móvil, si alguna vez se atrevía a usarlo, envuelto en la manta de aluminio dentro de la olla. Un paquete de café instantáneo. Un paquetito de leche en polvo. Las bolsitas de té que le quedaran. Unos pocos albaricoques secos; no, ya se los había comido. Una tableta de chocolate con cacahuetes. La respiración le raspaba la garganta. Pensó en su portátil, abandonado en el asiento del pasajero del coche de Veronica. Pensó en el coche de Veronica. Había dejado las llaves en el encendido. Estúpido. Tendría que haberlas tirado por el desfiladero cuando saltó.

Se preguntó si debería intentar encender el móvil. La cobertura era irregular en la espesura, pero era posible que le llegara la señal; recordó la primera noche a la intemperie en Korowai y lo decepcionado que se había sentido al descubrir que incluso en medio de la naturaleza tenía acceso a la web. Ahora no se sentiría decepcionado. A lo mejor tendría que hacerlo, pensó, con la visión borrosa de nuevo. A lo mejor debería sacar el móvil y encenderlo y llamar a la policía. O al equipo de rescate. O a su madre. Podía llamar a su madre y contárselo todo, toda la conspiración, los drones, la llamada con Darvish, todo lo que había visto, para que incluso si usaban la señal para localizarlo, incluso si aparecían armados y lo asesinaban, incluso si hallaban el carrete en su bolsillo cuando estuviera muerto y lo exponían a la luz y lo cortaban en trocitos pequeños, incluso si quemaban su libreta y despiezaban el dictáfono y destrozaban el portátil y el móvil, incluso si la policía, y el equipo de rescate y todos los servicios de emergencia eran cómplices de lo que sucedía en Korowai, comprados por el gobierno, todos de rodillas, todos sobornados y chantajeados para que guardaran silencio, incluso si toda la conspiración se cubría con una coartada, incluso entonces, su historia estaría a salvo porque su madre sabría la verdad. Su madre sabría que no estaba paranoico, ni deliraba ni estaba loco. Su madre no creería las mentiras que contaran para explicar su asesinato. Su madre no descansaría hasta venir ella misma a Korowai, hasta que terminara lo que su hijo había empezado, hasta que descubriera…

Tropezó con la raíz de un árbol y esta vez se golpeó el tobillo herido y cayó bocabajo y se dio en la muñeca rota. Gritó a la tierra, retorciéndose y doblándose mientras empezaba a llorar. Estaba moqueando. Los mocos y las lágrimas se mezclaron con la tierra y se convirtieron en barro en su cara y, cuando inspiró hondo entre temblores para intentar calmarse, inhaló una bocanada de tierra y se ahogó. Se quedó en el suelo del bosque con arcadas, soltando escupitajos y tosiendo hasta que el dolor de la tos le hizo ponerse a llorar de nuevo. A lo mejor también se había roto una costilla. Al final, se obligó a tragarse las lágrimas y, con enorme esfuerzo, sacó el brazo roto de la correa de la mochila y extrajo la olla en la que había guardado el móvil. Sacó la manta de aluminio y estaba a punto de abrirla cuando lo asaltaron las dudas, y lo detuvo un recuerdo de uno de sus primeros días en el Bosque Birnam. Mira acababa de redactar un sistema de turnos para las tareas, recordó, y él había intentado librarse. «No soy bueno con las plantas», le había dicho, con la esperanza de que hubiera algo más intelectual que hacer en lugar de quitar la maleza. Pero ella se había reído. «Qué dices», le había replicado. «Cualquiera puede cuidar un jardín. Depende de unos pocos principios básicos y de dedicarle tiempo». Y, después, como si anticipara su objeción, había añadido: «En realidad, es bastante difícil matar a la mayoría de las plantas. Son seres vivos. Desean vivir».

Dejó el móvil donde estaba, abrió el bolsillo superior de la mochila y sacó el kit de emergencia. Lo abrió con dientes temblorosos y volcó el contenido en el suelo. Rebuscó en la caja de paracetamol. Solo quedaban cuatro pastillas. Se tragó dos, mordió un poco de la tableta de chocolate con cacahuetes para alimentarse y después sacó las dos botellas de agua para asegurarse de que estuvieran vacías. Una tenía medio buche de agua escondido en el fondo; lo vertió sobre el gorro, añadió uno de los sobrecitos de electrolito en polvo y lo mezcló con los dedos hasta obtener una pasta naranja y granulosa. Lamió el gorro hasta dejarlo limpio, asqueado del agudo sabor entre afrutado y salado, y después, se desató la bota izquierda con una sola mano, se la sacó del pie y se quitó el calcetín para evaluar el daño que se había hecho en el tobillo. Tenía una hinchazón con mala pinta, y la piel roja y caliente al tacto. Intentó moverlo y gritó de dolor. Sin duda, estaba roto. ¿Eran los antihistamínicos buenos para las inflamaciones? Tony no lo sabía, pero le pareció plausible, así que se tragó dos pastillas de esas también, y entonces se dio cuenta de que había sido estúpido al quitarse las botas: la inflamación estaba aumentando con tanta rapidez, que no iba a ser capaz de ponerse los putos zapatos de nuevo. Tenía que vendarse el tobillo, rápido, con fuerza y preferiblemente con algún tipo de tablilla.

Miró a los árboles que lo rodeaban en busca de una rama con apariencia delgada y fuerte, y entonces se acordó del encendedor de barbacoa de plástico que tenía en la mochila. Lo buscó y lo puso en vertical junto al tobillo, con la boquilla de aluminio hacia abajo. Se enrolló la venda alrededor, tan apretada como pudo soportar, y después encontró un par de calcetines secos en la mochila y sacó uno, pero tras varios minutos de intentar colocárselo sobre los dedos de los pies con una sola mano, se rindió. El pie había prácticamente doblado su tamaño. No había manera de volverlo a introducir en la bota. Maldiciendo su estupidez, extrajo la plantilla ortopédica, la retorció y la colocó bajo el pie desnudo y, después, la aseguró con lo que le quedaba de cinta médica adhesiva. Tendría que apañarse con eso, pensó, y después se percató, de nuevo, de que había hecho una estupidez: habría sido mejor envolverse primero el pie con una bolsa de plástico, para mantenerlo seco y calentito, pero ahora se le había acabado la cinta, y si la quitaba no haría más que disminuir su capacidad de adhesión. El dolor lo estaba volviendo estúpido.

Extrajo los cordones de la bota vacía, juntó los extremos y luego deslizó el lazo por encima de la cabeza para crear una especie de cabestrillo. Eso ayudó un poco a aliviar el dolor. Luego volvió a guardarlo todo en la mochila, se colocó las correas de la mochila con cuidado, se puso de pie, entre gruñidos, brincando un poco para no apoyar el peso en el tobillo roto y agarrándose al tronco de un árbol cercano. Estaría atento por si veía una rama con la forma adecuada para usar de muleta, se dijo; pero, mientras, tenía que seguir avanzando. Conseguir un refugio era fundamental. Conseguir agua era fundamental. Salir vivo del parque nacional era fundamental. Quería vivir.

Todas las expediciones a Korowai que Tony había hecho en su juventud habían sido por las partes sur y oeste, donde las montañas eran más altas y las rutas más conocidas. Ahora se encontraba en el noreste, una zona del parque que nunca había visitado, y desconocía si había cabañas o caminos por los alrededores, donde pudiera toparse con algún guardabosques o un grupo de excursionistas a quien pudiera pedirles que buscaran ayuda. Sabía que, si continuaba hacia el este, la espesura nativa a su alrededor acabaría por dar paso a un terreno elevado cubierto de hierba, espacios amplios y abiertos en los que un dron podría detectarlo con facilidad; y sabía que detrás de él, al norte, se hallaba la autopista que conectaba Thorndike con la costa, que había estado casi completamente desierta aquella tarde hasta la aparición de los dos deportivos de cristales tintados. El sur lo llevaría de vuelta al paso, lo que era un callejón sin salida. Su mejor opción, decidió, era dirigirse al oeste, hacia la entrada principal del parque junto al lago Hawea. Probablemente estaría a unos cien kilómetros, pero se aseguraría de tener la protección de los árboles todo el camino y, mientras más se acercase, más probabilidades habría de encontrarse con alguien. Ya contaba con la ventaja del elemento sorpresa. Había llegado la hora de aprovecharla y usar lo que sabía de los drones en su contra. Se quedaría entre los árboles, permanecería aislado, evitaría viajar de noche, resistiría la tentación de encender el teléfono. Solo necesitaba atenerse a lo fundamental y un poco de tiempo.

Se reclinó y miró el cielo por encima de la espesura para intentar encontrar el sol, mientras deseaba haberse traído un compás o, por lo menos, un mapa. La próxima vez se acordaría, pensó, y casi se echó a reír. Los electrolitos y el trozo de chocolate lo habían revivido. Se preguntó qué le ofrecería el bosque para poder estirar sus escasas provisiones. Sabía que las hojas de horopito eran comestibles y quizá fuera nutritivo mascar las hojas de manuka y kanuka. Reconocería la puha si la tenía delante; pero más allá de esas plantas, no sabía lo que era venenoso y lo que no. Le daba demasiado miedo arriesgarse con una seta por si era mortal. No era la estación de las bayas, pero también le habría dado miedo. Supuso que podría intentar robar huevos de los nidos, pero eso significaría trepar a los árboles. No sabía nada sobre pescar. O cazar. No sabría ni por dónde empezar.

La luz estaba disminuyendo —probablemente serían las cuatro o las cinco de la tarde— y le parecía que sol brillaba más por la derecha que por la izquierda. El sol se ponía por el oeste; avanzaría en dirección a la luz hasta que cayera la noche y, por la mañana, caminaría con el sol a su espalda. Mientras tanto, estaría atento al sonido del agua corriente; los arroyos serían abundantes después de las lluvias. Quería vivir. Tony se anudó la mochila con fuerza en torno a la cintura y empezó su camino, gruñendo de dolor con cada paso renqueante y, según avanzaba, una paloma colipava descendió en picado y dio saltitos mientras buscaba los diminutos insectos que Tony había alterado.

Rosie Demarney había empezado a sentirse intranquila. Le había escrito a Tony hacía más de una semana para contarle que había recibido una llamada muy rara de un tipo que fingía ser su compañero de trabajo. Había descrito con exageración humorística el número oculto, la conexión un poco estática y el hecho de que la voz al otro lado de la línea hablara con un poco de acento estadounidense; «¿¿¿qué es lo que estás investigando por ahí abajo???», le había preguntado, seguido del emoticono del señor enfadado del monóculo y dos ojos curiosos. Luego, para no dar la impresión de que se lo tomaba demasiado en serio, había añadido: «¡¡¡me encantan las conspiraciones!!! #yotecreo como puedes ver jajajaj». En realidad, la llamada la había inquietado muchísimo, pero le preocupaba que si le decía eso lo ahuyentaría; Tony le gustaba mucho más que ninguna de las personas con las que había intentado salir en los últimos años y lo último que quería era fastidiarlo todo por mostrarse demasiado paranoica o pegajosa.

Pero no le respondió. No tenía activada la funcionalidad que confirmaba que hubiera recibido y leído los menajes, así que no tenía ni idea de si había visto lo que le había escrito o no. Unos días más tarde había intentado llamarlo. «Voy a ir directa a la *dark web* con esta locura», se imaginó diciendo, entre risas. «Tony, amigo, vas a tener que tranquilizarme un poco». Pero no había logrado comunicarse con él. Claro, le había dicho que no estaría localizable durante unos pocos días, pero se sintió estúpida por no haberlo presionado entonces para que le explicara qué quería decir exactamente con «no estar localizable». ¿Iba a un sitio sin cobertura? ¿Iba a estar con gente que le exigía no usar el móvil? Sabía que su artículo era sobre los superricos; a lo mejor lo habían invitado a algún tipo de reunión exclusiva, un retiro, un grupo íntimo en el que la gente estuviera obsesionada con la seguridad... O quizás usaba un móvil distinto mientras trabajaba... O, pensó Rosie, asqueada, solo quería un poco de tiempo para él, y «no localizable» era un eufemismo amable, y ella *era* una paranoica, y *era* una pegajosa e *iba* demasiado fuerte. Revisó desde el inicio la cadena de mensajes que le había mandado: ocho desde la última vez que él le había escrito; y suspiró. Lo más probable era que la estuviera ignorando. Seguramente ya lo había fastidiado todo, pensó, y apartó el móvil como si perdiera las esperanzas.

Se fue al gimnasio para que se le pasara el disgusto corriendo, mientras se decía que aunque, sí, Veronica, la hermana de Tony, *iba* al mismo gimnasio que ella, y a veces *se encontraban* allí entre semana, era poco probable que sucediera aquella noche, ya que, como Rosie sabía, Veronica trabajaba en el Hospital de Ginecología de Christchurch, así que cada semana tenía un horario distinto; y además tenía un novio, en realidad un prometido, que también era médico, así que *sus* días de trabajo eran largos e impredecibles también, lo que hacía incluso *menos* probable que estuviera en el gimnasio, sobre todo porque el novio estaba entrenándose para una maratón y prefería practicar al aire libre y, en ocasiones —Rosie los había visto una o dos veces—, Veronica iba con él en la bici.

—¿Rosie?

Era Veronica.

—Ay, hola —le respondió mientras apagaba la cinta y se bajaba de un salto—. ¿Cómo estás?

Veronica le dedicó una mirada aviesa.

—Así que... Tony y tú, ¿eh? —le dijo.

—Sí —respondió Rosie—. Bueno, está un poco en el aire. Ya sabes.

—Ahora mismo estoy muy enfadada con él —dijo Veronica.

—¿Por qué? —preguntó Rosie.

—¿Sabes que está en Thorndike?

—Sí.

—Pues bien, me pidió si se podía llevar el coche y... perdón —dijo, deteniéndose—. ¡Estáis empezando algo y yo en plan hecha una furia!

—No pasa nada —dijo Rosie.

—En realidad, no estoy enfadada.

—Cuéntame lo que ha pasado.

—No ha pasado nada. Es que es imbécil.

—Uy —dijo Rosie haciendo como que le daba un derechazo a Veronica en el hombro—. No me dejes en ascuas.

—Vale —dijo Veronica—. Así que, sí, me pidió que le dejara el coche, porque dijo que iba a entrevistar a una fuente confidencial para el artículo que estaba escribiendo y le dije que sí, sin problemas, porque creía que le estaba haciendo un favor o lo que fuera, pero ayer me encontré con Katie Vander. ¿La conoces? ¿Del Bosque Birnam?

—Creo que sí —respondió—. A ver, *no personalmente*, pero sí.

—Más o menos igual —dijo Veronica—. El caso es que le pregunté por Tony, porque me había dicho que lo habían echado de su última reunión y quería saber el motivo, y me dijo, antes de nada, *que eso no había pasado*, y después, ¡que están en Thorndike! ¡El Bosque Birnam está en Thorndike! ¡Ahora mismo!

—¿Qué? —preguntó Rosie.

—Lo que oyes —dijo Veronica—. ¡Me ha mentido! ¡Para que le dejara el coche! Y *sabe* que estoy cabreada con él, además, porque ha dejado de contestar...

—Espera —dijo Rosie—. *¿Qué?*

Veronica retrocedió un poco.

—Ay —dijo—. Creo que la estoy liando.

—No me ha dicho nada de eso —dijo Rosie.

—Mierda —dijo Veronica—. Vale, oye, perdón, no quiero...

—Me dijo que estaba escribiendo un artículo sobre milmillonarios.

—A lo mejor es verdad —dijo Veronica, sin mucha seguridad—. O sea, Katie me ha dicho que el motivo de que hayan ido al sur es que Mira Bunting ha conocido a un milmillonario, el de Autonomo, que estaba casado con...

—Mira Bunting —dijo Rosie.

Hubo una pausa.

—La estoy cagando —dijo Veronica—. Oye, olvida lo que te he contado, ¿vale? Perdón, perdón, perdón.

—No, espera —dijo Rosie—. ¿Qué has dicho sobre la reunión?

—No quiero liarla más —dijo Veronica—. De verdad, no es nada...

—¿Qué fue lo que pasó?

—Ten en cuenta que es lo que me ha contado otra persona...

—Lo sé —dijo Rosie, interrumpiéndola—. ¿Qué ha pasado?

—Katie me dijo que hubo una discusión —dijo Veronica.

—¿Entre quiénes? ¿Tony y...?

—Diría... que todo el mundo —dijo Veronica.

—¿Cuál era el motivo?

Pero Veronica se estaba alejando.

—Deberías preguntárselo a Tony —le dijo—. Lo siento. No tendría que haberte dicho nada. Y en realidad no es imbécil. Es que es mi hermano. Y la verdad es que me hace muy feliz que os liarais. Lo siento, Rosie. ¡Perdón!

Con la cara roja, se escabulló al otro extremo del gimnasio, donde se puso los auriculares y se subió en la elíptica y empezó a tirar de la parte superior y los pedales con más vigor del que permitían los ajustes de la máquina y, aunque Rosie solo había estado quince minutos en la cinta, recogió la toalla y la botella de agua y se digirió a los vestuarios a cambiarse.

Sabía que cualquier persona en su situación con un poco de amor propio, se limitaría a borrar el número de Tony y seguir con su vida. Ahora podía ver la sombría imagen tal como era: el hecho de que la noche que se habían besado, él hubiera ido al Fox and Ferret directamente desde el Bosque Birnam; el hecho de que, cuando fueron a cenar unas noches más tarde, se había mostrado tan a la defensiva respecto al artículo que estaba escribiendo, que hubiera desviado sus preguntas, sin mirarla a la cara cuando le habló al respecto, y después hubiera cambiado el tema en cuanto surgió la oportunidad; el hecho de que se hubiera marchado a Thorndike con tanta urgencia, y que no pareciera tener una respuesta cuando le había preguntado durante cuánto tiempo iba a estar fuera; el hecho de que hubiera dejado de responderle los mensajes. De pronto sintió que todo era de un mal gusto insoportable, una historia que ya se había leído y visto y escrito demasiadas veces como para contarlas; y, mientras Rosie volvía a su piso, cocía una pechuga de pollo, preparaba una ensalada y se echaba una copa de vino, se convenció de que *no* iba a jugar el papel que Tony le había dado; *no* iba a pasarse la noche emborrachándose en ropa interior mientras buscaba patéticamente información sobre él en internet.

A la mierda. Nadie la estaba mirando.

Abrió el ordenador y buscó a Mira Bunting, pero a pesar de que revisó todos los contactos de sus amigos en común y posibles conocidos, no encontró más que unas pocas fotos viejas en la página de Facebook del Bosque Birnam y ninguna estaba etiquetada. O bien Mira se consideraba por encima de las redes sociales —lo que encajaba con la opinión que Rosie se había formado de ella, después de conocerla muy de lejos en el colegio— o, más probablemente, pensó Rosie, con cierta altanería, Mira *fingía* que estaba por encima de las redes sociales, pero las revisaba a diario en secreto, con una identidad falsa, sin publicar nada, ni arriesgarse. Rosie se echó otra copa de vino y buscó Bosque Birnam + Thorndike y, mientras abría una chocolatina, Bosque Birnam + Thorndike + milmillonario. Salió una noticia. El resultado contenía «Thorndike» y «milmillonario» pero no «Bosque Birnam». Hizo clic de todas formas y leyó que el viernes por la noche, un empresario y conservacionista local había muerto en un accidente de coche cerca de su casa en Thorndike. Sir Owen Darvish, a quien habían nombrado caballero hacía menos de un mes antes de su fallecimiento, había recibido reconocimiento por su labor en colaboración con el gigante tecnológico Autonomo…

Rosie había estado a punto de cerrarlo. Se inclinó sobre la pantalla.

… para establecer un proyecto de monitorización con drones de aves en peligro de extinción. En una carta de pésame, Robert Lemoine, cofundador de Autonomo y antiguo CEO, se comprometía a continuar con el legado de sir Owen…

Le dio para abajo. Un enlace al fondo de la página la redirigió a un artículo relacionado: un vídeo de 2015 que mostraba a Lemoine presentando un nuevo modelo de dron de Autonomo. Rosie hizo clic y agrandó la pantalla. Al principio, pensó que estaba mirando un salvapantallas. Planos panorámicos que se disolvían desde lo alto de junglas, centros urbanos, playas de arena blanca y nevadas laderas montañosas dieron lugar a un plano rotatorio del dron, que estaba subido en un pedestal, mientras lo grababan desde abajo para otorgarle cierta sensación de majestuosidad; la carcasa de la cámara estaba brillando, y los patines y las hélices resplandecían con la luz giratoria. Entonces la cámara se alejó y un hombre de unos cuarenta años apareció de la oscuridad. Presionó una tecla en un control remoto y la máquina cobró vida con un silbido, se elevó del pedestal y se alejó volando. La imagen cambió de nuevo a la perspectiva del dron, que ahora volaba en torno al hombre y, luego, siguió ascendiendo cada vez más alto y viró para salir por la ventana y pasearse por los tejados y torres, y los jardines suburbanos, y las piscinas; a continuación, subió por la ladera de una montaña; después pasó a la sabana, con la hierba y las acacias brillantes por el calor; después se inclinó hacia el mar y pasó junto a la aleta caudal de una ballena. Según volaba el dron, una voz en *off* describía sus características, las especificaciones de la cámara, la capacidad de cargarse sin cables, las condiciones en las que podía volar, la velocidad que alcanzaba. Ahora se estaba acercando al horizonte de Manhattan, donde el mismo hombre lo aguardaba en la terraza de un rascacielos, con otro pedestal frente a él y un control remoto en las manos. El dron se posó sobre el pedestal y las hélices se quedaron inmóviles y, entonces, la imagen se desvaneció para ser reemplazada por una entrevista en primer plano del hombre del control remoto, que aparecía en pantalla como el cofundador de Autonomo, Robert Lemoine.

—No sería una exageración —empezó— afirmar que esta tecnología tiene el poder de impactar todos los sectores de todas las economías en todos los países del planeta. Su uso en la agricultura, cuerpos policiales, protección de la fauna, control de tráfico, seguridad de la cadena de suministros, vigilancia fronteriza, misiones pacificadoras, ayuda humanitaria, incluso la paz mental individual...

Siguió hablando, pero Rosie permaneció sentada con la boca abierta. Aquel era el hombre que la había llamado por teléfono. Estaba segura. El timbre de la voz, el acento, la entonación, la manera de hablar. No cabía duda alguna.

Se recostó en la silla, absolutamente desconcertada. ¿Por qué iba *Robert Lemoine* —uno de los hombres más ricos del mundo— a *llamarla* para buscar a *Tony* fingiendo ser otra persona? Sacudió la cabeza y volvió al artículo sobre la muerte de sir Owen, y lo releyó con más cuidado, y entonces, arrugando aún más el ceño, volvió a por el móvil para revisar los últimos mensajes que había intercambiado con Tony. «¿Vas ganando?», le había escrito el lunes pasado. «Bueno, acabo de recibir el primer "sin comentarios"», le había respondido, «lo que significa que no voy desencaminado». «Seguro que no», le había replicado ella. Siguió para abajo. «Es posible que no esté localizable durante unos días», contestó. «Tengo una corazonada…». Y después se había despedido con «besos». Rosie se quedó mirando la conversación mientras se mordía el labio y agitaba la cabeza. Intentó llamarlo, pero, tal y como esperaba, la llamada fue directa al contestador de voz. «Hola, has llamado a Tony, ya sabes lo que sigue. ¡Hasta luego!», le dijo la voz de Tony al oído. Colgó, pensó durante un rato y le escribió a una de sus compañeras del equipo de netball sala que a veces era voluntaria en el Bosque Birnam. «Hola, guapa», le escribió, «¿no tendrás el móvil de Mira Bunting por casualidad?». La respuesta llegó en unos veinte segundos. Rosie copió el número de Mira en sus contactos y, antes de que le diera tiempo a pensárselo mejor, escribió un mensaje: «¡Hola, Mira!», escribió, «soy Rosie Demarney del colegio, ¡cuánto tiempo! Estoy intentando contactar con Tony (Gallo), pero tiene el móvil apagado y me preguntaba si me podrías echar un cable. Sé que está en Thorndike con vosotros. Perdón que te lo pida así, pero es urgente. Gracias, cuídate, Rosie, besos».

Envió el mensaje. Al contrario que Tony, Mira sí había activado la funcionalidad de lectura y recepción de mensajes, y Rosie vio cómo la etiqueta del mensaje se actualizaba de «enviado» a «leído» junto con la fecha y la hora: 24/08/17 21:49. Un segundo más tarde, apareció una burbuja gris, los tres puntos animados, que le mostraron que Mira estaba escribiendo una respuesta. Entonces Rosie vio algo extraño. La burbuja gris se paralizó y, un segundo después, desapareció y la etiqueta cambió de «leído» a «enviado». Rosie parpadeó. Estaba segura de que nunca había pasado algo así antes. Pensó que sería un *bug* del sistema y salió de la aplicación; pero cuando volvió a entrar, la etiqueta seguía rezando «enviado». Lo comprobó de nuevo varios minutos más tarde, y otra vez cuando se fue a la cama, y otra vez a la mañana siguiente cuando se levantó, pero la etiqueta no volvió a cambiar y Mira nunca respondió.

El regreso al Bosque Birnam fue más sencillo de lo que Shelley había anticipado. Mira y ella habían ensayado las respuestas a una serie de posibles preguntas sobre su falsa intervención, pero por suerte los otros fueron demasiado amables para preguntar o les dio demasiada vergüenza exigirles detalles y, tras una incómoda ronda de «¿cómo estáis?» y «nos alegra que hayáis vuelto», fue un alivio cambiar el tema a la carpeta de papeleo que había llegado aquella mañana por correo. Al abrirla, Shelley se sintió aún más aliviada de descubrir que necesitarían llevar a cabo tareas de redacción, planificación y preparación de presupuesto y se habían puesto a discutir sobre el plan a cinco años y la declaración de principios y la manera más efectiva de comunicarse como organización sin ánimo de lucro, así que durante un rato se había olvidado de Owen Darvish y la inquietante casa de Thorndike y de la amenaza activa contra Lemoine. Incluso Mira pareció animada por la discusión, aunque después de una hora o dos, se levantó, estiró la espalda y anunció que tanto lenguaje corporativo le estaba dando dolor de cabeza; iba a ir en bici a la valla norte para verificar cómo estaban los cultivos después de la lluvia. Shelley la miró por encima del portátil y sonrió, y Mira le devolvió la sonrisa y, durante un momento, pareció que su amistad volvía a ser la de antes: fácil, afectuosa, sin dudas ni culpas, sin dolores enterrados, sin darles excesivas vueltas a las cosas.

—Me alegro *tanto* de que os hayáis reconciliado —dijo Natalie en voz baja después de que Mira se fuera en la bici.

Y, casi sin artificio, Shelley se llevó la palma a la mejilla y dijo:

—Yo también.

El resto había pasado un fin de semana tranquilo. El sábado habían estado en la mierda, les dijeron, y la lluvia los había dejado encerrados el domingo. Eso era todo. Ninguno mencionó haberse percatado de un tráfico inusual en la autopista que conducía a la barrera y parecía que nadie había leído las noticias locales, lo que no era una sorpresa: igual que Shelley, probablemente se informaban de lo que pasaba en el mundo en páginas web como *The Guardian* y en las redes sociales y Radio Nueva Zelanda para los asuntos que los tocaban más de cerca. Shelley había refrescado el artículo del accidente compulsivamente, pero todavía no habían identificado el cuerpo de manera oficial, porque no habían añadido el nombre del fallecido al titular. Una vez que ocurriera, sabía que había bastantes posibilidades de que RNZ cubriera lo sucedido, puesto que Darvish era una figura de cierto peso y el accidente había quedado sin explicar; sin embargo, por el momento se convenció de que el resto del Bosque Birnam vivía en la inopia sobre la existencia de Owen Darvish y, mucho más, sobre el hecho de que acababa de morir.

Pasaron el resto del día discutiendo ideas para la declaración de intenciones. Cuando caía la tarde, Aaron calentó una olla de sopa de miso y fideos, y Jessica salió a cortar espinacas pequeñas y cebolletas de los parterres en los corrales. Hayden preparó siete huevos duros y los peló, y Katrina empezó a cortarlos por la mitad. De pronto: soltó un gritito, uno de los huevos se había caído para revelar una doble yema.

—¡Gemelos! —gritó—. Mis primeros pollitos gemelos. ¡Ay, Dios mío! Siento que soy una elegida.

Mientras que el resto se reunía para curiosear, Shelley aprovechó la oportunidad para ir al servicio y refrescar de nuevo el artículo. Esta vez sí que lo habían actualizado. Se había identificado a la víctima del accidente como sir Owen Darvish, de 58 años, un orgulloso vecino de Thorndike, que había sido nombrado caballero dos semanas antes de su fallecimiento. Leyó por encima las pinceladas de su vida y la descripción del proyecto de conservación por el que había recibido su título. Se mencionaba a Autonomo, y también a Lemoine; pero, gracias a Dios, no había nada sobre el Bosque Birnam. Miró las redes sociales. Ninguna de las cuentas que seguía en Twitter o Instagram se había hecho eco de la historia. Lo más probable era que no sucediera; pero acababan de dar las cinco, justo la hora a la que a alguien se le podría ocurrir el programa de noticias de Radio Nueva Zelanda, así que, como precaución, volvió a entrar y puso *The Courage of Others* de Midlake, un álbum nostálgico, cálido e inofensivo por completo, que no induciría a nadie las ganas de escuchar beligerantes entrevistas de temas de actualidad. Tras Midlake, puso a la cola *Boxer* de The National y a continuación el debut de Fleet Foxes, y, sin duda, después de todo eso el programa habría terminado y propondría pasar la tarde jugando a las cartas.

—Dios, me encanta este disco —dijo, mientras ponía el altavoz para que se oyera en toda la habitación—. Es uno de esos de los que no puedes escuchar solo una canción. ¿Sabéis?

Mira volvió justo cuando se estaban sentando para comer.

—Oye, una cosa, gente —dijo Jessica—. Ahora que estamos todos, quiero hacer un brindis. De hecho, voy a ponerme de pie. —Se paró y agarró una lata de cerveza, que sostuvo en alto—. Solo quería subrayar este momento, porque, seamos francos, todos vinimos pensando que esto podía salir bien o mal, pero *va de puta madre*. El Bosque Birnam va como un puto *existir* a gran escala y sé que se supone que trabajamos de manera horizontal, sin líderes y toda la pesca, pero me gustaría proponer un brindis por Mira, porque creo que todos sabemos en el fondo que estamos aquí gracias a ti. Fuiste tú quien encontró este sitio. Fuiste tú quien encontró a ese milmillonario pirado y quien imaginó que… ¿me equivoco acaso?

Shelley había evitado la mirada de Mira; ahora le echó un vistazo y se alarmó al comprobar que se había puesto roja.

—No —dijo Mira, ruborizándose aún más—. Has hablado muy bien. Es genial. Todo es genial.

Shelley se apresuró a levantar la lata.

—Por el Bosque Birnam —dijo.

—Estaba brindando por *Mira* —protestó Jessica de malas maneras, pero el resto ya estaba brindando por el Bosque Birnam.

—Y por Mira —añadió alguien—. Nuestra *raison d'être*.

—Nuestra *joie de vivre*.

—Nuestra *coup de grâce*.

—Nuestra *pièce de résistance*.

Todo el mundo se estaba riendo, pero la sonrisa de Mira era bastante tensa y, después de brindar con la gente que la rodeaba, volvió a poner la cerveza sobre la mesa sin dar ni un sorbo.

Shelley se inclinó hacia delante.

—Aaron, esto está buenísimo, por cierto —dijo.

—Es muy fácil —contestó Aaron.

—Eso es lo que *tú* dices —repuso Shelley con tono alegre, pero tenía la mirada clavada en Mira, quien estaba persiguiendo el huevo por el cuenco con una cuchara.

—*Plat du jour?* —preguntó alguien—. ¿O hemos acabado?

Jessica seguía con el ceño fruncido.

—Siento que me estoy perdiendo algo —dijo, paseando la mirada de Mira a Shelley por turnos—. ¿Soy yo o estáis actuando de una manera muy rara?

Shelley se obligó a reír.

—Sí, no vas desencaminada —dijo—. Ha *habido* cosas rarunas entre nosotras. Creo que todo el mundo se ha dado cuenta.

—Vamos a cenar —dijo Natalie, agitando las manos—. Nada de malos rollos.

Jessica se echó para atrás.

—No pretendía crear nada *de mal rollo*.

—Oye, chicos —la interrumpió Katrina—. ¿Y por qué no hablamos de mi maravilloso huevo de dos yemas? Porque es una lástima que no lo hayamos comentado *tanto* como merecía.

—En realidad —dijo Mira—. Quiero decir algo.

El corazón de Shelley pegó un brinco al descubrir la expresión del rostro de Mira, sereno a pesar del rubor en sus mejillas, además de grave y lleno de una determinación férrea. Intentó en vano captar su mirada, de pronto consciente de que Mira se dispusiera a contarle todo al grupo y preguntándose qué podía hacer para evitarlo. ¿Volcar la mesa? ¿Empezar a chillar? ¿Montar una pelea? Se sentía como si tuviera la boca llena de arena.

Mira se había tomado un instante para ordenar sus pensamientos. Entonces miró arriba.

—Antes —empezó—. Cuando estábamos discutiendo sobre temas legales y la manera de dirigirnos al público, y todo eso, tuve un instante de clarividencia sobre mí misma. Tuve que irme para estar sola y pensar al respecto, pero ahora lo he hecho y he decidido.

»Tienes toda la razón —le dijo a Jessica—. Estaba *rara* ahora mismo. Llevo rara todo el día, perdida en mi propio mundo, y lo siento mucho, pero lo que he decidido —tomó aire— es que cuando nos convirtamos en una empresa, no creo que deba ser yo la que ocupe el cargo de directora ejecutiva. Creo que debería ser Shelley. —Su rubor se estaba apagando; ahora lucía una mirada clara y sensata—. Hoy me he dado cuenta de que no tengo cabeza para ello. —Ahora se dirigió a Shelley—. Pero tú sí. Has estado en todo el meollo del Bosque Birnam casi desde el principio y todos sabemos que has puesto más sangre, sudor y lágrimas que nadie. Toda esa jerga que has usado antes, ya sabes, «de cara al público», «de cara al cliente», lo escuché y me di cuenta de que tú ya estabas haciendo todas esas cosas. Y sé que he sido muy esnob con todo ese tema, soy consciente, y te he dado por sentada, y no he puesto de mi parte, así que creo que esto es un poco mi manera de disculparme, pero también, resulta obvio que es lo correcto. Deberías ser la líder del Bosque Birnam. Serías genial. Serías mejor que yo. Y, bueno, por supuesto, tendremos que someterlo a voto y demás; solo digo que, cuando votemos, yo votaré por ti.

Hubo una pausa; todo el mundo se giró hacia Shelley, esperando su respuesta. Ella se las apañó para sonreír y hacer una broma.

—Hum, no seguimos todavía bajo los efectos del LSD, ¿verdad?

Y todo el mundo se rio e hicieron un brindis en su honor, y la conversación prosiguió, y empezó a sonar *Boxer* de The National y alguien dijo: «Este *sí* que es un disco que hay que escuchar entero» y se las apañó para seguir sonriendo y riendo, y se las apañó para terminar la cena y se las apañó para llevar el cuenco vacío a la tina de fregado, mientras se movía con la música, se unía al coro y se esforzaba por parecer feliz y optimista y agradecida y relajada y satisfecha, como si no supiera exactamente lo que Mira pretendía, como si no lo hubiera sabido desde el momento en el que había empezado a hablar. Mira se estaba salvando a sí misma. Mira se estaba asegurando de que la verdad nunca saliera a la luz, ya que, si alguien descubría lo que habían hecho, sería Shelley la que tendría que responder por ello; Shelley sería la líder del grupo, la representante, la autora intelectual, la arquitecta, la culpable. Mira solo sería una seguidora. No sería la directora ejecutiva, ni una figura importante, quizá ni siquiera continuaría en el Bosque Birnam. Mira iba a largarse. Ya se estaba preparando para ello. El ascenso no era una disculpa, pensó Shelley, temblorosa, lívida, casi a punto de vomitar. No era un acto de amor y cariño, o una forma de reconciliarse. Era un plan de huida.

Mira se levantó y se unió a ella en la tina de lavado.

—¿Estás bien, jefa? —le preguntó.

Shelley era incapaz de mirarla.

—Sí, genial —le dijo en una voz normal, mientras se secaba las manos—. ¿Te ha dado Robert ya su número?

—No —dijo Mira.

—¿Me lo puedes reenviar cuando lo tengas?

—Claro, pero su avión sigue aquí. Estoy segura de que aparecerá pronto. —Mira frunció el ceño—. ¿Te hace falta hablar con él?

—No —dijo Shelley—, pero estaría bien tenerlo, no hay más.

—A lo mejor está en la carpeta —dijo Mira.

—Ah, verdad —dijo Shelley, perfectamente consciente de que no era el caso—. Sí, buena idea. Es probable.

Se excusó diciendo que iba a buscar una baraja de cartas.

Durante mucho tiempo, Shelley había asumido que Mira era una excelente mentirosa con gran fluidez para el engaño simplemente porque ella era pésima. Desde el principio de su amistad, se había acostumbrado a pensar que las cualidades y talentos de Mira eran diametralmente opuestos a los suyos, y la verdad era que en cada ocasión que las habían descubierto allanando una propiedad o robando o incumpliendo las regulaciones de manera flagrante, había sido Mira la que había mantenido la cabeza fría, la que había tejido elaboradas y descaradas falsedades mientras Shelley se encogía a su lado. Sin embargo, según pasaban los años, Shelley se había dado cuenta de que Mira solo era una buena mentirosa en determinadas circunstancias. En primer lugar, necesitaba tener una mentira preparada; tenía que creer, en cierta manera, que estaba justificada moralmente para mentir; y tenía que retener cierta sensación de control, para sentirse lo suficientemente libre como para deleitarse en exhibir su propia pericia e inventiva. Shelley también se había percatado de que Mira encontraba excepcionalmente difícil, por algún motivo, dar un cumplido poco sincero, y si alguna vez la avergonzaban o se sentía obligada a decir algo poco honesto desde el punto de vista emocional se volvía muy mala mentirosa: se ruborizaba, evitaba el contacto visual y se apresuraba a huir a la más mínima posibilidad. Justo como se había comportado aquella noche; pero, mientras Shelley barajaba las cartas, las mezclaba y las colocaba en una pila y les daba la vuelta para mezclarlas de nuevo, se le ocurrió que tal vez no había sido un ejemplo de Mira soltando unas mentiras patéticas, sino uno en el que había mentido tan bien que resultaba aterrador y enfermizo.

Se despertó temprano a la mañana siguiente y refrescó el artículo del accidente. Ahora aparecía en la sección nacional de la página web y habían añadido un párrafo al final que informaba de que el funeral de sir Owen tendría lugar en Wellington el próximo viernes. La familia había pedido que en lugar de flores se hicieran donaciones, en nombre de sir Owen, a su proyecto de conservación insignia, que se había convertido en el canto de cisne de su carrera. Era evidente que se había respetado esta petición, ya que aparte de un solitario ramo de flores forrado de plástico que había encontrado apoyado en el portón de los Darvish aquella mañana —lo había movido para esconderlo con discreción— no había aparecido nadie en la granja con tarjetas o condolencias. Ni amigos ni familiares fueron a la casa. No había aparecido ningún periodista en busca de un bombazo, ni policías siguiendo una corazonada, ni vecinos inquietos, ni testigos accidentales que se le hubieran pasado por alto a Lemoine; y el resto del Bosque Birnam no se enteró de nada.

Trataban a Shelley como si el papel de directora ejecutiva ya fuera suyo, sin necesidad de someterlo a voto, y, aunque Shelley sabía que era un cáliz envenenado, no podía evitar emocionarse un poco cada vez que uno de ellos le pedía permiso para algo, o buscaba su opinión, o acudía a ella con problemas y soluciones e ideas, y cuando los Servicios de Beneficencia le escribieron el miércoles por la tarde para confirmar la entrevista del jueves por la mañana, apenas sintió una diminuta aprensión cuando replicó que le había llegado otra oferta desde entonces y había decidido, tras mucha deliberación, aceptarla. Mira, por su parte, trabajaba más horas que nadie; se levantaba temprano, se privaba del descanso de la comida, y trabajaba todo el tiempo que le permitía la luz del día, como si quisiera subrayar que había cedido su rol de cerebro de la operación para siempre y deseaba que la consideraran una simple obrera. Pasaba la mayor parte del día en las terrazas sobre la granja, donde no se la podía ver desde el cobertizo de esquila, y Shelley había recurrido a usar la aplicación de rastreo de localización para ver dónde estaba, en ocasiones con una frecuencia de docenas de veces al día; tenía miedo, cada vez que abría la aplicación, de que el mapa se desplazara a un lado y localizara a Mira en un lugar inesperado, de camino a una estación de policía, o en el mostrador de un aeropuerto internacional o por la carretera a unos cien kilómetros por hora. Pero de momento, el punto amarillo siempre la había ubicado en el lugar donde había dicho que estaría.

En la madrugada de la noche del jueves, Shelley acababa de cerrar la tienda y se estaba metiendo en el saco de dormir cuando el móvil se iluminó debido a un mensaje de un número desconocido. «Soy Robert», rezaba. «¿Estás despierta?».

«Sí», le respondió.

«Quiero hablar contigo», le escribió. «Sube a la casa en media hora».

Sorprendida, Shelley se sentó, abrió la tienda y asomó la cabeza para ver si la tienda de Mira tenía la luz encendida, pero el lienzo estaba a oscuras: debía de haberse acostado ya. Solo la tienda de Jessica y Aaron estaba levemente iluminada, aunque mientras Shelley observaba, la luz comenzó a parpadear y oyó murmullos distantes y unos ruidos suaves mientras se preparaban para dormir. Desde el cobertizo de esquila, donde estaban acampando, no se veía el portón principal, pero, aun así, se estremeció al pensar que Lemoine había vuelto a la casa sin que ninguno de ellos se percatara. Volvió a acostarse, esperó media hora como le había pedido, y luego se levantó y buscó las botas, que ya estaban frías y empapadas de rocío. Se puso un gorro de lana y un casco con una linterna, salió de la tienda, pasó por el vestíbulo sin hacer ruido y se escabulló por las colinas hacia la granja, sin encender la linterna hasta que el campamento quedó atrás y estuvo de cara a la colina. Tenía la antorcha enfocada para leer; estiró las manos y la ajustó para que proyectara un largo haz frente a ella que cubría la hierba llena de escarcha y se alzaba con un balanceo a cada paso.

Las ventanas de la casa estaban a oscuras. Cuando llegó a la puerta principal, apagó la linterna y llamó. Nadie respondió, pero unos segundos más tarde oyó un rugido de motor procedente de la puerta del garaje y se dirigió al lateral de la casa para ver cómo la puerta se abría con un chirrido. Había un deportivo negro aparcado en el interior y, detrás de este, estaba Lemoine en el umbral de la lavandería con el dedo en el interruptor.

—Hola —le dijo.

—Entra —dijo él y volvió a presionar el interruptor para que la puerta se cerrara tras ella. Lo siguió a través de la lavandería y por el pasillo en dirección al salón, donde encendió la lámpara y se sentó en uno de los sofás, mientras la invitaba a hacer lo mismo. Shelley se quitó el sombrero y el casco-linterna, y los guardó en el bolsillo del forro polar mientras se sentaba.

—Bueno —le dijo—. ¿Cómo estás?

Por costumbre, estuvo a punto de contestar «Bien», pero por una vez decidió decir la verdad.

—Para ser sincera —empezó—, me siento un poco abrumada.

—¿Y qué es lo que te abruma exactamente?

Shelley desvió la mirada.

—Supongo que Mira, un poquito.

Lemoine asintió.

—Habla conmigo.

—Ya no quiere ser directora ejecutiva —dijo Shelley—. Le ha dicho a todo el mundo que no quiere el puesto. Dice que no se le daría bien. Piensa que debería ser yo.

—Joder —dijo.

—¿Tan malo es? —preguntó.

—No es lo que habíamos acordado —dijo—. Le dije muy claro que nada de cambios grandes. No debería salirse del guion. Me jode bastante, en realidad. Es justo lo que le pedí que no hiciera.

Shelley sintió un nudo de culpa.

—La verdad es que nos dijimos cosas muy feas durante el fin de semana —le dijo—. Le eché en cara muchísima mierda y le dije que nunca me había respetado y cosas así. Así que a lo mejor está intentando compensarme.

Lemoine negó con la cabeza.

—No te lo crees ni tú.

—No sé ni lo que creo —respondió Shelley.

—Eso tampoco te lo crees. —La estudió—. ¿Quieres el trabajo? Intentó reírse.

—¿Acaso importa?

—Claro que importa. Si no lo quieres, deberías decirlo. Ahora mismo.

Shelley introdujo los puños en el bolsillo e hizo girar el forro polar hasta formar un ocho en su regazo.

—Sí —respondió al cabo de un rato—. Lo quiero.

—Perfecto —dijo él—. ¿Y qué pasa con el resto? ¿Cómo están?

—Bien —dijo Shelley—. Normal.

—¿Algo que deba saber?

—Creo que no —dijo Shelley—. Solo lo de Mira.

—Genial, muy bien —dijo—. Shelley, quería disculparme. La última vez que hablamos estaba estresado y me dejé llevar por el mal genio. No debería haber dicho nada sobre la amenaza activa.

Mira y tú estabais lidiando con demasiadas cosas. Todavía tenéis mucho en lo que pensar.

—¿Habéis encontrado al tipo?

—Lo haremos —le aseguró Lemoine—. No os preocupéis por eso. Lo que quería decir era que estabais pasando por un momento duro y probablemente yo empeoré la situación. Lo siento.

Shelley se sintió conmovida.

—Debe de ser aterrador lidiar con ese tipo de cosas —dijo.

—Es lo que suele pensar la gente —dijo Lemoine—. Supongo que las primeras veces sí que pasé mucho miedo, pero ahora… —Se encogió de hombros—. En cualquier caso, vamos a encontrarlo. Lo principal es que no hay necesidad de preocuparse.

—¿Y *tú* estás preocupado?

Lemoine se tomó una pausa.

—La seguridad total no existe —respondió—. Tenlo siempre en mente. Pero nuestra situación es buena. Sobreviviremos.

Asintió, con las manos retorcidas en el regazo.

—Y una cosa más —le dijo—. Quería que supierais que voy a empezar las obras del búnker. Ya he traído todo lo que necesito. Los trabajadores llegarán por la mañana para comenzar a preparar la zona, y veréis muchos vehículos entrando y saliendo de la hacienda durante los próximos días. No van a molestaros, pero quería avisaros.

—Pero el funeral es mañana —dijo Shelley—. ¿No es un poco insensible…?

—Coincido en que no es el momento ideal —admitió Lemoine—. Pero es para resolver un problema. Jill Darvish no se ha tragado lo que le he contado del Bosque Birnam. No quiero que se haga muchas preguntas y, si actúo rápido, puedo cambiar la narrativa por una más conveniente. ¿Te das cuenta?

Shelley frunció el ceño.

—¿A qué te refieres con lo de que no se lo tragó?

—Se ha puesto paranoica —dijo Lemoine—. Piensa que una de vosotras se estaba tirando a su marido.

Shelley se quedó tan sorprendida que se echó a reír.

—¿Qué? —preguntó.

Lemoine no parecía tomárselo a risa.

—Es un problema —le dijo—. Tenemos que tomar la iniciativa. Darle otra cosa en la que pensar. Algo que no tenga nada que ver. Esta es la manera de lograrlo.

—Mira dijo que todavía no habías comprado el terreno.

—Era cierto entonces. Ahora ya es mío. Como te he dicho: me estoy apresurando.

—Pero no necesitas un permiso de construcción y ese tipo de cosas…

—Demasiado lento —replicó—. Prefiero pagar una multa antes que una tarifa.

—Vale —dijo Shelley—. Creo que lo entiendo.

—Bien —dijo él—. Mis chicos no os molestarán. No os acerquéis a la obra y dejadlos trabajar. ¿Vale?

Sonaba a que le estaba dando permiso para retirarse. De manera automática, Shelley asintió y se levantó para marcharse.

—Shelley —dijo él entonces y algo en su voz la hizo sentarse de nuevo.

—¿Sí? —le preguntó.

Durante un segundo permaneció sentado sin moverse. Entonces dijo:

—Quédate.

Mira se levantó temprano la mañana siguiente y fue directa a las terrazas que había por encima de la casa con la sombría satisfacción de que el termo de café que había preparado la noche anterior apenas estaba tibio para cuando llegó a la zona de sembrado y se sentó en un tocón a beberlo, mientras contemplaba las montañas rozadas por la aurora sobre la acerada superficie del lago y se imaginaba que estaba en la cárcel. Se imaginó una celda sin ventanas y un baño sin puertas y las rejas tendrían manchas brillantes en los lugares en los que las manos se aferraban a ellas. Se imaginó dando vueltas en la dirección de las agujas del reloj por un patio de cemento, y gusanos en la comida y eczemas y sabañones y una reciente tos seca, y una compañera de celda con la mirada vacía y el pelo rapado y una sonrisa aviesa. Se imaginó a sus padres en el día de las visitas, apiñados detrás de un panel de cristal; su madre se llevaría la mano a la boca, horrorizada, cuando escoltaran a Mira hacia ellos, entre un par de guardias, delgada, rota, con el cutis apagado y ceroso, y el pelo cayéndole lacio sobre un ojo, y su padre diría: «Ay, cariño, otra vez no», cuando se sentara y vieran las marcas en el rostro que había intentado esconderles, marcas donde su compañera había...

—Para —dijo Mira en voz alta, agitando la cabeza para disolver la fantasía, avergonzándose de haberse descubierto a sí misma de nuevo envuelta en escenarios imaginarios en los que era *ella* a la que habían herido y era víctima de la injusticia, en esta ocasión a manos de una compañera de celda inventada en unas futuras circunstancias ficticias en las que, por algún extraño motivo, sus padres no solo estaban juntos sino que ambos se habían unido para expresar su preocupación por ella además de un trágico amor eterno y sin remedio, en lugar del inexcusable horror, el desprecio, la inimaginable repulsión que sentirían al descubrir lo que había hecho su hija, su pequeña.

Y lo que todavía seguía haciendo. Lo que había hecho toda la semana y en el finde, mientras extraían de los restos quemados del deportivo el cadáver del hombre de cuya muerte era en parte responsable, cuya muerte había ayudado a encubrir, y lo habían metido en una bolsa de plástico y subido en un avión para llevarlo hasta una morgue donde lo habían inflado de químicos y llevado rodando a un frigorífico y luego lo habían sacado para que alguien lo identificara oficialmente, quizá su mujer o uno de sus hijos, o habrían usado los registros odontológicos, si el rostro se había quemado en exceso durante el accidente que nunca había sucedido, el accidente que no provocó, el accidente que Lemoine había orquestado de alguna misteriosa forma, de inmediato, y, al parecer, sin que nadie lo pusiera en duda. Y probablemente con ayuda. Mira pensó en la casa vacía de Thorndike y en el hombre que había aparecido para arreglar el parabrisas del monovolumen. Pensó en el soldado en la carretera de servicio y en la manera en la que Lemoine había dicho: «Era uno de los míos». Pensó en la fallecida mujer de Lemoine. Y entonces pensó: *No es la primera vez*. Agitó la cabeza, asqueada de sí misma. Seguía buscando a un villano. Seguía intentando buscar a la desesperada —e inútilmente— a alguien más monstruoso y despreciable que ella.

El funeral era a las once. Guardaría un minuto de silencio, pensó, o diría una oración si se le ocurría alguna apropiada. Vertió lo que le quedaba del café en el suelo y agitó el termo hasta que no quedó ni una gota. Se había traído un plátano y una barrita para desayunar, pero pasar hambre le provocaba un sentimiento de penitencia, así que los dejó en el tocón junto al termo vacío y fue a buscar la horca y la pala, y se dijo que pasaría la mañana deshierbando las calabazas y los calabacines, y por la tarde construiría enrejados para diversos cultivos de habichuelas que estaban creciendo y pronto serían demasiado pesados. Con un rugido en el estómago, se arrastró por la fila apoyándose en la bolsa de agua caliente vieja que usaba como almohadilla para las rodillas. De vez en cuando se detenía a estirar la espalda y agitar las manos para deshacerse de la rigidez.

Había alcanzado el final de la segunda fila de calabazas cuando percibió que el viento se apaciguaba y de pronto le llegó un aroma terroso y polvoriento, similar a un mineral, que parecía esclarecer las hojas y los brotes de todo lo que la rodeaba. Se dio cuenta de que estaba a punto de caer un chaparrón y maldijo para sí misma, ya que no soportaba la perspectiva de regresar al cobertizo de esquila para pasar el resto del día en una compañía amigable, charlando sobre naderías y riéndose de las bromas de los demás. ¿Llamaría demasiado la atención si seguía trabajando, aunque lloviera? Miró hacia arriba. El cielo parecía cernirse sobre ella mientras miraba.

Tal vez podría montarse en el monovolumen e ir a hacer recados, pensó, mientras la tierra a su alrededor se oscurecía después de que cayeran unas cuantas gotas, que se espesaron y se transformaron en un aluvión. Podría dedicar el día a una cosa así: se acercaría a la ferretería más cercana y traería unos pocos fardos más de paja de guisantes y fertilizante de sangre y huesos y cualquier otra cosa que no necesitaran. «Será mejor si voy sola», se imaginó diciéndoles a los otros como si tal cosa, mientras agitaba las llaves. «Así puedo usar el asiento de adelante para llevar más cosas». Recordó que el tanque de gasolina estaba casi vacío. Todavía mejor. Una razón más para irse.

La lluvia había comenzado a apretar. Mira se puso la capucha y se deslizó de vuelta al tocón para guardar el desayuno y el termo vacío, se dobló casi por la mitad, se quitó los guantes de jardinería y estiró la mano antes de llegar al lugar donde sabía que había dejado el termo… pero no estaba allí. El tocón estaba vacío, la superficie oscura y resbaladiza. Lo rodeó, pensando que debía de haberlo tirado a la hierba al levantarse. Pero era imposible que hubiera tirado también el plátano y la barrita; se habría dado cuenta. Y estaba segura de que los había dejado ahí. Podía visualizarlos a la perfección: el plátano, la barrita y el termo. Los tres. Alzó la mirada, entornando los ojos a través de la lluvia, y ahí, en un extremo del campo, escondido parcialmente detrás de un tronco en la cortina rompevientos de pinos, estaba Tony.

Mira estaba demasiado sorprendida para hablar. Él se llevó el dedo a los labios y después signó «móvil», acercando el pulgar a la oreja y estirando el dedo meñique hasta la boca. Después alzó la palma de una mano para indicar una pregunta. «¿Dónde tienes el móvil?», gesticuló con la boca. Sin hablar, Mira se metió la mano en el bolsillo para sacárselo y enseñárselo, pero Tony le signó angustiado que lo guardara de nuevo, después volvió a llevarse el dedo a los labios por segunda vez y le hizo señas para que se acercara. Estaba realizando todas esas acciones con la misma mano y, según se aproximaba, a través de la lluvia, Mira se percató de que tenía el otro brazo en una especie de cabestrillo. Rezumaba desesperación y enfermedad. Tenía la barba andrajosa y había huecos purpúreos bajo sus ojos. Se acercó aún más y vio que sostenía el termo debajo del brazo roto; lo colocó debajo del codo, abrió la tapa con la mano libre y se lo tendió, indicándole que metiera el móvil dentro.

—Tony, ¿qué cojones? —susurró, pero él negó con la cabeza sin hablar hasta que Mira dejó caer el móvil en el termo con un ruido sordo y entonces Tony volvió a colocar la tapa y la apretó fuerte. Había apoyado la mayor parte de su peso en el árbol. Mira dirigió la mirada al suelo y vio que el pie izquierdo de Tony estaba envuelto en una venda húmeda y negra por el barro.

—Me he perdido —dijo al fin, con la voz rasposa—. Me dirigía al otro lado del parque, pero me han estado dando caza y he tenido que darme la vuelta. No quería venir aquí, pero se me ha acabado la comida y tengo rotos el brazo y el pie... y tienes que ayudarme, Mira. Por favor.

Mira estaba anonadada.

—¿Qué? —preguntó—. ¿De qué estás hablando? Tony...

—Escúchame —le dijo, dando un pequeño salto para cambiar el peso de lado y ajustarse al tronco—. Robert Lemoine no está construyendo un búnker. No es lo que ha venido a hacer aquí. Está extrayendo minerales del parque nacional. Está extrayendo minerales de Korowai. Es una confabulación. Entre él, el gobierno y Darvish, Owen Darvish. Lo están haciendo en secreto, y están violando miles de leyes y tienes que llevarme a un estudio de revelado para que pueda imprimir estas fotos y sacarlo todo a la luz. No podemos ir a la policía. No podemos involucrar a nadie más. Es demasiado... Mira, esto es lo más jodidamente grande... escucha. Escucha, escúchame. Por favor.

—¿Qué fotos? —preguntó Mira.

Dejó caer el termo, se sacó una bolsita de plástico de la chaqueta y la sostuvo en alto. La bolsita se desdobló para mostrar un cilindro rechoncho con la tapa gris al fondo: un carrete. Mientras se lo ponía en la cara, dijo:

—Escucha, Mira. Tras las montañas se está desarrollando una operación minera absolutamente secreta y *absolutamente ilegal*, ahora mismo, *dentro del parque nacional*. ¿Me oyes? Lo descubrí. Me colé dentro y tomé estas fotografías. —Agitó la bolsa—. Y ahora están intentando asesinarme para que me calle la boca. He tenido que saltar a un río y dejar el coche, el de Veronica. Lo dejé con las llaves en el… no importa. Solo necesito revelar estas fotos. Necesito sacar a la luz esta historia porque es una puta conspiración internacional del más alto y putísimo nivel, y el parque entero está inundado de drones…

Mira se preguntó si estaría perdiendo la cabeza.

—Más despacio —le pidió—. Detente un momento. No lo entiendo. ¿Qué estás…?

—Me han dado caza —le dijo—. Toda la semana. Tienen que volar bajo por los árboles. Los he escuchado ir de un lado a otro. No puedo moverme de noche porque el aire está demasiado frío y me verían por el contraste con mi calor corporal. Pero cuando llueve no funcionan tan bien. También hay hombres, hombres armados, o sea, esto es… y no puedes usar el móvil. Tienes que dejar de usar el móvil porque es… escucha. Escúchame.

—Te estoy escuchando —dijo Mira.

—Escúchame —dijo Tony, que parecía a punto de echarse a llorar—. Hablé con Owen Darvish. Para entrevistarlo. Sobre el búnker. Sobre Robert Lemoine. Pero no quería hablar conmigo, y supongo que después le dijo a Lemoine que lo había llamado, y tenía mi número, y he pensado que así descubrieron que yo… Escúchame, Mira, todo lo que dijiste en el Bosque Birnam, en el *hui*, sobre el búnker y que había adquirido este lugar, la granja entera… no lo ha hecho. La hacienda nunca se ha vendido. Porque Darvish está en el ajo. ¿Te das cuenta? Es todo una puta fachada para la enorme ilegalidad que están cometiendo en el parque nacional *y están compinchados*.

—Pero Robert odiaba a Owen Darvish —dijo Mira, que no se dio cuenta hasta después de que había llamado a Lemoine por su nombre de pila—. Me lo ha dicho. Me dijo que era un idiota.

—Mira, no puedes confiar en él —le dijo Tony—. Es lo que te estoy diciendo. No puedes fiarte de una palabra de lo que te diga. Te está mintiendo.

—Me dijo que había pagado la señal. Y que estaba retrasando la compra por…

—No —dijo Tony—. Mira. No. Todo lo que te ha contado es mentira.

—¿Cuánto tiempo llevas aquí? —preguntó Mira, refiriéndose a Thorndike en general, pero él respondió como si le hubiera preguntado por la granja.

—Desde ayer —contestó—. Te vi trabajando hacia el final de la tarde y estuve a punto de bajar, pero entonces vi el deportivo y me cagué. Es un monstruo, Mira. Intentaron arrojarme por el borde de la carretera con ese trasto. Y no solo él, eso es lo que te estaba contando, también está metido Darvish y el putísimo *gobierno,* o sea, esa explotación minera, esos químicos, cuando lo veas…

—Espera —dijo Mira—. Un poco más despacio. ¿Qué deportivo?

—El que subió anoche a la casa —dijo Tony.

—¿Cómo? —preguntó.

—Y después vi a alguien con un casco-linterna —le dijo—. Andando. De madrugada.

Mira agitó la cabeza.

—Espera —dijo—. No…

—¿Por qué crees que nombraron caballero a Darvish? —preguntó Tony con violencia—. Mira, esto es mucho más grande… puedo enseñarte las fotos. La explotación minera… su tamaño… y hay soldados… guardias, y, por favor, llévame a un estudio de revelado y te enseñaré las fotos, y lo verás. Sé que parece que estoy loco. Si estuviera en tu lugar no sé ni en qué estaría pensando. Pero esta es una de esas decisiones que marcan toda una vida, Mira, es aquí y ahora, esta decisión, aquí y ahora. Por favor, ayúdame. No estoy loco. Te estoy diciendo la verdad. Lo juro por Dios.

Mira abrió la boca para decir algo, pero no pudo hablar. En su interior había surgido una extraña sensación. Nunca había considerado que Owen Darvish no fuera inocente. Pero si Tony decía la verdad, a lo mejor merecía la muerte. A lo mejor era una persona terrible. A lo mejor era un criminal. A lo mejor era un traidor y un ladrón. A lo mejor Lemoine no había ayudado a encubrir su muerte por Shelley, no para salvarla a ella ni al Bosque Birnam, ni siquiera para protegerse a sí mismo, sino para proteger algo completamente distinto, para ocultar una enorme conspiración de la que Mira no sabía nada, que nunca habría sido capaz de adivinar y de la que nadie estaba enterado. Sintió como si le fuera a explotar el pecho porque eso significaría que, en realidad, *sí* que había un villano; *existía* alguien más monstruoso y despreciable que ella. Significaría que estaba a salvo. Podía contarle la verdad al mundo. Podía decir que la habían coaccionado para actuar de esa manera. Y la gente la creería. La gente la perdonaría. Porque Lemoine era peor que ella. Y Darvish había sido peor que ella. Y el gobierno era peor que ella. Todo era una gigantesca conspiración. Todo iba a ir bien.

—Mira —dijo Tony—. Di algo.

Casi sin pensar, respondió:

—Ha muerto.

—¿Cómo? —preguntó Tony.

—Darvish —le dijo—. Murió el viernes por la noche. Su coche se precipitó por un barranco.

—Ay, Dios —dijo Tony mirándola boquiabierto mientras se agarraba el pelo—. Mira. Eso es lo que intentaron hacerme a mí. Intentaron tirarme por el borde de la carretera. Es... Ay, madre. ¡Me cago en Dios! *¡Es justo lo que te estoy diciendo!*

Y, de pronto, Mira supo que iba a ayudarlo.

—Quédate aquí —le dijo y tomó el termo—. Voy a por el monovolumen. Tengo que echarle gasolina. Volveré a buscarte, te esconderé en la parte de atrás, y te sacaré de aquí. Diré que voy a llenar el depósito y nadie se enterará. ¿Vale?

—No uses el móvil —le advirtió—. No pueden localizarte si está dentro de algo metálico. No lo saques. Y no le digas nada a nadie.

—No diré nada —prometió—. Espérame. Volveré.

—Espera —le dijo, estirando el brazo—. Espera un segundo.

Mira ya se estaba alejando.

—No te muevas —le dijo, echándose a correr—. Vuelvo en nada.

—¡Espera! —gritó—. Mira.

Se detuvo.

—¿Sí? —preguntó.

De pronto Tony parecía mucho más pequeño. Tomó aire.

—¿Qué? —inquirió Mira.

—Lo siento —le dijo—. Siento lo de la fiesta de despedida. Nunca quise...

—¿Qué es lo que nunca quisiste? —insistió Mira cuando dejó de hablar.

—Es solo que... —Estaba moqueando; se limpió con el reverso de la mano—. Siento que lo jodí todo —dijo al fin.

Mira sintió una oleada de benevolencia hacia él.

—No fuiste tú quien lo jodió todo —dijo—. Fui yo.

Tony intentó sonreír.

—No, cuelga tú —le dijo.

Se rio en voz alta, alentada por una alocada sensación de impunidad. Le parecía que iba a explotar de alivio y gratitud.

—Tony —le dijo, sonriente, mientras volvía para agarrarle la mano—. Estamos bien. En serio. Más que bien. Éramos... muy jóvenes.

—Sí —contestó Tony, fijando la mirada en la mano limpia de Mira sobre su mano mugrienta—. Éramos jóvenes.

Mira le apretó los dedos antes de soltarlos.

—Quédate aquí —le dijo—. Volveré pronto.

—Trae comida —le pidió—. Y analgésicos. Y ten cuidado.

Mira emprendió la marcha y corrió colina abajo, sin dejar de sonreír; pero cuando pasó por la casa y el valle pareció abrirse ante ella, empezó a temblar y la sonrisa se cayó de sus labios, ya que en las pocas horas que había estado deshierbando en los campos superiores, los inferiores se habían transformado en una zona de construcción. El portón principal en la parte baja de la colina estaba abierto y la entrada estaba inundada de una fila de vehículos pesados: camiones de dieciocho ruedas cargados de contenedores de transporte, excavadoras, retropalas, oficinas móviles, caravanas…

Oyó el ruido de un motor a través de la lluvia y se giró, perpleja, para descubrir al deportivo de cristales tintados de Lemoine conduciendo a través del campo en dirección a ella, con los limpiaparabrisas parpadeando y la suspensión botando por un terreno irregular. Cuando llegó a su altura, la ventanilla del asiento de pasajeros descendió.

—He venido a rescatarte —dijo Lemoine—. Está diluviando.

Se lo quedó mirando.

—Creo que se te ha quedado el móvil sin batería —le dijo—. He intentado llamarte. ¿Qué sucede?

Mira no podía hablar.

—¿Qué es todo esto? —preguntó al rato, gesticulando en todas direcciones.

—Mi búnker —dijo Lemoine.

A menudo, Shelley se despertaba tras una noche de sexo sintiéndose expuesta, como si la hubieran grabado en secreto teniendo relaciones sexuales y se estuviera emitiendo el vídeo, a alta resolución, en su cuerpo y en su cara. No era una sensación de vergüenza, sino casi de una hilarante transgresión, y aquella mañana la había sentido con todavía más intensidad que cuando se acostó con alguien por primera vez. Estaba segura de que Mira solo tendría que mirarla para saber todo lo que había ocurrido durante la noche, y dónde, cuándo, y de qué manera, así que aguardó hasta que el punto amarillo que indicaba su ubicación en la aplicación estuviera lejos del cobertizo de esquila antes de unirse al resto del Bosque Birnam para el desayuno, donde la saludaron, por increíble que sonara, como si fuera una mañana sin sexo más, y como si fuera la misma persona casta que les había dado las buenas noches unas horas antes.

Lemoine había sido un amante sorprendentemente atento, más centrado en el placer de Shelley que en el suyo propio. Lo único que le había quedado claro era que disfrutaba de ordenarle que lo mirara. Cuando obedecía, él le devolvía la mirada con impaciencia y, de pronto, parecía avaricioso, egoísta, se movía más rápido y respiraba con fuerza, y entonces repetía la orden en el momento en el que ella cerraba los ojos o se giraba en dirección a la almohada, así que empezó a desobedecerlo, ya que adivinó, correctamente, que eso lo complacería aún más. Después se tumbaron en la oscuridad en la habitación de invitados de los Darvish y la sorprendió una segunda vez preguntándole en una voz adormilada si le importaría rascarle la espalda con las uñas, que era algo que solía hacer su abuela cuando era muy pequeño para ayudarlo a conciliar el sueño. Shelley había rodado desde su lado de la cama para quedar frente a él y deslizado una mano hacia la cálida suavidad de su espalda, como le había pedido, y él la había atraído hacia él y suspirado en su clavícula y cerrado los ojos para quedarse dormido en lo que parecieron segundos. Shelley se apartó de él y se quedó mirándolo, tumbada quizá durante una media hora más, mientras se preguntaba por qué Mira y él no se habían acostado, y si pasaría alguna vez, y cómo sería, similar a lo que había pasado entre ellos o muy diferente, y al final se estiró para tomar el edredón que estaba hecho un gurruño al fondo de la cama y lo acercó para cubrirlos a ambos. No se movió. Unas horas después se despertó y él ya no estaba allí. Volvió a dormirse y cuando abrió los ojos de nuevo ya era de día.

Se vistió rápidamente, ya que quería volver al campamento antes de que los otros empezaran con el día y se percataran de que no estaba allí, e hizo la cama, después de comprobar por segunda vez que Lemoine se hubiera llevado no solo el preservativo y el envoltorio, sino también la tira del extremo por donde lo había abierto con los dientes para después escupirla. Pero no había nada ni en la mesilla de noche ni en el espacio detrás de la cama. Entró en el salón y lo encontró sentado a la mesa, trabajando con dos portátiles a la vez. Al verla, cerró ambos aparatos, se levantó y dio la vuelta a la mesa para sujetarla por los brazos y besarla con firmeza en la mejilla en un gesto que la hizo sentirse a la vez más joven y mayor de lo que era.

—Mantendré las distancias por un tiempo —dijo—. No quiero que los otros cuchicheen sobre nosotros. Si bajo a hablar contigo, será solo en contextos que atañan al grupo. ¿Vale?

—Claro —dijo Shelley—. Claro, por supuesto.

—Y te lo advierto, probablemente seré muy prosaico contigo, y no me iré por las ramas, iré directo al grano.

—No te preocupes —respondió Shelley—. No hace falta que lo expliques.

—Pero llámame si lo necesitas. Por cualquier motivo, a cualquier hora. Sé que te aguarda un día duro, así que, si te sientes sobrepasada de alguna forma, no lo dudes. Busca un lugar tranquilo y llámame.

Durante un momento, Shelley se sintió ofendida. Había estado a punto de decir a la defensiva: «¿Y por qué va a ser hoy un día duro?», antes de percatarse de que no se refería al hecho de que se hubieran acostado, sino al funeral.

—Gracias —se limitó a decir—. Voy a estar bien.

Lemoine le colocó el pulgar contra la barbilla para elevarle la cara y obligarla a mirarlo.

—Anoche nos lo pasamos muy bien —dijo.

—Sí —respondió ella, ruborizada.

—Sí —dijo él. Sonrió pensativamente y se apartó, pero entonces pareció recordar algo—. Oh, antes de que te vayas. He estado investigando historiales, como medida rutinaria de seguridad, y hay un nombre que no deja de aparecer: Tony Gallo.

—¿Tony? —dijo Shelley, riéndose un poco—. Ay, Dios.

—Quiero saberlo todo de él —dijo Lemoine—. ¿Quién es?

—Dios —respondió—. Deberías preguntarle a Mira.

—No me fío de Mira —dijo—, así que te lo pregunto a ti.

Le sorprendió escucharlo decir eso sin tapujos.

—Dios —repitió, intentando ganar tiempo—. ¿Qué es lo que quieres saber exactamente?

—¿Cuándo lo viste por última vez?

—No lo he vuelto a ver desde el *hui*.

Lemoine frunció el ceño.

—¿Qué es el *hui*?

—La reunión. Cuando votamos para decidir si veníamos aquí. Tony estaba muy muy en contra y Mira y él montaron una pelea gordísima.

—Así que forma parte del Bosque Birnam.

—Antes sí —dijo Shelley—. Cuando empezamos. Después se fue al extranjero. Ha estado fuera muchísimo tiempo. Varios años.

—Háblame de la pelea. ¿Por qué estaba en contra? ¿Cuál era su argumento?

—Es una persona de opiniones políticas —contestó Shelley—. Ya sabes, es súper... y, bueno, no le gustaba la idea de hacer tratos contigo. Pensaba que iba en contra de nuestros valores. Y, además, creo que estaba un poquitín celoso. Porque pasaron cosas entre Mira y él.

—¿Estaban juntos?

—Perdón —dijo Shelley, riéndose de nuevo—. ¿De verdad es un tema de seguridad o...?

—Respóndeme —dijo Lemoine de la misma manera que había dicho «Mírame» la noche anterior y, sin poder evitarlo, Shelley sintió una oleada de excitación—. ¿Estaban juntos?

—Más o menos —respondió—. O sea, sí, solo una vez. Pero estaban muy unidos. Todos teníamos un poco la impresión de que acabarían casados algún día. ¿Se enrollarán, no se enrollarán? Había mucha tensión.

—Cuéntame más sobre la pelea —dijo Lemoine.

—Bueno —empezó Shelley—. Tony casi que había perdido antes de empezar, porque Mira llegó tarde y él se había peleado con otra chica llamada Amber, que era la dueña de la cafetería donde nos reuníamos y estaba haciéndole un *mansplaining* loco, en plan machito de izquierdas, y, cuando Mira llegó, las cosas ya estaban bastante tensas.

—¿Qué pasó?

—Se le fue la olla, creo —dijo Shelley—. Dijo que estábamos traicionando todo aquello en lo que creíamos y que era obvio que había perdido la votación, y se fue.

—¿Y qué pasó después?

—Nada —dijo Shelley—. Se fue, ya te lo he dicho. No he vuelto a verlo.

—¿Y Mira?

—Igual que yo —dijo Shelley—. Me sorprendería mucho que hubieran estado en contacto. Diría que ni siquiera tienen el número de móvil el uno del otro. La primera vez que Mira lo vio desde que volvió del extranjero fue en el *hui*, la reunión. Pero tampoco tuvieron ocasión de hablar y nosotras nos vinimos aquí al día siguiente.

—Vale, Shelley —dijo, tras una pausa—. Me ha resultado útil. Gracias. Te acompaño a la salida.

Esta vez la llevó a la puerta principal y la abrió para que saliera.

—Ten el móvil encendido por la noche.

—Vale —respondió Shelley, y le dio otro brinco el estómago—. Nos vemos.

—Cuídate —dijo Lemoine.

La sensación de hipervisibilidad persistió durante el desayuno y toda la mañana. Un poco antes del mediodía, Hayden vino de una de las zonas de sembrado para informarles de que un desfile de camiones de dieciocho ruedas y vehículos pesados estaba entrando por la puerta principal.

—Serán para la construcción del búnker —dijo Shelley, levantando la vista de la hoja de cálculo—. Robert dijo que empezarían hoy.

Todos los demás querían acercarse a echar un vistazo, pero en cuanto empezaron a recorrer la colina, se puso a llover y volvieron enseguida. Cuando Shelley los vio apresurarse en busca de refugio, se dio cuenta de que probablemente Mira también regresaría pronto; la lluvia martilleaba sin dar muestras de ceder. Guardó la hoja de cálculo en la que estaba trabajando y apartó el portátil; y anunció, a nadie en particular, que iba a ir a la ciudad a llenar el depósito del monovolumen y, quizá, dijo, se acercaría a la ferretería ya que salía. Les vendría bien más paja de guisantes y otro cargamento de fertilizante de sangre y hueso.

—Gracias —dijo cuando Natalie le preguntó si quería que alguien la acompañara—, pero será más fácil si voy sola. Así puedo llevar más cosas en el asiento delantero.

No había conducido desde la noche que mató a Owen Darvish, y mientras ponía la llave en el encendido y el reloj del salpicadero cobraba vida, vio la hora y se percató de que el funeral casi habría acabado, tal vez se estarían acercando al último himno, el coche fúnebre a la espera, los portadores del féretro se estarían aproximando para agarrar las asas metálicas y alzar el ataúd; sus hijos; sus hermanos, si tenía; quizás un sobrino; a lo mejor su mejor amigo. Se apretó el cinturón y le dio la vuelta al monovolumen para cruzar el campo en dirección al portón, y justo acababa de cambiar a la segunda marcha y pisar el acelerador cuando el deportivo negro con los cristales tintados de Lemoine apareció por la cresta de la colina desde la dirección contraria. Frenó para pasar por delante de ella, lo suficientemente cerca para intercambiar un asentimiento, a través de los parpadeantes limpiaparabrisas y, para que Shelley viera, con un sobresalto, que Mira estaba a su lado. Las dos amigas clavaron los ojos la una en la otra durante apenas un cuarto de segundo, antes de que ambos vehículos siguieran adelante, pero fue suficiente para que Shelley leyera en la expresión de Mira algo completamente diferente al dolor y la decepción moralista que había esperado encontrar: Mira tenía los ojos como platos y parecía casi quejumbrosa, casi desesperada, como si intentara con todas sus fuerzas mandar un mensaje que sabía que Shelley no había recibido ni llegaría a tiempo. Shelley cruzó el campo hasta la hilera de álamos junto a la autopista, donde se encontró con los vehículos pesados que llegaban a la granja para preparar el terreno. Redujo la velocidad y pasó junto a los camiones de carga, los mezcladores de cemento, las retropalas y las autocaravanas, mientras trataba de imaginar, como si su vida dependiera de ello, cuál había sido el mensaje.

Tony había esperado el regreso de Mira durante toda la tarde, con los ojos clavados en el lugar por el que se había marchado aquella mañana, la cima de la colina, como si pudiera hacerla aparecer de nuevo en aquel mismo instante, mientras la lluvia amainaba para convertirse en llovizna, y luego en niebla, y luego las nubes se dispersaron y la luz diurna dio paso al crepúsculo y la noche cayó y supo que no podría dejar su escondite hasta el amanecer. Parecía que había transcurrido un siglo desde que comió el desayuno de Mira, un siglo desde que había buscado la piel del plátano que había tirado, la había limpiado de barro y se la había comido también, un siglo desde que había cortado un trozo de corteza de uno de los pinos bajo los que estaba sentado y se lo había puesto bajo la lengua para chupar la resina, con los ojos cerrados. Sabía a aguarrás, y recordó que la corteza de sauce aliviaba el dolor, y se imaginó los sauces a la orilla del lago Korowai, y después se preguntó si la imagen que había conjurado de aquellos árboles de anchas ramas alrededor del sereno lago sería un recuerdo o un deseo. El agotamiento lo hacía delirar. La noche anterior había pasado horas intentando recordar si le había hablado ya a su madre de la conspiración de Korowai; estaba seguro de que lo había hecho, hasta que reprodujo el recuerdo en su cabeza y se dio cuenta de que no estaba presente en ninguna de las escenas que recordaba. Veía a su madre hablando con él por teléfono, y la veía de pie en el salón después de colgar, y la veía unos días más tarde recibiendo la noticia de que Tony había muerto en un accidente de forma nada sospechosa, pero se percataba por su expresión de suspicacia de que había decidido vengarlo, a su hijo mediano, el mayor de los chicos. Se puso cómodo e intentó dormir, concentrándose en el agudo dolor del estómago para distraerse del dolor del tobillo y el del brazo, mientras la conciencia le vagaba de un lado a otro y parecía que el balanceo de las ramas susurraba su nombre:

—¡Tony... Tony... *Tony*!

Se despertó de un brinco. No eran las ramas. Era Mira, cuyos pasos crujían por el rompevientos, y avanzaba a tientas en la oscuridad, buscándolo. En cuanto la vio, ella lo vio a él. Se apresuró, sin respiración, a la vez que deslizaba un brazo fuera de la correa de su mochila y lo bajaba para abrir la hebilla.

—Lo siento —le susurró, mientras aflojaba el cordón y metía dentro ambas manos—. Shelley se había llevado el monovolumen. Fue a llenar el depósito, como yo pretendía hacer, y luego se ha pasado mil putos años en la ferretería, y vino Robert y no he podido escabullirme sin que fuera descarado. Mira, te he traído...

Empujó hacia él el contenido de la bolsa: un kit de primeros auxilios, una caja de paracetamol, una chocolatina, un sándwich, una manzana, una caja de barritas, una bolsita de nueces.

—Ahí abajo hay montada una puta feria —le dijo—. De repente, hay unas mil personas en la hacienda. Voy a intentar subir el monovolumen mañana, pero obviamente me hará falta un motivo. He pensado romper algo. Hacerle un agujero a la manguera o algo así, para que la tengamos que reparar. O ¿fingir que tenemos una plaga? No sé. Se me ocurrirá algo. Esto es para que te vayas apañando mientras tanto. Siento haber tardado tanto en volver.

Hablaba muy rápido y la oscuridad desdibujaba sus rasgos.

—¿Se te ocurre algo? —preguntó—. Es que había pensado incluso fingir que mi madre estaba enferma o algo así, para poder irme de repente. Pero entonces se me ocurrió que tampoco podía ser una emergencia demasiado grave, o Robert se ofrecería a llevarme en avión. A lo mejor lo haría. No sé. ¿No tienes hambre?

Tony la contemplaba absolutamente horrorizado.

—Mira —le susurró—. Te lo he dicho. *No te muevas de noche.*

—No, no pasa nada —le dijo, alargando la mano hacia él para tranquilizarlo—. Está todo bien. No he traído el móvil. Sigue dentro del termo, como me dijiste. Lo he dejado en la tienda. No lo he sacado en todo el día. No pasa nada.

—No —dijo Tony, todavía horrorizado—. No. Me refiero a los drones. Si te mueves de noche, te verán mejor. Por el contraste. El calor de tu cuerpo contrasta con el aire. Te hace más visible. Te lo dije.

—Ah —dijo ella y pareció desanimarse un poco—. Cierto. Mierda. Pero probablemente no pase nada. ¿Verdad? No es como si pudieran vigilar todo a la vez. Lo más probable es que no pase nada.

—O que sí pase y estemos a punto de palmarla.

Mira retiró la mano.

—Oye, Tony, me estoy arriesgando bastante para ayudarte, ¿sabes?, así que...

—Lo siento —se apresuró a contestar, intentado luchar contra la desolación—. Gracias por la comida, de verdad, y por la ayuda, es solo que...

—No, lo sé —dijo ella—. Lo siento.

—He tenido tanto cuidado.

—Lo sé —contestó—. Lo sé. Es solo que... me he puesto muy nerviosa. ¿Sabes?

Tony asintió.

—¿Cómo es que han venido mil personas?

—Están cavando los cimientos del búnker —dijo Mira—. Es una obra enorme. Qué locura.

—No —dijo Tony—. No. Es una tapadera. Es una puta tapadera. Te lo estoy diciendo.

—Robert me ha dicho que ha comprado la granja —dijo Mira—. Ha pagado lo que le quedaba, esta misma semana. Y entonces vinieron esos tipos y empezaron a trabajar. Todo ha pasado hoy mismo.

—Tienes que creerme —le dijo Tony, agarrándose a ella—. Tienes que hacerlo.

—Te creo —dijo Mira.

—¿De verdad?

—Sí, pero, Tony, escucha...

Tony oyó un susurro en los árboles cercanos, el sonido sintético de una chaqueta pasando junto a una rama. Estiró la mano para taparle la boca a Mira, pero era demasiado tarde: oyó también las pisadas, pisadas pacientes que se encaminaban hacia ellos y, al minuto siguiente, la oscuridad pareció volverse más densa y adoptar una forma que se agachó para espiar a través de las ramas del árbol donde se habían refugiado. Un segundo después, vino un clic y un haz de luz amarilla tan brillante que Tony puso una mueca de dolor y soltó la boca de Mira para cubrirse.

—Hola —dijo una voz desde el otro lado de la linterna—. Supongo que eres Tony.

—Pareces sorprendida —había dicho Lemoine aquella mañana, sentado en el asiento del conductor mientras observaba a Mira interiorizar la escena que tenía lugar en el terreno bajo el que se encontraban.

—Un poco, la verdad —había respondido ella, mientras la lluvia la golpeaba y le aplastaba el pelo contra la cabeza. Señaló sin fuerzas a la zona de excavación—. Creía que todavía faltaban muchos meses para esto.

—Así era —le dijo—. Entra. Tengo que decirte algo.

—¿No me lo puedes decir aquí? —preguntó.

—Podría, pero no quiero hacerlo —le respondió—. Entra.

—Ay, es que tengo muchísimo trabajo —insistió Mira—. No quiero quedarme parada.

—¿Qué te pasa? Entra en el coche.

—No pasa nada, es que…

—Mira, está lloviendo. Te estás empapando. Entra.

—No pasa nada —dijo Mira—. Estoy acostumbrada.

—¿Qué cojones te pasa? —gritó, y esta vez Mira adoptó una expresión fiera.

—Vaya, dame un segundo para pensar —explotó—. ¿Acaso está pasando algo ahora mismo con el potencial de estresarme muchísimo? Anda, no se me ocurre nada. Lo siento, Robert. Me he quedado en blanco.

Aquella demostración de mal genio lo tranquilizó.

—Entra —repitió.

Lo fulminó durante un segundo más con la mirada y después abrió la puerta de un tirón y entró.

—¿Qué? —preguntó.

Cuando Lemoine había interceptado el mensaje de Rosie Demarney la noche del jueves, había decidido de inmediato actuar para evitar pérdidas y ordenarles a los soldados que se lo llevaran todo, lo que terminaría prematuramente con el proceso de lixiviación, pero salvaría, con un poco de suerte, la mayor parte del valor de sus operaciones en el parque. Sí, perdería muchísimo dinero en el proceso, pero sería mejor que quedarse en la ruina. Mira se había convertido en un lastre. Haber dado por hecho que Tony y ella no se conocían había sido una negligencia catastrófica por su parte; sobre todo ya que Tony, junto al carrete, seguía en libertad. Lemoine había tenido la esperanza de eliminar a Tony de manera discreta, de una forma que pareciera inocente y accidental; tras leer el mensaje de Rosie, se dio cuenta de que sería imposible, ya que la muerte de Tony se conectaría automáticamente con Mira y, a través de ella, con él, lo que pondría en duda la muerte de Owen Darvish, y la gente se haría preguntas sobre la relación de Lemoine con el Bosque Birnam, que para más inri se había convertido en un encubrimiento de un millón de dólares. Había demasiadas variables en juego, había pensado Lemoine, mientras borraba el mensaje de Rosie, se conectaba a la unidad de comunicaciones de Korowai y ordenaba, como el teniente coronel Weschler, limpiar la zona y terminar con la misión. Se había vuelto demasiado complicado, con múltiples variables. A Lemoine no le gustaban las cosas complicadas. No le gustaban las cosas múltiples. Le gustaban las cosas simples, rápidas y limpias.

Nadie habría podido demostrar que Lemoine no siguiera en la casa que había alquilado en Tekapo, enviando e-mails, navegando por internet y haciendo compras *online*. En realidad, había regresado a Thorndike la noche anterior con la ayuda de uno de sus guardaespaldas, encondido bajo una manta en el asiento trasero del deportivo con los cristales tintados. Si algo salía mal durante la operación de recogida, quería la opción de negar que hubiera estado en la granja y, con esa idea, le dijo al guardia que se detuviera en la gasolinera de Thorndike, se acercara a la tienda y probara la puerta; sabía que la gasolinera estaría cerrada, pero quería darle unos segundos a la cámara de vigilancia para que grabara bien el coche. El guardia había llevado todavía más lejos la pantomima y se tomó su tiempo para volver, deambuló por el patio delantero, inspeccionó la presión de los neumáticos y sacó el móvil para mirar sus mensajes un rato; unas pocas acciones mecánicas para dejar claro que no estaba de servicio y que no había nadie más en el coche. El guardia era bueno. Mejor que bueno, en realidad. Había permanecido en la casa todo el tiempo que Lemoine estuvo con Shelley y ella ni se había dado cuenta.

—Me has dicho que tenías que decirme una cosa —dijo Mira.

—Es sobre la amenaza activa contra mi vida —le dijo—. He descubierto el nombre del tipo.

—Vale, ¿cómo se llama? —preguntó la otra cuando él no dijo nada más.

Lemoine se giró hacia ella.

—Creo que ya lo sabes —le dijo.

Mira le dedicó una mirada hastiada.

—¿Y por qué piensas eso?

—Porque es amigo tuyo —dijo Lemoine con calma—. O al menos lo era.

La comprensión se reflejó en su rostro.

—Dios mío —dijo.

Lemoine no dijo nada.

—Pero… —Se llevó la mano a la sien—. Espera. No lo entiendo.

Desde que Lemoine había visto la grabación de Tony haciendo fotografías en Korowai —unos días antes de descubrir quién era Tony en realidad— había estado buscando maneras de hundirlo, de destrozar su credibilidad de forma preventiva en caso de que las fotografías salieran a la luz. Le había llevado hasta aquella mañana sortear la contraseña del portátil que había descubierto bajo el asiento del pasajero de lo que ahora sabía que era el coche de la hermana de Tony y, una vez que había logrado acceder, se había visto recompensado mucho más allá de sus expectativas más optimistas al descubrir en la carpeta de «Recientes», un documento de Word con el título *devoraalosricos*, creado, y sospechaba que no sería casualidad, la mañana posterior a la controvertida votación del Bosque Birnam. Al leerlo, Lemoine se había reído en voz alta. El tipo no tenía credibilidad de ninguna clase. El trabajo ya estaba hecho.

—No lo entiendo —dijo Mira—. ¿Cómo?

Lemoine sacó el móvil para leer un pasaje:

—No se puede permitir que estos parásitos económicos adictos a evadir impuestos —recitó— se retiren a una esfera privada de lujos tan bien aislada de las vidas de la gente normal y, tan bien defendida de ellos, como para que pueda hablarse de una especie de secesión: una obscena evasión de la responsabilidad social, moral y medioambiental que se condenaría y para la que probablemente habría consecuencias jurídicas si la practicara cualquier otra parte interesada o clase social.

—¿Qué es eso? —preguntó Mira.

—Bueno, no sé cómo se le dice aquí —dijo Lemoine, volviendo a guardarse el móvil en el bolsillo—, pero en mi tierra se lo llama «manifiesto».

—¿Qué? —preguntó Mira—. ¿Me estás diciendo que es de Tony? ¿Tony escribió eso?

—Sí.

—¿De dónde lo has sacado?

—He hackeado su portátil.

—¿Qué? —preguntó—. ¿Cuándo?

—Hará como una hora —respondió.

—¿Una *hora*? —repitió, aturdida—. ¿Por qué?

—Porque es peligroso y quiere matarme.

—Claro que no —dijo Mira—. Es una locura.

—¿Por qué es una locura?

Mira agitó la cabeza.

—Porque... porque... Verás, mucha gente de izquierdas escribe cosas como esa. Ni siquiera es... a ver, solo es una opinión. ¿Verdad? Es un punto de vista.

—Este manifiesto deja muy claro que Tony Gallo piensa que yo no debería existir.

—Claro, pero como milmillonario, ¿verdad? No como ser humano.

—Ah, vale, ¿lo has leído entonces? —preguntó intentando dejarla al descubierto, pero ella seguía agitando la cabeza.

—Oye, conozco a Tony —dijo—. Y te prometo que esto no tiene ningún sentido.

—Tiene todo el sentido del mundo —dijo Lemoine—. Ha venido aquí para buscarme. Sabía dónde estaría porque se lo has dicho. Ha estado acechando la granja, mis agentes de seguridad se pusieron nerviosos, intentaron hablar con él y él salió corriendo. La gente que no tiene nada que esconder no huye.

—A menos que esté asustada.

—Es una situación seria, Mira. Dispongo del mejor equipo de seguridad del planeta y me están diciendo que este tipo es una amenaza seria.

Mira se quedó callada.

—Pero no sabes dónde está —dijo al fin.

Lemoine no se movió.

—¿Tú lo sabes?

Para su sorpresa, Mira se echó a reír.

—Acabas de decir que tienes el mejor equipo de seguridad del planeta —le dijo, dedicándole una mirada desdeñosa—. ¿Cómo voy a saber algo que ellos no sepan?

—Contesta la pregunta.

—Madre mía, Robert —le dijo—. No tengo ni puta idea de dónde está Tony. Es una locura. No me lo puedo creer. Todo lo que dices me parece una puta locura.

La observó. Si le estaba mintiendo, lo hacía muy bien.

—¿Ha intentado contactar contigo? —le preguntó.

—¿Cuándo? ¿Recientemente?

—Desde que estás aquí.

—No —le espetó mirándolo—. Y no creo que lo hiciera. Como has dicho, ya no somos tan amigos como antes.

La observó durante un segundo más y luego dijo abruptamente:

—Vale. Te llevo a casa.

Se llevó la mano al hombro para abrocharse el cinturón y, automáticamente, Mira hizo lo mismo y cuando movió el cuerpo se escuchó un tintineo metálico amortiguado procedente del termo que tenía en el regazo. Lemoine le echó un vistazo.

—¿Qué tienes ahí dentro? —le preguntó.

Mira se quedó mirando el termo como si no recordara lo que era. Al final dijo:

—El móvil.

—¿El móvil?

—Sí —contestó—. Para que no se mojara.

—Ah —contestó Lemoine.

Liberó el freno y continuaron su camino por la colina.

¿Era Mira consciente de que guardar un móvil en un termo de aluminio bloquearía la señal? Claro que sí. Todo el mundo lo sabía. ¿O no? Lemoine mantuvo la vista en la carretera. ¿Por qué no se había limitado a guardar el móvil en el bolsillo? La chaqueta era impermeable y llevaba un forro polar abrochado debajo, que seguro que también tenía bolsillos; y, además, era un iPhone; seguro que sabía que sobrevivían a un poco de agua. Lemoine recordó las tácticas de ofuscación de Tony, su ropa aislante, la cámara analógica, la manera en la que había planeado su huida del parque para que coincidiera con la lluvia. Pensó que ahora estaba lloviendo. Pensó en la manera en la que Mira había dicho «¿Una *hora*?», como si la hubiera conmocionado. ¿Por qué la había alarmado ese detalle? El monovolumen apareció sobre la cima y Lemoine redujo la velocidad para dejarlo pasar; pero apenas vio a Shelley en el asiento del conductor ni se percató de la mirada que intercambiaron las dos jóvenes cuando el vehículo pasó traqueteante a su lado.

Se le había ocurrido una solución. Era tan perfecta que no podía creer que no hubiera sido su objetivo final desde el principio; se sintió igual que en los días posteriores al desprendimiento del paso, cuando se le ocurrió por primera vez el disfraz de survivalista y se emocionó al comprender que las circunstancias le habían otorgado algo mucho mejor que el plan original. Pues ¿quién no se tragaría esta historia? Un joven descontento, sexualmente frustrado y aislado, que había perdido categoría en un grupo al que solía pertenecer y ahora lo había rechazado, sigue a sus antiguos amigos hasta Thorndike, los espía mientras trabajan, se convence de que han traicionado su propia naturaleza y los masacra a todos. ¿Quién lo pondría en duda? ¿Y quién dudaría de que este malvado ser subhumano, esta influencia tóxica, este portador de decadencia social tan lleno de odio, no se suicidaría? No quedarían supervivientes en la granja, solo Lemoine, quien, por lo que sabía todo el mundo, estaba a salvo en Tekapo a más de ciento cincuenta kilómetros. El Bosque Birnam iba a convertirse en el mejor camuflaje que podría haber soñado. Ya que después de que todos murieran, después de que Tony hubiera cometido esa innombrable atrocidad, Lemoine tendría la excusa perfecta para paralizar el proyecto de construcción y llevarse los vehículos pesados, los contenedores y a sus hombres. No habían llegado a descargar el búnker y mucho menos a enterrarlo, pero tras ese tremendo acto de maldad, ¿cómo iba a hacerlo? ¿Quién culparía a Lemoine por no querer acercarse de nuevo a ese lugar maldito? ¿Y quién podría adivinar que cuando las hormigoneras y las retropalas y los contenedores y los camiones y las caravanas dejaran Thorndike, lo harían cargadas hasta las trancas de un lodo que valía billones de dólares? Los valiosos minerales saldrían del país. Lemoine volvería a poner el terreno a la venta. Volaría por los aires la zona de extracción de Korowai, pagaría sus deudas y regresaría a casa.

Era simple, rápido y limpio.

Dejó a Mira en el cobertizo y volvió a la casa. Por el camino, mientras daba tumbos por los campos, decidió que incluiría a su guardaespaldas en el plan. No podía hacerlo todo él solo. Los mercenarios obedecían al teniente coronel Weschler, no a él, y Lemoine no podía concebir un motivo para que Weschler, que nunca había tratado con ningún miembro del Bosque Birnam, quisiera o necesitara deshacerse de ellos. Además, los mercenarios ya tenían suficiente trabajo con la retirada del parque: estaban extrayendo los minerales robados en condiciones subóptimas y con prisas; y Weschler ya se había apoyado una vez en ellos. Había tejido la muerte de Owen Darvish como una brecha de seguridad accidental que requería una simple tarea de limpieza; no podía usar esa misma explicación otra vez. Sería mejor no mezclar una cosa con la otra. Iglesia y Estado, pensó Lemoine, sonriendo un poco mientras aparcaba en el garaje, apagaba el motor y salía del coche. En cualquier caso, el guardaespaldas estaba deseoso de un poquito de acción; llevaba meses un poco irritado. Y era muy bueno. Lemoine abrió el portátil, transfirió una cantidad considerable de dinero a la cuenta corriente del guardia, le mostró el saldo y le prometió diez veces esa cantidad al terminar la misión. El tipo ni siquiera dudó.

—¿Qué necesita? —preguntó.

«Prefiero pagar una multa antes que una tarifa», le había dicho a Shelley la noche anterior. Era el lema que había sostenido durante toda su carrera; lo que podría haber añadido era que en la mayoría de las situaciones también evitaba pagar la sanción. Sabía que una vez que las tierras raras estuvieran en sus manos, a ningún gobierno de ningún país del mundo le importaría cómo las había conseguido, incluido el de Nueva Zelanda. Quizá recibiría reprimendas tibias y unas pocas palabras subidas de tono. Se formarían tribunales, habría activistas armando jaleo, se aprobarían legislaciones, algunos políticos ganarían su asiento y otros lo perderían, etcétera, pero mientras todo el mundo tuviera un móvil en el bolsillo, mientras hubiera una pantalla frente a cada rostro, mientras hubiera baterías y satélites y cámaras y GPS, mientras existiera la avaricia, mientras existieran la soledad y la envidia y la ambición y el aburrimiento y la adicción, Lemoine sería intocable. El valor de los minerales era demasiado grande. Lo que ellos estaban haciendo posible era inmenso. Demasiado importante. Demasiado deseable. Y nada incriminaría a Lemoine. Incluso lo aclamarían como un libertador: el valiente héroe que había hecho frente a China y asegurado la independencia tecnológica de Occidente.

—Hola —dijo apuntando con la linterna a los árboles—. Supongo que eres Tony.

Esperó a que sus ojos se acostumbraran a la luz.

Tony fue el primero en recuperar la voz.

—Vas a hundirte en la mierda, desgraciado —le dijo—. Vas a pudrirte en el infierno. Estás acabado, hijo de puta. Has perdido.

Sé lo que estás haciendo en Korowai. Con el putísimo gobierno. Lo sé todo. Y he visto las putas minas. He visto los drones. He visto lo que has hecho. He hecho fotos. Las he mandado a todo el mundo. Ya es tarde. Las he mandado a todos los putos periódicos que se me han ocurrido. De todo el mundo. Las publicarán en cualquier momento. Estás jodidísimo, imbécil. Te he destruido, cabrón de mierda.

Lemoine no dijo nada. Apuntó el haz de la linterna al cuerpo de Tony y se percató de que llevaba el brazo en cabestrillo. Iba a tener que pensar algo. Un tipo con el brazo roto no podía perpetrar una masacre y mucho menos con un rifle monotiro de caza que probablemente solo tenía una capacidad de diez balas. A Lemoine no le sonaba que hubiera nada semiautomático en la vitrina de armamento del garaje de Darvish; y se acordó de que Darvish le había dicho que no tenía pistola, ni siquiera algo parecido a una escopeta, mientras le mostraba a Lemoine un estante con rifles de caza ordenado de mayor a menor calibre. La mayoría estaban pensados para cazar conejos y no se podían operar con una sola mano.

—Todo esto va a salir a la luz, amigo —dijo Tony—. Te van a freír. Estás acabado.

Lemoine seguía pensando en los conejos.

—Necesitas atención médica —dijo, casi distraídamente, mientras sacaba el móvil y escribía un mensaje.

—¿Qué estás haciendo? —preguntó Mira.

—Pedir ayuda —dijo Lemoine.

—¡No te atrevas a hablar con ella! —gritó Tony—. ¡No la mires siquiera, hijo de puta!

Lemoine lo ignoró. Mandó el mensaje y después volvió a guardarse el móvil en el bolsillo.

—Muy bien —dijo—. Vamos a calmarnos.

—Has matado a Owen Darvish —dijo Tony—. Estabais compinchados y te lo cargaste. ¿A que sí, cabrón?

Lemoine le echó un vistazo a Mira, que desvió la mirada.

—Puto psicópata —dijo Tony—. Puto cabrón de mierda.

—Tienes que calmarte —dijo Lemoine.

—¿O qué? ¿Qué vas a hacer? ¿Matarme? ¿Qué? ¿Nos vas a matar a los dos, saco de mierda? ¿Como a Owen Darvish? ¿Nos vas a tirar por la carretera?

—Tony —dijo Lemoine—, mira. —Movió el haz por todos lados y se subió la camisa para mostrarles el torso y el cinturón de los pantalones, mientras se daba palmaditas en los bolsillos con la mano libre—. ¿Ves? No estoy armado. No llevo armas.

—Que te jodan —dijo Tony—. Puto mentiroso de mierda. Que te jodan.

—Estoy solo —dijo Lemoine—. No te he amenazado. No he intentado hacerte daño. Eres tú quien me está amenazando. Estás en mi propiedad, sin permiso, en la oscuridad, urdiendo Dios sabe qué plan para hundirme. Tú eres quien me está insultando. Lo único que he hecho ha sido enviar un mensaje a mi chófer para que venga y nos lleve de vuelta a la casa, donde recibirás atención médica y podremos hablar, ¿vale?

—Mentira podrida —dijo Tony. Estaba temblando—. Mientes. Todo lo que dices es mentira.

Lemoine iluminó a Mira.

—Mira —la llamó—. ¿Podrías...?

—¡No digas su nombre, joder! ¡Te voy a matar! —gritó Tony.

Pero Mira alargó la mano hacia él.

—No lo hagas —dijo, agarrando la rodilla de Tony—. No lo amenaces.

Bien. Estaba vacilante.

—Escuchadme, ambos —dijo Lemoine—. Os voy a contar la verdad. Sí, hay una operación dentro del parque nacional y es cierto que estoy involucrado. Pero no es la conspiración estatal a gran escala que creéis. No estamos violando la ley. Es un proyecto de aplicaciones defensivas de alto secreto y un asunto vital para la seguridad internacional. Tengo un contrato legítimo del que están al tanto los gobiernos de los Cinco Ojos, entre los que se incluye el vuestro, y ya sabrías todo esto, Tony, si no hubieras saltado al río como un puto lunático la primera vez que mis hombres intentaron hablar contigo. ¿Vale? Me has puesto en una situación muy difícil. No puedo dejarte ir porque supones una amenaza activa a mi seguridad personal y porque las fotos que llevas en el bolsillo son imágenes altamente confidenciales de las que tenemos que deshacernos por completo. Si vienes a casa, podremos ayudarte, haré unas llamadas y te explicaré, en la medida de lo posible, lo que está sucediendo aquí. Yo no he matado a Owen Darvish, como Mira sabe muy bien, y si te ha dicho lo contrario es ella quien te está mintiendo y no yo. No voy a hacerte daño. No tengo interés en haceros daño a ninguno de los dos, pero lo que *voy* a hacer es teneros bajo custodia, de la forma más pacífica y respetuosa posible, para que podamos conversar sobre esta situación increíblemente compleja y delicada en la que nos encontramos. Estás gravemente herido y, para ser sincero, preferiría no tener que lidiar con el engorro que sería que murieras en mi hacienda. ¿Vale? Mi chófer llegará en un minuto. Solo te pido que vengas conmigo a la casa y hablemos. Nada más.

—Mentira —dijo Tony, pero había dejado de sonar tan seguro.

Oyeron el motor del deportivo subiendo la colina en dirección a ellos y Lemoine agitó la linterna para indicarle al chófer dónde estaban. El deportivo avanzó hasta los árboles y se detuvo. La puerta del conductor se abrió, pero no salió nadie.

—Voy a subirme al coche —dijo Lemoine—. Os sugiero que hagáis lo mismo.

Apagó la luz y salió del rompevientos, mientras parpadeaba para apartar las flores rojizas que le salpicaban la vista en la repentina oscuridad.

El móvil le vibraba en el bolsillo. Lo sacó para ver que Shelley lo estaba llamando. Se apartó un poco en dirección al borde de la zona de sembrado de Mira y respondió la llamada.

—Mira se ha ido —dijo Shelley y sonó asfixiada—. Dijo que le dolía la cabeza y se iba a la cama, pero acabo de comprobarlo y no está en su tienda y tampoco está su mochila, y en la aplicación pasa lo mismo que esa mañana con su ubicación, como si no se hubiera actualizado; todavía dice «Visto por última vez» en torno a las once de la mañana y después nada. Debe de haberla desactivado. Nunca ha hecho esto antes. Se ha ido. No sé dónde está.

—Está conmigo —dijo Lemoine.

—¿Qué? —preguntó Shelley—. ¿Contigo?

—Ha intentado escapar —dijo Lemoine—. Acabo de alcanzarla. Voy a tener que quedarme con ella un rato, creo. Para tranquilizarla.

—¿Está bien? O sea, ¿cómo está?

—Solo está asustada —le dijo—. No te preocupes. No va a irse a ningún lado. Te lo prometo.

—¿No crees que debería…?

—No —le contestó—. Deja que me ocupe yo.

—¿Seguro?

—Seguro —le dijo—. Pero es una lástima porque significa que probablemente no nos veamos esta noche.

—Oh —contestó Shelley—. Supongo que no he pensado… que eso podía suceder.

—Llevo todo el día pensando en ti —dijo.

—Yo también —dijo ella—. Bueno, en ti. No en mí. Obvio.

—¿Podemos dejarlo para otro momento?

—Claro —contestó—. Por supuesto. Solo estoy un poco preocupada por Mira.

—Yo también —dijo Lemoine—. No quiero ahuyentarla. Solo quiero ayudarla a entender que todo va bien y que lo peor ha quedado atrás. Lo acabará entendiendo.

—Eso espero —dijo Shelley—. Buena suerte.

—Ah, Shelley. Una cosa más.

—¿Sí?

—Quiero convocar una reunión mañana temprano. Para dar por concluido todo este asunto. ¿Puedes reunir a todo el grupo? ¿A las ocho en punto?

Shelley sonó dubitativa.

—¿Qué tipo de reunión?

—Bueno, los otros iban a enterarse de lo de Owen Darvish en algún momento. Yo soy el que encontró el cuerpo; mientras más esperemos, más raro parecerá.

—Vale —dijo Shelley, pero no parecía convencida del todo—. ¿Y qué pasa con Mira? Quiero decir, no te preocupa que…

—No estará allí —dijo Lemoine—. La dejaré en la casa.

—Pero ¿y si intenta…?

—Tengo personal de seguridad —le dijo—. Estarán allí. Se asegurarán de que no salga.

—Sí, pero ¿no será…?

—Shelley —le dijo con firmeza—. Va a ponerse bien. No tengo ninguna duda. Es solo que ahora mismo no creo que pueda estar cerca de otra gente. No confío en lo que pueda decir o lo que pueda hacer. Tú lo sabes bien: está en un estado frágil.

—Sí —dijo Shelley—, pero ¿cómo vas a explicar…?

—Les diré la verdad —insistió Lemoine—. Diré que ha sido una situación muy difícil de asumir y que Mira está sufriendo una pequeña crisis y pronto se encontrará perfectamente.

—Vale —cedió Shelley—. Vale.

—Asegúrate de que mañana venga todo el mundo. A las ocho en punto.

—Cuenta con ello.

—Traeré desayuno —dijo Lemoine.

—Quiero que huyas —susurró Tony, mientras Mira lo ayudaba a salir del rompevientos y subirse en el asiento trasero del deportivo—. No te preocupes por mí. ¿Vale? En cuanto puedas, sal corriendo.

La puerta trasera estaba abierta. Tony agarró el pomo, apretó los dientes y se impulsó con la mano buena para meterse en el coche. Mira lo ayudó a introducir la pierna herida, y vio por primera vez de cerca la venda ennegrecida y le llegó un olor a tierra, sudor y orina.

El chófer de Lemoine le dio un golpecito a Mira y la escoltó al otro lado del vehículo. Apenas distinguía su rostro en la oscuridad, pero cuando le abrió la puerta y se apartó, también lo olió a él; desprendía una fragancia jabonosa de agua de rosas y pachulí que casi la hizo vomitar. Se sentó junto a Tony y el chófer cerró la puerta tras ella. Lemoine estaba hablando por teléfono por ahí cerca; Mira contempló a través de los cristales tintados al hombre ir de un lado a otro. Por probar, agarró la manija para ver si estaba puesto el seguro infantil. Resulto que sí: la puerta no se abrió. Le echó un vistazo a Tony, pero se había dejado caer sobre el reposacabezas y tenía los ojos cerrados. Mira le agarró la mano.

—¿Dónde están las fotos? —susurró—. El carrete. ¿Dónde está?

Tony no abrió los ojos.

—Se lo he enviado a mamá —dijo.

—No, Tony, el carrete. Me lo has enseñado. Estaba en una bolsa de plástico.

—Sí —le dijo con los ojos aún cerrados—. Lo tiene mamá. Está bien. Sabe lo que hay que hacer.

—Tony —lo llamó Mira. Le apretó la mano y la agitó para intentar espabilarlo.

—Estoy tan cansado —dijo Tony.

—No te rindas —respondió Mira—. No puedes rendirte.

—Creo que ya lo he hecho —dijo Tony—. Hace nada. Cuando estábamos allí.

Lemoine colgó y volvió al coche. Durante un instante, habló con el chófer en voz baja, y después se separaron, abrieron sus respectivas puertas y entraron. El chófer puso la llave en el encendido, lo que hizo que se iluminara el salpicadero, y Mira pudo verle parte de la cara por primera vez. Era apuesto, con los pómulos altos y pestañas largas y ojos oscuros y, por algún motivo, eso le resultó aún más repulsivo que el aroma a jabón. Se aferró con fuerza a la mano de Tony, mientras se preguntaba qué habría hecho con el carrete. ¿Lo habría escondido en el rompevientos? A lo mejor lo había enterrado. O a lo mejor lo había ocultado en un árbol, en un lugar alto, porque si alguien acudía a buscarlo, miraría por el suelo. Seguro que había sido así de listo. Seguro que había tenido cuidado. Habían dejado allí todas sus cosas, junto la mochila de Mira y la comida que había traído para él y la caja de paracetamol que no había llegado a abrir, y el kit de primeros auxilios que había sacado de la cesta de la bici. Tony no habría dejado atrás todo eso a menos que tuviera un plan. No habría ido al coche con tanta docilidad. Y probablemente estaba fingiendo delirar, pensó Mira, para darles luego la ventaja del factor sorpresa. Seguro que solo fingía haberse rendido. Era una estrategia. Tenía un plan.

Se detuvieron en la granja de los Darvish y Lemoine y el chófer se bajaron. Lemoine entró a la casa y el chófer se dirigió a la puerta de Tony y aguardó hasta que Lemoine volvió a aparecer y asintió. Entonces el chófer abrió la puerta y estiró el brazo para ayudar a Tony. Mira le soltó la mano y Tony puso el brazo en el cuello del chófer para permitir que lo sacara del coche. Mira se deslizó por el asiento para salir tras él, pero antes de que llegara al borde el chófer dijo que no y cerró la puerta. Probó a abrir la manija, que también estaba cerrada desde dentro. Contempló a través del cristal tintado cómo el chófer agarraba a Tony de las axilas y Lemoine rebuscaba en el bolsillo de la chaqueta del chico y sacaba una bolsita de plástico con cremallera que contenía el carrete. A la luz del porche, Mira vio la cara de Tony palidecer de dolor y cansancio. Tenía los ojos apagados. Lemoine revisó el otro bolsillo y sacó una navaja suiza que estaba abierta por la parte del cuchillo. La cerró y luego palpó los bolsillos del pantalón de Tony y también el cinturón y los muslos y la entrepierna. Tony seguía sin fuerzas. Su cara no mostraba expresión alguna. Mira nunca lo había visto así. Nunca había visto a nadie en semejante estado. Al fin, Lemoine se apartó y volvió a asentir hacia el chófer, que se echó a Tony por encima del hombro y prácticamente lo llevó en brazos a la casa.

Lemoine y Mira se contemplaron el uno al otro a través del cristal tintado. Entonces, para sorpresa de Mira, le abrió la puerta para dejarla salir.

—Ocúpate de él —le dijo Lemoine—. No estaba de broma. No quiero que muera.

—Pues llama a una ambulancia —dijo Mira.

—No —dijo Lemoine—. No voy a hacer eso.

—Tiene los huesos rotos. ¿Qué quieres que haga?

—Vamos a ver qué encontramos en el armarito del baño.

—No —dijo Mira—. No hablas en serio.

—Mira —dijo Lemoine—. Él mismo se ha puesto en esta situación. ¿Vale? Se ha colado en un centro de investigación ultrasecreto. *Él* solito. Vio lo que quería ver al otro lado de la valla. Después huyó. Saltó por un desfiladero. Ha hecho todo eso *él* solito. Yo no he tenido nada que ver.

—Demuéstramelo —exigió Mira.

—No me estás escuchando. No puedo. Mira, la información sobre este proyecto va mucho más allá del alto secreto. No puedo llevarlo a un hospital. Necesito tiempo para arreglar todo esto.

—Demuéstramelo —repitió, odiándose por lo débil y patética que sonaba.

Lemoine emitió sonidos de impaciencia.

—No tengo tiempo para esto —le dijo—. Ve y cuídalo. Lo he llevado al dormitorio de matrimonio. Hay agua en la habitación. Haremos que lo vea un médico, pero esta noche tendrás que apañarte con lo que encuentres en la casa. El chófer se llama Daniel. Va a estar toda la noche en la puerta.

Mira arrugó la barbilla. Se sintió como una niña estúpida.

—Hablaremos por la mañana —dijo Lemoine—. Ve.

Obedeció. Encontró a Tony tirado en la cama de los Darvish. Tenía los ojos abiertos y la miró mientras tomaba una botella de agua del vestidor y rompía el cierre del tapón. Se sentó en la cama junto a Tony y le dio un poco de agua.

—Te dije que huyeras —le dijo después de tragar.

Mira no dijo nada. Todavía tenía la barbilla arrugada. Estaba conteniendo las lágrimas.

El chófer —Daniel— apareció con un kit de primeros auxilios de la Cruz Roja de Nueva Zelanda. Lo puso en un extremo de la cama y después se metió las manos en los bolsillos y volcó un puñado de frascos de medicina sobre la tapa. Volvió a irse y cerró la puerta. La lata estaba polvorienta y oxidada por los remaches. Era el mismo kit estándar que tenían los padres de Mira cuando era pequeña y supuso que venía del garaje de los Darvish. Eso la tranquilizó. Se acercó y fue tomando los frascos de uno en uno:

amoxicilina, hidrocodona, tramadol, paracetamol extrafuerte; todas estaban casi vacías, las etiquetas tenían escritos los nombres del señor Owen Darvish, el señor Liam Darvish, la señorita Rachel Darvish, la señora Jill Darvish… Miró las fechas. Todas estaban caducadas, pero el tramadol era el más reciente. Abrió el frasco y sacó cuatro pastillas.

La respiración de Tony se había vuelto superficial y regular: parecía listo para dormir.

—Tony —le susurró—. Tómate esto.

Presionó las pastillas contra los labios de Tony y consiguió que se las tragara con un poco de agua. Estaba acostado encima del colchón y no parecía que hubiera mantas o colchas de sobra, así que se levantó, puso el kit de primeros auxilios y los frascos sobre el vestidor, y dobló la otra mitad del colchón sobre él. Mientras apagaba la lámpara y se acostaba junto a Tony se preguntó cuál de ellos dormiría en el lado de sir Owen y cuál en el de lady Darvish.

No supo cuánto tiempo durmió Tony, quizá fueran minutos o tal vez horas, pero un rato después se despertó con un aullido. Mira se sentó y encendió la luz. El rostro de Tony brillaba y estaba empapado.

—¿Qué necesitas? —le preguntó—. ¿Agua?

—Duele —dijo Tony.

No quedaba tramadol, así que optó por el paracetamol extrafuerte, rezando para no estar causándole una sobredosis y por que no hubieran cambiado las pastillas de los frascos por otra cosa. Se puso cuatro pastillas más en la mano y se las dio, una a una. En el kit de primeros auxilios encontró un fajo de pastillas de glucosa. Las añadió a la botella de agua y la sacudió. Pero, cuando volvió a ofrecérsela a Tony, la probó y giró la cara de inmediato.

—Veneno —musitó.

—No es veneno —dijo Mira—. Oye, viene de una caja. Mira, Tony. Es de marca.

Estiró el cuello para mirar. Le recorrían la cara perlas de sudor que le caían en la barba.

—Duele —repitió.

—Voy a vendarte el brazo —dijo Mira—. ¿Vale? Lo voy a vendar muy fuerte. Así dormirás mejor.

Tony asintió, llorando de agonía, mientras ella le sacaba el sucio cordón de las botas que usaba como cabestrillo y, otra vez, cuando le retiró el calcetín que se había atado a la muñeca como si fuera un acolchado. El antebrazo tenía manchas y estaba inflamado, pero por lo que veía la piel no estaba rota. Eso era bueno: probablemente no habría infección; entonces sería solo un hueso roto, o, si tenía mucha suerte, un esguince. Encontró un rollo de vendas y envolvió con él el brazo de Tony, desde la mano hasta el codo. Mira daba un respingo cada vez que Tony emitía un grito ahogado y se estaba concentrando tanto en no hacerle daño que solo se dio cuenta un rato después de que se había desmayado. Durante un momento, Mira se puso de rodillas y contempló cómo se agitaban los párpados de Tony, preguntándose si debería aprovechar la oportunidad para vendarle también la pierna, pero decidió que ya lo había torturado lo suficiente. Tony necesitaba dormir.

—Mamá —susurró Tony, dando vueltas por la almohada—. Díselo a mamá.

Se prometió que lo velaría toda la noche, pero en algún momento debió de quedarse dormida también. Cuando se despertó ya se había hecho de día. Tony estaba dormido y respiraba con suavidad a su lado; todavía seguía muy pálido, pero parecía sereno. Le tocó la frente. Tenía la piel seca y fría. Se levantó y fue a la puerta, esperando encontrar al chófer fuera, donde Lemoine le había dicho que estaría, pero cuando se asomó el pasillo estaba vacío y la casa tranquila y silenciosa. Fue a usar el baño y, a la vuelta, vio el teléfono fijo en su horquilla en la mesa de la entrada. Lo agarró y lo encendió, pero tal y como esperaba no funcionaba. Volvió a ponerlo en su sitio y sintió un movimiento a su espalda; se giró para ver a Lemoine en el umbral de la cocina con las manos a ambos lados del marco.

—¿Cómo está Tony? —le preguntó.

—No soy médica —contestó Mira—. No lo sé.

Lemoine la estudió.

—Voy a hacer café —le dijo.

Mira lo siguió a la cocina y lo contempló mientras tomaba una jarra de cristal de la cafetera eléctrica de los Darvish, la llenaba hasta la tapa, vertía agua en la parte trasera de la máquina y echaba una cucharada de café al filtro. Cerró la tapa y la encendió.

—Creía que no bebías café —dijo Mira.

—Y estás en lo cierto —dijo Lemoine. Se apoyó en la encimera y cruzó los brazos mientras la miraba con atención, ladeando la cabeza. La máquina empezó a sisear y borbotear—. ¿Qué hay entre vosotros? —preguntó tras un momento—. O sea, el tipo es un donnadie. Da lástima. ¿Qué me estoy perdiendo?

—¿Qué me estoy perdiendo? —hizo eco Mira, como si escuchara esa expresión por primera vez.

—Sí —dijo Lemoine—. ¿Dónde está el atractivo? No lo entiendo.

Mira se lo quedó mirando y de pronto sintió odio hacia él y quiso hacerle daño con la verdad.

—Supongo —empezó muy lentamente—, supongo... que era la posibilidad.

—¿Se enrollarán, no se enrollarán? —dijo Lemoine en tono burlón.

—No —dijo Mira, sorprendiéndose porque nunca le había descrito a nadie ese aspecto de sí misma—. No era eso. O, por lo menos, no era el único motivo. Me refería a la posibilidad en su conjunto. Todas nuestras vidas. Y nuestras ideas, y el futuro, y el mundo entero. Tony me hacía sentir que todo era posible. Que yo era posible. Que había tiempo.

Lemoine no dijo nada. Alzó la mirada por encima de Mira. Tony cojeaba por el pasillo en dirección a ella, todavía dependía en exceso de la pierna buena, pero se movía bien a pesar de la venda sucia en torno al pie hinchado. Estaba claro que se sentía mejor: los ojos ya no tenían aquella expresión apagada y desesperada de la noche anterior y había motas de color en sus mejillas. Lemoine dejó de cruzar los brazos y fue a la despensa. Encontró el azucarero y sacó dos tazas del estante de arriba de la cafetera.

—No hay leche —anunció—. Tendréis que tomarlo solo.

Tony posó la mirada en Mira.

—¿Qué estás haciendo? —le susurró, como si estuviera tan decepcionado con ella que le diera asco—. ¿Qué cojones haces, Mira? ¿Por qué sigues aquí?

Y en aquel momento, también lo odió a él. Se encogió de hombros y desvió la mirada.

Lemoine les sonrió.

—Vamos a tomar algo de desayuno —les dijo—. Y luego iremos a ver las obras. Tengo que enseñaros una cosa.

Desperado de The Eagles era la canción que sir Owen había querido que sonara en su funeral.

—Oh, todo el mundo se va a deshacer en lágrimas —solía decir cuando sonaba en la radio—. Ay, madre, va a ser alucinante. No sé cómo vas a sobrevivir, Jill. Dios, Dios. Vas a ser un charquito en el suelo.

—Vas a ser *tú* el que se convierta en un charquito de un momento a otro —solía responder ella o «no hablemos de tu funeral, es de mal gusto» o «para ya, Owen, no fue gracioso ni la primera vez», o «te he dicho que no me gusta pensar en eso» o «no tendré tiempo para llorar; estaré demasiado ocupada besuqueándome con mi novio nuevo», o bien «Owen, cállate de una vez y déjame escuchar la maldita canción».

Pero sir Owen había tenido razón. Se echó a llorar con el primer acorde. Lloró desde el primer melancólico verso y lloró por la manera en la que los instrumentos de cuerdas de fondo aumentaban de intensidad para fundirse con el piano, y lloró cuando empezó a sonar la percusión. La pantalla detrás del ataúd reproducía una serie de imágenes de sir Owen que se disolvían una tras otra: de niño, de adolescente, en su juventud, el día de su boda, en el hospital con cada uno de sus hijos, ayudándolos a dar sus primeros pasos, soplando velas, montándolos a caballito de rodillas, dormido en la cama en una mañana perezosa, con una corona de papel en Navidad, a lo largo de los años, según se le habían ensanchado el pecho y los hombros mientras el pelo se le tornaba gris, saludando desde el asiento del conductor de un descapotable, cavando un agujero para un poste, cazando con su padre, presumiendo de un cerdo en un asador, sonriendo junto a una cascada, llevando a Rachel al altar, bailando *Gangnam Style*. Las últimas fotos era más nítidas y permanecían más tiempo en pantalla: la foto de los dos que se había publicado en *Thorndike Times* cuando recibieron la noticia del nombramiento de caballero y recordó que, después de tomarla, sir Owen se la había subido encima, riéndose, como si fuera un bombero, para llevarla a la casa directa a la cama; y luego, por último, el retrato oficial del día de su nombramiento, solo, reluciente, con la cinta y las estrellas y el traje, y pinta de estar a punto de explotar de orgullo. La imagen siguió en pantalla un poco después de que terminara *Desperado* y un silencio lleno de matices inundó la habitación, y lady Darvish se limpió las lágrimas y se sonó la nariz y escuchó la voz de sir Owen: «Así *es* cómo se termina una canción», dijo o habría dicho, o solía decir. «No esa mierda de sonido que va atenuándose, nada de "bajamos el volumen y a casa". *Es* el tipo de canción, Jill, que *sabe* cuándo *ha acabado*».

El velatorio se celebró en casa de los Mulloy. Mark la estaba esperando con una copa de *chardonnay* pero cuando lady Darvish se excusó para ir a retocarse, lo tiró por el lavabo y llenó la copa de agua de grifo. La bebió sin romper el contacto visual con su reflejo, y después rellenó la copa y la bebió también. La rellenó una tercera vez y después la tiró al lavabo sin motivo alguno, un hábito que solía sacar de sus casillas a sir Owen, y luego se sentó en el retrete y respiró y pensó en Lemoine y en el Bosque Birnam. Los pensamientos le daban vueltas en la cabeza. Cathy dio unos golpecitos a la puerta y susurró:

—¿Jill? ¿Cariño?

Y de pronto volvió a escuchar la voz de sir Owen en la cabeza: «*Es* el tipo de canción, Jill, que *sabe* cuándo *ha acabado*».

Ella lo sabría cuando todo eso acabara, pensó. No había acabado aún. Ella no había acabado. Jill Darvish, esposa devota de Owen Darvish, madre de sus hijos, no había acabado.

—Un minuto —dijo a través de la puerta.

Sacó el móvil, abrió la aplicación de Air New Zealand y buscó un vuelo a Christchurch. Había uno que salía de Wellington a las 21:05. Reservó un asiento sin maletas y lo pagó, después volvió al salón y se dio el paseo reglamentario para agradecerles a todos haber venido; aceptar abrazos y apretones de manos; y coincidir en que sir Owen habría estado contento con la despedida; coincidir con que había sido una conmoción, demasiado abrupto, increíble, tristísimo; coincidir con que había sido un hombre y un padre maravilloso; coincidir con que su vida ya nunca sería igual. Cathy le había preparado un plato de aperitivos que se comió solo para que nadie le dijera que le preocupaba que no comiera nada, y luego reunió a sus hijos, los tomó de las manos y les dijo que estaba exhausta; apenas había dormido en toda la semana, dijo, y le estaba empezando a pasar factura ahora que había terminado el funeral y la realidad se estaba asentando. Todos se habían ofrecido a volver al piso con ella y quedarse un tiempo, para hacerle compañía y que hubiera alguien en la casa cuando despertara; les agradecía el ofrecimiento, dijo, pero mientras antes volviera a su rutina, mejor; y lo cierto era que solo necesitaba dormir. Jesse y su novia la llevaron a casa. Los abrazó y les dio las buenas noches y volvió al piso donde cerró la puerta y aguardó treinta segundos antes de llamar a un taxi para que la llevara de inmediato al aeropuerto.

En Christchurch alquiló un coche y se encaminó al sur, pero apenas había dejado el aparcamiento del aeropuerto cuando se puso a llorar de nuevo y pronto las lágrimas le nublaron demasiado la vista y tuvo que salirse de la carretera y abrazar el volante y sollozar. Eran más de las once. Lloró hasta que se le cerraron los ojos de la hinchazón y, entonces, se sentó con la frente presionada contra los brazos cruzados por encima del claxon y se dijo que *estaba* exhausta, que era cierto que no había dormido en toda la semana y que no estaba en condiciones de conducir, y mucho menos *en medio de la noche* durante las cinco horas que la separaban de Thorndike. Lo último que necesitaban sus hijos era perder a sus dos progenitores en el transcurso de una semana. Tras esa reprimenda, se dirigió a un motel, y dejó que el dependiente nocturno sacara sus propias conclusiones de sus ojos hinchados y aquella hora tardía y el hecho de que no trajera maleta, ni bolso, solo el móvil y las llaves y el carnet de conducir y la tarjeta de crédito. Pagó por la habitación de antemano, entró, se metió bajo el colchón sintético y durmió.

Todavía estaba bastante oscuro cuando despertó, pero aun así miró el reloj digital de la mesita de noche sin comprender nada casi durante un minuto mientras intentaba averiguar sin eran las 4:15 de la mañana o de la tarde. Ambas parecían igualmente poco probables, igual que la cama en la que estaba tumbada, la pantalla plana de la televisión en la pared, la ventana oscurecida y la tetera de plástico y el edredón brillante, y todo lo que había en la habitación; pero, al menos, había logrado ubicarse en el espacio y el tiempo y, con mucho esfuerzo, salió de la cama, dejó la habitación, introdujo la llave en la ranura de la caja para hacer el *check-out* fuera del horario de recepción y volvió al coche.

«¿Y qué piensas que vas a encontrar ahí exactamente?», le había preguntado a sir Owen, cuando reservó un vuelo a sus espaldas de manera tan atípica. «Si lo supiera, no tendría que ir al sur, ¿o no?», le había replicado, cortante. Lady Darvish reprodujo la conversación en su cabeza mientras conducía. «Owen, ya te lo dije. Probablemente Anthony se equivoque», le había dicho para presionarlo. «Sí, ya lo he oído», había replicado él. Pensó en el hecho de que Anthony no le había devuelto la llamada. Le había dejado un mensaje en el contestador hacía una semana y nunca la había llamado. ¿Por qué no? En el e-mail a sir Owen había dicho explícitamente que estaba escribiendo un artículo sobre Lemoine. Así que ¿por qué no le había devuelto la llamada? Sabía lo mismo que su marido. Era una fuente igual de valiosa. Era una de las partes de la venta del terreno —de hecho, era la única parte que quedaba— y el fallecimiento de sir Owen no era ningún secreto; había salido en la tele y en los periódicos. ¿Por qué no quería Anthony hablar con ella? No tenía sentido. Lady Darvish sintió que sus cavilaciones estaban llegando a un callejón sin salida. ¿Por qué había ido sir Owen de noche al mirador? ¿De verdad había estado negociando con una organización sin ánimo de lucro? ¿Y por qué no le había mencionado el Bosque Birnam ni una sola vez?

Empezó a amanecer según dejaba la costa y se encaminaba tierra adentro, con la sensación, igual que en cada ocasión que se iba acercando a Thorndike, de que todo estaba bien, de que las cosas estaban donde deberían estar, en su orden correcto, para siempre. Siguió conduciendo y pasó por delante de las tiendas cerradas junto a la parte frontal de la autopista, por la gasolinera y uno de los extremos de la ciudad hasta llegar a la esquina inferior que era ahora propiedad de Lemoine, y siguió junto a la valla que conducía al portón principal que ahora compartían. Vio el enorme montón de grava en los campos inferiores con el que Owen y ella habían tenido la intención de construir una carretera nueva que habría llevado a la zona residencial, antes de que el desprendimiento provocara el cierre del paso, antes de que conocieran a Lemoine, antes de que les hiciera la oferta; al mirar, se sorprendió de que hubiera tal cantidad de vehículos pesados apiñados en torno al campo: hormigoneras, camiones de dieciocho ruedas, oficinas móviles, caravanas… no era posible que Lemoine hubiera empezado las obras con tanta celeridad, pensó lady Darvish, mientras fruncía el ceño, reducía la velocidad y estiraba el cuello para ver mejor; necesitaría permisos de construcción, obviamente, y el proceso duraría meses, incluso años. ¿Qué estaba sucediendo? ¿Tendría aquella zona de obras algo que ver con el Bosque Birnam? Había alcanzado la puerta principal. Estaba a punto de frenar, pero en el último momento decidió seguir conduciendo y subir a la carretera de servicio abierta que pasaba por la valla sur. Era sábado y Lemoine le había dicho por teléfono que no se estaba quedando en la granja, pero, aun así, su instinto le dijo que tuviera cuidado.

Cuando llegó al portón de la granja en la cima de la colina, salió del coche para abrir el cerrojo y desenrollar la cadena en torno al poste y vio que había rastros de neumáticos en el barro, que ascendían por la colina y se perdían de vista. En la cabeza volvió a escuchar la voz de sir Owen: «Es que Anthony usó la palabra "radiométrica". Eso es lo que no tiene sentido. No habría una zona de investigación en el terreno para eso, porque hoy en día se hace por el aire. Usan drones de largo alcance para eso. Eso es lo que te digo», lo escuchó decir. Abrió el portón y después volvió a meterse en el coche para conducirlo dentro. Una vez al otro lado, volvió a detenerse y salió para cerrar la puerta con el cerrojo; sacó el móvil para ver la hora, pero se le había acabado la batería. Volvió a sentarse frente al volante y miró el reloj del salpicadero. Ya casi eran las nueve y media; sus hijos empezarían a llamarla pronto al piso de Wellington para ver cómo estaba. Entrarían en pánico si no podían contactar con ella. Quizá ya estuvieran histéricos. Odiaba la idea de tener que explicarles dónde estaba y el motivo; cuando llegara la casa, pensó, les mandaría un e-mail a los tres a la vez.

Puso el coche en marcha y siguió adelante. Atravesó los campos inferiores a la cortina rompevientos y tomó un desvío para evitar la veta de piedra caliza que formaba una especie de desfiladero poco profundo por encima de la casa. Mientras daba la vuelta por la colina, pudo ver de nuevo los vehículos pesados apiñados junto al montón de grava en el campo inferior. Se detuvo y se protegió los ojos del sol por si veía a alguien en movimiento, pero parecía que la zona estaba desierta. Siguió adelante y aparcó junto al porche trasero, sacó el móvil del portavasos entre ambos asientos delanteros y entró por la puerta de atrás.

—¿Robert? —llamó, por si acaso, pero la casa seguía en silencio.

Al caminar hacia la entrada, supo de inmediato que algo iba mal. La puerta principal estaba abierta de par en par; y, cuando entró a la cocina, vio la jarra de cristal de la cafetera estrellada contra el suelo. Una de las sillas del salón estaba tirada; al mirarla se percató de que habían pisado el centro de una salpicadura de café irregular. Habían arrastrado algo —o a alguien— por encima en dirección a la puerta. Lady Darvish se quedó muy quieta y miró a los alrededores, escuchando con atención, y se apresuró a llegar a la mesita de la entrada para agarrar el teléfono fijo. Estaba apagado. Sintiendo una ráfaga de adrenalina, corrió sin hacer ruido hasta el garaje, temiendo descubrir que habían saqueado la vitrina del armamento… pero estaba cerrada y asegurada con una llave como siempre. Fue hasta ella para comprobar que estuvieran todos los rifles antes de darse cuenta de que —por supuesto— la llave siempre la había tenido sir Owen; estaba en el piso de Wellington, ya que le habían devuelto su llavero cuando encontraron el cuerpo tras el accidente. Se dio la vuelta, sintiéndose poseedora de una extraña potencia, mareada, eléctrica y viva, y entonces se percató de que faltaba otra cosa: el barril de plástico con los avisos de: VENENO PELIGROSO y SODIUM FLUOROACETATE y PRODUCTO QUÍMICO RESTRINGIDO y 1080 CEBO PARA EL CONTROL DE CONEJOS, con una etiqueta que indicaba que el señor Owen Darvish de Control de Plagas Darvish estaba autorizado para usar el producto.

Oyó un grito. Venía de lejos; adivinó que procedía de los campos bajo la casa, pero no había duda de que era un chillido de dolor: un desdichado y aterrorizado grito de auxilio a todo pulmón. Sonaba como una chica. Lady Darvish sintió cómo el corazón se le encogía en el pecho. No podía moverse. Esperó a que cesara aquel espantoso sonido, como acabó sucediendo, pero solo mientras la chica tomaba aire y volvía a gritar.

Lady Darvish atravesó corriendo el pasillo hasta lo que siempre se habían referido como la habitación de la fachada, aunque en realidad se encontraba en un lateral de la casa y no en la fachada; había sido un salón antes de que ampliaran la casa y pusieran un ventanal y, desde la renovación, apenas la habían usado. En un estante bajo de la pared estaba la vitrina que había encargado por el cincuenta cumpleaños de sir Owen, donde se exhibían en terciopelo su rifle de aire comprimido de calibre 22 y el cuchillo desollador. Abrió la vitrina y sacó el rifle, empujó la culata contra su cadera, lo agarró justo debajo del seguro del gatillo con la mano izquierda y, con la derecha, abrió el cañón de un golpe. Tiró hacia abajo hasta que oyó un clic, miró dentro para asegurarse de que estuviera limpio, y después se colgó el arma del brazo y rebuscó la lata de munición que sir Owen guardaba en el primer cajón del despacho. Abrió la lata, seleccionó una bala, la inspeccionó en busca de imperfecciones, la metió con la cabeza por delante en el hueco y volvió a cerrar el cañón. Se guardó la lata en el bolsillo y cuando estaba a punto de dejar la habitación tomó también el cuchillo.

El mismo instinto que la había advertido de no entrar a la hacienda a través de la puerta principal le dijo que dejara el coche alquilado detrás de la casa, donde lo había aparcado, y se acercara en silencio a pie. Se guardó el cuchillo en el bolsillo trasero, se puso la culata del rifle contra el hombro y corrió en dirección al sonido, con pisadas suaves, inspeccionando el terreno según corría. La habían abandonado todas las dudas que la carcomían sobre el Bosque Birnam. Toda la confusión y las suspicacias que la habían traído a la granja se desvanecieron. Alguien estaba en peligro. Alguien necesitaba que lo salvaran. Se sintió como en la última fase de dar a luz, animal y, aun así, primordial, vacía pero invencible, imparable, increíble, viva...

Llegó a la cima de la colina.

Lemoine le daba la espalda. Tenía una mano en el bolsillo y, con la otra, miraba algo en el móvil. La persona que gritaba estaba en el suelo frente a él. No era una chica, sino un hombre joven, con pinta de hippie, pensó lady Darvish, sin poderlo evitar. Llevaba la barba y el pelo hechos un asco. Tenía la mano izquierda vendada; la derecha estaba atada a la muñeca de una joven cuya otra mano estaba amarrada al chasis de un camión. Lady Darvish miró horrorizada cómo el joven tiraba desesperado de la cuerda que los unía, estirando los brazos de la mujer al máximo. La cabeza de ella se había desplomado y tenía vómito enfrente. Estaba muerta o, al menos, inconsciente. El joven seguía gritando. Horrorizada, lady Darvish desvió la mirada y vio más cuerpos, más vómito, todos eran jóvenes, todos estaban muertos, dispersos por la zona de construcción y yacían contorsionados, como si hubieran descubierto todos a la vez que los habían envenenado hubieran intentado huir, aunque fuera demasiado tarde. La visión de lady Darvish empezó a nublarse. Vio que habían pintarrajeado los vehículos con eslóganes, y las torpes letras dejaban caer un rastro de pintura. Vio las palabras ESTE ES VUESTRO FUTURO y vio la palabra JUSTICIA y vio la palabra VERGÜENZA.

El joven había dejado de gritar: la había visto. Lemoine levantó la vista del móvil, alertado por el cambio. Se percató de que el joven había visto algo, siguió la dirección de su mirada y se dio la vuelta.

Lady Darvish no dijo nada. Avanzó hacia Lemoine, mientras sostenía el rifle a la altura de los ojos, respirando por la boca, y alzaba las rodillas y daba cada paso del talón a los dedos de los pies, como le habían enseñado y, según se aproximaba, sintió, de pronto, una trascendente sensación de calma. Lemoine había matado a su marido. Lo había hecho. Lemoine era capaz de hacer el mal. Ahora lo sabía.

Y siempre lo había sabido. Era lo más triste. Ni Owen ni ella habían creído nunca que Lemoine fuera una *buena persona*, pensó lady Darvish, mientras avanzaba. Sabían desde el principio que era un mal bicho. Y, aun así, le habían rondado para hacer negocios con él. Le habían rondado para obtener su aprobación, su respeto. Aun así, lo habían rondado a *él*.

Sus pensamientos se posaron en una escena de cuando tenía unos veinte años y Owen y ella habían empezado a salir; él le había regalado un corderito que no mamaba y ella lo había criado con una botella durante unos pocos meses y lo había tenido de mascota, y después lo habían matado y despiezado juntos. Owen le había dado la pistola paralizante. «Justo en el centro de la frente», le había murmurado desde unos pasos por detrás de ella con un cuchillo deshuesador escondido tras la espalda, listo para desollar al corderito en cuanto cayera. «No lo asustes. Tómate tu tiempo. Espera a que se gire para mirarte, y después imagínate que tiene una X en mitad de la frente, y le disparas en mitad de la X».

Seguía avanzando. Muy lentamente, Lemoine subió ambas manos y estiró un brazo y dejó caer el móvil al suelo, alejándolo de su cuerpo como si estuviera soltando un arma.

—Toma aire antes de disparar. —Lady Darvish escuchó decir a sir Owen—. *Cuando exhalas tienes mayor firmeza que cuando retienes la respiración. Vas muy bien, Jill. Espera a que te mire y respira.*

Lemoine la estaba mirando. Lady Darvish respiró. Visualizó una X en mitad de la frente del otro. Y entonces le disparó justo entre los ojos.

El disparo hizo eco en las colinas que los rodeaban. Lady Darvish apenas lo oyó. Sacó de la funda el cuchillo de sir Owen y corrió con él en la mano para cortar el sujetacables que unía a la chica muerta y al joven.

—¿Hay alguien más? —preguntó mientras serraba el cable, el plástico se rompía y el chico quedaba libre—. ¿Queda alguien más con vida?

Pero el joven gateaba lejos de ella, lloroso, con la voz ronca y renqueante.

—Espera —le dijo, alargando el brazo hacia él—. Espera. ¿Queda alguien más aquí?

Ahora había echado a correr.

—El chófer —dijo con la voz temblorosa—. Detrás de ti.

Y casi se había girado del todo cuando recibió una lluvia de balazos en la espalda.

Tony sabía que estaba a punto de morir y quería morir en la espesura, en Korowai, en un lugar verde, indulgente y vivo, alejado del horror que había dejado atrás, el horror que el mundo creería que era obra suya. Siguió moviéndose y oyó un disparo tras él, oyó el eco en las colinas. Deseó haberse quedado, deseó haber agarrado el cuchillo, deseó haber recogido el rifle, deseó poder decir que había muerto en batalla, lo que era estúpido, porque era algo que nadie podía decir después de la muerte. No se detuvo. Siguió andando hasta llegar al borde del parque nacional y escalar la valla y dejarse caer en la carretera de servicio y, en el momento de la caída, cuando la pierna mala cedió ante su peso, recordó el encendedor de barbacoa que se había puesto en el tobillo roto para hacerse una tablilla. Se quitó la venda sucia y empapada y la tiró y no logró encender la llama. Volvió a agarrarlo. Lo intentó de nuevo. Funcionó: apareció una llamita danzante. Agarró el encendedor en el puño y se movió de nuevo, ahora más rápido, arrastrando su cuerpo roto a través de la maleza y la espesura, por encima de la colina, hasta llegar a la cuenca, y cuando al fin llegó a la verja con los carteles llenos de líquenes que rezaban: INVESTIGACIÓN EN MARCHA – PROHIBIDA LA ENTRADA, se metió la varita de aluminio entre los dientes y trepó por encima, consciente de que el final estaba cerca, que sucedería en cualquier minuto: iba a morir. Una vez en el otro lado, obligó a su cuerpo a arrastrarse hacia delante como si estuviera en un operativo militar hasta que alcanzó las redes que camuflaban los pozos de lixiviación, y entonces puso el hombro bueno contra una de las tapas y la apartó con sus últimas fuerzas. Metió unas de las redes en el maloliente agujero y luego volvió a sacarla y, después, tomó aire y sostuvo la punta del encendedor hacia abajo con los dos pulgares y empujó la varita contra la tela empapada, rezando para que se prendiera la llama, rezando para que el fuego quemara las redes y produjera un humo ascendente y para que la magnitud de la destrucción se viera desde lejos, para que alguien lo viera, para que alguien se percatara, para que alguien se preocupara y, mientras el fuego se convertía en una llamarada y hacía crujir los milenarios árboles que lo rodeaban, Tony rezó para que alguien viniera a apagar el incendio.

AGRADECIMIENTOS

La ciudad de Thorndike, el Paso de Korowai y el Parque Nacional de Korowai son invenciones mías. En mi imaginación la región de Korowai combina elementos de Tititea / Monte Aspiring, Aoraki / Monte Cook, y el Parque Nacional del Paso de Arthur.

El nombre Finn Koefoed-Nielsen aparece en este libro como puja ganadora de una Subasta de la Inmortalidad del grupo Freedom from Torture. Gracias a Christian Koefoed-Nielsen por su generosa contribución a la causa.

Tengo la fortuna de haber trabajado con editores y equipos editoriales extraordinarios. Mi más profundo agradecimiento a Jenna Johnson y Bella Lacey por sus cruciales valoraciones editoriales y consejos; a Christine Lo, Mandy Woods y Kate Shearman por editar y corregir el manuscrito; y a John Gray por su brillante diseño de la cubierta. Gracias de todo corazón también a Lamorna Elmer, Simon Heafield, Anne Meadows, Noel Murphy, Sigrid Rausing, Pru Rowlandson y Sarah Wasley de Granta; Rodrigo Corral, Lianna Culp, Nina Frieman, Hannah Goodwin, Debra Helfand, Na Kim, Spenser Lee, Isabella Miranda, Caitlin O'Beirne, Sheila O'Shea, Nicholas Stewart, Hillary Tisman, Daniel del Valle, Sarita Varma, Amber Williams y Jonathan Woolen de Farrar, Straus & Giroux; Tonia Addison, Jared Bland, Anita Chong, Sarah Howland, Ruta Liormonas, Kim Kandravy y Kimberlee Kemp de McClelland and Stewart; y a Fergus Barrowman, Craig Gamble, Penny Hartill, Tayi Tibble y Ashleigh Young de Te Herenga Waka University Press.

Muchas gracias a mi querida y extremadamente paciente agente, Caroline Dawnay, y a Kat Aitken, Anna Watkins, Lucy Joyce,

Georgina Le Grice, Amy Mitchell, Alex Stephens, Jane Willis, Georgina Carrigan, Gemma Bicknell, Natasha Galloway, y a Talia Tobias de United Agents, y a Rich Klubeck y Geoff Morley de United Talent Agency.

Muchas gracias a la Amsterdam Writers Residency, donde descubrí las ideas que acabarían germinando en este libro.

Gracias a la New Zealand Arts Foundation Te Tumu Toi por su increíble y muy generoso apoyo.

Gracias a Christine Poole por darme tiempo para escribir.

Amorosos agradecimientos a todos mis amigos y familia, sobre todo a Glen Maw y Steven Toussaint por las numerosas conversaciones energéticas e inspiradoras sobre política, filosofía y arte; a mis padres Philip y Judith Catton; mis gatos esenciales, la adorada Laura Palmer e Isis, que ya no está con nosotros y a quien echamos muchísimo de menos; y, por último, aunque sea el primero para mí, mi pequeño, A. D.